À PROPOS DE L'AUTRICE

Autrice fréquemment citée par *USA Today*, la Londonienne Sarah Morgan a conquis ses nombreux fans grâce à ses histoires finement tissées d'humour et d'émotion intemporelle. Elle a vendu plus de 18 millions de livres à travers le monde. Enfant, Sarah rêvait de devenir écrivain, et bien qu'elle ait pris des détours avant d'y parvenir, elle vit à présent son rêve.

L'exquise clarté
d'un rayon de lune

SARAH MORGAN

L'exquise clarté d'un rayon de lune

Traduit de l'anglais (Royaume-Uni) par
ALBA NERI

Harper
Collins
POCHE

Titre original :
SUDDENLY LAST SUMMER

© 2014, Sarah Morgan.
© 2016, HarperCollins France pour la traduction française.
© 2020, HarperCollins France pour la présente édition.

HARPERCOLLINS FRANCE

83-85, boulevard Vincent-Auriol, 75646 PARIS CEDEX 13
Tél. : 01 42 16 63 63

www.harpercollins.fr

ISBN 979-1-0339-0782-4

Chapitre 1

— Vous avez un appel, docteur O'Neil. Elle dit que c'est très urgent.

Sean fit rouler ses épaules pour chasser les tensions du bloc opératoire.

Son patient était un joueur prometteur de football américain. Il s'était déchiré le ligament croisé antérieur du genou gauche, une blessure plutôt courante qui avait mis fin à de nombreuses carrières sportives. Pour l'instant tout se passait bien, mais la chirurgie n'était que le début du traitement. Le malade — et avec lui l'équipe médicale — avait devant lui un long processus de rééducation, et il devrait s'y atteler avec patience et rigueur.

Réfléchissant à la façon de tempérer les attentes du jeune homme et de son entourage, Sean saisit le téléphone que l'infirmière lui tendait.

— Sean O'Neil.

— Sean ? Tu étais où, hier soir ? Je peux le savoir ?

— Veronica ? Pourquoi tu appelles ici ? demanda-t-il, les sourcils froncés. On m'a dit que c'était une urgence !

— C'est urgent, riposta-t-elle. La prochaine fois que tu m'inviteras à dîner, j'espère que tu auras la courtoisie de faire acte de présence.

Et merde.

Une infirmière sortit du bloc et mit sous le nez de Sean un formulaire à signer.

— Veronica, je suis désolé.

7

Le téléphone entre l'oreille et l'épaule, il demanda un stylo d'un geste de la main.

— On m'a appelé, expliqua-t-il. Il a fallu que je retourne à l'hôpital d'urgence pour aider un collègue. J'étais au bloc.

— Et tu n'aurais pas pu m'appeler ? J'ai fait le pied de grue dans ce restaurant pendant une heure. Une heure, Sean ! Un type m'a même draguée.

Il parapha le document et le rendit à l'infirmière avec un sourire bref.

— Il était gentil, au moins ?

— Ce n'est pas drôle ! C'était l'un des moments les plus humiliants de ma vie ! Ne me fais plus jamais ça, plus jamais.

— Tu aurais préféré que je laisse le patient se vider de son sang ?

— J'aurais préféré que tu honores tes engagements.

— Je suis chirurgien. Mon engagement le plus important est envers mes patients.

— Tu es en train de dire que s'il te fallait choisir entre moi et ton boulot, le boulot passerait d'abord ?

Il poussa un soupir silencieux.

— En effet. C'est exactement ce que je suis en train de dire.

D'ailleurs, qu'elle ait posé la question montrait à quel point elle le connaissait peu.

— Sean, je te déteste.

Pourtant sa voix contenait un sanglot.

— Dis-moi franchement, continua-t-elle. Ça vient de moi ou c'est comme ça avec toutes les femmes ?

— C'est moi, Veronica. Je fais un partenaire déplorable. En ce moment, ma priorité, c'est ma carrière.

— Eh bien, un de ces jours, tu vas te réveiller seul dans ton appartement si chic et tu vas regretter d'avoir passé tout ce temps dans ce fichu hôpital.

Il préféra ne pas signaler qu'il se réveillait toujours seul, et que c'était par choix. Il n'invitait jamais de femme chez lui. Il n'y était presque jamais lui-même, à vrai dire.

— Mon travail est très important pour moi. Tu le savais quand on s'est rencontrés.

— Ah, non. Ça, c'est trop facile. Quand quelqu'un dit « mon travail est important », il veut dire que ça compte pour lui, mais on peut imaginer qu'il a quand même une vie en dehors de sa carrière. Chez toi, c'est une obsession. Tu ne penses qu'à ça, tu ne respires que pour ça, rien n'existe en dehors de ça. Ce qui fait peut-être de toi un excellent chirurgien, mais un petit ami lamentable. Et sache que malgré ton charme et ton savoir-faire au lit, tu n'es qu'un salaud égoïste accro au boulot.

— Sean ?

Une autre infirmière s'approcha de lui. Son regard et le rose de ses joues indiquaient qu'elle avait entendu la dernière phrase.

— Les parents du patient sont à côté, murmura-t-elle. L'entraîneur de son équipe aussi. Ils attendent des nouvelles, vous pouvez aller leur parler ?

— Tu m'écoutes, au moins ? fulmina Veronica à l'autre bout de la ligne. Tu n'es pas en train de parler avec quelqu'un d'autre alors que tu es censé me parler *à moi* ?

Pitié.

Sean ferma les yeux.

— Je sors du bloc à l'instant, fit-il en se frottant le visage. Il faut que je parle à la famille.

— Ils peuvent bien attendre cinq minutes !

— Ils sont inquiets. Si c'était ton enfant qui se trouvait en salle de réveil, tu voudrais savoir comment s'est passée l'intervention. Il faut que j'y aille. Au revoir, Veronica. Et encore une fois, navré pour hier soir.

— Attends ! Ne raccroche pas, dit-elle soudain d'une voix affolée. Je t'aime, Sean. Vraiment. En dépit de tout, je crois sincèrement qu'on partage un truc spécial. Je veux y croire. Il suffirait d'un petit effort de ta part…

Il sentit une goutte de sueur couler le long de sa nuque. L'infirmière écarquilla les yeux.

Comment s'était-il fourré dans cette galère ?

Pour la première fois depuis des années, il avait commis une erreur de jugement. Il avait cru que Veronica était une femme qui aimait vivre au jour le jour. Il s'était trompé, de toute évidence.

— Il faut vraiment que j'y aille, Veronica.

— Ecoute, c'est moi qui ferai un effort. Je suis désolée de m'être emportée. Viens dîner chez moi ce soir, je te promets de ne pas râler si tu arrives en retard. Tu peux arriver à l'heure que tu veux. Je serai…

— Veronica, coupa-t-il. Ne t'excuse pas, c'est moi qui suis à blâmer. Tu devrais te trouver un mec qui t'accorde toute l'attention que tu mérites.

Un silence tendu s'ensuivit.

— Tu veux dire que c'est fini entre nous ?

Eh bien…

En ce qui le concernait, rien n'avait jamais commencé.

— Oui, désolé, je pense que c'est mieux. Il y a des centaines de mecs qui seront ravis de faire plein d'efforts pour toi. J'espère que tu en rencontreras un bientôt.

Et il raccrocha sous le regard de l'infirmière. Elle se prénommait comment, déjà ? Ann ?

Non, pas Ann. Angela ? Ah oui. Elle se prénommait Angela.

Une fatigue dense s'était emparée de lui et ralentissait sa pensée. Il avait besoin de dormir.

On l'avait appelé pour une urgence en pleine nuit et il avait à peine quitté le bloc depuis l'aube. S'il tenait debout, c'était grâce à l'adrénaline, mais dès que son effet s'estomperait il tomberait comme une masse — de préférence sur son propre lit. Une chambre lui était réservée à l'hôpital, mais il aurait autant aimé regagner son appartement sur la baie, où une bière lui tiendrait compagnie pendant qu'il contemplerait l'océan.

— Docteur O'Neil ? insista l'infirmière. Je suis désolée. Je ne vous aurais jamais passé l'appel si j'avais su que c'était personnel. Elle m'a dit qu'elle était médecin.

A l'expression de son visage, Sean comprit que cette

femme aurait volontiers remplacé Veronica. Elle aurait été fâchée d'apprendre qu'il avait oublié son prénom, et même qu'il oubliait son existence dès qu'elle disparaissait de son champ de vision.

— Ce n'est pas votre faute, Ann… gela. Je vais parler aux proches.

Il fut tenté de prendre une douche d'abord, mais le visage défait de la mère du garçon lorsqu'elle était arrivée à l'hôpital lui revint à la mémoire. Son confort personnel pouvait attendre.

— Vous avez eu une longue journée. Si vous voulez venir chez moi tout à l'heure, je fais un gratin de macaronis à tomber par terre.

Angela était douce, prévenante et gentille. Elle devait incarner la femme idéale pour pas mal d'hommes.

Pas pour Sean. La femme idéale, à ses yeux, serait celle qui n'attendrait rien de lui.

Une relation de couple impliquait des sacrifices et des compromis, et lui ne consentait jamais ni à l'un ni à l'autre.

— Comme vous venez de l'entendre, je suis un compagnon lamentable, dit-il en lui offrant un sourire qu'il espérait désarmant. Soit je travaille et on ne me voit pas, soit je suis tellement fatigué que je m'endors dès que je me pose sur le canapé. Vous pouvez trouver mieux.

— Je vous trouve incroyable, docteur O'Neil. Je travaille avec des dizaines de médecins, et pour moi vous êtes le meilleur. Si un jour j'ai besoin d'un chirurgien, j'espère que je tomberai sur vous. Et ça ne me dérangerait que vous vous endormiez sur mon canapé.

— Mais si, ça vous dérangerait.

Un jour ou l'autre, ça finissait toujours par déranger.

— Je vais parler aux parents, conclut-il.

— C'est gentil de votre part. La mère est très inquiète.

Elle était, en effet, l'image même de l'angoisse maternelle. Assise, immobile, elle crispait les poings sur sa jupe comme pour contenir une anxiété que l'attente avait dû aggraver. Le père, debout, les mains dans les poches et les épaules rentrées, discutait avec l'entraîneur. Sean avait déjà eu affaire à ce dernier, un homme aux manières brusques et à l'ambition hargneuse, qui restait égal à lui-même quand bien même la star de son équipe était blessée.

C'était un homme qui exigeait des miracles et qui n'avait aucune patience ; Sean savait que sa priorité n'était pas la santé de ce gamin encore sous anesthésie mais le classement de son équipe. Spécialisé dans la chirurgie du sport, Sean passait son temps entouré d'athlètes et de leurs coachs. Certains étaient formidables. D'autres lui faisaient regretter d'être devenu médecin plutôt qu'avocat.

Dès que le père l'aperçut, il bondit vers lui comme un rottweiler à l'approche d'un intrus.

— Alors ?

L'entraîneur, quant à lui, buvait de l'eau dans un gobelet en plastique.

— Vous l'avez réparé ? ajouta ce dernier.

Il aurait aussi bien pu parler d'un trou dans une toiture, songea Sean. Remplacez la tuile cassée et il sera comme neuf. Changez le pneu et la voiture se portera comme un charme.

— L'opération n'est que le premier pas. Le chemin vers la guérison sera long.

— Vous auriez peut-être dû l'opérer tout de suite au lieu de nous faire poireauter une semaine.

Et vous devriez peut-être cesser de vous croire médecin simplement parce que vous avez un accès Internet.

La mère enfonçait toujours plus fort les ongles dans ses cuisses, et Sean décida de lui épargner un accrochage malvenu.

— Toutes les recherches montrent que la récupération est plus facile lorsque l'intervention s'effectue sur un genou mobile sans présence d'inflammation. L'attente nous fait gagner du temps, en réalité.

12

Il avait déjà expliqué ce principe une semaine auparavant, mais l'entraîneur et le père ne semblaient pas vouloir comprendre.

— Dans combien de temps il pourra rejouer ?

Sean se demanda si le pauvre ado arrivait à respirer avec ces deux énergumènes en permanence sur son dos.

— Il est trop tôt pour vous donner une date précise. Mais je vous préviens, si vous précipitez son retour sur le terrain, ce retour risque de ne pas avoir lieu du tout. On doit se concentrer sur la rééducation. Il faut que Scott la prenne très au sérieux. Et vous aussi.

— C'est un univers très compétitif, docteur O'Neil. Rester au sommet demande de la détermination.

L'entraîneur parlait-il pour son joueur ou pour lui ? s'interrogea Sean.

— Cela demande aussi un corps en bonne santé.

La mère du garçon, qui n'avait pas encore parlé, se leva.

— Est-ce que mon fils va bien ?

Son mari lui lança un regard agacé.

— Mais tu écoutes le docteur ou pas ? Je viens juste de lui poser la question.

— Ce n'est pas ce que tu as demandé, répondit-elle d'une voix tremblante. Tu veux savoir s'il pourra encore jouer, c'est tout ce qui t'intéresse. C'est une personne, Jim, pas une machine. C'est notre fils.

— A son âge, moi, je…

— Je sais ce que tu faisais à son âge et je peux te dire que, si tu continues comme ça, tu vas détruire ta relation avec lui. Il te détestera à jamais.

— Il devrait me remercier de l'encourager autant. Il a du talent, de l'ambition. Mais il faut la soutenir, cette ambition.

— C'est *ton* ambition, Jim. C'était *ton* rêve à toi et tu essaies de le réaliser à travers ton fils. Tu ne le soutiens pas, tu lui mets toujours plus de pression, jusqu'à l'écraser avec tes attentes.

Les mots avaient jailli en une tirade imparable. La femme s'arrêta net, choquée de son propre comportement.

— Je suis désolée, docteur O'Neil.

— Il n'y a pas de quoi. Je comprends votre inquiétude.

Sean était lui-même tendu. Personne ne comprenait mieux que lui la pression due aux attentes familiales. Il avait grandi submergé par ce genre de contrainte.

Tu sais ce que ça fait, d'être écrasé par le poids des rêves d'un autre ? Tu l'imagines, Sean ?

La voix dans son esprit avait paru si réelle qu'il dut se retenir de vérifier que son père ne se tenait pas derrière lui. Son père était décédé depuis deux ans, mais il avait parfois l'impression que ça s'était passé la veille.

Il ravala le chagrin qui menaçait soudain de l'étouffer, dérouté par cette incursion de sa vie privée dans sa vie professionnelle. Le besoin de sommeil était plus pressant qu'il ne l'avait cru.

— Scott va bien, madame Turner, dit-il. L'intervention s'est passée comme prévu. Vous pourrez le voir dans quelques instants.

— Merci, docteur, répondit-elle, visiblement soulagée. Je... vous avez été si bon avec lui, dès le départ. Et avec moi aussi. Quand il reprendra les entraînements...

Elle marqua une pause et regarda son mari.

— ... Que faut-il faire pour éviter une rechute ? Il n'était même pas à côté d'un autre joueur. Il s'est juste écroulé.

Sciemment, Sean ignora les deux hommes. Il compatissait avec Mme Turner pour la difficulté du rôle d'arbitre qu'elle endossait dans ce jeu d'ambitions.

— Le ligament croisé antérieur relie la cuisse au tibia, et quatre-vingts pour cent des ruptures de LCA ont lieu sans contact externe. Il est peu sollicité au quotidien, lors d'une activité normale, mais il joue un rôle essentiel dans la stabilité du genou lors des mouvements en pivot.

— C'est-à-dire ? dit-elle, comme s'il avait parlé chinois.

— Sauts, changements brusques de direction, prises d'appui. C'est une blessure très courante parmi les joueurs de football, les basketteurs et les skieurs.

— Votre frère Tyler y a eu droit aussi, n'est-ce pas ?

intervint l'entraîneur. Ça a signé la fin de sa carrière dans le ski de compétition. Un sale coup, pour un sportif aussi doué.

La blessure de Tyler avait été bien plus compliquée que cela, mais Sean ne parlait jamais de son célèbre frère.

— Le but de l'opération est de retrouver une bonne stabilité et une fonction articulaire totale, dit-il. C'est un travail d'équipe et la rééducation en constitue une grande partie. Scott est jeune, il est en forme, il est motivé. Je pense qu'il peut récupérer et retrouver assez vite sa mobilité, pourvu qu'on l'encourage à prendre la rééducation au sérieux, autant qu'un match de finale.

Il durcit le ton pour mieux les convaincre.

— Lui mettre trop de pression ou le pousser à reprendre trop vite risquent de gâcher ses chances.

L'entraîneur hocha la tête.

— Alors, on peut commencer la rééducation tout de suite ?

Bien sûr, vous pouvez même lui lancer un ballon tant qu'il est encore sous anesthésie.

— En général, on obtient de meilleurs résultats si on attend que le patient soit réveillé.

Les joues du coach devinrent cramoisies.

— Vous croyez que je le bouscule, mais ce gamin ne pense qu'au jeu, et mon job c'est de l'aider à obtenir ce qu'il veut. C'est pour ça qu'on est venus ici, ajouta-t-il, renfrogné. On dit que vous êtes le meilleur. J'ai demandé à plein de gens, tout le monde répondait pareil : si c'est les genoux, il faut aller voir Sean O'Neil. La ligamentoplastie et les blessures sportives sont votre spécialité. Je n'avais pas compris que vous étiez le frère de Tyler O'Neil jusqu'à il y a quelques semaines. Il supporte comment de ne plus disputer de compètes ? Ça doit être dur pour lui.

— Il va très bien.

C'était la réponse automatique. Quand Tyler était au sommet de son succès, la famille avait été harcelée par les médias et ils avaient tous appris à éconduire les questions indiscrètes, aussi bien celles à propos de son incroyable talent que de sa très mouvementée vie amoureuse.

15

— J'ai lu quelque part qu'il pouvait encore skier mais juste pour le plaisir. Une torture, pour un type comme lui, j'en suis sûr. Je l'ai rencontré une fois.

Tout en faisant vœu de se montrer compatissant envers son frère la prochaine fois qu'il le verrait, Sean ramena la conversation au sujet principal.

— Revenons-en à Scott.

Renouvelant ses conseils sur la rééducation et le besoin d'attendre, il prit le temps de les convaincre. C'était important.

Quand il put enfin s'installer au volant de sa voiture, après avoir suivi l'évolution de quelques patients et pris une douche, deux heures s'étaient écoulées.

Il poussa un long soupir en essayant de réunir ses forces pour rentrer chez lui.

Le week-end l'attendait, longue étendue de temps libre empli de promesses. Les quarante-huit heures à venir lui appartenaient et il comptait en savourer chaque minute. Mais d'abord, il voulait dormir.

Son portable personnel retentit. Sean pesta, convaincu qu'il s'agissait de Veronica. Mais l'écran affichait « Jackson ». Son jumeau. Il se mit à culpabiliser, comme toujours. Il avait beau le refouler, ce sentiment pénible revenait à la surface à la moindre occasion.

Pourquoi son frère appelait-il si tard, un vendredi soir ?

Une crise à la maison, encore ?

Le Snow Crystal Resort était une station de ski qui appartenait aux O'Neil depuis quatre générations, et personne, dans la famille, n'avait envisagé qu'il puisse en être autrement pour les quatre générations à venir. La mort soudaine du père de Sean deux ans plus tôt avait révélé la vérité : l'affaire périclitait depuis quelques années et la famille risquait de tout perdre, même son foyer. Cette annonce avait mis chacun de ses membres en état de choc.

C'était Jackson qui avait pris sur lui d'abandonner une entreprise florissante en Europe pour revenir dans le Vermont sauver Snow Crystal de ce désastre.

Sean regarda le téléphone.

La culpabilité gagnait du terrain parce qu'il utilisait ses responsabilités professionnelles comme excuse pour se tenir à distance.

Avec un soupir, il se carra dans le siège, prêt à écouter les dernières nouvelles en se jurant que, la prochaine fois, ce serait lui qui appellerait. Il ne devait plus se contenter de donner des nouvelles de temps en temps. Il allait faire des efforts.

— Salut, répondit-il avec un sourire. Tu t'es viandé, ton genou est en lambeaux, tu as besoin d'un bon chirurgien ?

Il n'eut pas, comme il s'y attendait, de riposte sarcastique.

— Il faut que tu rentres tout de suite, dit Jackson. C'est Gramps.

La direction de Snow Crystal s'apparentait à un bras de fer permanent entre son frère Jackson et leur grand-père.

— Qu'est-ce qu'il a fait, cette fois-ci ? Il veut que tu démolisses les chalets ? Qu'on ferme le spa ?

— Il a fait une attaque. Il est à l'hôpital et on a besoin de toi.

Sean mit un instant à saisir le sens de ce que son frère lui disait. Comme le reste de la tribu, il considérait Walter O'Neil comme une force de la nature, inamovible comme les montagnes où il avait toujours vécu.

Mais Walter avait quatre-vingts ans.

— Une attaque ?

Sean crispa sa main sur le portable, se rappelant les nombreuses fois où il avait dit que le seul moyen pour que leur grand-père quitte Snow Crystal serait de l'embarquer en ambulance.

— Qu'est-ce qui s'est passé, au juste ? C'est cardio ou neuro ? Une crise cardiaque ou un AVC ? Parle-moi en termes médicaux.

— Je ne les connais pas, les termes médicaux ! Ils pensent que c'est le cœur. Tu te rappelles qu'il avait des douleurs, l'hiver dernier ? Enfin, on lui fait des examens pour l'instant et il est vivant, c'est ça qui compte. Les médecins n'ont pas dit grand-chose, moi je m'occupais de Maman et de Grams.

Mais c'est toi le médecin, c'est pourquoi je te demande de ramener tes fesses sur-le-champ pour nous traduire le jargon de tes collègues. Je peux faire tourner la boîte ; mais ça, c'est de ton ressort. Il faut que tu rentres à la maison, Sean.

La maison ?

La maison, c'était son appartement à Boston avec ce chef-d'œuvre de système sono, et non pas un lac au pied des montagnes, entouré d'une forêt dont l'histoire de sa famille était gravée sur les arbres.

Le bleu parfait du ciel au-dessus de lui contrastait avec son humeur sombre.

Il imagina son grand-père, pâle et vulnérable, enfermé dans une chambre d'hôpital aseptisée, loin de son cher Snow Crystal.

— Sean ? fit Jackson. Tu es encore là ?

— Oui, je suis là.

Son autre main agrippait le volant, les articulations blanchies sous la tension, parce qu'il y avait des choses que son frère ignorait, pour la bonne raison que Sean n'avait jamais voulu lui en parler.

— Maman et Grams ont besoin de toi. C'est toi le docteur de la famille. Je suis chef d'entreprise ; les malades, je ne sais pas faire.

— Il y avait quelqu'un avec lui quand c'est arrivé ? Grams ?

— Il était avec Elise. Heureusement qu'elle a agi rapidement. Si ça n'avait pas été le cas, notre conversation serait bien différente.

Elise, la chef de cuisine de Snow Crystal.

Sean regarda droit devant lui et pensa à cette nuit-là, l'été dernier. Le temps d'un instant, il crut sentir son parfum, la folie de leurs corps.

Encore quelque chose que son frère ignorait.

Il marmotta entre ses dents. Jackson n'avait pas cessé de parler.

— Alors, quand est-ce que tu peux être là ?

Il ferma les yeux et vit son grand-père, immobile dans un lit blanc ; leur grand-mère à son chevet, qui gardait la

18

famille soudée et un œil sur tout ; Jackson qui faisait plus que sa part, largement plus.

Quant à Elise, c'était une aventure d'une nuit, rien de plus. Ils ne sortaient pas ensemble et il n'était pas question qu'ils le fassent. Il n'y avait aucune raison d'en parler à son frère.

Il fit une estimation rapide. Trois heures et demie de trajet, sans compter le temps de passer chez lui prendre quelques affaires.

— J'arrive aussi vite que possible, mais je vais appeler tout de suite ses médecins pour en savoir un peu plus.

— Viens directement à l'hôpital. Et fais attention sur la route. Un membre de la famille mal en point, c'est largement suffisant. Et…

Jackson marqua une pause avant d'ajouter :

— Je suis content de t'avoir de nouveau à Snow Crystal.

Sean sentit sa gorge se nouer.

Il avait grandi près du lac, au cœur d'un décor majestueux. Il ne saurait pas dater le moment précis où il avait su qu'il ne voulait pas y vivre, ni quand son environnement avait commencé à irriter aussi bien sa peau que ses ambitions. Ce n'était pas quelque chose qu'il avait pu exprimer. Admettre qu'il pourrait y avoir un endroit meilleur que Snow Crystal tenait de l'hérésie au sein de la famille O'Neil. Exception faite de son père. Michael O'Neil partageait ces sentiments contradictoires à propos de la station. Il était la seule personne qui aurait pu le comprendre.

La culpabilité remua méchamment le couteau dans la plaie : en plus de la dispute avec son grand-père et de sa nuit avec Elise, il y avait encore une chose qu'il n'avait pas dite à son frère.

Il ne lui avait jamais avoué à quel point il détestait rentrer à la maison.

— J'ai tué Walter ! Tout ça, c'est ma faute ! J'étais si entêtée à vouloir terminer le hangar pour l'inauguration que j'ai laissé un homme de quatre-vingts ans manier les planches et construire ma terrasse !

Folle d'inquiétude, Elise faisait les cent pas sur le ponton de son petit chalet au bord du lac.

— *C'est affreux*[1]. Je suis impardonnable. Jackson devrait me virer.

— Snow Crystal a assez de soucis sans que Jackson vire le chef cuisinier de la station, dit Kayla. Le restaurant est la seule branche de l'entreprise qui produit des bénéfices.

Elle consulta son portable qui venait de vibrer.

— Bonne nouvelle, annonça-t-elle. D'après le docteur, Walter est stable.

— Dans l'étable ? demanda Elise. Comment ça ?

— Non : stable, corrigea Kayla en répondant au SMS. Ça veut dire que tu ne l'as pas tué, et calme-toi, s'il te plaît, ou il va falloir rappeler une ambulance. Les Français dramatisent toujours autant ?

Elise se passa les mains dans les cheveux.

— Je ne sais pas. Je ne peux pas m'en empêcher. J'ai du mal à maîtriser mes émotions. J'essaie de me retenir, mais au bout d'un moment elles débordent et j'explose.

— A qui le dis-tu. J'ai déjà eu à réparer les dégâts causés par tes explosions. Heureusement, le personnel t'adore. Va faire de la pâte à pizza ou un truc qui te permettra d'évacuer ton stress. Ton accent s'entend un peu trop, et ce n'est jamais bon signe. Tiens, un autre message de Jackson : il veut que j'aille à l'hôpital.

— Je viens avec toi !

— Seulement si tu me promets de ne pas exploser dans ma voiture.

— Je veux voir de mes yeux que Walter est encore en vie.

— Tu crois qu'on te mentirait là-dessus ?

Les jambes en coton, Elise se laissa tomber sur la chaise qu'elle avait installée sur le ponton, au bord de l'eau.

— Il compte beaucoup pour moi. Je l'aime comme un

1. En français dans le texte.

grand-père — pas comme mon véritable grand-père, un type affreux qui a refusé de parler à ma mère quand elle est tombée enceinte de moi et que du coup je n'ai jamais rencontré. Walter incarne le grand-père de mes rêves. Mais tu me comprends, ta famille aussi était une catastrophe.

Sans la contredire, Kayla ébaucha un sourire.

— Je sais que tu es très proche de Walter, tu n'as pas besoin de te justifier avec moi.

— Il est ce qui ressemble le plus à une famille pour moi. Avec Jackson, bien sûr. Je suis tellement contente que vous vous mariiez bientôt. Et puis il y a Elizabeth, et cette chère Alice. Bien sûr, Tyler est comme un frère, même si parfois je pourrais le gifler. Mais les frères et sœurs ont parfois envie de se battre, non? Je vous aime tous de tout mon cœur.

Elle avait soigneusement relégué dans le passé la partie la plus sombre de sa vie. La solitude, la peur et l'humiliation n'étaient plus qu'un souvenir lointain. Elle était en sécurité ici. Elle était aimée.

Kayla pencha la tête.

— Et Sean? Quelle place a-t-il dans ta jolie photo de famille? Pas celle d'un frère, il me semble.

— Non.

Rien que de penser à lui, le cœur d'Elise battait plus vite.

— Pas un frère.

— Tu ne dis pas que tu l'aimes, lui aussi? Tu n'as pas peur qu'il se sente exclu?

— Ce n'est pas drôle.

— Est-ce que c'est le bon moment pour t'annoncer qu'il rentre à la maison?

— Je m'en doutais, figure-toi. C'est un O'Neil. Les O'Neil se serrent les coudes pendant les mauvaises passes. Et il n'est pas revenu depuis un bon moment.

Et s'il évitait Snow Crystal à cause de ce qui s'était passé entre eux?

— Donc son arrivée ne va pas te mettre mal à l'aise?

— Mal à l'aise? Tu dis ça à cause de cet été? C'était

une nuit, rien de plus. Ce n'est pas difficile à comprendre, non, Sean est un *beau mec*[1].

— Un quoi ?

— Un *beau mec*[2]. Un bel homme. Sean est très sexy. Nous sommes deux adultes consentants qui avons décidé de passer une nuit ensemble. Et nous sommes célibataires tous les deux. Je n'ai aucune raison d'être gênée.

Ce qui s'était passé correspondait en tout point à son idée d'une nuit idéale. Sans attaches, sans complications. Un choix délibéré et rationnel. Plus jamais elle n'engagerait son cœur comme elle l'avait fait autrefois.

Pas de risque. Pas d'erreur.

— Donc le revoir ne te pose pas de problème.

— Du tout. Ce n'est pas la première fois, d'ailleurs. Je l'ai vu à Noël.

— Et vous ne vous êtes pas parlé. Vous ne vous êtes même pas regardés.

— Noël est la période la plus chargée de l'année, pour moi. Tu sais combien de couverts on a fait ? J'avais la tête trop prise pour penser à Sean. C'est pareil en ce moment, d'ailleurs. On ouvre le Boathouse Café et je n'ai pas de terrasse.

— Ecoute, je sais que le projet te tient à cœur — nous tient à cœur —, mais c'est la faute à pas de chance si Zach a eu cet accident de vélo.

Elise se renfrogna.

— C'est leur cousin ! Il fait partie de la famille ! Il aurait dû se montrer plus responsable.

— Un cousin éloigné.

— Et alors ? Il aurait pu finir le chantier avant de se casser la figure, non ?

— Je suis sûre que c'est ce qu'il a dit au rocher qui a dévalé inopinément sur la route, répondit Kayla en haussant les épaules d'un air fataliste. Il a l'ADN O'Neil, que

1. En français dans le texte.
2. En français dans le texte.

veux-tu ? Il aime forcément les sports à risque, et qui dit risque dit accident. Tyler affirme que c'est une terreur sur un snowboard.

— Eh bien, il aurait dû faire plus attention à son précieux ADN et attendre que la terrasse du ponton soit prête !

— Ça veut dire que Zach aussi a été rayé de la liste des gens que tu aimes ?

— Tu te moques, mais c'est important de dire aux gens qu'on les aime.

Pour Elise ce n'était pas seulement important, c'était vital. La tristesse l'envahit comme un virus agressif. Elle inspira profondément en espérant bloquer l'infection ; elle avait appris, au cours des années, à tenir en respect son chagrin afin qu'il n'interfère pas avec sa vie.

— Je n'aurais jamais dû accepter que Walter nous donne un coup de main. C'est ma faute s'il est à l'hôpital branché à tous ces tubes et…

— Elise, arrête, soupira Kayla. Sérieux, ça suffit.

— C'est que je ne cesse de penser que…

— J'ai dit « arrête ». Parlons d'autre chose, allez.

— On peut parler de comment j'ai tout gâché. Le Boathouse Café est important pour Snow Crystal. Nous avons inclus les revenus prévisionnels dans nos comptes de résultat. On a prévu une fête d'inauguration ! Qu'on ne va pas pouvoir faire.

Contrariée, Elise se releva pour contempler le lac. La lumière rasante du soleil décochait des reflets d'or et d'argent sur la surface calme. C'était rare qu'elle profite de la vue à cette heure de la journée. D'habitude, elle se trouvait déjà au restaurant pour s'occuper de la mise en place. Elle ne trouvait le temps de s'asseoir sur sa terrasse que tard dans la nuit, lorsqu'elle rentrait, ou au point du jour, quand elle sirotait son café dans le silence de l'aube.

Pendant l'été, le matin était son moment préféré, lorsqu'une brume cotonneuse enveloppait la forêt et que le soleil pâle n'y avait pas encore glissé ses rayons espiègles. Cela lui faisait penser au rideau d'un théâtre prêt à se lever sur une scène trépidante.

Heron Lodge était un petit chalet constitué d'une seule chambre et d'une pièce à vivre, mais sa taille ne dérangeait pas Elise le moins du monde. Elle avait grandi à Paris, dans un petit appartement de la rive gauche qui lui laissait à peine la place de tourner sur elle-même et dont la vue donnait sur les toits. A Snow Crystal, elle vivait pratiquement les pieds dans l'eau, dans un chalet coquet protégé par les arbres. La nuit, à la belle saison, elle dormait avec les fenêtres ouvertes. Même quand il faisait trop sombre pour profiter du paysage, les sons en révélaient la grande beauté. L'eau qui lapait sagement son ponton, le bruissement de l'aile d'un oiseau, le hululement grave d'un hibou. Les nuits où elle n'arrivait pas à dormir, elle restait allongée dans son lit à respirer les odeurs douces de l'été en écoutant l'appel de la grive solitaire et le gazouillis de la mésange à tête noire.

Si elle avait dormi les fenêtres ouvertes à Paris, elle aurait été dérangée par une cacophonie de Klaxons ponctuée des jurons bien sentis des chauffeurs et des chauffards. Paris était bruyant et stressé, une ville au volume bloqué au maximum où tout le monde courait pour tenter d'arriver à son rendez-vous de la veille.

Snow Crystal était feutré et paisible. Jamais, dans les remous de son passé, elle ne s'était imaginé habiter dans un tel endroit.

Elle savait pourtant qu'il s'en était fallu de peu que les O'Neil le perdent. Elle savait aussi que rien n'était acquis, que la banqueroute les guettait encore… Et elle était déterminée à faire tout son possible pour éviter que cela arrive.

— Tu ne pourrais pas me trouver un autre menuisier ? Tu es sûre que tu as demandé à tout le monde ?

Kayla, l'air fatigué, secoua la tête.

— Il n'y a personne, désolée. J'ai vraiment épluché mon carnet d'adresses.

— On est maudits, on dirait.

— Ne dis pas ça, personne n'est maudit !

— On va devoir retarder l'inauguration et annuler la soirée. Alors que tu as invité tous ces gens importants. Des gens qui auraient pu dire du bien de nous et attirer du monde. *Je suis désolée*[1]. Le Boathouse est sous ma responsabilité. Jackson m'a demandé de fixer la date d'ouverture et je l'ai fait. J'ai prévu un été très chargé et, si Snow Crystal doit fermer maintenant, nous perdrons nos jobs et notre maison et ce sera ma faute.

— Ne t'inquiète pas, avec ton talent pour le drame, tu trouveras facilement un rôle à Broadway.

Kayla marchait d'un bout à l'autre de la terrasse.

— Et si on déplaçait la fête au restaurant ?

— Mais non. C'était censé être une soirée magique, à l'extérieur, pour mettre en avant les charmes du nouveau café. J'avais tout prévu — le menu, l'éclairage, la piste de danse sur la terrasse... qui n'est pas finie !

Abattue, Elise entra dans le chalet pour récupérer le pique-nique qu'elle avait préparé.

— Allons à l'hôpital. Ils y sont depuis des heures, ils doivent être affamés.

En marchant vers la voiture le long du lac, elle songea encore une fois à la chance qu'ils avaient d'avoir Kayla parmi eux, à Snow Crystal. Jackson l'avait embauchée six mois plus tôt seulement, la semaine avant Noël, afin de mettre en place une opération de communication visant à renflouer la station qui coulait. Au départ, elle ne devait rester qu'une semaine avant de reprendre son poste à responsabilité à New York, mais ça, c'était avant qu'elle ne tombe amoureuse de Jackson O'Neil.

C'était si romantique...

Jackson, si calme, si fort. C'était lui qui avait ouvert à Elise les portes de cette vie merveilleuse. Il l'avait sauvée, tirée des ruines de sa propre vie. Il lui avait montré la voie pour sortir de la situation impossible dans laquelle elle-même s'était enfermée. Il était la seule personne qui savait

1. En français dans le texte.

la vérité sur elle. Elle lui devait tout, et le Boathouse Café était sa façon de le remercier.

Elle avait toujours su que Snow Crystal avait besoin d'offrir à ses clients une solution intermédiaire entre le restaurant chic et la petite cafétéria toujours bondée qui datait de l'ouverture de la station.

Elle avait repéré le vieux hangar à bateaux en ruine lors de sa première balade autour du lac, et aussitôt elle avait imaginé un café les pieds dans l'eau. A présent, son rêve était sur le point de se réaliser. Elle avait travaillé avec un architecte du coin ; ensemble ils avaient réussi à créer un endroit qui correspondait à sa vision et satisfaisait les financiers.

Trois des quatre façades Boathouse étaient de verre afin que le paysage s'invite à la table des convives. Pendant l'hiver, elles resteraient fermées, mais durant les mois d'été, les cloisons coulissantes s'ouvriraient afin de permettre aux clients de profiter au maximum de la vue.

L'été, la plupart des tables seraient installées sur le large ponton, un véritable piège à soleil qui s'étendait au-dessus de l'eau. Le chantier était censé finir début juin, mais une météo capricieuse avait empêché les artisans d'avancer au rythme prévu, et ensuite Zach avait eu ce satané accident.

Kayla conduit la voiture jusqu'à la sortie de la station.

— Combien de temps penses-tu que Sean va rester ? demanda Elise.

— Pas très longtemps.

Cela convenait parfaitement à Elise.

Ils n'auraient probablement pas l'occasion de se trouver seul à seul et elle n'allait pas s'inquiéter pour quelque chose qui avait très peu de chances de se produire.

Sean était de bonne compagnie, il était charmant et, oui, sexy à se taper la tête contre les murs, mais elle n'avait pas de sentiments pour lui. Et elle n'en aurait jamais. Plus jamais, pour personne.

Des souvenirs indésirables, sombres et oppressants, la traversèrent comme un frisson, mais elle fixa le paysage avec un regard de défi pour se rappeler qu'elle n'était plus à Paris mais dans le Vermont, et que sa maison était ici à présent.

Elle avait aussi les O'Neil. Ils étaient sa famille. Cette pensée l'accompagna jusqu'à leur arrivée à l'hôpital.

Elle y pensait encore quand Kayla se jeta dans les bras de Jackson, lui prenant la main, se hissant sur la pointe des pieds pour frôler les lèvres de son fiancé d'un baiser à la fois intime et discret. Dans des moments comme celui-là, rien n'existait plus pour eux, ils semblaient tout oublier du monde qui les entourait.

Elise préféra regarder ailleurs, le cœur serré.

Oh! elle n'était pas jalouse, bien sûr que non.

— Je vais voir Walter pendant que vous vous retrouvez tous les deux. Tu me donnes les clés, Kayla ? fit-elle en lui tendant la main. Tu peux rentrer avec Jackson plus tard, je vais essayer de convaincre Alice de rentrer avec moi dans pas trop longtemps.

Mais Alice ne voulut rien entendre. Walter semblait très fragile, si pâle… En quittant la chambre, Elise emporta avec elle l'image de la vieille femme, assise au chevet de l'homme qu'elle avait épousé soixante ans plus tôt, son tricot à l'abandon sur les genoux, sa main dans les siennes, leurs doigts enlacés comme un rempart contre la menace qui cernait leur vie.

Alice n'avait pas cessé de parler de Sean. Sa foi dans la capacité de son petit-fils à réaliser des miracles était à la fois touchante et inquiétante.

Elise était sur le point de quitter de l'hôpital quand elle le vit.

Il marchait avec assurance, à l'aise dans l'ambiance high-tech de la clinique. En dépit de son costume sur mesure et de sa chemise d'un blanc éclatant, il se dégageait de lui une énergie animale à peine contenue. Et ses épaules athlétiques… Elle sentit son cœur faire une petite danse.

Et tout à coup, malgré la clim', elle avait très chaud.

Il n'y avait eu qu'une nuit, mais c'était une nuit qu'elle ne risquait pas d'oublier — et lui non plus !

Là-dessus, ils étaient sur la même longueur d'onde. Sean ne cherchait pas à construire une relation amoureuse sur le long terme. Son travail lui demandait beaucoup de maîtrise de soi et un certain détachement émotionnel. Comme il abordait de façon similaire les questions personnelles, ils étaient tombés d'accord naturellement.

Elle traversa le hall d'un pas déterminé pour aller le saluer, prête à montrer à quiconque les regardant — elle-même incluse — que ces retrouvailles n'avaient rien de tendu.

— Sean, fit-elle en posant une main sur son épaule avant de lui claquer une bise bien sentie. *Ça va*[1] ? Je suis navrée, pour Walter. Tu dois être fou d'inquiétude.

Tout allait bien. Aucun malaise. Peut-être que son anglais était moins fluide que d'habitude, mais cela lui arrivait dès qu'elle était fatiguée ou stressée.

Lorsque sa joue frôla la sienne, hérissée d'une barbe naissante, Elise fut traversée d'une décharge d'énergie sexuelle. Décontenancée, elle crispa la main sur l'épaule de Sean. Elle n'aurait eu qu'à déplacer son visage un rien vers la gauche pour poser ses lèvres sur les siennes. Et à son grand dam, elle en avait terriblement envie.

Sean tourna très légèrement la tête. Leurs regards se rencontrèrent.

Fascinant.

Alors qu'il avait les yeux du même bleu profond que son jumeau, elle n'avait jamais éprouvé, même de loin, quelque chose d'aussi dangereusement intense auprès de Jackson. Si elle avait été encline aux envolées lyriques, elle aurait parlé de saphirs ou de la couleur du ciel, mais pour elle les yeux de Sean évoquaient tout simplement le sexe. Le temps d'un instant elle oublia les gens autour, elle oublia tout sauf cette électricité et les souvenirs de cette nuit-là. Elle n'avait pas fermé les yeux, lui non plus. Pendant toute la durée de leur folle nuit ils avaient gardé cette connexion et là, dans ce hall, dans cette clinique, elle ne pouvait penser à rien d'autre.

1. En français dans le texte.

Elle s'écarta de lui, le cœur battant à tout rompre, la bouche sèche, en faisant appel à toute la force de sa volonté pour retirer la main de son épaule.

— Tu as fait bon voyage ?

— J'ai connu pire.

— Tu as mangé quelque chose ? J'ai apporté des trucs, j'ai laissé le sac à Alice.

— J'imagine qu'il n'y a pas de pinot noir dans ce sac, non ?

Sean tout craché, cette réponse.

Même au cœur d'une crise, il irradiait le calme, un calme aussi bienvenu pour Elise qu'une brise fraîche en pleine canicule. Pour la première fois depuis ce moment de cauchemar où Walter s'était écroulé sous ses yeux, elle ne voyait plus tout en noir. Comme si on lui avait enlevé une partie du poids qui pesait sur ses épaules.

— Pas de pinot. Mais de la citronnade maison.

— Bon, on ne peut pas tout avoir. Mais si c'est toi qui l'as faite, elle est bonne à coup sûr.

Il desserra nonchalamment sa cravate de ses doigts habiles et fermes. Elle ne put que se demander s'il se rappelait que le vin qu'ils avaient bu ce soir-là, c'était justement du pinot noir.

— Où est le reste de la famille ?

— Avec ton grand-père.

— Comment va-t-il ? Du nouveau ?

Il avait parlé d'un ton bourru, mais derrière ses longs cils ses yeux étaient soucieux.

— Il a l'air fragile. J'espère que les médecins savent ce qu'ils font.

— C'est un bon hôpital. Et toi, comment ça va ?

Il lui prit le menton pour l'obliger à le regarder.

— Tu as une sale tête.

— C'est l'avis du médecin ?

— C'est l'impression d'un ami. Si tu veux que je réponde en tant que docteur, je vais devoir te facturer…

Penchant la tête en arrière, il feignit de calculer.

— … Disons, six cents dollars. De rien.

— Tu as fait de si longues études pour dire aux gens qu'ils ont une sale tête ? rétorqua-t-elle.

— C'est ma vocation.

Il lui décocha un sourire qui remit son cœur au galop.

— Et moi qui étais persuadée de garder fière allure même en pleine crise.

Elle avait oublié qu'il avait le chic pour détendre les gens : il était charmant, accessible. Et dangereusement séduisant.

— Il faut que j'y aille, dit-il. Je dois voir Grams.

— Elle ne veut pas bouger d'ici, mais elle est épuisée. Elle est persuadée que tu vas faire des miracles.

— Je vais m'occuper de ça, répondit-il avec une expression plus douce, comme toujours quand il parlait de sa grand-mère. Tu retournes tout de suite à Snow Crystal ?

— Je voulais juste voir Walter cinq minutes et apporter de quoi grignoter.

Sean n'avait pas détaché les yeux de son visage.

— Tu ne m'as pas encore dit comment tu allais. Je sais que tu es très proche de lui.

Comment allait-elle ?

La personne qu'elle aimait le plus au monde était à l'hôpital, le Boathouse n'était pas encore fini et n'ouvrirait pas dans les temps. Il n'y aurait pas de soirée d'inauguration. Elle avait laissé tomber Jackson.

Elle avait déjà eu des mauvais jours dans sa vie, et celui-ci était l'un des pires. Mais Sean n'avait pas besoin d'en savoir autant, leur relation n'incluait pas les confidences intimes.

— Je tiens le coup, mentit-elle. C'est différent pour moi, je ne suis pas de la famille. Cela dit, si tu as cinq minutes pour accomplir un miracle, je ne suis pas contre.

— Je pense que mon grand-père serait le premier à protester s'il t'entendait dire que tu n'es pas de la famille.

— Walter contesterait n'importe quoi pour le plaisir d'une bonne dispute. Tu le connais, il adore ça. C'est mon homme idéal.

— Tu viens de me briser le cœur.

Elle savait qu'il plaisantait. Sean était trop pris par sa carrière pour s'investir dans une relation.

Ce qu'elle comprenait mieux que personne.

— On se voit bientôt, répondit-elle.

Il la prit par le poignet et l'attira vers lui.

— Tu es en état de conduire ?

Pendant quelques secondes, pratiquement nez à nez avec lui, elle eut l'impression qu'ils étaient seuls au monde.

— Bien sûr.

Elle hésitait entre trouver touchant qu'il ait remarqué son profond chagrin et s'agacer d'être aussi facile à lire. Pourquoi n'était-elle pas distante et énigmatique comme Kayla ?

— La journée a été longue, c'est tout.

Il l'étudia longuement du regard avant de relâcher la pression de sa main.

— Fais attention sur la route.

En traversant le parking, elle se félicita du déroulement de leur rencontre, naturelle, amicale. En les voyant ce soir, personne n'aurait deviné qu'un jour, ou plutôt une nuit, ils avaient généré ensemble assez de chaleur pour faire fondre les calottes polaires.

Leurs sentiments étaient sous contrôle.

Sean O'Neil ne représentait en rien une menace pour la vie d'Elise ici. Le virus de l'amour ne passerait plus par elle, elle était vaccinée.

Chapitre 2

— Le retour du petit-fils prodige.

En entendant cette voix qu'il connaissait si bien, Sean se retourna. Face à lui, Tyler tenait deux gobelets de café à la main.

Il lui en prit un sans attendre d'y être invité.

— Je ne savais pas que tout le monde était là.

— C'est le cas depuis que tu as passé la porte, et ce café était pour Jackson. Mais dis-moi, tu as plus l'air d'un banquier que d'un médecin. Et ta blouse ?

— Je la garde pour le bloc. Le reste du temps, je porte le costume.

— Pourquoi ? Pour te changer encore plus souvent ?

Ces plaisanteries n'avaient pas diminué la tension des épaules de son frère, et Sean commença à s'inquiéter sérieusement.

— Je comprends que tu sois surpris vu le genre d'émissions que tu regardes, dit-il, mais sache que la plupart des gens n'aiment pas les médecins couverts de sang.

Il prit une gorgée de café, faillit la recracher, toussota.

— C'est ignoble, ce truc.

— Café mal acquis ne profite jamais, tu as été puni. Et si tu avais passé toute ta journée ici, tu le trouverais délicieux.

— Comment va ta jambe ? fit Sean.

— Dans ses petits souliers. Et je n'aurais jamais cru que je pourrais dire ça un jour, mais je suis content de te voir, ajouta-t-il avec ironie. Pff… Regarde-moi faire mon sentimental. Ça doit être le café.

— Ouais, ça m'inquiète, d'ailleurs.

— Sois rassuré. Je suis content de te voir parce que tu vas pouvoir nous traduire le jargon assommant des médecins, et de mon côté je vais enfin pouvoir me concentrer sur des choses plus importantes.

— Ces choses plus importantes étant du genre féminin ?

— Ça se pourrait. C'est Elise que j'ai vue partir ? Tu savais qu'elle était avec Gramps quand il s'est écroulé ?

— Jackson me l'a dit, mais elle ne l'a pas mentionné.

Ce qui, en y repensant, était un peu étrange.

De quoi avaient-ils parlé, déjà ? Tout ce qu'il pouvait se rappeler, c'était sa joue frôlant la sienne, ses cheveux soyeux, son odeur qui s'était infiltrée en lui comme une drogue. Et cette alchimie folle entre eux, vibrant dans l'arrière-plan comme une vague de chaleur estivale.

Les portes de l'ascenseur le plus proche s'ouvrirent sur Jackson et Kayla.

— Elise m'a envoyé un SMS pour me dire que tu étais là, lança ce dernier. Je ne t'attendais pas avant une heure, au moins.

— Il se peut que j'aie dépassé par moments les limitations de vitesse.

Sean entra dans l'ascenseur avec Tyler en se demandant depuis quand son jumeau n'avait pas dormi.

— Du changement ? demanda-t-il.

— Rien de particulier, mais je ne suis pas médecin, répondit Jackson en appuya sur un bouton de l'ascenseur. C'est difficile d'avoir des infos, on peut se demander si ce sont des vrais médecins ou des figurants, d'ailleurs. Il faut que tu leur parles.

— J'ai appelé sur la route, en venant. Cette clinique a l'un des taux de survie post-crise cardiaque les plus hauts du pays. Ils l'auraient tout de suite emmené à l'unité de cathétérisme pour une angioplastie et une pose de stent. Il est resté en salle d'urgences moins de dix-sept minutes. C'est assez impressionnant.

C'était un soulagement de voir que, en dépit de son lien

avec le malade, le docteur en Sean prenait le relais pour analyser la situation rationnellement.

Jackson regarda Tyler, qui haussa les épaules.

— Ne me regarde pas, moi. Je n'ai jamais compris un traître mot de ce qu'il racontait. C'est tous ces bouquins qu'il lit. Ne crois pas non plus que ses patients le comprennent, ils sont simplement rassurés par les honoraires faramineux qu'il pratique.

Sean sourit. Ça faisait un bien fou, cet échange de plaisanteries avec ses frères.

— Tu pourrais essayer de porter le costard de temps en temps, Ty, répondit-il. Avec un petit effort côté look, tu pourrais même convaincre une fille de coucher avec toi.

— Si je suis célib' en ce moment, c'est parce que mon adolescente de fille vit chez moi. Je suis l'incarnation parfaite du parent responsable.

Sean ricana.

— Ça doit te coûter, hein ?

Jackson, la voix de la raison comme toujours, intervint.

— On peut se concentrer sur Gramps un instant ? Sean, réexplique-moi tout, mais de façon compréhensible cette fois.

— L'artère était obturée et ils l'ont débloquée en gonflant un ballonnet à l'intérieur pour en écarter les parois. Quant au stent, c'est un petit tube rigide qui redonne sa forme naturelle à l'artère… La recherche montre que si l'opération se fait dans les quatre-vingt-dix minutes suivant l'attaque, les chances de survie augmentent et les risques de complications diminuent. Le laps de temps entre l'apparition des symptômes et la reperfusion myocardique est prédictif des suites éventuelles.

— J'ai demandé un langage compréhensible.

Tyler roula des yeux.

— S'il compte continuer avec son cours magistral, je vais avoir besoin d'un verre.

— Mais ce sont de bonnes nouvelles ou pas ? demanda Jackson.

Conscient que la médecine n'était pas une science exacte,

et que ses frères étaient déjà assez inquiets comme ça, Sean décida de ne pas s'étendre sur les scénarios les plus pessimistes.

— Comment ça s'est passé, précisément? demanda-t-il. Gramps s'était déjà senti mal avant? S'est-il plaint de douleurs à la poitrine?

— D'après Elise, il allait bien, et tout à coup il s'est écroulé, dit Jackson, les yeux rivés au panneau de commande de l'ascenseur qui s'arrêtait à tous les étages. Il bossait sur le ponton de l'ancienne remise à bateaux.

— Qu'est-ce qui lui a pris, de faire ça?

— On le rénove pour y ouvrir un autre restaurant, répondit son frère, visiblement agacé. Tu ne lis pas tes e-mails?

— J'en reçois des tonnes. Mais ça n'explique pas pourquoi Gramps y travaillait.

— Il n'y avait personne d'autre. On est tous plus que débordés, et il voulait aider. Je ne pouvais pas m'autoriser le luxe de lui dire non, sans compter qu'il ne m'aurait pas écouté. Tout le monde se donne à fond pour la survie de Snow Crystal.

Tout le monde, sauf lui. Sean scruta le vide devant lui, la culpabilité lui glaçant le dos comme une sueur froide. Il était le seul à ne rien faire pour empêcher l'affaire familiale de couler.

Il se retourna pour répondre à son frère et le regretta aussitôt. Jackson et Kayla s'embrassaient avec une lenteur délibérée, les yeux dans les yeux.

Ses pensées revinrent vers Elise, vers cette nuit unique et incandescente de l'été dernier.

La nuit dont ni l'un ni l'autre n'avaient reparlé.

— Vous pouvez vous calmer deux minutes, vous deux? On discutait de la santé de notre grand-père, là, dit-il, agacé.

— Tu es en présence du véritable amour, roucoula Tyler. C'est très beau, n'est-ce pas?

— Désolée, fit Kayla en posant la tête sur l'épaule de son fiancé. La journée a été longue et c'est à peine si on se voit. Mais ça va bientôt changer. Plus qu'une semaine!

Sean fronça les sourcils.

— Tu quittes ton boulot à New York ?

— Oui. Je vais travailler et vivre ici à plein temps. Mais tu le savais, je te l'ai dit à Noël ! lui rappela-t-elle en jouant avec la bague de fiançailles à son annulaire.

Oui, sauf qu'à Noël il était trop occupé à essayer de survivre trois jours sous le même toit que son grand-père sans révéler au reste de la famille le différend qui les séparait, et cet effort l'avait empêché de prêter la moindre attention aux sentiments des autres.

— Bien sûr. Je suis à l'ouest, désolé.

Ainsi Kayla quittait tout pour s'installer à Snow Crystal. Encore une autre personne qui sacrifiait tout par amour. Qu'était-il censé dire devant ça ?

Félicitations ? Tu es sûre d'avoir bien réfléchi ? Que se passera-t-il le jour où tu ouvriras les yeux et commenceras à regretter tout ce à quoi tu as renoncé ?

— Tous mes vœux de bonheur à tous les deux.

— On est déjà très heureux, et on compte bien continuer comme ça, répondit Jackson en passant le bras autour des épaules de Kayla. Ignore-le, il est jaloux. Il n'arrive pas à garder une femme assez longtemps pour apprendre son prénom. C'est ça, son problème.

— Ce n'est pas moi qui pose problème, dit Sean.

S'engager avec quelqu'un impliquait de faire passer les besoins de cette personne en premier, et il était trop égoïste pour faire ce sacrifice. Il voulait travailler quand et autant qu'il le voulait sans sentir qu'il manquait à certains devoirs, qu'il rompait des promesses faites. Il voulait voyager dans la vie sans avoir l'impression constante qu'il devrait être quelque part ailleurs. Il voulait être libre et ne pas se sentir, comme leur père, enfermé et piégé dans une vie qu'il n'avait pas choisie.

10, 11, 12…

C'était l'ascenseur le plus lent du monde ou quoi ? Sean aurait eu envie de sortir et de le soulever pour le faire avancer plus vite.

— Tyler, tu devrais retourner à la maison, fit Jackson. Gramps ne sera pas content s'il rentre et voit qu'on a négligé la station.

— Il n'est jamais content, de toute façon, grommela Tyler.

Mal à l'aise, Sean passa un doigt entre son cou et le col de la chemise qu'il avait pourtant déboutonnée.

— Je ne m'attends pas à un accueil chaleureux, dit-il.

— Tu pourrais revenir à la maison plus souvent, aussi, rétorqua Jackson. Ça aiderait.

Tyler fit mine d'enlever une poussière de l'épaule de Sean.

— C'est qu'il n'a pas la bonne tenue. On ne peut pas se balader à Snow Crystal en chemise de soie et costard Armani.

— Pour info, c'est Brioni. Je l'ai acheté à Milan, j'y étais pour un congrès.

Il n'ajouta pas que vivre à Snow Crystal représentait pour lui un sacrifice qu'il n'avait aucune intention de faire.

— Un bon costume est un investissement. Il me semble me rappeler d'ailleurs que dans le temps tu en possédais un plutôt pas mal. Plusieurs, même. Bien sûr, je parle de l'époque où tu ne t'étais pas encore laissé aller.

Cet échange avec ses frères était rassurant et, surtout, permit à Sean de patienter jusqu'à ce que l'ascenseur s'arrête à leur étage. Il s'en extirpa avant même que les portes aient fini de s'ouvrir, soulagé d'être sorti de la cabine exiguë mais oppressé par des émotions qu'il n'avait pas envie d'analyser.

Tyler lui emboîta le pas, le visage soudain très pâle.

— Je ne supporte pas les hôpitaux. Les blouses blanches, les machines et leurs bips, les gens qui parlent une langue incompréhensible… C'est comme se retrouver dans une soucoupe volante.

Sean se demanda si l'ambiance de la clinique rappelait à son frère l'accident. Pour lui, au contraire, les hôpitaux étaient des endroits excitants, des centres de recherche, des lieux pleins de possibles. Il s'y sentait chez lui.

Comme s'il avait lu dans ses pensées, Jackson lui dit, en lui tapant sur l'épaule :

— Tu dois te sentir à l'aise, dans cette soucoupe. Prêt à botter des fesses ?

— Les aliens ont-ils des fesses ?

Kayla roula des yeux.

— On dirait le titre d'un mauvais film, dit-elle.

— Quel genre de film ? dit Jackson, les yeux rivés sur la bouche de sa fiancée. Pour adultes ? Si tu veux me faire des cochonneries extraterrestres, je dis oui tout de suite.

Sean chercha le regard de Tyler, qui haussa les épaules, complice.

— C'est ce que je te disais : l'amour véritable. Ça t'arrivera aussi à toi un jour, quand tu t'y attendras le moins. Tu verras, tu passeras tes journées aussi tes lèvres collées à celles d'une nana en faisant des bruits dégoûtants comme notre très cher frère ici présent.

Et peu de temps après, les sacrifices commenceraient. « Je » deviendrait « nous », et dans le sillon de ce « nous » arriverait une ribambelle de compromis, et soudain sa vie ne ressemblerait en rien à ce qu'il avait prévu. Et un jour il se regarderait dans la glace et se demanderait : « Comment j'ai pu en arriver là ? »

Il était hors de question, hors de question, que cela lui arrive.

— Il y a une machine à glace pilée au fond du couloir, dit Sean en désignant un panneau d'information. Allez vous y enfermer pendant que je vais voir Gramps.

Elise passa la soirée à cuisiner. Combiner des saveurs et des textures occupait son esprit et calmait son anxiété. Qui plus est, elle pouvait essayer de se persuader qu'elle travaillait à la composition du menu du Boathouse, même si au fond elle savait qu'elle cherchait à se vider la tête… Elle aurait payé cher pour ne plus penser au moment où Walter était tombé à ses pieds.

On ne lui avait pas donné de nouvelles depuis des heures, et les deux SMS qu'elle avait envoyés à Kayla étaient restés sans réponse. Elle aurait préféré ne pas appeler l'hôpital, mais elle était à deux doigts de le faire.

Il était presque minuit. Pourquoi Kayla n'appelait-elle pas ?

Tout était sombre autour du lac. Le cri d'une chouette traversa la forêt.

Non, elle serait incapable de dormir, quand bien même elle l'aurait voulu. Elle continua à cuisiner en prenant des notes sur l'ordinateur portable qu'elle gardait en permanence sur son plan de travail. Certaines des recettes figureraient dans son répertoire et elle les inclurait dans les menus du restaurant ou du café. D'autres sommeilleraient à jamais dans son disque dur.

Le minuteur sonna. Elle sortit du four une plaque de mini-quiches aux champignons sauvages, en mit une de côté pour la goûter et glissa le reste sur une grille pour qu'elles refroidissent. Elle était satisfaite du résultat. La fourchette fendit la pâte légèrement dorée, croquante mais aérienne, offrant sur la langue un contraste idéal avec l'appareil à la crème.

— Ça sent bon.

La voix de Sean. Elise se tourna brusquement, le cœur soudain affolé.

Il se tenait sur le pas de la porte, ses épaules larges cachaient la vue sur le lac.

C'était la première fois qu'il venait au chalet depuis qu'elle y habitait. Et qu'il vienne en personne ne présageait rien de bon.

— Walter ? Il est… ?

La peur s'empara d'elle, impitoyable, brutale. Tout devint flou, elle se sentit défaillir… Et alors qu'elle ne l'avait pas vu se déplacer, Sean la prit par les épaules et la guida vers la chaise la plus proche.

— Baisse la tête, dit-il d'une voix calme. Ça va aller, ma belle, la journée a été longue. Gramps va bien. Il va s'en sortir.

Elise se pencha en avant, la pièce tournant encore autour d'elle. Mais son cœur battait de nouveau dans sa poitrine, ce qui était rassurant après avoir eu la sensation qu'il s'était arrêté.

— C'est vrai ? demanda-t-elle. Tu ne le dis pas juste pour me rassurer ?

— Je ne mens jamais.

Il s'accroupit à côté d'elle et prit sa main entre les siennes.

— Certaines femmes disent même que c'est mon plus gros défaut. Tu te sens mieux ?

Elle hocha la tête, préférant ne pas avouer que la franchise était l'une des choses qu'elle aimait le plus chez lui. Mais quand leurs yeux se croisèrent, son ventre se noua. Ils auraient beau feindre de l'ignorer, la connexion était toujours là. *Merde¹*.

Et pour couronner le tout, elle s'appuyait sur lui comme une pauvre créature pathétique. Ça ne lui ressemblait pas du tout.

— Tu m'as fait peur. J'ai cru qu'il…

L'idée était si insoutenable que les mots refusaient même de se former dans sa bouche.

— … Et Kayla n'a pas répondu à mes textos. Je m'inquiétais.

— Elle devait être trop occupée à rouler des patins à mon frère pour répondre, dit-il en pressant la main d'Elise avant de se redresser. Ils ne s'arrêtent jamais, ces deux-là ?

Elle fléchit les doigts en songeant qu'elle aurait dû retirer sa main en premier.

— Ils se voient peu ; ils se rattrapent quand ils sont ensemble, j'imagine. Mais parle-moi de ton grand-père. Comment était-il quand tu es parti ?

— Bien réveillé, usage de la parole intact, il grondait Grams d'être restée à ses côtés au lieu de rentrer dormir.

— Oh ! s'il grondait, c'est qu'il va mieux. Mais je vais tuer Kayla de ne pas m'avoir tenue au courant.

Elle aurait voulu se relever, mais elle n'était pas sûre que ses jambes la soutiendraient. Elle resta donc sagement sur la jolie chaise de bois bleu achetée pour sa cuisine.

1. En français dans le texte.

— Je tremble encore. Quelle catastrophe !

— Après ce que tu as traversé aujourd'hui, je dirais que c'est la moindre des réactions. Tiens, bois quelque chose.

Il choisit une bouteille de cognac sur les étagères, en versa une dose généreuse dans un verre, le huma avec volupté.

— Pas mal du tout. Si j'avais su que tu cachais ça dans ta cuisine, je serais venu avant.

Elle prit le verre qu'il lui tendait, horrifiée de sentir les prémices de sanglots bloquer sa gorge.

— Désolée…

— Désolée de ne pas avoir partagé ton cognac ou de t'inquiéter pour mon grand-père ?

— De ma réaction excessive, dit-elle en prenant une gorgée de liqueur.

La chaleur de l'alcool lui brûla agréablement la bouche. Elle se trouvait stupide d'avoir pensé au pire.

— C'est moi qui devrais m'excuser, dit Sean, de m'être pointé chez toi sans crier gare. Je n'ai pas pensé que ça pouvait t'alarmer. En général, les femmes sont contentes de me voir.

Il plaisantait, évidemment, mais elle se doutait que la blague correspondait à la réalité.

— Tu n'étais jamais venu ici, et comme je n'arrivais pas à joindre Kayla, j'ai eu peur que… Je t'ai vu et j'ai cru que…

Elle s'interrompit avec un soupir. Décidément, ce n'était pas la peine d'essayer de le formuler.

— Si tu étais si inquiète, pourquoi tu ne m'as pas appelé directement ? demanda Sean.

— Ah, non. Je ne ferais pas ça.

— Mais enfin, Elise, on se connaît un petit peu quand même. Tu m'as arraché mes vêtements. On a couché ensemble. Si nous pouvons nous rouler nus tous les deux, tu peux prendre le téléphone pour m'appeler, non ?

Elle sentit sur ses joues cette chaleur qui trahissait son embarras.

— Tu m'as arraché mes vêtements, toi aussi, au cas où ta mémoire flancherait.

Mais c'était elle qui avait commencé.

C'était elle qui avait fait le premier pas au cours de cette nuit d'été ardente, où l'odeur de la forêt les avait enveloppés et où son corps s'était enflammé pour lui.

— C'est vrai. Je l'ai fait. Il y a eu beaucoup de déchirements mutuels, ce soir-là. Et ma mémoire marche très bien, merci.

Ah, ce sourire un rien canaille et nonchalant, ces yeux d'un bleu impossible…

— Et la tienne, de mémoire, ça va ? ajouta-t-il.

— Oh ! c'est à peine si je m'en souviens.

Il prit une expression amusée.

— Parce que c'était une nuit parfaitement oubliable, n'est-ce pas ? dit-il en lui prenant le verre des mains. Ecoute, je ne suis pas bon pour les relations sérieuses, je suis le premier à l'admettre. Mais ça ne veut pas dire que je vais faire comme s'il ne s'était rien passé entre nous. La prochaine fois que tu es inquiète pour quoi que ce soit, tu m'appelles, tout simplement.

— Je n'ai pas ton numéro et je ne le veux pas.

Il n'avait jamais été question de téléphone ni de message, entre eux. Ils avaient partagé un moment d'une sensualité explosive, et c'est à ça qu'elle pensait en ce moment précis. Elle était certaine que lui aussi.

— Je ne suis pas en train de dire que tu peux m'appeler au milieu d'une opération pour me dire que tu m'aimes, mais si tu avais eu mon numéro, tu aurais pu m'appeler tout à l'heure au lieu de te ronger les sangs.

— C'est vrai ? Les gens t'appelent pendant que tu es au bloc ?

— Ça arrive. Les femmes veulent en général plus que je ne peux leur donner.

Il s'appuya au plan de travail.

— Pas moi, fit Elise.

D'ailleurs, même si elle avait eu son numéro, elle ne l'aurait pas appelé. Un coup de fil est souvent le premier pas vers le début d'une relation, et elle n'avait pas l'intention de prendre ce chemin. Plus jamais. Elle avait déjà tenté sa chance et ç'avait été comme marcher pieds nus sur des tessons de verre. Elle en gardait encore des cicatrices, voilà pourquoi son cœur n'avait plus son mot à dire dans les décisions qu'elle prenait.

Désormais, en termes d'hommes, c'était sa tête qui dirigeait les opérations.

Sean tendit la main, paume vers le haut.

— Donne-moi ton téléphone.

— Ce n'est pas la peine.

— Soit tu me le donnes, soit je devrai le prendre par la force et ça risque de mal finir.

Comme il ne bougeait pas, elle finit par sortir son portable de sa poche.

— C'est ridicule.

Il prit le téléphone du geste déterminé d'un homme qui sait ce qu'il veut et se donne les moyens de l'obtenir.

— J'aime ta façon de prononcer les « r ». Très sexy.

Calme et posé, il entra son numéro dans les contacts.

— La prochaine fois que quelque chose t'inquiète, tu m'appelles.

— D'accord. Je vais t'appeler vingt fois par jour pendant que tu es au bloc pour te dire que je t'aime et, si tu ne réponds pas, j'inonderai ton répondeur de messages.

Il rit.

— Mon équipe va adorer prendre chacun de tes appels.

— Peut-être même que je vais vendre ton numéro sur eBay pour récolter des fonds pour Snow Crystal.

— Ils se vendent combien, les chirurgiens débordés ? Je ne dois pas valoir grand-chose.

Il lui rendit le portable en désignant les quiches du menton.

— C'est pour manger maintenant ?

— Non.

— Tu es cruelle et sans cœur. Je l'ai su dès que je t'ai vue. Tu m'as utilisé pour une nuit de sexe dément et après tu m'as jeté.

Flirter avec lui était comme danser avec le feu. Un faux

pas et la chaleur la brûlerait. A aucun moment elle n'avait regretté d'avoir passé la nuit avec lui, mais il était hors de question de recommencer.

— Donne-moi plus de détails sur l'état de Walter.

— Nourris-moi d'abord. Je n'ai pas fait de vrai repas depuis le petit déjeuner, et encore.

Il jeta un regard de convoitise sur la plaque à pâtisserie.

— Elles sont presque trop jolies pour être mangées, mais je pense que je pourrais y arriver.

— Elles sont en phase expérimentale.

— Je suis médecin. En médecine, la recherche est fondamentale, aussi je serais ravi de pouvoir participer à une expérience qui te permettra d'atteindre l'excellence. Je soumettrai même un article au *New England Journal of Medicine* : « Soulagement des symptômes de l'anxiété par la cuisine d'Elise ». Allez, ne me pousse pas à te supplier.

— Tu n'as pas besoin de me supplier.

Elle rangea le téléphone dans sa poche en résistant à l'envie d'effacer son numéro tout de suite. De toute façon, l'avoir ne l'obligerait nullement à l'utiliser.

— Je bosse toujours sur le menu pour le café, même si je sais qu'on n'arrivera pas à ouvrir dans les temps.

— Il reste encore beaucoup à faire ?

— Pas vraiment. On y est presque, c'est d'autant plus frustrant. Mais on va bien finir par le mettre en route et je veux que le menu soit fin prêt à ce moment-là. Ce sera une expérience gustative différente.

Une brise fraîche entra par la porte entrouverte et l'on entendit le cri d'un oiseau qui survolait le lac. Le calme de la nuit ajoutait à l'intimité de la scène.

Elise voulut se persuader qu'elle pouvait maîtriser l'alchimie entre eux, qu'elle avait le choix de foncer ou de s'abstenir. Il suffisait qu'elle prenne sa décision de façon rationnelle, comme elle en avait pris l'habitude.

— Eh bien cette expérience gustative sent trop bon. Je prévois de devenir un client habituel.

— Tu vis à quatre heures de route de Snow Crystal.

— Ce soir je n'en ai mis que trois.

— Tu viendrais rien que pour ma cuisine ?

Elle prit une assiette pour le servir, mais il avait déjà une quiche à la main. Il croqua dedans en laissant échapper un gémissement de plaisir. Elle regarda ailleurs en songeant que le costume le mieux coupé du monde ne suffirait pas à gommer sa puissante nature animale.

— Si tu es encore vivant dans cinq minutes, j'en déduirai que l'essai est concluant. Merci de ta collaboration. Et pour le café, l'idée est d'offrir un menu plutôt simple, avec des produits locaux dans la mesure du possible, comme nous le faisons déjà pour le grand restau. Le Vermont est un endroit superbe et nous voulons soutenir les producteurs du coin et servir leurs produits à nos clients. Jambon des Green Mountains, fromages régionaux, les fruits de notre verger et les salades du potager. Et bien évidemment, notre propre sirop d'érable, sinon Walter me tue. Bref, que de la saveur et de la qualité.

— De la quantité aussi, j'espère ? A combien j'ai droit ? dit-il en prenant une autre quiche. Mais avant que tu répondes, je tiens à te dire que mon dernier repas date d'il y a douze heures et que j'ai passé le plus clair de ma journée à opérer.

— Bien. Mais tu mangeras la prochaine comme il faut, sur une assiette avec de la salade. En France, on considère que la nourriture est faite pour être savourée et pas avalée debout à la va-vite.

Tout en parlant, elle prépara un mesclun de pousses de salades variées avec une vinaigrette maison, qu'elle disposa sur l'assiette avec une autre quiche, puis choisit dans la corbeille à pain une petite miche de la fournée qu'elle avait cuite plus tôt dans la journée.

— Le pain est au romarin et à la fleur de sel. Tu me diras ce que tu en penses.

— Je pense que je devrais t'épouser pour manger comme ça tous les jours.

Son cœur s'emballa malgré elle.

Mariage. Rien que le mot la rendait malade. Même après

toutes ces années, elle avait des frissons et l'impression d'être suivie.

— Tu serais déçu. Cuisiner, c'est mon métier. Quand je suis seule à la maison, je me fais toujours une omelette ou un sandwich.

— Quand j'opère, je n'ai pas toujours le temps de manger. Je fais le plein quand je peux.

Elle ne pouvait que remarquer ses épaules si larges, la barbe qui ombrait son menton, sa carrure qui semblait encore plus imposante dans l'espace réduit de sa cuisine. Oh ! oui, il avait un sex-appeal indéniable. Elle était dotée d'une forte sensualité, même si elle s'efforçait de l'oublier, et la réaction de son corps la rendait nerveuse. L'alchimie opérait encore, tissait sa toile autour d'eux, les piégeait. Elle se demanda ce que penserait Sean si elle lui disait qu'elle n'avait dormi avec aucun homme depuis leur nuit ensemble.

— On va dehors ? proposa-t-elle en lui tendant l'assiette bien garnie. Il fait doux et j'ai besoin de respirer après cette journée passée entre le restaurant et l'hôpital. Et puis j'aimerais savoir tout ce qu'on t'a dit sur l'état de Walter.

Ils s'installèrent sur le ponton. La lumière de l'intérieur éclairait la petite table qu'elle laissait en permanence au bord de l'eau.

— Si j'ai bien compris, tu étais avec lui quand c'est arrivé, dit Sean avant de commencer à manger.

Son quotidien devait ressembler à ça, comprit-elle alors. De rares moments de loisir volés de-ci de-là à une profession très exigeante.

— C'était épouvantable. Il était en train de me taquiner à propos de mes « affreux pancakes français », comme il appelle mes crêpes, et tout à coup il était par terre. Je tremblais tellement que je pouvais à peine tenir le téléphone. J'ai cru que je l'avais tué.

— Ce n'est pas ta faute !

Il rompit en deux la miche de pain.

— Il n'a pas montré de signes avant-coureurs ? Il ne s'est pas plaint d'une douleur à la poitrine ?

— Pas à moi. Elizabeth dit qu'il avait des soucis de digestion, mais rien d'alarmant. Il a travaillé dur pour aider sur le ponton. Je me sens terriblement coupable.

— Arrête, vraiment. Cet endroit est sa passion et c'est sans doute l'effort physique fourni pour l'entretenir qui l'a gardé en si bonne forme jusqu'ici.

— J'aurais dû trouver un moyen de le laisser participer qui n'inclue pas de travail manuel.

— Personne n'a jamais pu empêcher Gramps d'accomplir des tâches physiques. Je ne l'ai jamais vu s'octroyer un seul jour de congé pendant toutes les années que j'ai vécues ici. Il bossait. On bossait tous.

Sean finit le pain.

— C'est bon, ça. La miche fleur de sel-romarin remporte le suffrage haut la main.

Il lui détailla alors l'état de santé de Walter. Elise envia son calme.

— Je suis tellement inquiète. Il a tout de même quatre-vingts ans.

C'est pourquoi elle osait l'aimer.

Il était le seul homme qui avait une place dans son cœur, à l'exception de Jackson bien sûr, envers qui elle avait une dette dont elle ne pourrait jamais s'acquitter.

— Sois rassurée, il n'y a pas de raison qu'il ne récupère pas parfaitement.

Pourtant, elle ne le savait que trop bien, la vie était pleine d'événements irrationnels. Elle se frotta le front pour réprimer ces pensées noires.

— Ta mère est rentrée avec toi ?

— Oui, je l'ai ramenée. Mais Grams a refusé catégoriquement de quitter l'hosto. Tyler est resté avec elle et j'irai prendre sa relève tout à l'heure.

Les O'Neil se serraient les coudes dans les passes difficiles. C'était l'une des nombreuses choses qu'elle aimait chez eux et la raison pour laquelle Sean avait sauté dans sa voiture pour venir après une journée au bloc. Aucun d'entre eux n'aurait à affronter en solo une situation difficile. Aucun d'entre eux n'aurait eu à se barricader dans une pièce sombre à Paris sans personne vers qui se tourner.

— Tu dois être épuisé, dit-elle. Tu ne peux pas retourner à l'hôpital ce soir.

— On ne peut pas laisser Grams seule et Tyler doit se reposer. Je dormirai quelques heures avant d'y retourner. C'est l'un des avantages de l'internat, tu apprends à fonctionner avec très peu de sommeil.

Il repoussa l'assiette qu'il avait finie.

— C'était délicieux. Le meilleur repas que j'ai fait depuis des mois.

— Merci. Walter devait être soulagé de te voir, non ?

— Il a ouvert les yeux assez longtemps pour me dire d'aller me faire voir à Boston, puisque j'y étais si bien.

— Il a dit ça ? s'étonna-t-elle, choquée. Il ne le pensait pas, j'en suis sûre.

— Oh que si. Mais ne fais pas cette tête. Je l'ai pris comme le signe qu'il avait recouvré tous ses esprits. S'il m'avait accueilli à bras ouverts avec un lâcher de ballons, j'aurais exigé qu'il passe dans la seconde un scanner cérébral.

Il plaisantait mais son sourire était celui d'un homme au bout du rouleau, Elise le voyait bien. Elle se sentit soudain impuissante devant la complexité des relations humaines.

— C'est pour ça que tu ne rentres pas plus souvent ? Parce qu'il est si difficile ?

— Ma vie est à Boston, répondit-il, diplomate. Et je reviens ici quand mon emploi du temps me le permet.

Autant dire presque jamais. Elle en avait déduit que Sean était très occupé, mais plus d'une fois elle s'était demandé si son absence n'avait pas un quelconque rapport avec elle. A présent, elle commençait à se dire qu'elle ignorait une bonne partie de l'histoire.

— Snow Crystal ne te manque pas ?

— J'aime la ville. J'aime avoir l'embarras du choix des restaurants en bas de chez moi et une offre culturelle digne de ce nom. Paris ne te manque jamais ? J'ai du mal à croire que tu ne te sentes pas parfois emprisonnée dans un endroit comme celui-ci.

Entourée de lacs et de forêts, de montagnes et de beauté, travaillant à ce qu'elle aimait au milieu de gens qui tenaient à elle ?

Ce n'était pas ça, une prison.

Une ombre vint noircir ses pensées. Elle s'était déjà retrouvée enfermée dans une situation, et cela n'avait rien à voir avec ça.

— Non, Paris ne me manque pas.

Quand elle se remémorait Paris, elle ne songeait pas aux promenades au jardin des Tuileries ou aux reflets de la lumière sur les eaux de la Seine. Elle pensait à *lui*. Aux mauvais côtés de l'amour et de l'engagement. Elle se passa une main dans les cheveux et eut froid, tout à coup.

— J'aime cet endroit. Je suis sûre que je l'aime autant que toi, même si je ne suis pas née ici.

— Ça, c'est une chance pour ma famille. Tu es une chef exceptionnelle, nos papilles n'avaient pas vraiment vécu avant ton arrivée. Quoi que Jackson ait fait pour te persuader de venir, on ne le remerciera jamais assez.

Jackson ne l'avait pas persuadée. Il lui avait lancé une bouée alors qu'elle se noyait dans la mare de tous les mauvais choix qu'elle avait enchaînés. Si Jackson n'avait pas été là…

Elle ne voulait même pas y penser. Elle comptait surtout faire en sorte qu'il ne regrette jamais sa décision, et ne cesserait pas tant que Snow Crystal ne serait pas célèbre pour son offre gastronomique autant que pour ses autres charmes. Mais alors qu'elle voulait contribuer autant que possible au succès de la station, c'était elle qui venait de la mettre en échec. Elle avait promis que le Boathouse Café serait ouvert à temps pour le début de la haute saison et elle ne pourrait pas tenir parole. Le manque à gagner serait considérable.

Elise fixa son regard sur la surface du lac, à peine visible dans le noir. Elle s'en voulait énormément. Elle se sentait plus chez elle ici que nulle part ailleurs.

— On dirait que quelqu'un vient de tuer ton bébé lapin, fit Sean. C'est Gramps ou c'est quelque chose d'autre ?

— Ce n'est rien, je suis juste fatiguée.

— Ne me mens pas. Je suis médecin, je passe mon temps à parler à des patients anxieux. Dis-moi ce qui ne va pas.

Sans quitter le lac des yeux, elle répondit :

— Je suis en colère contre moi-même parce que je l'ai laissé tomber.

— Qui ? Gramps ?

— Jackson. Il bosse si dur pour sauver Snow Crystal ! Et le Boathouse était censé nous sortir d'affaire. L'inauguration n'était pas seulement une excuse pour faire la fête, on y voyait une vitrine pour montrer aux gens importants le chemin qu'on a parcouru, tout ce que ce site peut offrir. Je voulais l'aider avec ça.

— Ben, vous ferez ça un peu plus tard. Ce n'est pas grave.

— Bien sûr que c'est grave ! Je me sens tellement redevable.

Oh ! elle en avait trop dit.

— Je veux dire, je bosse pour lui, j'adore ce lieu. C'est dans mon intérêt que cet endroit survive et prospère.

— Quelle chance a Jackson d'avoir une employée aussi loyale.

Il marqua une pause.

— Comment vous êtes-vous rencontrés ? Je ne crois pas avoir déjà posé la question.

— A Paris, dit-elle en essayant de louvoyer. Il a mangé dans un restaurant où je travaillais.

— Chez Laroche ? Je sais que tu as bossé pour Pascal Laroche. J'ai lu que tu étais la seule femme dans sa cuisine.

Il savait ça ?

— C'est vrai, dit-elle sans perdre son sourire malgré la tournure que prenait la conversation.

— Un véritable accomplissement professionnel. J'y ai mangé une fois. Ce mec est génial.

Et dominateur, et sans scrupule et, bien qu'il cache parfaitement son jeu, cruel et violent.

— Il m'a beaucoup appris, fit Elise.

Ce n'était pas faux. Pascal lui avait non seulement appris comment faire un excellent soufflé, mais il lui avait également démontré que l'amour rend extrêmement vulnérable, et que pour certains ce sentiment est quelque chose d'obsessionnel, de narcissique et de dangereux. Il lui avait appris tout cela et plein d'autres choses. Elle en avait retenu la leçon pour ne jamais l'oublier, et était sortie de son école de la vie diplômée avec mention.

Pascal n'avait pas tué sa foi en l'amour. Il suffisait de regarder Walter et Alice ou Jackson et Kayla pour comprendre que l'amour existait. Non, Pascal avait tué sa foi en elle-même, en sa capacité à juger les gens et à leur faire confiance. La passion l'avait aveuglée et avait brouillé son jugement. Elle n'allait pas permettre que cela se reproduise, même face au plus beau gosse de tous les temps.

Elise se leva.

— Tu veux du fromage ?

— Non, merci. Comment te sens-tu ? Tu ne vas plus t'évanouir ?

— Non, ça va.

À vrai dire, elle avait la nausée, mais c'était toujours le cas lorsqu'elle pensait à Pascal.

— Ç'a été une journée très stressante. Merci de m'avoir écoutée.

Il se leva à son tour.

— L'exercice est bon pour le stress. Je t'aurais bien proposé une partie de jambes en l'air, mais comme je me doute que tu vas dire non, je te propose de faire une petite promenade.

Le mot « jambes » l'avait distraite.

— Euh ? Promenade ?

— Tu dirais « oui » à la partie de jambes en l'air ?

Elle réprima un sourire.

— Je devrais aller me coucher.

— Tu ne vas pas dormir avec toute l'adrénaline que tu as encore dans le sang. Montre-moi le futur Boathouse Café, je veux voir ce que vous avez fait du vieux hangar.

La dernière fois que j'y étais, il n'y avait que des planches vermoulues et des toiles d'araignée.

— Mais il fait noir, là.

— Si tu me donnes la main, je n'aurai pas peur.

Il était vraiment impossible de ne pas sourire.

— D'accord.

Pourquoi pas, après tout ? Un peu d'air frais l'aiderait peut-être à ne plus penser à son passé ou à Walter, décida-t-elle en rentrant dans le chalet pour prendre un pull et une lampe de poche.

Ce n'était qu'une balade. Deux amis qui prenaient l'air après le dîner.

Où était le mal ?

Chapitre 3

Sean avait prévu, en venant chez Elise, de lui donner des nouvelles de Walter et de repartir rapidement. En aucun cas il n'avait songé à s'attarder et encore moins à rester dîner, mais à partir du moment où elle avait failli s'évanouir, il avait été hors de question qu'il s'en aille avant d'être certain qu'elle allait bien.

— Tu feras bien attention, lui dit-elle. Le Boathouse n'est pas fini, il faut regarder où on met les pieds.

Elle alluma la lampe de poche et se dirigea vers le sentier qui conduisait à l'ancienne remise à bateaux.

— On va finir l'intérieur dans les prochains jours, mais l'inauguration va devoir être ajournée, maintenant.

Il se demanda pourquoi la question la rendait aussi anxieuse.

— Quelle différence ça fait ? C'est un café, pas une question de vie ou de mort.

Elle se retourna, l'éblouissant avec la lumière de la torche.

— Si, justement, ça pourrait signer l'arrêt de mort de Snow Crystal. Tu t'en fous à ce point ?

Il ne pouvait pas la voir, mais sa voix suintait de colère.

Ce n'était pas une surprise.

Elise était une femme émotive et passionnée. Il avait été témoin de sa fougue une fois, la nuit où ils avaient tous les deux cessé de feindre que leur attirance mutuelle n'existait pas.

— Cet endroit appartient à ma famille depuis quatre générations. Bien sûr que je ne m'en fous pas.

Ses émotions étaient bien plus complexes que ce qu'une phrase aussi plate pouvait exprimer, mais il n'avait aucune intention de s'étendre sur ce sujet.

— Mais ce qu'on fait ici n'est pas vraiment important, tu veux dire ?

— Non, je n'ai pas dit ça.

— Tu veux dire qu'il faut que ce soit une question de vie ou de mort pour que ça compte vraiment ? Eh bien, je vais te dire une chose, Sean O'Neil.

Elle avança d'un pas vers lui. Ses yeux verts étaient la seule note de couleur sur son visage perdu dans l'obscurité.

— Cet endroit est comme une personne à mes yeux. Les gens qui vivent et travaillent ici comptent plus que tout pour moi. Et si Snow Crystal ne survit pas, ça fera une différence dramatique, dans la vie de ces gens. Si tu ne veux pas t'impliquer dans l'entreprise de ta famille, ça te regarde, mais ne t'avise pas de mépriser ce qu'on fait comme si c'était quantité négligeable.

Elle était en roue libre. Furieuse. Hors de contrôle. Elle était passée au français aussi, sans s'en rendre compte apparemment.

Il savait que cette réaction excessive était un retour de bâton logique après une journée aussi chargée.

Ce qui n'était pas si logique, c'était l'envie qu'il avait de l'embrasser.

Il aurait voulu glisser les doigts dans ses cheveux, s'emparer de sa bouche et l'embrasser jusqu'à ce que le feu de son regard ne brûle plus de colère mais de passion ; goûter de nouveau à cette ivresse, la sentir couler sur sa langue, dans ses veines.

Troublé par la force de ce désir, conscient que la dernière chose dont il avait besoin dans la vie était une liaison romantique, il recula d'un pas.

— Je n'ai jamais dit que c'était négligeable. Tu es inquiète à cause du retard dans l'ouverture du café. J'essayais de t'aider à mettre les choses en perspective.

— Ta perspective et la mienne sont très différentes.

Elle tourna les talons et continua sur le sentier, le faisceau de sa lampe oscillant rageusement devant elle.

Tandis que ses yeux se réadaptaient à l'obscurité, il huma les odeurs des arbres, celle du lac, et il fut aussitôt transporté dans son enfance, de retour dans des lieux où il avait l'impression de suffoquer.

Or, pour compliquer les choses, il se trouvait en compagnie d'une femme qui changeait ses pensées en celles d'un obsédé sexuel.

Une femme qui avait tourné les talons avec la lampe de poche.

Il lui emboîta le pas dans un noir pratiquement complet, maugréant quand ses pieds se prenaient dans des racines ou qu'ils s'enfonçaient dans des surfaces molles et non identifiées.

— Une superbe paire de chaussures ruinée. J'aurais dû suivre le conseil de Gramps et rentrer sur-le-champ à Boston.

Elle se tourna, l'aveuglant encore une fois avec la lampe de poche.

— Qu'est-ce qui t'en a empêché ?

— J'avais eu une longue journée.

En vérité, c'était le visage accablé de sa grand-mère qui l'avait poussé à rester.

— Sans dire que la bouffe est plutôt sympa, dans le coin. J'ai l'intention de rester quelques jours.

— Tant mieux. Walter peut dire ce qu'il veut, ta famille a besoin de toi. Et, dit-elle après une brève pause, je suis désolée de t'avoir crié dessus. Tu m'as énervée.

— Ouais, j'ai vu. Mais je m'estime déjà heureux que tu ne m'aies pas cogné avec la lampe. Tu envisagerais d'éclairer mes pieds aussi, que je voie où je les mets ?

— On est en pleine forêt ! Tu as grandi ici, non ? Je me demande comment tu as survécu.

— Je ne portais pas de chaussures chères, à l'époque, répondit-il en renonçant à l'idée de les essuyer quelque part. On vivait pratiquement à l'air libre. Maman préparait un pique-nique et nous envoyait jouer dehors. On jouait aux pirates sur le lac, on a construit un campement pas loin d'ici. On se barbouillait de boue pour se camoufler et bien se cacher quand Gramps venait nous chercher.

Elle jeta une œillade à son costume.

— J'ai du mal à t'imaginer sale et couvert de boue.

— Regarde de plus près, là, tu n'auras pas de mal. Oh ! mais…

Il fulmina de nouveau.

— Mes super pompes italiennes, je les ado… rais.

Se résignant au malheureux sort de ses chaussures, Sean leva les yeux vers les branches au-dessus de lui.

— Tyler est tombé de cet arbre. Il était incapable de se tenir tranquille une minute. Il se balançait, il est tombé et s'est cassé un bras. C'est la première fois que j'ai vu à quoi ressemblait un os. Il a hurlé à en perdre la voix. Jackson était tout pâle, il s'agitait dans tous les sens en essayant de se rappeler les gestes de premiers secours qu'on nous avait appris, et moi je me tenais à côté, en songeant que ce serait trop cool de savoir comment guérir ça. L'hiver suivant, Jackson s'est cassé le bras en skiant, et c'est là que j'ai su pour de bon que je voulais devenir médecin. J'avais sept ans. Evidemment, ajouta-t-il avec un sourire, je me doutais que ce serait un piège à filles.

— Ton charme ne marche pas sur moi, riposta-t-elle. Je suis toujours en colère.

— Il n'y a pas de justice dans ce bas monde.

— Tu crois vraiment que ton diplôme en médecine impressionne tant que ça les femmes ?

Ce n'était pas qu'il le croyait : il le *savait*. Mais ce n'était certainement pas le moment d'en parler.

— Pas toi, de toute évidence.

— Il fallait choisir une spécialité plus impressionnante, comme la neurochirurgie.

— Je pourrais reprendre mes études. Tu crois que ça augmenterait mon taux de réussite ?

Le regard assassin qu'elle lui décocha lui apprit qu'elle estimait de façon assez précise son taux de réussite.

— Si ton but c'est de tomber les filles, tu devrais changer ta façon de raconter l'histoire, moins parler d'os visibles et davantage de tes gestes héroïques.

— Tu veux de l'héroïsme ?

— Toutes les femmes veulent de l'héroïsme.

— C'est vrai ? Et pourquoi on ne me l'a jamais dit ? Ça m'aurait évité quelques râteaux. J'ai besoin de tes conseils : qu'est-ce qu'il faut que je fasse pour t'impressionner ? Un bras de fer avec un ours ? Danser le tango avec un élan ?

— Tu n'aurais pas peur d'abîmer ton costume ?

Si elle le taquinait, c'est qu'elle commençait à décolérer. Tant mieux. Le parfum de ses cheveux lui tournait la tête au point qu'un ours aurait pu débarquer sans qu'il le remarque.

— Je pourrais demander poliment à l'ours d'attendre pendant que j'accroche ma veste à un arbre.

— Tu feins d'être inquiet pour ton costume, mais tu es très l'aise dans les bois.

Il faillit se casser de nouveau la figure dans la boue et se redressa de justesse en égrenant un chapelet d'injures à faire rougir un charretier.

— Non, je t'assure, je suis inquiet pour mon costume. Il n'a rien fait pour mériter ça.

— Donc ton truc c'est l'héroïsme intellectuel, pas physique.

— Je n'ai rien contre le physique, dit-il en s'approchant d'elle. Il faudrait juste que j'enlève d'abord mes fringues.

Elise recula petit à petit jusqu'à se retrouver le dos contre un arbre.

— Arrête de flirter avec moi.

— Pourquoi ? C'est la meilleure façon de se vider la tête après cette affreuse journée.

Il posa la main sur le tronc et sourit en résistant, bien malgré lui, à l'envie d'embrasser sa bouche gourmande.

Pas encore.

En dépit de la longue journée qu'elle avait traversée, Elise gardait une allure élégante, un petit foulard noué au cou, simple et chic à la fois. Il aimait son style naturel mais subtil, la façon dont elle portait ses cheveux en un carré strict qui frôlait son menton. Son air délicat et fragile n'était qu'une apparence trompeuse. Elle était forte, capable et mue par une passion et une énergie qu'il n'avait connues chez personne d'autre — sauf peut-être son grand-père. Et cette énergie et cette passion, elle les mettait au service de tout ce qu'elle faisait, que ce soit la cuisine ou…

Il sentit son sexe se dresser.

— Je te rappelle, dit-elle en le repoussant d'une main sur l'épaule, qu'on est ici parce que tu voulais voir ce qu'on a fait dans le hangar à bateaux.

— J'avoue que j'avais des intentions crapuleuses.

— *Crapuleuses ?*

La façon dont elle prononça ce mot pour elle inconnu, la bouche en cœur, était tellement sexy qu'il eut du mal à trouver un synonyme plus courant.

— Malhonnêtes ?

— Ah, bien sûr, je suis bête. Mais ce n'est pas un mot dont on a souvent besoin, ici à Snow Crystal.

— Il faudrait peut-être qu'on y remédie.

— Non, je ne pense pas.

Et d'un geste résolu, elle se pencha et passa sous son bras.

— Tu voulais voir ce qu'on a fait, donc viens. Je suis très contente du résultat. C'est la première fois que je participe à un projet depuis le tout début.

Il essaya de se concentrer sur ses paroles plutôt que sur son corps souple et longiligne.

— Allez, c'est ton tour. Je t'ai dit pourquoi j'avais voulu devenir médecin, à toi de me raconter d'où vient ta vocation. Tu as toujours voulu être chef ?

Il se rendit compte en parlant que c'était la première question personnelle qu'il lui posait.

— Depuis que j'ai quatre ans. J'étais en train de préparer des madeleines avec ma mère qui était chef pâtissière dans un restaurant. Elle m'a fait monter sur un tabouret pour que je l'aide à mélanger les ingrédients. Je me souviens encore de l'émotion que j'ai ressentie quand on a sorti du four des madeleines que j'avais faites, moi, avec mes petites mains. Leur odeur emplissait notre appartement, comme le sourire de ma mère quand elle les a goûtées… J'ai décidé que c'était ce que je voulais faire : rendre les gens heureux avec ma cuisine.

Mais son propre sourire trembla fugacement, et une ombre passa sur son visage. Elle se retourna et franchit les quelques mètres qui les séparaient de l'ancien hangar. « Elle n'a pas raconté toute l'histoire », se dit-il en lui emboîtant le pas.

Le tapis d'aiguilles de pin craqua sous leurs pieds ; puis Sean entendit Elise marcher sur le ponton.

— Fais attention de ne pas trébucher, dit-elle. Il y a des planches qui traînent et la rambarde n'est pas terminée. Tu pourrais finir dans l'eau.

— Ce ne serait pas la première fois. Mes chaussures sont mortes, je n'ai qu'à achever le costume aussi.

Il regarda autour de lui. La terrasse au bord de l'eau était pratiquement terminée.

— Mais vous avez bien avancé ! Je croyais qu'il restait beaucoup plus à faire.

— C'est ça, le pire. Nous étions si près de notre objectif !

— Mais c'est quoi, cette obsession des objectifs ? Mon frère est un patron tyrannique ou quoi ? Tu veux que je lui explique un peu la vie ?

Les yeux d'Elise brillèrent dans la pénombre d'une lueur dangereuse.

— Jackson est le meilleur patron dont on puisse rêver. Si tu dis quoi que ce soit contre lui, je me fâche de nouveau.

— Du calme. Jackson est un saint, dit Sean d'un ton conciliateur. Je l'ai toujours dit.

Mais il ne pouvait que se demander ce qu'avait fait son frère pour mériter cette loyauté féroce.

Il marchait sur les planches, avec cette question en suspens qui, à sa surprise, avait éveillé chez lui quelque chose ressemblant terriblement à de la jalousie. Il s'arrêta devant la baie vitrée et scruta l'intérieur.

Drôle de sensation, de voir le hangar rénové.

Cet endroit avait été son refuge, l'endroit où il pouvait

s'asseoir, le nez dans ses livres, sans être dérangé. Le fait que diable, il était presque sûr d'avoir utilisé les murs comme brouillon pour ses devoirs de maths ! C'était aussi la cachette idéale quand leur grand-père les cherchait. Il y avait toujours eu quelque chose à faire à Snow Crystal. Des sentiers à dégager, des bûches à fendre, des érables à entailler — la liste des corvées était interminable et leur grand-père entretenait avec une dévotion furieuse le domaine familial.

Sean se rappelait son dixième anniversaire, lorsque Walter lui avait annoncé fièrement que Snow Crystal serait un jour à ses frères et lui. C'était leur héritage, avait-il souligné, qu'il faudrait protéger et conserver pour les générations futures.

Les yeux obstinément rivés aux planches qu'il ponçait, Sean avait pensé aux livres de sciences dans son sac sans oser demander à Walter si « héritage » signifiait « fardeau ». Il avait entendu son père utiliser ce mot une centaine de fois, quand il parlait du sentiment d'être piégé dans une vie qu'il n'avait pas choisie.

Comme son père, il ne l'avait pas voulue, cette vie-là. Il rêvait d'être un grand chirurgien, d'exercer son métier dans un hôpital important, animé, très loin du lac et de la forêt de Snow Crystal.

Pourquoi es-tu venu ? Tu aurais pu rester à Boston.

La voix de son grand-père résonnait encore en lui quand il longea la partie finie de la terrasse.

— Ça me fait bizarre que les murs aient toutes leurs planches. Qu'est-ce qu'il reste à faire, en plus du ponton ?

Elise regardait la structure vide à travers la glace.

— Les finitions, dit-elle. On doit nous livrer les tables et les chaises et j'ai encore des entretiens à faire passer pour compléter l'équipe. Mais tout était censé être fini pour la soirée d'inauguration.

— Qui était prévue pour… ?

— Dans une semaine exactement. Kayla t'a envoyé une invitation, j'en suis sûre.

— Je reçois beaucoup d'e-mails.

— Tu ne comptais pas venir.

Elle avait l'air confuse, dépassée par l'idée que quelqu'un comme lui, avec son histoire, ne veuille pas passer ici chaque instant de sa vie. Mais il en avait l'habitude et ne s'attendait pas à ce qu'elle le comprenne.

— Je devais vérifier mon agenda.

Tout était calme autour d'eux, le silence de la nuit à peine troublé par l'appel d'un hibou ou l'éclaboussement sur la surface du lac d'un bihoreau qui s'envolait.

— Quoi qu'il ait dit, quoi qu'il ait fait, je sais que Walter a été heureux de te voir ce soir.

Heureux ?

Sean se pencha pour ramasser un galet. Il pouvait ignorer la question ou y répondre honnêtement. Finalement il opta pour une demi-vérité.

— Grams était soulagée en me voyant.

Si Elise avait remarqué la feinte, elle n'en fit pas mention.

— Tu dors où, ce soir ? dit-elle.

— C'est une invitation ?

— Non. Je me disais que tu dormirais chez ta mère.

— Elle a déjà ma nièce, Jess. On a pensé qu'avec les navettes de Tyler entre Snow Crystal et l'hôpital, c'était plus simple si elle restait chez Maman.

Il lança le galet, qui rebondit deux fois avant de plonger et de disparaître définitivement sous les eaux.

— Je vais rester chez Jackson.

— Toute ta famille se sent rassurée par ta présence, même si ce n'est que pour une nuit ou deux.

— Et toi, qu'est-ce que tu en penses ?

Elle évita son regard.

— Je suis très contente, bien sûr. C'est très stressant d'avoir un proche à l'hôpital.

— Je ne parlais pas de ça.

Il s'était souvent posé la question. Demandé ce qu'elle pensait de ce qui s'était passé, ce qu'elle pensait de lui. Que leur nuit ensemble n'ait pas prêté à conséquence ne la rendait pas moins inoubliable.

— Ta présence ne me pose pas de problème, dit-elle, la

voix un peu rauque. Ça ne me met pas mal à l'aise, si c'était ta question. Mais les attentes de ta famille doivent te peser. J'espère que tu penses un peu à toi, aussi.

— Voilà un bon conseil.

Qu'il décida de mettre en pratique aussitôt. Il passa la main sur la nuque d'Elise et se pencha sur elle, s'emparant de sa bouche pour l'embrasser passionnément. De toutes les émotions qui le traversèrent, la plus puissante était le désir. Un désir qui l'envahit comme un feu incontrôlable. Mu par ce besoin primal, il plaqua Elise contre la rambarde.

La dernière fois, c'était elle qui avait commencé.

C'était à son tour à présent.

La douceur de sa peau à travers les tissus qui les séparaient, la caresse érotique de sa langue contre la sienne… Son ventre s'embrasa. Elle avait passé les bras autour de son cou, ronronnant comme un petit chat satisfait.

Il n'était plus qu'un corps, vorace. Elle était la seule femme à lui faire cet effet-là. La seule qui éveillait ce désir si intense, cette faim désespérée qui l'empêchait de penser.

Probablement parce qu'elle n'attendait rien d'autre de lui, et que ça lui permettait de se détendre, de s'abandonner.

Le sexe dur comme un roc, il laissa Elise tirer sur sa chemise pour la sortir du pantalon, sentit ses mains glisser sur son ventre, avide de le toucher. Une avidité qu'il partageait. Il tâtonna jusqu'à trouver les boutons de son chemisier, les défit. Le relief du soutien-gorge contrastait avec la tiédeur veloutée de sa peau.

Il crevait d'envie d'elle. C'était un besoin viscéral qui écrasait toute pensée.

Elise s'écarta doucement de lui, les mains toujours sur son torse.

— Qu'est-ce qu'il y a ? demanda-t-il.

— On ne devrait pas faire ça. On a eu une journée difficile, on n'a pas les idées claires.

— J'ai les idées claires comme de l'eau de roche.

Il la serra contre lui pour qu'elle sente la force de son désir, mais elle recula en remettant ses vêtements en ordre.

— Tu traverses une situation très stressante.

— Et je voulais réduire le stress par le contact physique.

— On ne doit pas se lancer là-dedans sous l'emprise d'une émotion forte. Tu es fatigué, tu devrais rentrer chez Jackson.

Etait-ce la peine de préciser qu'il serait incapable de trouver le sommeil ? Non, probablement pas.

— Comme tu veux, mais reconnais au moins que ce baiser a été le meilleur moment de ta journée.

— Pas difficile, vu ma journée pourrie, dit-elle.

On aurait dit qu'elle hésitait encore, ses mains voulaient le caresser, il en était certain. Il pouvait encore espérer…

— Bonne nuit, Sean, dit-elle finalement.

Il la retint par le bras.

— Attends, je t'accompagne au chalet, au moins.

— Je n'ai pas besoin de ta protection.

— Je voulais ta protection, en fait. Pour mon costume, tu comprends ? C'est toi qui as la lampe de poche. Je te laisse ouvrir la route, comme ça, en cas de passage boueux, tu y mettras les pieds d'abord.

— Un véritable gentleman.

Mais il entendit le sourire dans sa voix.

— Tu as dit que tu voulais des exploits héroïques. J'espérais trouver un moyen de jouer les héros sur le chemin du retour.

Il se mit à marcher à côté d'elle.

— Tu devrais rester dans le coin, tu es sur le point de voir un dur à cuire, un vrai macho des bois en action.

— Les machos des bois se baladent toujours en costume italien ?

— Un ours a déchiré mon cache-sexe ce matin quand on se bagarrait.

— Je ne t'imagine pas en cache-sexe.

— Je n'en porte que faits sur mesure, on me les envoie de Milan.

Ils venaient d'arriver au chalet. Elise monta les marches deux par deux. Elle avait de l'énergie à revendre, cette femme.

— Dors bien, Sean.

— Ça va aller, cette nuit ? Tu es sûre que tu veux dormir seule ?

La dernière question lui avait échappé, il ne savait même pas ce qu'il lui avait pris de la poser. Et si elle répondait qu'elle n'était pas sûre ? Sachant qu'il ne restait jamais dormir avec les femmes qu'il rencontrait ?

— Je dors seule toutes les nuits, Sean, dit-elle, la main sur la poignée de la porte, sa voix un peu mélancolique. Et ça ne va pas changer.

Chapitre 4

Elise se réveilla à l'aube, échappant à un cauchemar dans lequel Jackson lui disait qu'il avait vendu Snow Crystal et que le choc avait tué Walter.

Après un débarbouillage rapide à l'eau froide, elle enfila son short et ses chaussures de sport, prit une bouteille d'eau, son lecteur MP3 et fit quelques longues inspirations sur la terrasse. L'odeur du lac emplit ses narines ; la surface de l'eau, lisse comme un miroir, reflétait parfaitement le bosquet d'arbres sur la rive. Caressant son visage, la brise fraîche finit de la réveiller et emporta le mauvais rêve sur son passage.

C'était son moment préféré de la journée. A Paris, elle aurait couru le long des quais de la Seine, longeant les Tuileries et le Louvre, essayant de s'abstraire des bruits stressants de la circulation du matin. Elle aurait esquivé les groupes de touristes matinaux en respirant un air pollué, ses pieds battant un bitume que le soleil aurait progressivement surchauffé. Ici, l'air était pur et frais et les seuls bruits qu'elle entendait venaient du bois et du lac. Même l'automne avec ses pluies incessantes n'arrivait pas à décourager son amour pour ces lieux.

Elle suivit le sentier vers le hangar à bateaux, dans un silence à peine rompu par les sons de sa respiration, des branches qui craquaient sous ses pieds et de quelques oiseaux qui chantaient… Une famille de canards nageait paresseusement près du bord, leur petit déjeuner les attendait probablement entre les joncs.

En passant à côté du futur café, elle jeta un œil à la rambarde, s'attendant à moitié à trouver un petit périmètre brûlé à l'endroit où Sean l'avait embrassée. Mais non, bien sûr que non, le bois était intact.

La forêt avait protégé leur secret pendant une année et elle semblait prête à le garder un peu plus longtemps.

Les filles étaient déjà au rendez-vous.

Brenna, qui avait commencé l'échauffement, exécutait des petites fentes tandis que Kayla, appuyée contre un arbre, pianotait sur son téléphone, répondant sans doute à des courriers professionnels.

— Tu es en retard, chef, dit cette dernière sans lever les yeux de l'écran.

D'une efficacité redoutable, Kayla vivait les yeux rivés à sa montre. Ses cheveux, à présent attachés en une queue-de-cheval juvénile, tomberaient parfaitement lisses sur ses épaules lorsqu'elle attaquerait sa journée de travail.

Elise avait vu les efforts que son amie avait déployés pour bâtir l'image de marque de Snow Crystal et avait pour elle le plus grand respect. Jackson n'était pas le seul responsable de la survie de la station et de leurs emplois.

— Des nouvelles de Walter ? fit Brenna en se pliant en deux avec la souplesse d'un élastique.

Responsable du programme du centre de sport et des activités de plein air, Brenna avait une forme physique de championne olympique, et c'était à son initiative qu'elles s'étaient mises à faire du jogging ensemble chaque matin depuis que la neige avait fondu. Aujourd'hui, elle portait un débardeur fuchsia très près du corps et un short noir minuscule.

Elise cilla.

— Tyler t'a déjà vue dans cette tenue ?

— Je n'en sais rien. Qu'est-ce que ça pourrait faire ?

Elise échangea un regard avec Kayla, qui haussa les épaules avant de retourner à son téléphone. Elles avaient appris toutes les deux à ne pas mentionner les sentiments de Brenna pour Tyler.

— Il faut que tu lâches ce téléphone et que tu t'échauffes, Kayla, fit Brenna en continuant son stretching. Un de ces jours tu vas te blesser.

— Je viens de quitter le lit que je partage avec Jackson, ne t'inquiète pas pour moi. Je suis comme un toast qui sort du grille-pain.

Elle se mit cependant à faire du surplace sans trop de conviction, le téléphone toujours sous les yeux.

— En tout cas, pour répondre à ta question, Walter a passé une bonne nuit. Sean a appelé Jackson quand je partais. Mais sinon, on est vraiment obligées de courir aujourd'hui ? Et si on testait plutôt la nouvelle machine à café du Boathouse ? Elise fait le meilleur café du monde.

— Non.

Brenna croisa les mains derrière sa tête et serra les omoplates.

— Sans moi, vous deviendriez de grosses loques sédentaires.

— Ça ne me dérangerait pas, de prendre racine sur un canapé, dit Kayla en étouffant un bâillement. Je n'ai pas assez dormi.

— Merci de nous rappeler que tu es la seule de nous trois à avoir une vie sexuelle.

— Ce n'est pas ma vie sexuelle qui m'a empêchée de dormir, mais Sean, qui s'est levé vers 3 heures pour retourner à l'hosto. Je me demande pourquoi ils ne peuvent pas marcher doucement, les mecs. J'ai cru qu'un élan s'était invité dans notre séjour.

— Il mesure près d'un mètre quatre-vingt-dix. Tant de muscle mâle pèse lourd, dit Brenna avec un clin d'œil. C'est de la pure déduction, bien sûr, je n'ai jamais eu son poids sur moi.

— Jackson lui a dit qu'on avait des règles très strictes interdisant la nudité des invités, répondit Kayla en souriant. J'ai expliqué que je n'y tenais pas, à cette règle.

Brenna serra ses lacets en lançant à Elise un coup d'œil plein de sous-entendus.

— On te comprend, n'est-ce pas, Elise ? Avec Sean dans les parages, ta vie sexuelle va devenir plus intéressante, non ?

— Je ne vois pas le rapport, répondit-elle.

De toute façon, la seule chose qui l'intéressait en ce moment était de trouver une solution pour ouvrir le Boathouse Café à temps.

— Cet été, Sean et toi, vous étiez très… *proches*.

Elle commençait à regretter d'en avoir parlé à ses amies.

— Ce n'était qu'une nuit. Et si l'une de vous dit quoi que ce soit à Jackson, je la tue.

— Mais pourquoi juste une nuit ?

— Parce que ce jour-là, j'en avais envie et Sean aussi apparemment.

Et qu'elle ne prendrait pour rien au monde le risque d'aller au-delà d'une nuit.

— Vous n'avez jamais couché avec un mec parce qu'il était super sexy et qu'il vous faisait rire ?

— Non, je n'ai jamais été bonne pour les histoires d'un soir, fit Brenna en s'attachant les cheveux. Presque tous les hommes que je connais, c'est depuis la maternelle. Si je dors avec quelqu'un une nuit, il y a beaucoup de chances que je le croise le lendemain à l'épicerie. Plutôt mourir, tu vois.

— Mais pourquoi ? Où est le problème ?

— Ce serait *terriblement* embarrassant.

— Pourquoi ce serait si embarrassant, si vous étiez tous les deux d'accord ? Tu dis *bonjour*[1] et tu souris, ou, si c'était vraiment minable, tu souris un peu moins. Histoire de montrer que tu n'es pas partante pour répéter l'expérience.

Brenna lui lança un regard exaspéré.

— Tous les Français sont comme toi ?

— *Je ne sais pas*[2]. Kayla m'a posé la même question hier, mais comme je ne connais pas tous les Français, je ne peux pas vous répondre. Moi, ce que je ne comprends pas, c'est pourquoi les relations sexuelles entre adultes

1. En français dans le texte.
2. En français dans le texte.

consentants vous paraissent si embarrassantes. Je ne vois pas pourquoi en avoir honte.

— Il n'y a pas de gêne, quand tu vois Sean ? Même pas un peu de tension ? Tu ne te dis pas « Zut, pourquoi ai-je fait ça ? », quand tu le regardes ?

— Non, quand je le regarde, je pense : « Elise, ce mec est super-canon et tu as un excellent goût en matière d'hommes. » J'ai vraiment pris mon pied, je n'ai rien à regretter.

— Alors, pourquoi ne pas recommencer ?

— J'ai une règle : jamais plus d'une nuit.

— Moi aussi, j'avais une règle, dit Kayla tandis que son téléphone émettait le bruit d'un e-mail qui partait. Ne jamais mélanger travail et sentiments. Et regardez-moi aujourd'hui.

— Ça ne compte pas. Techniquement, tu ne travaillais pas pour Jackson, dit Brenna en dévissant sa bouteille d'eau.

— C'était un client, c'est du pareil au même. Je pense que c'est même pire. D'ailleurs, c'est vraiment dommage que Brett ne m'ait pas licenciée pour faute grave sur-le-champ, cela m'aurait évité les six mois d'allers-retours entre New York et Snow Crystal.

— Tu aurais pu partir avant.

— Oui, mais j'étais impliquée dans pas mal de projets. Ma conscience professionnelle m'empêchait de les lâcher à mi-chemin.

— Tu veux dire que tu es une maniaque du contrôle.

Kayla haussa les épaules.

— Oui, c'est vrai. Quoi ? J'assume. Et en parlant de maniaques du contrôle, j'ai besoin de ton programme pour l'hiver prochain, Bren, comme ça je peux commencer à bosser sur la pub.

— Bien sûr. Je vais profiter de la présence de Sean pour lui demander de m'aider à mettre en place un programme de remise en forme, pour les sports d'hiver. C'est un expert en médecine du sport. J'ai pensé qu'on pourrait offrir des programmes courts aux clients, ainsi que des séances de conseil. Sean a une excellente réputation en tant que chirurgien et comme en plus il est très bon skieur, ses conseils dans le domaine sont très respectés.

— Tu ferais mieux de te dépêcher, alors, fit Kayla en rangeant son téléphone. Je doute qu'il reste longtemps dans le coin.

— Peut-être que la présence d'Elise va lui donner envie de prolonger son séjour.

— Le principe d'une nuit, c'est qu'il ne peut y avoir qu'une seule nuit. Sérieux, c'est si difficile à comprendre ? Je n'ai qu'une raison pour vouloir qu'il reste, et la raison c'est Walter.

Pourtant, Walter lui avait demandé de partir. Pourquoi ? Une question de fierté ? Etait-il inquiet pour le boulot de Sean ? Le stress qu'il subissait ?

— Les aventures d'une nuit n'ont rien de romantique, dit Brenna. Tu n'as pas envie de tomber amoureuse et de te marier ?

Brenna regarda ses deux amies, étonnée, les paumes tournées vers le ciel.

— Quoi ? J'admets que je suis un peu vieux jeu. Je crois à l'amour et à « ils vécurent heureux à jamais ». Traitez-moi de fleur bleue si vous voulez, mais j'aimerais avoir tout ça un jour. La totale. Je sais qu'il y a un homme, là, pour moi, quelque part. J'ai juste besoin d'un peu de temps pour le trouver, peut-être quand je serai partie d'ici.

Elise soupçonnait que l'homme en question se trouvait beaucoup plus près que Brenna ne le pensait. Mais le regard de Kayla lui indiqua qu'il serait inutile de lancer ce sujet tant que Brenna se voilerait la face.

— Laisse tomber, Bren. Elise est une femme de carrière, pas une femme d'intérieur.

Elle ajusta ses oreillettes.

— Allez, on court ?

Autrefois, Elise avait voulu tout cela. Ses amies ne savaient rien d'elle, après tout. Elle avait désiré avoir une famille et vivre un amour comme celui que partageaient Walter et Alice. Un amour qui aurait duré des décennies et traversé tous les écueils de la vie. Elle avait rêvé de ça et de beaucoup plus, puis elle avait appris que les rêves pouvaient tourner au cauchemar et l'amour devenir un poison.

Assez puissant pour détruire une personne. Irrémédiablement.

Elise courut à perdre haleine. Rien de mieux que l'exercice pour se vider la tête. Laissant derrière elle Kayla, dépassant même Brenna, elle finit la première leur boucle habituelle.

De retour au Boathouse, elle ouvrit grand les portes coulissantes pour laisser entrer l'air et la lumière. Elle éprouva une vraie joie en retrouvant l'intérieur fraîchement peint et le plancher étincelant. Des images encadrées de Snow Crystal à chaque saison décoraient les murs. Elle avait tout choisi, des chaises à la vaisselle, et le résultat l'enthousiasmait.

Ce serait un grand succès, elle en était sûre.

La Grive solitaire, le restaurant principal de la station, offrait une belle expérience gastronomique. Mais s'il était parfait pour les occasions spéciales — anniversaires, anniversaires de mariage, baptêmes —, il pouvait être trop cher ou trop sophistiqué pour certains budgets ou certaines envies. Parfois, les clients souhaitaient tout simplement prendre leur repas en famille et profiter de la vue sur le lac en goûtant à une cuisine sans prétention qui ne pèserait pas lourd sur leur portefeuille.

Elise testait des recettes depuis des mois. La carte du café offrirait une cuisine de saison sur la terrasse ensoleillée ou bien à l'intérieur, si la pluie estivale venait s'inviter à la fête. Elle avait aussi passé beaucoup de temps sur le menu enfant afin de proposer des plats à la fois attrayants et diététiques. Il y en aurait pour tous les goûts.

De l'agencement de la cuisine au subtil éclairage extérieur, conçu en pensant aux attentes romantiques des tourtereaux, tout s'était fait sous sa supervision.

Le petit déjeuner « Les pieds dans l'eau » serait l'un des points forts de la journée. Il y aurait des pancakes moelleux et des crêpes à l'américaine *et* à la française, accompagnés du sirop d'érable de Snow Crystal. Elle avait également concocté une recette de granola maison qu'elle comptait proposer avec des myrtilles et de la compote de fruits du verger. Elle envisageait même de se lancer dans la production de jus de pomme.

Les clients moins matinaux pourraient se régaler de plusieurs sortes de cafés et de pâtisseries fraîchement sorties du four. Au déjeuner et au dîner, la cuisine de bistrot incluait des préparations à la plancha. Cuisine simple, qualité irréprochable. Tous les fournisseurs étaient des producteurs locaux, et Elise avait organisé son emploi du temps afin de pouvoir visiter les fermes alentour et établir des relations de confiance avec les agriculteurs du coin. « De saison » et « développement durable » étaient les deux concepts qu'elle ne cessait de répéter aux gens qui travaillaient pour elle.

Tout était parfait. Hormis leur soirée d'inauguration qui n'aurait pas lieu à la date prévue.

Brenna trottina le long du ponton sans s'arrêter.

— A plus ! fit-elle en lui lançant un signe.

Kayla arriva deux minutes après, pantelante, pour repartir aussitôt.

— Vous allez me tuer, vous deux, prit-elle le temps de dire à Elise. Si je ne meurs pas sur le chemin de la maison, je t'enverrai la liste pour que tu m'aides à passer les coups de fil d'annulation de la soirée.

Seule, Elise se prépara un café. La perspective de ces appels était si déprimante… Elle moulut les grains, en emplit le filtre et actionna le bouton de mise en route. Ces gestes rituels, bien que rassurants, ne réussirent pas à lui faire oublier son échec. Ni Sean.

C'était tout de même une chance que ses amies n'aient pas décidé de faire un jogging nocturne ; elles auraient pu voir des choses plus curieuses que le vol lent d'une chouette.

Et en tirer des conclusions erronées.

C'est comme ça que les gens réfléchissaient, non ? Pour la plupart d'entre eux, un baiser était le prélude à quelque chose de plus important.

Mais pas pour elle. Jamais plus.

Un beau soleil dans le ciel, du bon café dans sa tasse, Elise commença à se détendre.

Elle les passerait ces appels, autant en finir au plus vite. Ce ne serait pas un problème.

Elle avait presque réussi à s'autopersuader lorsqu'elle tourna la tête et découvrit Sean au bout du ponton inachevé.

Il avait observé Elise pendant un long moment, debout dans le calme du matin où se mêlaient les odeurs de la nature et celui, autrement attrayant, du café fraîchement moulu.

Ne voulant pas l'effrayer comme la veille, il avait prévu de faire connaître sa présence au plus vite, mais il avait été distrait par la longueur de ses jambes vêtues — court-vêtues, plutôt — d'un short et ensuite par l'aspect du ponton-terrasse qu'il n'avait aperçu que brièvement dans le noir.

A la lumière du jour, il mit un bon moment à réconcilier les lignes épurées du nouveau café avec les souvenirs du hangar délabré qui avait été sa cachette d'enfant. Lui mieux que personne pouvait mesurer l'ampleur du travail accompli.

Ses cheveux frôlant sa joue, Elise se retourna avant que Sean ne se manifeste.

— C'est ta nouvelle lubie, de débarquer sans me prévenir ?

— Désolé. J'étais en train de me demander ce qu'étaient devenues les vieilles planches et les araignées.

Puis, préférant le présent au passé, il montra d'un geste la tasse qu'elle tenait.

— Tu n'aurais pas besoin de t'entraîner à utiliser la nouvelle cafetière ?

— Non, mais si tu veux un café, je peux t'en faire un. Jackson et Kayla ne s'occupent pas bien de toi ?

— Ils n'avaient que du café soluble. Ils auraient vraiment besoin que tu viennes remplir leurs placards, dit-il en avançant sur le ponton, tout en prenant note de ce qui restait à y faire. Alors comme ça, vous allez courir chaque matin ?

— Oui, avec Brenna et Kayla. Tu les as manquées de peu. On fait l'une des pistes autour du lac.

Elle prit une tasse.

— Expresso, ça ira ? Je n'ai pas de lait pour l'instant. J'espère que tu aimes le café noir.

— Pas de souci. Et double, si ce n'est pas trop demander. Donc, c'est à ça que ça ressemble, à la lumière du jour.

— On nous livre les tables aujourd'hui. Mais sinon, l'intérieur est pratiquement fini.

— On dirait que la machine à café est sur le point de faire un aller-retour sur la Lune sans demander de l'aide à Houston. Très perfectionné, tout ça.

Derrière le comptoir, l'électroménager en acier brossé flambant neuf attendait fièrement d'être rempli de victuailles.

— C'est l'homme qui opère tous les jours des blessures complexes qui parle ?

— La plupart du temps, c'est comme faire un puzzle. Il y a un pli à prendre.

Il regarda le filet de café qui coulait dans la tasse, son parfum caractéristique et puissant se mêlant à celui, chimique mais agréable, de la peinture et du vernis frais. S'il n'avait pas su qu'il se trouvait dans le vieux hangar, il n'aurait jamais reconnu les lieux. Le bois moisi que les termites avaient ajouré avait disparu au profit de murs couleur crème et d'un parquet brillant. Le regard n'accrochait plus aux branches qui se faufilaient entre les planches, mais aux grandes photographies de paysages des environs fixées aux murs. Aux angles, autrefois chasse gardée des araignées et de leurs toiles, de grandes plantes rappelaient la verdure extérieure. C'était stylisé et accueillant à la fois.

Sean n'avait rien à redire, et de toute façon il n'était pas un sentimental. Il ne s'attarda pas sur le sentiment de perte d'un passé qui, par définition, était révolu.

— Tu as fait un travail formidable. Je n'aurais jamais songé à développer cet endroit.

— Cela semblait une bonne idée, quand on a commencé. Aujourd'hui, je n'en suis plus si sûre. Bientôt, Kayla et moi devrons commencer à appeler cent vingt personnes pour leur dire que la soirée n'aura pas lieu.

— Il n'y a pas un moyen de finir le ponton dans les temps ?

— Non, à moins que des lutins viennent travailler la nuit. Je m'en veux énormément de ne pas avoir prévu de plan B.

Elle lui tendit la tasse, reprit la sienne et sortit sur la terrasse. Sean la suivit. Le soleil éclaboussait déjà le ponton en chantier.

— J'ai de la chance que Jackson soit trop bien élevé pour me crier dessus, dit-elle.

— Peut-être qu'il ne voit pas de raison de le faire. Il me semble que tu es déjà assez dure avec toi-même sans qu'on vienne t'engueuler. Tu exiges toujours autant de toi ?

Elle se renfrogna.

— Je n'aime pas laisser tomber les gens. Je fais partie de l'équipe, la soirée était vraiment importante. Nous avons invité des gens de l'office de tourisme, des entrepreneurs locaux, Kayla avait même réussi à attirer des journalistes new-yorkais. J'ai tout raté.

— Je ne vois pas pourquoi ce serait ta faute. La vie est faite d'imprévus. Crois-moi, je passe ma vie à réparer ce que la vie a défait. Elle a l'habitude de ficher en l'air les plans des gens, et advienne que pourra.

— J'aurais dû prévoir des délais plus longs pour les travaux. Mais j'ai choisi cette date pour ouvrir le Boathouse pendant tout l'été et maximiser les profits. Je tenais à attirer du monde et à générer de la bonne pub, et maintenant tout ça se retourne contre nous. On va nous prendre pour des amateurs.

Sa loyauté et son dévouement pour cet endroit, qui n'était en fin de compte que son lieu de travail, le déconcertaient.

— Tu te jettes toujours à corps perdu dans ce que tu fais ?

— Bien sûr. Ma passion est ma plus grande force.

Elle sirota son café et soupira.

— Et ma plus grande faiblesse.

Il n'avait pas oublié le goût de cette passion sur sa bouche, son feu sous ses mains.

Leurs regards se croisèrent brièvement et il sut qu'ils pensaient à la même chose.

— Je ne vois pas ça comme une faiblesse.

Elle regarda ailleurs.

— C'est mon moment préféré de la journée, avant que le stress de la journée nous tombe dessus. Quand je vois la brume sur le lac, je me dis que c'est le plus bel endroit du monde. Pas toi ?

Non, en fait. Mais il avait depuis longtemps appris à garder pour lui ses sentiments à ce sujet et laissa le silence se prolonger.

— Sean ?

Le temps d'un instant, il avait oublié qu'elle se trouvait à côté de lui.

— Cet endroit est plein de souvenirs.

Il contemplait la terrasse, mais au lieu d'y voir des planches à fixer, il revoyait son grand-père, courbé comme un arc sur deux tréteaux en train de scier du bois et d'y planter des clous, Jackson accroupi à ses côtés, ne perdant pas une miette de ce qu'il faisait.

C'est Walter qui avait appris aux trois frères ce qu'ils savaient sur la forêt, le lac et la vie sauvage. Son amour pour Snow Crystal était profond et inébranlable. Il était né sur les terres des O'Neil et souhaitait y finir ses jours. Sean se rappelait que, lorsqu'il avait à peu près cinq ans, Walter lui avait montré, dans la forêt, les anneaux de croissance d'un arbre que l'orage avait fendu pendant la nuit. Il se souvenait de s'être demandé si Gramps était fait pareil à l'intérieur, un anneau pour chaque année qu'il avait passé à Snow Crystal. Walter O'Neil aimait cet endroit avec une telle dévotion qu'il était incapable de comprendre qu'on n'éprouve pas le même attachement.

Qu'on puisse avoir besoin d'autre chose que d'air frais, de beaux paysages et d'une famille si soudée qu'elle donnait parfois l'impression de vous ensevelir telle une avalanche. Dans le cas de Sean, la pression et les attentes de sa famille devenaient parfois oppressantes au point de l'étouffer.

Elise soupira.

— C'est si paisible, n'est-ce pas ? Je n'en reviens toujours pas de la beauté de cet endroit. Ça doit te manquer, quand tu es à Boston.

Lui manquer ?

Il se força à regarder autour de lui pour saisir ce qu'elle voyait. Au lieu de visualiser son grand-père, il vit alors les arbres qui s'élevaient vers le ciel et se reflétaient dans une symétrie parfaite sur le lac, et la lumière du premier soleil caresser la surface de l'eau et réveiller les couleurs du paysage. Il comprit alors qu'à un moment de sa vie, il ne savait pas quand exactement, Snow Crystal avait cessé d'être un lieu pour devenir une exigence.

Quand prenait-il le temps de se poser et d'admirer la beauté autour de lui ? Ses journées n'étaient qu'une suite d'obligations et de contraintes, son style de vie lui laissait à peine le temps de respirer et rarement la chance de réfléchir. Au travail, il était dans la vitesse et dans l'action afin de parer au plus urgent, la sérénité n'y avait pas sa place.

— Il va faire très beau.

C'était tout ce qu'il trouva à dire pour ne pas se trahir mais ne pas la décevoir.

Elle marcha jusqu'au bout du ponton en enjambant la partie inachevée.

— C'est l'un de mes lieux préférés, ici. Je l'ai découvert dès mon premier jour, je suis sortie courir le matin et je me suis demandé pourquoi on ne l'avait pas développé avec le reste des dépendances.

— L'histoire de Snow Crystal est remplie de bâtiments délabrés. Les rénovations demandent beaucoup d'amour.

Et cet amour, il ne le ressentait pas, la pression l'avait écrasé. Il n'était pas comme Jackson, qui avait repris la vieille ferme en ruine et l'avait transformée en une belle maison. C'est Jackson qui avait eu l'idée des chalets dans la forêt pour attirer les familles voulant profiter du grand air. Sean, lui, était heureux en réparant le squelette des gens, pas celui des maisons. S'il avait dû gérer Snow Crystal, tout serait parti à vau-l'eau.

— C'était l'endroit évident pour un restau informel, dit-il. Le hangar était déjà là, et en l'état il était dangereux.

Elle se tourna vers le Boathouse Café, le visage rayonnant de fierté.

Sean songea aux trous dans le toit du hangar qui avaient laissé la lumière passer et éclairer ses livres. La science l'excitait autant qu'une piste de ski difficile excitait Tyler. Alors que son frère réussissait des exploits invraisemblables sur la neige, lui s'abîmait dans l'étude du développement de la chirurgie dans les cultures antiques. Il avait appris l'existence du papyrus Edwin Smith, le plus ancien document connu sur la chirurgie montrant que les Egyptiens avaient une connaissance scientifique des blessures traumatiques. Il avait étudié avec avidité tout ce qu'il avait pu trouver sur l'histoire de ce qui deviendrait sa spécialité, il avait été fasciné par le Grec Galien et le Français Ambroise Paré, et il avait absorbé comme un roman d'aventures la découverte de l'asepsie par Joseph Lister.

Le potentiel de la chirurgie pour changer et sauver des vies l'excitait terriblement ; cela lui faisait l'effet inverse de la perspective d'un quotidien à Snow Crystal au rythme des saisons.

A sept ans, il savait déjà qu'il serait chirurgien orthopédique. Il brûlait de cette ambition et avait décidé qu'il ne mourrait pas ici avec des anneaux de croissance en lui qui témoigneraient du temps qu'il avait passé sur place à faire la même chose. Il ne voulait pas employer ses journées à réparer des fuites dans les toitures ou à entretenir les sentiers de randonnée que des touristes saliraient en un rien de temps. Il voulait réparer les os des gens et les aider à marcher de nouveau. Si ce n'était pas génial, ça ?

— Nous avons passé presque toute notre enfance sur ce lac.

— Jackson m'a parlé de la fois où vous avez fait couler une barque.

— C'était Tyler, ça. Nous avions construit notre radeau avec des bouts de bois qu'on avait ramassés, et il faut dire qu'il n'était pas vraiment étanche. Tyler n'a pas pu s'empêcher de se mettre debout pour nous faire tanguer. Jackson lui criait de s'asseoir, mais Tyler ne faisait jamais ce qu'on lui disait. Jamais. Le fichu bateau a fini au fond du lac et nous avons tous bu la tasse.

Une étincelle dansait dans les yeux d'Elise.

— Grandir ici, ça a dû être vraiment incroyable.

Incroyable ?

— C'était très différent, à l'époque, dit-il. Cet endroit était une ruine. Parfait pour jouer aux pirates. Et pour chasser des araignées qu'on apportait ensuite à Maman.

— Pauvre Elizabeth. Je me demande comment elle a fait pour ne pas devenir folle.

— Elle s'y connaît, en araignées, maintenant. On ne lui a pas laissé le choix.

Il s'accouda à la rambarde pour étudier le Boathouse. L'emplacement, en effet, était idéal. Nichée dans une clairière au bord de l'eau, la structure de bois se fondait si bien dans le décor qu'à première vue elle passait inaperçue. Les travaux de rénovation, exécutés d'une main de maître, avaient respecté l'esprit de la construction ancienne dont il ne restait cependant que très peu d'éléments. Et le grand atout charme était la vaste terrasse qui encerclait presque entièrement le café pour permettre les repas à l'extérieur. La vaste terrasse encore inachevée…

Sean s'accroupit et passa la main sur les planches. Il sentit sous sa paume le grain du bois, il entendit le doux clapotement de l'eau sous ses pieds.

— Il utilise du bois de qualité marine, c'est du bon boulot. Zach s'est beaucoup amélioré depuis l'époque où on construisait ton chalet.

— Vous avez construit Heron Lodge ? Je ne savais pas.

— Nous cinq. Et Gramps a parfois prêté main-forte.

Mais pas son père, jamais.

Son père était parti dans l'un de ses innombrables voyages,

et le chalet était déjà fini à son retour. Sean plissa le front. Pourquoi ce souvenir-là lui revenait à l'esprit précisément en ce moment ?

— Tes frères et toi, ça fait trois. Zach, quatre. Qui était le cinquième ?

Il chassa l'image de son père et se redressa.

— Brenna. Elle faisait pratiquement tout avec nous, j'imagine qu'elle était la sœur qu'on n'a jamais eue. Elle grimpait aux arbres, s'y écorchait les genoux comme nous et on dévalait tous ensemble les mêmes pentes en hiver. Tyler et elle étaient inséparables. Cul et chemise, comme on dit.

Il semblait à Sean que la seule relation au monde qui n'aurait imposé ni sacrifice ni compromis était celle de Tyler et Brenna à l'époque… et elle ne s'était malheureusement pas consolidée à l'âge adulte. Tyler et Brenna partageaient leur amour pour Snow Crystal et la région autour. Ils étaient tous les deux sportifs, aimaient l'air libre — un accord parfait. Tous les deux avaient bâti leur vie autour du lac et des montagnes.

Il y avait eu une époque où tout le monde imaginait que leur amitié allait naturellement donner naissance à une histoire d'amour, mais l'irruption de Janet Carpenter avait tout changé.

Et aujourd'hui, Tyler vivait avec Jessica sous son toit, ce qui contraignait certains de ses choix peut-être davantage que son genou blessé. Avec une fille adolescente, il avait dû laisser tomber tout un pan de son mode de vie.

L'ultime compromis à faire par amour.

— Dis-moi la vérité, fit Elise en finissant son café. Vu que c'est vous qui l'avez construit, est-ce que je peux dormir tranquille ou le toit risque de me tomber sur la tête ?

— C'est du solide, ne t'inquiète pas. Tyler l'a testé dès qu'on l'a fini en tapant sur un ballon de foot dans tous les sens dans la chambre. On a dû changer la fenêtre mais le reste a tenu bon.

Elle lui prit la tasse vide des mains.

— Merci, dit-elle.

La petite fossette qui se creusait au coin de la bouche d'Elise fit un instant oublier à Sean où il se trouvait.

— Merci pour quoi ?

— Tu m'as redonné le moral. Mais là, j'ai besoin de rentrer chez moi et de prendre une douche avant de commencer à appeler les gens pour annuler la soirée. *Merde*[1].

Son sourire s'effaça en emportant avec lui cette fossette irrésistible.

— J'attends encore qu'un miracle se produise.

— Vous ne pouvez pas reporter, plutôt qu'annuler ?

— Déjà, il y a des frais d'annulation qu'on va devoir payer alors qu'on ne peut pas tellement se le permettre, mais surtout la date est fixée depuis des mois. C'est moi qui l'ai fixée, d'ailleurs, c'est ma faute.

Les épaules baissées, le ton morne, elle était l'image même de la défaite.

Sean avait laissé sa voiture à quelques mètres de là, il en avait les clés dans la poche. Il n'avait pas prévu de rester à Snow Crystal plus de temps que le strict nécessaire. Son grand-père lui avait bien fait comprendre qu'il ne le voulait pas dans les parages. Les résultats des examens de Walter, que Sean avait étudiés soigneusement, indiquaient d'ailleurs que sa santé irait en s'améliorant.

Ses frères semblaient tout avoir sous contrôle. Rien n'obligeait Sean à rester. Rien sinon sa conscience et l'expression sur le visage d'Elise.

Il essaya de bouger, mais ses pieds semblaient cloués au ponton, ou plutôt à la partie déjà finie du ponton. L'autre, en chantier, semblait l'accabler de reproches.

— Comment va Walter ? demanda Elise. Il y a du nouveau ?

Elle avait parlé d'un ton léger, mais la façon dont elle lissait les cheveux derrière son oreille trahissait une pointe d'anxiété.

— Il s'en sort de mieux en mieux.

1. En français dans le texte.

Il essaya d'éradiquer l'idée qui commençait à prendre forme dans son esprit.

Non.

— Donc, tu rentres bientôt à Boston ?

Il ouvrit la bouche dans l'intention de répéter ce qu'il avait déjà dit à Jackson un peu plus tôt. Que le travail s'accumulait, que des patients l'attendaient. Qu'à chaque jour suffisait sa peine.

Que lorsqu'il était ici, il pensait tout le temps à son père et qu'il avait hâte de partir.

— Je vais te la finir, ta terrasse.

Il n'en revenait pas de l'avoir dit à voix haute, et apparemment Elise n'en croyait pas ses oreilles non plus. Comme à la recherche du véritable sens de cette phrase, elle le dévisageait.

— Tu vas finir la terrasse ? Mais comment ? Tu es chirurgien, pas menuisier !

— Je suis habile de mes mains.

Elle rougit.

— C'est une mauvaise blague ou tu es sérieux ?

— Je suis on ne peut plus sérieux.

Il regarda sa bouche en espérant que la fossette revienne.

— Qu'on ne puisse pas dire que je n'ai pas volé au secours d'une demoiselle en détresse. J'ai mon week-end. Il est à toi si tu veux.

— Quel est ton prix ?

— On négociera ça plus tard. Donc, c'est oui ? Tu veux que je le fasse ?

La joie remplaça la méfiance.

— Oui ! Bien sûr que oui !

Elle s'élança vers lui et le serra dans ses bras, dans une étreinte qui lui coupa littéralement le souffle.

— Merci, merci, merci. Merci ! Je ne te crierai plus jamais dessus même si tu dis que Snow Crystal n'est pas important.

Son odeur l'enveloppait et lui tournait la tête. Ses cheveux étaient soyeux et doux contre sa joue.

— Je n'ai jamais dit que ce n'était pas important. Juste que le retard pour l'inauguration du café ne valait pas une dépression nerveuse.

— Mais grâce à toi, il n'y aura pas de retard ! On va être dans les temps ! Mais… Tu auras besoin de vêtements, dit-elle en s'écartant. Tu ne peux pas travailler dans ton costume.

— J'ai un jean dans la voiture, et le reste, je peux l'emprunter à Jackson.

— *Vraiment*[1] ? Tu ferais ça ?

Elle le regarda comme si elle n'arrivait pas à croire à sa chance, puis ses yeux se remplirent de larmes.

— Là, vraiment, tu es mon héros.

Plus habitué à endosser le rôle du méchant, il se sentit légèrement mal à l'aise.

— Elise…

— Les outils de Zach sont à l'intérieur, dit-elle, la fossette tentatrice de retour au coin de sa bouche. Je vais te montrer. Ensuite, pour de bon, j'ai besoin d'aller prendre cette douche et surtout d'appeler Kayla pour l'empêcher d'annuler la soirée. Elle va être super-heureuse. Et Jackson, n'en parlons pas. C'est très gentil de ta part, je trouve.

Sean dut faire un effort pour écarter les yeux de ses lèvres. Il n'aurait pu définir précisément ce qui l'avait motivé à agir de la sorte, mais il était certain que la gentillesse avait très peu à voir là-dedans.

— Pas de souci.

1. En français dans le texte.

Chapitre 5

Le lendemain à la même heure, se tenant exactement au même endroit, Elise se demandait comment elle avait pu ne pas s'apercevoir qu'accepter l'offre de Sean impliquait de l'avoir à proximité en permanence.

Pourquoi était-elle si impulsive ?

Pourquoi ne réfléchissait-elle pas avant d'agir ?

Après son jogging autour du lac, elle était restée toute la matinée à la Grive pour passer du temps avec l'équipe, discuter des menus et s'occuper du service de midi. Elle avait rencontré deux fournisseurs locaux et avait fait passer un entretien à un commis de cuisine. Que tout cela ait contribué à la tenir à distance du Boathouse n'était que pure coïncidence, rien d'autre. Une chef de cuisine de sa catégorie avait maintes obligations, voilà tout, et cela n'avait rien à voir avec le fait que Sean bossait sur la terrasse du nouveau café. Et c'était aussi sa charge de travail é-cra-sante qui l'avait empêchée de répondre aux SMS répétés de Poppy, la nouvelle sous-chef.

Salut, chef, la vue depuis le Boathouse est meilleure que jamais.

Et, cinq minutes plus tard :

Chaud devant — devant notre porte.

De retour au café, Elise voyait à présent par elle-même ce que Poppy avait voulu dire.

Elle comprenait aussi que celle-ci soit incapable de se concentrer.

— Pourquoi ça fait autant d'effet, un mec avec des outils électriques ? lança Poppy.

Elle entra dans la cuisine, tout sourires, les bras chargés de boîtes.

— Rien que de le voir, j'ai follement envie qu'il me cloue aux planches. C'est dingue comme il est bien roulé, le bonhomme. Je prendrai ma pause déjeuner dehors, d'acc, chef ?

Elise fronça les sourcils, sévère.

— Tu as vérifié la commande ? Tout y était ?

— Il y avait une chaise défectueuse, mais ils vont la remplacer, dit Poppy. Oh ! mon Dieu ! Il enlève sa chemise. Comment ça se fait qu'un mec qui ne fait pas un boulot physique ait des muscles pareils ?

Les boîtes qu'elle portait manquèrent de tomber sur le sol.

— Chef, sérieux, tu devrais regarder.

— Je n'ai pas le temps ! Avec tout ce qu'il reste à faire pour la soirée. Poppy…

Elle sentit que l'attention de son équipière lui échappait de nouveau et haussa le ton.

— Poppy ! On se concentre.

— Oui, chef. Désolée, répondit-elle en détournant à regret les yeux de la terrasse. Je vais déballer tout ça. Je m'en occupe.

— Bien.

Exaspérée, Elise observa la jeune femme qui, en traversant la salle, ne put s'empêcher de lancer des coups d'œil en direction de Sean et se heurta aux tables nouvellement installées.

Elise se dirigea vers la cuisine, mit un pichet de citronnade et un verre sur un plateau et sortit sur la terrasse pour voir de ses propres yeux les raisons de cette agitation.

Sean faisait quelque chose sur une planche, et ce quelque chose l'obligeait à s'étirer vers l'avant en exhibant son torse.

Elle regarda par-dessus son épaule et surprit tout le personnel féminin sur le pas de la porte, aux aguets.

Comme une seule femme, elles disparurent aussitôt à l'intérieur en gloussant.

— Sean !

Agacée au plus haut point, Elise posa brusquement le pichet sur la table près de lui.

Il leva le regard et se redressa avec un sourire. Son sourire lent et assuré.

— C'est pour moi ? Merci ! J'allais crever de soif.

Il lui prit le verre des mains et elle le regarda le vider. Il avait le front et les épaules en sueur, comme cette nuit-là dans la forêt. Elle lui avait arraché ses vêtements. Il lui avait rendu la pareille.

Cette pensée augmenta d'un cran son exaspération.

— Il faut que tu remettes ta chemise.

Il haussa les sourcils, écarta le verre de ses lèvres.

— Pardon ?

— Le T-shirt. Il faut que tu le remettes.

Le regard bleu de Sean la transperça. Son pouls s'accéléra ; elle fondait.

— Et pourquoi, je peux savoir ?

Sa voix suave et dangereuse lui fit regretter d'avoir ouvert la bouche. Elle aurait dû laisser ses employées se cogner contre les tables. Quelques bleus n'avaient jamais tué personne, alors qu'elle risquait de ne pas survivre à proximité d'un Sean torse nu.

— Tu distrais ma masse salariale.

Il regarda vers l'intérieur du café.

— D'ici, je dirais qu'elles bossent dur.

— Maintenant. Mais il y a deux minutes elles louchaient sur toi. Elles ont du mal à se concentrer si tu te balades à moitié nu sous leurs yeux.

— Il fait très chaud et je fais un travail physique.

Il finit le verre et s'essuya la bouche du revers de la main.

— C'est pourquoi je t'ai apporté une boisson fraîche. Tu as fini ?

Tout ce qui le concernait était physique. Sexuel.

— Pourquoi ? Toi aussi, tu as du mal à te concentrer ?

— Non, mentit-elle en regrettant de ne pas avoir chargé Poppy d'apporter elle-même la citronnade. Je me fiche que tu te balades à poil si tu veux, mais j'ai une date butoir à respecter et je risque de ne pas y arriver si mon équipe est distraite. C'est tout. Si tu as besoin de quelque chose, n'hésite pas.

Elle lui prit le verre des mains, mais avant qu'elle ait pu tourner les talons, il l'attrapa par le poignet et l'attira contre lui.

Prise au dépourvu, elle chancela, et pour ne pas s'écraser contre lui posa une main sur son torse. Mauvaise idée. Elle leva le visage et tomba dans son regard. Il était vraiment difficile de ne pas se noyer dans son bleu intense, baigné de désir.

— Sean…

— Tu m'as dit de ne pas hésiter si j'avais besoin de quelque chose.

— Je ne voulais pas…

Elle ne pouvait pas respirer normalement, surtout. La puissance de leur attirance la chamboulait chaque fois.

— Tu as promis que tu finirais la terrasse.

— Tu l'auras, ta fichue terrasse, dit-il d'un ton bourru. Mais tu y penses, n'est-ce pas ?

— A quoi ?

Il fixait sa bouche obstinément.

— Tu sais de quoi je parle. De l'été dernier. De nous. Tout le temps.

— Rarement, à vrai dire.

— Ouais, je te crois.

— L'arrogance tue le charme.

— L'entêtement l'assassine. Tu veux que je te rappelle ce qui s'est passé ? Qui a craqué en premier ?

Elle avait la sensation que son cœur allait exploser.

— Je n'ai pas craqué.

— Ma belle, une moitié de la chemise que je portais ce

jour-là doit être encore quelque part dans la forêt. On ne l'a jamais retrouvée. On devrait éviter de laisser la frustration s'accumuler comme ça, à l'avenir.

— Elle ne s'accumule pas. J'ai pris ma décision avec ma tête, pas avec mes hormones.

— Ah bon ? dit-il en regardant de nouveau ses lèvres. Dans ce cas, ta tête avait vraiment hâte de me déshabiller.

— Une fois que je prends une décision, je ne vois pas l'intérêt d'attendre.

— Une décision que je soutenais fermement. Et je le referais de nouveau.

La chaleur était devenue très intense. Suffocante.

Il y avait du monde autour. Des membres de son équipe qui essayaient sans doute de lire sur leurs lèvres, et qui de toute façon avaient déjà dû lire dans leur langage corporel que quelque chose de pas très net se passait entre leur boss et ce dangereux canon de Sean O'Neil.

— Plus d'une nuit avec la même femme, Sean ? Ça ne te ressemble pas. Tu devrais t'enfuir en courant.

— C'est ce que je ferais normalement, fit-il avec un sourire à damner une sainte. Mais tu n'as pas plus envie de t'engager que moi, ce qui à mes yeux fait de toi la femme parfaite.

Ces mots réussirent à rompre le charme, plus efficaces que sa volonté affaiblie.

— Je ne suis la femme parfaite pour personne, Sean.

Elle n'était pas celle qu'il croyait. Elle était profondément abîmée, meurtrie par des secrets sombres que même Jackson ignorait. Elle s'était reconstruite seule, péniblement, et elle avait besoin de se protéger soigneusement.

Consciente que son équipe était toujours en train de regarder et de spéculer, Elise retira sa main.

— Mets cette chemise, dit-elle. Comme ça, j'aurais quelque chose à déchirer si jamais je décide de m'embringuer là-dedans de nouveau.

Deux jours plus tard, Sean ramena son grand-père à la maison. Dès qu'il était monté dans la voiture, sur le parking de l'hôpital, Walter avait gardé les yeux fixés sur le vide devant lui.

— Cette bagnole serait mieux sur un circuit de courses.

Sean conduisit la Porsche avec une douceur minutieuse afin que son grand-père ne sente même pas les virages. Le moteur ronronnait comme un lion domestiqué.

— C'est un chef-d'œuvre de l'ingénierie. Les mauvais jours n'existent pas au volant d'une voiture comme celle-ci.

Walter grogna.

— Tu aurais pu acheter une Corvette, bien de chez nous.

— Je ne voulais pas d'une Corvette.

— Il n'y a même pas de porte-gobelets.

Sean imagina un instant ce qui arriverait à un gobelet soumis à sa conduite sportive et aux coups d'accélérateur qui allaient avec.

— Mais elle a une reprise à couper le souffle. On ne peut pas conduire cette voiture sans avoir le sourire. Si jamais tu veux l'essayer, tu me dis.

— Si jamais je veux me suicider, j'irai me balader sur l'autoroute.

Sean ralentit en arrivant au virage, à droite, où un panneau annonçait Snow Crystal Resort and Spa.

Tout le monde s'était réuni pour accueillir le patriarche et des visages ravis se pressaient aux fenêtres de la cuisine.

— Qu'est-ce qu'ils font tous ici ? Ils n'ont pas de boulot ou quoi ?

Pâle et tremblant, Walter se débattait avec la ceinture de sécurité.

— Ils voulaient te souhaiter la bienvenue chez toi. Elise et Maman ont cuisiné toute la journée. Attends ici, je vais t'aider à sortir.

— Je ne suis pas un invalide ! Je peux descendre seul d'une voiture !

Mais sur le seuil de la maison, il manqua de s'écrouler. Sean le soutint par le bras.

— Gramps, laisse-moi te trouver une chaise.

Walter le chassa.

— Je marche parfaitement ! Je n'ai pas besoin de m'asseoir, je n'ai pas besoin d'être couvé et je n'ai pas besoin d'un médecin, non plus. Tu peux rentrer chez toi quand tu veux.

Sean ravala la repartie acerbe qui lui monta aux lèvres. S'il était soulagé de voir son grand-père reprendre du poil de la bête, d'un autre côté il se sentait sur le point de perdre son calme.

— Walter O'Neil, tu ne parles pas comme ça à ton petit-fils !

Sa grand-mère avait pris Walter par le bras et le guidait vers sa chaise à la tête de la grande table familiale, tandis que Maple, la petite chienne caniche de Jackson, sautait dans tous les sens.

— Ce n'est pas ton chauffeur, déjà, et il n'ira nulle part avant qu'on soit sûrs que tu n'aies plus besoin de soins.

Walter fulmina.

— Plus besoin de soins ? Comment ça ? Est-ce que j'ai l'air à l'article de la mort ? On m'a bien laissé sortir de l'hôpital, non ? Nous savons tous que mon petit-fils ne peut pas rester loin de la grande ville plus de dix minutes, donc, en ce qui me concerne, il peut partir tout de suite et retourner à cette jungle qu'il aime tellement.

Cinq minutes ensemble et ils étaient déjà au bord du conflit, songea Sean. Il remarqua le regard soucieux de sa mère, qui venait de poser sur la table deux poulets rôtis fumants.

— Comment te sens-tu, Walter ? demanda celle-ci.

— En pleine forme, merci. Je n'ai plus besoin d'infirmières.

— Moi, avoir Sean auprès de nous me rassure. Il a fait le chemin pour être avec toi et il ne repartira pas tant que tu n'iras pas bien.

— Je vais bien.

Mais la main de Walter tremblait en se posant sur le bord de la table.

— Et vous pouvez tous arrêter de me regarder comme si vous vous attendiez à me voir tomber mort d'un moment à l'autre. D'ailleurs, je ne vois pas à quoi servirait Sean dans ce cas-là, c'est un chirurgien orthopédique. Je ne me suis pas cassé une jambe, non ?

Tyler leva les yeux au ciel, cependant qu'Elise déposait à côté des poulets un grand bol de salade de pommes de terre.

— On est contents que vous soyez de retour, Walter, dit-elle.

Walter sembla enfin remarquer sa présence. Au lieu de sourire, il râla de plus belle, cependant.

— Tu es ici, toi aussi ? Tu devrais être au restaurant, pas dans la cuisine à me dorloter. Qui s'occupe du Boathouse pendant que tu es là ? Voilà pourquoi Snow Crystal bat de l'aile. Personne ne fait son travail si je ne suis pas là pour vous surveiller. La station mettrait la clé sous la porte sans moi !

De plus en plus énervé, Sean était sur le point de prendre la défense d'Elise quand celle-ci posa une main affectueuse sur l'épaule de son grand-père, sereine, apaisante. Si l'attaque l'avait vexée, elle n'en montra rien.

— C'est vrai qu'on a tous besoin de vous ici. Vous nous avez manqué.

Jackson commença à découper la volaille.

— Quand tu iras mieux, dit celui-ci, je te mettrai au courant de tout, bien sûr, mais pour l'instant on t'a prescrit du repos.

Il avait parlé d'un ton conciliateur et leur grand-mère le remercia du regard.

— Tu as entendu ? fit-elle d'une voix sans appel. Demain, tu passeras la journée au lit, Walter O'Neil. Un point c'est tout.

— Au lit ?

Walter regarda autour de lui, le regard allumé, les poings fermés — prêt à batailler. Maple geignit et se carapata sous la table.

— Je ne compte pas passer ma journée de demain au lit. Avec tout ce qu'il y a à faire ! C'est l'été, la haute saison ! Il faut s'occuper de tous ces touristes !

— C'est surprenant qu'il y ait tous ces touristes, vu que

personne ne bosse quand tu n'es pas là pour nous surveiller, ironisa Tyler.

Ce qui lui valut un regard noir de son grand-père.

— On n'a pas assez de personnel pour se permettre une personne de moins. Je ne passerai pas ma journée au lit et je ne veux plus en entendre parler. Je vais reprendre les travaux de la terrasse demain dès midi, avec Elise. Et maintenant, j'aimerais une bière, s'il vous plaît.

Alice fit la moue.

— Il est hors de question que tu boives de la bière. Et cet endroit peut parfaitement tourner sans toi pendant quelques jours.

Walter tapa du poing sur la table.

— La vie est faite pour être vécue, bon sang ! A quoi bon rentrer chez soi si on ne peut pas boire une bière dans sa cuisine !

Craignant les effets nuisibles du stress sur la pression artérielle de son grand-père, Sean amadoua ce dernier en louant la rénovation du hangar à bateaux. La tactique porta ses fruits, et peu après la famille dînait et conversait en harmonie autour de la table.

Il avait passé la moitié de son enfance dans cette cuisine, à se disputer avec ses frères, à venir chercher un bout à grignoter entre deux aventures excitantes. C'était un lieu pour se réunir, débattre, se restaurer. La seule chose différente du passé, c'était l'absence de son père.

Trop occupé à faire le tri dans ses émotions, il ne s'aperçut pas tout de suite que Walter était, lui aussi, inhabituellement silencieux et qu'il avait à peine touché à son assiette.

L'appréhension le saisit.

Avait-on laissé Walter sortir trop vite de l'hôpital ? Etait-il épuisé par tout ce monde autour de lui ?

Sean regretta de ne pas avoir songé à organiser les choses en amont. Mais il savait que tenter d'empêcher les O'Neil de rester ensemble pendant une crise revenait à vouloir arrêter une avalanche avec une pelle.

Les deux appels qu'il reçut de son hôpital durant le repas

ne l'aidèrent pas à se rattraper aux yeux de son grand-père, dont le regard noir le suivit lorsqu'il s'excusa pour y répondre.

— C'est trop demander, un repas avec toi sans être dérangé ? Si tu passais un peu plus de temps ici, tu n'aurais pas besoin de demander à tes frères de te tenir au courant. Cet hôpital ne peut pas tourner sans toi ou quoi ?

— J'ai laissé un ou deux dossiers en cours.

C'était l'euphémisme de l'année.

— J'essaie de les régler d'ici, ajouta-t-il.

— Si tu es si important que ça, grogna Walter, tu devrais peut-être y retourner pour leur épargner tous ces coups de fil.

Sean entreprit de compter jusqu'à dix. Il en était à vingt lorsqu'il se sentit assez calme pour répondre. Il avait dû demander les services d'une bonne dizaine de personnes pour pouvoir rester quelques jours de plus, et il se demandait vraiment pourquoi il s'était donné cette peine.

— C'était une urgence.

— Vas-y, alors. On se débrouille sans toi tous les jours. Aujourd'hui, c'est pareil.

Sean croisa le regard inquiet de sa mère. Encore une fois, il serra les dents et se tut. En allant chercher son grand-père à l'hôpital, il avait songé à profiter de la demi-heure en tête à tête que leur offrait le trajet pour mettre les choses à plat et parler de ce qui s'était passé le jour de l'enterrement. Il avait finalement décidé que Walter avait besoin de calme avant tout, et à présent il le regrettait. La tension entre eux devenait insupportable.

— Sacrée bienvenue, Gramps, fit Tyler en se servant une cuisse de poulet. Et ça, c'est quoi ? Du veau gras ? Drôle de forme.

— Walter O'Neil, tu vas t'excuser tout de suite, lança Alice à son mari. Sean n'ira nulle part, j'ai besoin de lui pour dormir tranquille la nuit. Si tu n'apprends pas à réfléchir avant de parler, je te renvoie dans cet hôpital avec quelques os cassés en prime.

Personne n'était aussi effrayant que sa grand-mère quand

elle se mettait en colère, songea Sean. Son grand-père devait partager ce ressenti, car il devint doux comme un agneau.

— Je dis juste qu'on peut se débrouiller sans lui, c'est tout.

— On t'a permis de quitter l'hôpital grâce à lui. Les médecins, là-bas, ils ne t'auraient jamais laissé sortir s'il n'avait pas été là, parce qu'il est médecin aussi, et un bon médecin, avec ça. Donc si tu le renvoies, tu rejoins *illico presto* ton lit d'hôpital et ne compte pas sur moi pour aller te tenir compagnie.

— Il ne veut pas être là.

— La faute à qui ? s'insurgea Alice. Ce qui compte, dans la vie, ce sont les êtres, pas les domaines, et tu es obsédé par Snow Crystal. Tu gaves les gens avec ça jusqu'à ce qu'ils en étouffent ! C'est une maison, pas le bagne, et il serait temps que tu en prennes conscience, bon sang. On peut vouloir autre chose dans la vie qu'un quotidien de devoirs et d'obligations.

Sa grand-mère avait du caractère, ce n'était un secret pour personne, mais Sean ne l'avait jamais entendue s'exprimer de façon aussi franche. Pour la première fois, il se demanda si elle n'avait pas toujours su à quel point son père détestait Snow Crystal. Etait-elle au courant de la dispute qu'ils avaient eue le jour des funérailles ? Inquiété par son coup de colère, Sean se pencha et posa la main sur celle de sa grand-mère.

— Grams...

— Ne t'inquiète pas pour moi, fit-elle en lui tapotant la main. Tu es un garçon très intelligent, tu l'as toujours été. Tu as passé toute ta vie le nez dans les livres pour mettre à profit tes talents. Je suis fière de toi, très fière. Et ton grand-père aussi, sauf que cette tête de mule ne voudra jamais le reconnaître à voix haute.

Si seulement il avait pu la croire.

Sean soutint le regard de ces yeux bleus qui ressemblaient tant aux siens. Il avait de nouveau six ans, et son grand-père le surprenait avec un livre entre les mains au lieu de la scie escomptée.

Walter O'Neil ne pouvait concevoir que quelqu'un puisse

vouloir d'une vie dont Snow Crystal ne serait pas le centre, qu'un natif de ces montagnes puisse vouloir quelque chose d'autre. Quelque chose de différent.

En dépit des efforts de sa grand-mère pour calmer les esprits, la tension était palpable, et tout le monde fut soulagé quand Alice annonça qu'elle était fatiguée et que Walter décida de rentrer avec elle. Kayla les accompagna en voiture, et Elizabeth et Jess partirent avec eux. Les trois frères se trouvèrent seuls.

— Bordel de bordel, fit Tyler en s'affalant sur la chaise, yeux fermés. Quel bon moment de détente ! J'avais oublié à quel point j'aimais les repas en famille. Quand je serai grand, j'aurai six enfants et une centaine de petits-enfants, de préférence de bords très différents pour qu'ils expriment leurs points de vue tous en même temps. Je n'imagine rien de plus plaisant.

Le portable de Sean vibra de nouveau. Il vérifia l'identité de l'appelant, excédé.

Veronica.

Ah non. Pas maintenant. Trop, c'était trop.

— C'est l'hôpital encore ? Répond, ô Très-Haut !

Tyler attrapa sa bouteille de bière.

— Soigne le malade et ne t'inquiète pas pour tes frères. Nous, on ne va pas te chercher des poux avec ton complexe de Dieu galopant, hein, Jackson ?

— Nan, on attendra patiemment que tu soulages tes malades.

Le ton de Jackson était léger, mais ses yeux exprimaient l'inquiétude que son grand-père lui causait.

— Ce n'est pas l'hôpital, c'est une femme.

Et il n'avait pas l'énergie de se disputer avec elle. Il devait avant tout réfléchir à sa présence ici. Qu'il soit là faisait du bien à sa grand-mère, mais son grand-père ne voulait pas de lui.

— Elle est sexy ? demanda Tyler, amusé.

— Un corps de rêve.

— Alors réponds à ce fichu portable ou file-le-moi, que je traite en direct avec elle.

— Elle est convaincue que sa mission dans la vie est de me sevrer de mon addiction au travail. La dernière fois qu'on a parlé, elle m'a dit qu'elle m'aimait.

Tyler se recroquevilla.

— A la réflexion, tu devrais l'éteindre, ton téléphone.

— Elle est amoureuse de toi ? demanda Jackson en se resservant du poulet. Et moi qui croyais que tu ne sortais pas assez longtemps avec les nanas pour que ça arrive. Combien de fois tu es sorti avec elle ?

Sean posa son téléphone sur la table.

— Deux. Apparemment, une de trop.

Tyler s'esclaffa.

— Deux et elle veut déjà être la mère de tes enfants ? Tu les trouves où, tes chéries ?

— Il y en avait toute une ribambelle, quand on était ados, rappela Jackson, peu amène. Qui venaient toutes pleurer sur mon épaule, à la fin. Elles voulaient savoir pourquoi Sean ne les aimait pas en retour.

Tyler but une gorgée de bière.

— Je n'avais pas saisi que venir ici t'avait empêché de coucher avec une femme sexy. Je comprends mieux maintenant que tu sois de mauvais poil.

Sean grinça des dents et éteignit son portable.

— Je ne suis pas de mauvais poil.

— Ah, tu es limite dangereux, dit Tyler en étouffant un bâillement. Au lieu d'exploser, tu bouillonnes comme une casserole oubliée sur le feu. Tu as toujours été comme ça.

Jackson se leva et commença à débarrasser la table.

— Ecoute, à propos de Gramps…

— Laisse tomber, répondit Sean en repoussant son assiette, qu'il n'avait pas touchée. Il ne veut pas de moi ici. Point barre. Demain matin, je finis cette fichue terrasse et le soir je dîne à Boston. Comme ça, tout le monde sera content.

Lui inclus.

Qu'avait-il imaginé ? Que son grand-père allait enfin

l'accepter tel qu'il était, avec ses propres envies? Qu'ils allaient recoller les morceaux et trinquer ensemble à leur réconciliation?

La vie n'était jamais si simple, il aurait dû le savoir.

Tyler, sa chaise en équilibre sur les pieds arrière, posa ses talons sur la table.

— Donc tu repars déjà?

— On dirait, répondit-il, un drôle de pincement au cœur. Je suis le mouton noir. Celui qui fugue.

— Mais pas pour longtemps. Personne ne quitte cet endroit longtemps. Il y a tout un troupeau de moutons noirs ici, à ruminer sur l'herbe qui n'est pas plus verte ailleurs. Mais fais comme tu le sens, pars demain. Ça fera passer un paquet d'argent des poches de Jackson aux miennes.

— Vous avez parié?

Sean ne put s'empêcher de sourire.

— Combien?

— Assez pour que ça vaille la peine de te faire partir. Heureusement, Gramps fait tout le boulot pour moi. Tout ce que j'ai à faire c'est m'asseoir, regarder et attendre.

Tout à coup, rester en valait presque la peine, rien que pour embêter son frère. Presque.

— J'imagine que tu vas te remplir les poches, alors.

— Maman serait beaucoup plus rassurée si tu restais, cependant.

Jackson rangea les restes du poulet.

— Gramps aussi, dit-il.

— Tu as vu comment il s'est conduit avec moi? Sa pression artérielle a augmenté rien qu'en pensant que je restais. On veut qu'il se repose, pas qu'il fasse une autre attaque. Je réveille ses pires côtés, et de toute façon ton frigo est vide.

Il ne voulait plus parler de sa relation avec Walter, ça lui laissait une impression d'échec, un goût amer dans la bouche.

Jackson referma le réfrigérateur et se retourna.

— Mon placard aussi, grâce à toi, répondit-il en fronçant les sourcils. Elle n'est pas à moi, cette chemise? C'est un cadeau de Kayla.

— Ah, ça m'étonnait que tu possèdes un truc si classe. Kayla a bon goût.

— Cette chemise s'appelle Reviens. Et ces cuissots de champion, ajouta-t-il en poussant les jambes de Tyler, ravissent sans doute les femmes mais je ne les veux pas sur la table.

Tyler jura en perdant l'équilibre et la bière éclaboussa son pantalon.

— Tu n'étais pas maniaque comme ça avant. C'est la mauvaise influence de ta copine.

— Ça ne te tuerait pas de faire le ménage de temps en temps. Tu as la responsabilité d'une adolescente, tu dois donner l'exemple.

— Je suis un papa super cool. Et la meilleure façon de ranger la bouffe est de la manger, dit-il en avalant ce qui restait de salade de pommes de terre dans son assiette.

— J'ai besoin de prendre l'air, dit Sean en se levant.

Tyler dessina un cercle en l'air avec sa fourchette.

— Tu peux péter les plombs sur place, franchement. C'est ce que tout le monde fait dans cette famille. Vas-y, lâche tout. T'inquiète pas pour nous.

Sean regarda ses frères. Ils ignoraient une partie de l'histoire. Ils ignoraient à quel point leur père avait été malheureux.

Ils ignoraient que le torchon brûlait entre lui et leur grand-père.

Sa tête semblait sur le point d'exploser. Il attrapa sa veste et se dirigea vers la porte.

— Demain, je finis la terrasse et ensuite je me barre.

— Du calme, du calme, fit Tyler, la bouche pleine. Et tu peux me payer quand tu veux, Jackson. En liquide ce serait nickel.

Chapitre 6

Sean respira l'air de la nuit. Sa colère ne rimait à rien. Avait-il vraiment cru que tout allait s'arranger simplement parce qu'il avait tout laissé tomber pour courir au chevet de son grand-père malade ?

S'était-il vraiment attendu à de la gratitude, à des retrouvailles émues et à une confiance mutuelle inédite dans leurs relations ?

Non, mais il avait osé espérer. Il voulait dépasser le clivage ; son grand-père voulait qu'il parte. Et lui-même désirait vraiment partir. Tout ici, des montagnes aux arbres, des oiseaux aux chalets, lui parlaient de son père.

Une douleur sourde au ventre, il suivit le sentier qui menait au lac. Arrivé à la bifurcation qui menait chez Jackson, cependant, il tourna à droite et marcha jusqu'au Boathouse.

Le soleil glissait doucement derrière l'horizon, décochant de splendides chatoiements dorés sur la surface du lac. Un hibou cria dans les ombres grandissantes, bande-son de son enfance.

Sean fut soudain submergé par une puissante émotion.

Combien d'heures avait-il passé ici ? Combien de choses avait-il apprises en écoutant le bourdonnement de la paruline à ailes bleues, si semblable à celui des abeilles ? Il n'y avait pas eu de meilleur endroit pour étudier Galilée que ce coin entre l'eau et les arbres, sous la voûte étoilée.

Il se pencha sur le ponton et considéra la situation. S'il commençait au lever du jour, il aurait fini à l'heure du déjeuner. Ainsi il aurait tenu la promesse faite à Elise, aidé Jackson, et pourrait partir avant que son grand-père ne débarque.

Au bord de l'implosion, il choisit un galet et le fit ricocher sur les eaux bientôt noires comme la nuit.

— Tu pourrais piquer une tête, aussi, dit une voix derrière lui. Peut-être que ça te calmerait.

Sean se tourna. Adossée contre le mur du hangar, bras croisés, Elise l'observait.

— Mes frères m'y ont jeté assez souvent pour m'enlever l'envie de le faire de mon propre gré. Tu es là depuis longtemps ?

— Assez pour te voir bouillonner de rage.

Elle s'approcha de lui, les yeux brillants sous la lumière de la lune.

— On dirait un petit garçon qui jette des objets et fait un caprice parce que les choses ne se passent pas comme il le voudrait. Arrête de t'occuper de toi et pense plutôt à ton grand-père.

Son accent était plus marqué que d'habitude, sa voix douce comme le velours.

— C'est lui qui est souffrant, ajouta-t-elle.

Une touche d'exaspération vint s'ajouter à la colère de Sean.

— Et pourquoi je suis là, à ton avis ? lança-t-il. Je n'ai rien fait d'autre que penser à lui. J'ai tout laissé tomber dès que Jackson m'a appelé, j'ai demandé des services à une dizaine de collègues, je porte les mêmes fringues depuis trois jours et je dors dans la chambre d'amis de Jackson… Et tout ce que j'ai réussi à faire, c'est empirer les choses. Gramps ne veut pas de moi ici. La solution est simple, heureusement.

— Qu'est-ce qui te fait penser qu'il ne veut pas de toi ?

— Tu étais là. Tu l'as entendu.

— Je l'ai entendu houspiller tout le monde comme il le fait toujours quand il est stressé. Je n'ai rien entendu qui donne à croire qu'il veuille que tu partes.

— Tu n'y as pas prêté attention, alors. Il m'a dit de partir. Il me l'a ordonné. Et si le stress est à l'origine de l'attaque,

104

ma présence risque de lui en provoquer une autre. Le mieux que je puisse faire, c'est partir.

Elle tapa du pied.

— Tu retournes à Boston ?

— Demain.

Il vit ses yeux se plisser dangereusement et en déduisit qu'elle s'inquiétait encore pour son inauguration.

— Mais ne t'inquiète pas. Je finirai ta terrasse avant.

— *Putain*[1].

Elle cracha le juron plus qu'elle ne le dit ; elle avait l'air aussi en colère que lui.

— Et tu t'en vas ? Alors que ta famille a plus que jamais besoin de toi ? Les O'Neil n'agissent jamais comme ça !

— N'essaie même pas de me faire culpabiliser, rétorqua-t-il, dans une colère d'autant plus violente qu'il l'avait contenue toute la soirée. Je fais ce que Gramps m'a demandé.

— Tu es censé être très intelligent, mais parfois je me demande si tu n'es pas l'homme le plus *stupide* du monde. Aujourd'hui, j'ai haché du foie qui avait plus de sens commun que vous deux. Si Walter n'était pas malade, je prendrais un pour taper sur un autre.

— J'en prendrais un pour taper sur l'autre.

— Tu reprends mon anglais, maintenant ?

Elle avait pris un ton menaçant, mais pour une raison inconnue ces mots eurent le don de dissiper la tension. Sean dut réprimer un sourire.

— Non.

— Si, bien sûr que si. Eh bien, laisse-moi te dire, docteur O'Neil, dit-elle en articulant son titre de sorte qu'il sonne comme une insulte. Peut-être que je n'arrive pas à parler correctement, mais je pense droit, ce qui n'est pas le cas de tout le monde sur ce ponton.

— Gramps se rétablit aussi bien qu'on pouvait l'espérer. Il n'a pas besoin de moi.

— Mais gratte un peu les apparences ! Parfois les gens

1. En français dans le texte.

mentent à propos de leurs sentiments. Enfin, tu es médecin, tu devrais le savoir. Et notre chère Alice, qu'est-ce que tu en fais ? Elle ne dormait pas parce que son mari était à l'hôpital, et là, elle ne dormirait pas parce qu'il est de retour et qu'elle est inquiète.

Avec la colère, son accent s'entendait plus que jamais.

— Et ta mère, tu y penses ? Elle se faisait un sang d'encre pour Walter et Alice, et maintenant elle va se faire du souci pour toi parce qu'elle voit que tu souffres à cause de ton grand-père et que tu es son bébé.

Il haussa un sourcil sarcastique.

— J'ai l'air d'un bébé ?

— Je ne parle pas de ta taille ni de tes muscles. Pour une mère, son enfant est toujours un bébé. Elle est écartelée, tu le vois bien, non ? Walter d'un côté, toi de l'autre, et…

Et là, elle continua en français, mais Sean comprenait tout ce qu'elle disait, de sorte que le changement de langue ne lui offrit aucune protection contre son courroux incendiaire.

— Et Jackson ? Il est déjà plus que débordé, tu crois qu'il aura le temps de prendre soin de Walter, quand tu auras fini de jouer les offensés et claqué la porte ?

— Je ne claque aucune porte, répondit-il en perdant patience. Et si Jackson veut que je reste, il n'a qu'à me le demander.

— Tu sais bien qu'il ne te demandera rien. Tu es son frère, il t'aime, et il sait à quel point ça te coûte de rester ici.

Elle se mit à faire les cent pas en grommelant.

— Réfléchis un peu, Sean. Oublie tes sentiments froissés et utilise ton cerveau.

— Mes sentiments n'ont rien à voir là-dedans.

— Tu es blessé parce que tu crois que ton grand-père ne veut pas de toi ici, mais tu te trompes !

— Tu n'as aucune idée de ce qui se passe vraiment.

A fleur de peau, il glissa les mains dans ses cheveux.

— On s'est disputés, Walter et moi. Très fort.

C'était la première fois qu'il en parlait à quelqu'un.

— Walter se dispute tout le temps avec tout le monde. C'est un provocateur, c'est sa nature.

— Là, c'était différent.

Mais pourquoi je lui raconte tout ça ? se demanda-t-il, la bouche soudain desséchée.

— C'était le jour des funérailles de mon père. J'ai dit des choses…

— Qu'est-ce que tu as dit ?

— Peu importe.

Rien qu'en y pensant, il se sentait malade. Un chagrin grand comme l'océan, l'agonie de l'absence de son père, le besoin désespéré de revenir en arrière pour tout changer, puis les accusations. Dures comme des poings, comme des pierres.

— Mais je peux te dire, continua-t-il, que c'est pour ça que je ne suis pas le bienvenu ici. Il m'en veut encore, et je peux le comprendre.

Car lui aussi était encore en colère contre Walter. Il avait beau savoir qu'il fallait tourner la page, il n'y arrivait pas.

C'était une blessure infectée. Une gangrène. Le chirurgien en lui aurait voulu amputer cette partie de son histoire, mais comme c'était impossible, il avait appris à vivre avec.

Elise poussa un long soupir et secoua la tête.

— Je suis contente que tu m'en aies parlé, parce que ça m'aide à comprendre, mais ses raisons pour vouloir que tu partes n'ont rien à voir avec cette dispute.

— Bien sûr que si.

Elle fit deux pas pour se mettre face à Sean et pointa un doigt accusateur sur sa poitrine.

— Un de ces jours, mon ami, je vais te rouler dans les orties pour voir si ça te réveille. Tu es… tu es…

Il comprit parfaitement le mot français qu'elle venait d'employer.

— Moi ? Un idiot ?

Il décida que ce n'était pas le moment de lui dire qu'elle était très sexy quand elle se mettait en colère.

— Parfaitement. Ton grand-père se comporte comme

s'il voulait que tu partes, mais ça n'a rien à voir avec toi ! Ce n'est pas parce qu'il est têtu, ni parce qu'il ne veut pas de toi ici, ni parce qu'il t'en veut encore après votre dispute, mais parce qu'il a peur. *Il a très peur.* Et tu serais capable de le voir si tu n'étais pas uniquement tourné vers ton nombril.

Un long silence s'ensuivit, adouci par le clapotement de l'eau.

— Peur ?

Cette raison ne lui avait même pas traversé l'esprit. Son grand-père était la personne la plus forte qu'il ait jamais rencontrée.

— Tu te trompes, fit-il en secouant la tête. Gramps est un dur à cuire comme on n'en fait plus. Je ne l'ai jamais vu avoir peur. Ni quand Tyler est tombé dans le fleuve alors qu'il marchait à peine, ni quand il s'est trouvé nez à nez avec un ours alors qu'on faisait du camping dans le Wyoming et qu'on n'était que des gosses.

Elle balaya son raisonnement d'un geste.

— Tout ça n'a rien d'effrayant comparé à ce qui se passe.

— Mais comparé à quoi ?

— Sean ! Réveille-toi ! Un ours, il pouvait toujours lui planter le poing dans la figure, mais il ne peut pas frapper la maladie. Il ne peut pas l'engueuler, lui cogner sur la tête ou l'aveugler avec un spray à poivre. Il ne peut même pas la voir !

Les paumes vers le ciel, Elise le regardait, exaspérée.

— Ce qui s'est passé l'a terrifié. Snow Crystal est toute sa vie. Il a peur que l'attaque le diminue, et qu'est-ce qui se passe dès qu'il rentre chez lui ? On lui dit de s'asseoir et de ne rien faire. Autant lui dire de se coucher pour mourir ! Walter n'est pas du genre à prendre sa retraite pour faire la sieste dans son fauteuil. Il veut rester actif. C'est pour ça qu'il est terrifié. Et plus il a peur, plus il gueule.

Terrifié ?

— Je passe mes journées avec des gens qui ont peur. Je sais à quoi ressemble la peur. Il ne se comporte pas comme un homme effrayé.

— Tu crois que parce qu'il n'en parle pas, il ne la ressent pas ? Peut-être que tu soignes des gens qui ont peur, mais pour Walter tu n'es pas un médecin, tu es son petit-fils. Au lieu de t'accrocher à tes grandes idées de grand docteur, au lieu de t'étouffer avec ta culpabilité, tu devrais plutôt penser à lui et à ce dont il a besoin.

— Admettons que tu aies raison, et qu'il ait peur. Pourquoi ferait-il tout pour que je parte ?

Elle poussa un soupir d'impatience.

— Parce que t'avoir à la maison le fait se sentir plus vulnérable.

— Plus vulnérable ? Si je suis venu, c'est justement pour qu'il se sente moins vulnérable. Ma présence est censée le rassurer.

— Pour Walter, tu n'es venu qu'une fois depuis Noël, et encore, en coup de vent. Tu ne restes jamais longtemps.

La morsure de la culpabilité devint plus profonde.

— C'est vrai, mais…

— Le fait est qu'en général tu ne le fais pas, mais que, là, tu le fais. Ce que Walter en déduit, c'est que tu restes parce que sa santé t'inquiète. Ta présence ne le rassure pas, elle lui fait supposer qu'il peut avoir une nouvelle attaque à tout moment. Que tu es persuadé qu'il va mourir d'un instant à l'autre. Vous le couvez tous comme des mères poules. Il est terrifié. Il a besoin de normalité.

Sean se figea. Pourquoi n'y avait-il pas pensé ? Avait-il pu ne rien voir et tout comprendre de travers ?

Quel piètre médecin il faisait, bon sang.

— Tu as peut-être raison.

— J'ai raison. Maintenant, oublie ta fierté stupide, admets ton erreur et faisons enfin quelque chose pour Walter.

Il se pressa l'arête du nez. Trop occupé à maîtriser ses propres émotions, il n'avait pas songé à analyser l'attitude de son grand-père d'un point de vue psychologique.

— Si tu dis vrai et que ma présence ici l'angoisse, je suis dans une situation impossible. Il faudrait que je reste, mais ça risquerait de lui faire plus de tort que de bien.

Ecartelé, il renversa la tête pour regarder le ciel en se demandant si Galilée avait trouvé la physique plus facile que les relations avec ses semblables.

— Je dois trouver une excuse pour rester. Quelque chose qui ne le concerne pas. Et qui soit crédible.

— Il ne faut pas qu'il s'imagine que tu crains pour sa santé, acquiesça-t-elle.

— Je pourrais lui dire que je reste pour rassurer Grams.

Elise roula des yeux.

— Pff. Et il pensera que tu te tiens prêt pour la réconforter le jour où il tombera raide mort. Ce n'est pas rassurant du tout, comme tu le comprendrais si tu réfléchissais un peu.

— Je réfléchis, dit-il entre ses dents. Et personne ne va tomber raide mort.

— Tant mieux ! Alors trouve une raison pour rester qui puisse lui paraître plausible.

Il marcha d'un bout à l'autre de la partie du ponton qu'il avait complétée quelques heures plus tôt. Oh ! mais comment n'y avait-il pas pensé plus tôt ?

— La terrasse ! Je lui dirai qu'il faut que je la finisse avant la soirée. C'est essentiel pour Snow Crystal. Il ne chicanera pas pour quelque chose concernant le domaine.

— Mais tu as presque fini.

— Mais il ne le sait pas, il ne l'a pas encore vue. Je démonterai ce que j'ai déjà fait. Je commencerai demain de bonne heure, avant qu'il arrive, et j'arracherai tout. Il ne saura rien. Je ferai traîner les travaux une semaine.

Les yeux d'Elise pétillèrent.

— Il va te gronder parce que tu es trop lent.

— Tu voulais qu'il retrouve sa vie normale. Je ne vois pas plus normal que ça, pour lui.

Il essayait de rester concentré sur la conversation, mais depuis tout à l'heure le parfum d'Elise s'infiltrait insidieusement dans ses veines et commençait à lui tourner la tête.

— Je lui ferai comprendre que ça n'a rien à voir avec lui, si je reste. Et je demanderai aux autres de se calmer et d'arrêter de le couver. Tu crois que ça suffira ?

Visiblement soulagée, Elise s'écarta d'un pas.

— Oui, je pense. Je vais enfin pouvoir dormir.

— Attends…

Il la prit par le bras et l'attira contre lui, le regard rivé à ses lèvres.

— Arrête de me regarder comme ça, fit-elle.

— Je te regarde comment ?

— Comme si tu voulais m'arracher mes vêtements.

La tension dans les épaules de Sean s'envola subitement.

— Arracher tes vêtements est juste le début de ce que j'aimerais te faire. Tu veux entendre la suite ?

— Non. Tu ne vas pas m'amadouer avec du sexe, si c'est de ça que tu parles.

— Parler n'entrait pas dans mes plans.

— Je suis en colère contre toi. Je ne peux pas t'embrasser alors que je suis fâchée.

— Très bien. C'est moi qui t'embrasse alors.

Il joignit le geste à la parole et posa sa bouche sur la sienne. Aussitôt elle répondit à son baiser ; ses lèvres étaient douces et engageantes, sa réaction aussi enflammée que l'autre fois. L'impatience de leur passion confinait à la violence. Leurs langues s'enlacèrent, exigeantes, intimes. Avec un gémissement elle s'accrocha à lui, collant son corps au sien, gémissant encore quand il la fit pivoter et la plaqua contre la rambarde.

— Tu crois que tu peux me calmer avec tes baisers ? dit-elle d'une voix rauque. Tu embrasses très bien mais pas à ce point. Je suis toujours en colère.

— Non, c'est faux.

D'un geste soudain, il déchira son chemisier.

— Je crève d'envie de toi…

Le goût de sa peau l'embrasa de la tête aux pieds, l'alchimie entre eux provoquait encore une fois des étincelles qui menaçaient de devenir incendie. Elle enfonça ses doigts dans les épaules de Sean.

— Je vais te griffer comme un chat, mes ongles sont très aiguisés.

Il tira alors sur les pans du chemisier pour faire sauter les boutons qui résistaient encore.

— Je prends le risque, dit-il.

Elle sentit une vague de désir la submerger.

— Et demain, dit-elle, quand tu seras en train de bosser sur le ponton, tout le monde pourra voir tes épaules marquées et en tirer des conclusions. Ce truc entre nous ne sera plus un secret.

Ses mains tremblaient quand elle déchira à son tour la chemise de Sean.

— *Merde*[1] ! Elle était à Jackson…

— Je lui en achèterai une autre, souffla-t-il.

Le clair de lune sur la peau d'Elise satinait l'arrondi de ses seins sous la dentelle. Il se fichait de la chemise de son frère comme de sa première chemise à lui. Il ne se souvenait pas avoir eu autant envie d'une femme dans sa vie.

— Tu es si belle.

Il glissa les doigts sous le soutien-gorge.

— Tu es habile de tes mains, fit-elle dans un murmure.

La dentelle était en trop, décida-t-il en dégrafant le sous-vêtement. Elise avait de petits seins hauts et fermes et il se demanda si sa lingerie avait d'autre fonction que celle de couche en trop pour le rendre fou. Il glissa les lèvres sur son épaule, puis descendit pour les fermer sur son mamelon.

Elle s'accrocha de plus belle à ses épaules.

— Sean…

Le bout de son sein durcit sous les caresses de sa langue. Il entendit la respiration d'Elise s'accélérer ; une violente poussée de désir brisa le peu de retenue qu'il lui restait. Il pressa encore sa bouche contre elle, et elle se serra contre lui. Il en avait sa claque des tensions familiales qui s'ajoutaient à sa vie déjà faite de stress. Sa claque d'essayer de deviner les arrière-pensées de sa famille, de se sentir coupable. Il voulait ne plus y penser. Il voulait ça. Il la voulait, elle.

Et il la voulait sur-le-champ.

1. En français dans le texte.

Elle avait les bras autour de son cou, son corps contre le sien. S'il prolongeait son séjour à Snow Crystal, il avait le droit de trouver un moyen de préserver sa santé mentale. Et le sexe avec Elise était délicieusement simple.

Il l'était, non ?

Il s'écarta d'elle en même temps qu'elle de lui.

Ils se regardèrent un court instant, puis elle ferma ses doigts sur le devant de sa chemise avec un sourire mutin.

— Tu es un homme très sexy, Sean.

— Heureusement que j'ai mon physique pour moi, vu mon intelligente limitée.

La délicieuse fossette fit son apparition au coin de la bouche d'Elise.

— J'aime ton sens de l'humour, fit-elle. Et j'aime ton corps. Mais on ne va pas recommencer.

Il songea au nœud de soucis qu'était devenue sa vie.

— Tu as probablement raison.

— Mais je voudrais te demander quelque chose, dit-elle tout doucement, les mains sur sa poitrine. Il faut que tu fasses la paix avec ton grand-père. Il faut que tu lui parles.

— Tu as sans doute raison pour ça aussi.

— Va te coucher.

Elle se hissa sur la pointe des pieds pour l'embrasser sur la joue, frôlant à peine sa peau de ses lèvres douces.

— Bonne nuit, Sean.

Il ouvrit la bouche pour tenter d'articuler une phrase cohérente, mais Elise s'éclipsa dans les ombres de la forêt, le laissant seul sur le ponton inachevé.

Chapitre 7

— Alors finalement, Sean ne part pas. Mauvaise nouvelle pour Tyler, il a perdu son pari.

Kayla trottinait, le téléphone à la main, ralentissant par à-coups afin de vérifier ses messages.

— Mauvaise nouvelle pour Jackson aussi, Sean va continuer à lui piquer ses fringues.

Mauvaise nouvelle pour moi, surtout, se dit Elise. Sean allait rester jusqu'au jour de l'inauguration. Leur rencontre de la veille avait mis à l'épreuve sa force de volonté.

Face à lui, elle n'arrivait pas à garder son sang-froid. D'abord, elle s'était mise en rogne parce qu'il ne comprenait rien à la psychologie de Walter, mais quand il avait piteusement avoué sa dispute avec lui, elle avait compati de tout son cœur.

Pourtant, Sean l'avait accusée de ne pas pouvoir comprendre.

Elle comprenait tout. Mieux qu'il pouvait l'imaginer.

Elle cessa de courir un instant, saisie par un sentiment si violent qu'il lui coupa le souffle.

En dépit des années qui s'étaient écoulées, certaines émotions l'assaillaient parfois sans crier gare. La culpabilité et le chagrin pouvaient encore lui couper les jambes. Car elle n'avait jamais réglé la question, l'occasion ne s'étant jamais présentée.

Et par ailleurs, elle était seule responsable. De tout ce qui s'était passé. Tout était la conséquence directe ou indirecte de ses mauvaises décisions.

Quelques mètres devant elle, Kayla se retourna et ôta ses oreillettes en faisant du surplace.

— Ça va, Elise ? C'est à cause de Walter ? Il était d'une humeur de chien, hier soir.

— Non, au contraire. J'étais heureuse de le revoir à la maison.

— C'est Sean qui a payé les pots cassés. Comme d'habitude.

Elle remit les oreillettes et reprit son chemin. Elise la suivit en s'interrogeant sur la dispute qu'avaient eue le grand-père et son petit-fils. Puisqu'elle avait eu lieu le jour de l'enterrement du père de Sean, elle devait être en rapport avec celui-là.

Et très marquante, de toute évidence.

A cause d'elle, c'était à peine si Sean revenait à Snow Crystal, et en raison de ces longues absences Walter lui en voulait de plus en plus.

C'était un cycle infernal qu'elle ne comprenait que trop bien.

Parfois on trouvait plus facile de laisser un différend s'enkyster que de le régler. Et parfois les émotions étaient si lourdes qu'on ne pouvait pas les porter ; on se disait qu'on résoudrait ça plus tard. Un autre jour, le moment venu. Mais parfois, ce moment ne venait jamais.

Elle connaissait bien la problématique. C'était l'histoire de sa vie.

Elise ralentit l'allure. En dépit de l'exercice, elle avait froid.

Pendant tout l'hiver, elle n'avait pensé à rien d'autre qu'à finir le café et contribuer à renflouer Snow Crystal. Elle en avait fait sa priorité, son seul souci. A présent, elle ne pouvait penser à rien d'autre qu'à la dispute entre Sean et Walter.

Il fallait qu'ils recollent les morceaux, ces deux-là. Et si cela signifiait avoir Sean dans les parages pendant quelque temps, elle ferait avec.

Elle reprit de la vitesse et dépassa ses deux amies, de sorte qu'elle arriva en premier devant le Boathouse, juste au moment où le soleil se levait derrière les arbres.

Pas de Sean en vue. Elle tenta de se persuader que son

cœur battait aussi fort à cause du jogging et non pas à l'idée de le retrouver au travail sur le ponton.

— Tyler amène quelqu'un à la soirée ? demanda Kayla en la rejoignant, une bouteille d'eau à la main. Parce que s'il a un ou une invitée, on a besoin de le savoir. Bren ? Toi qui bosses avec lui…

— J'en sais autant que toi sur sa vie sexuelle, si c'est ça ta question. Mais le connaissant, ça m'étonnerait qu'il chôme, répondit Brenna. Je dois y aller. A plus !

Elise la regarda sprinter sur le ponton, sauter par-dessus un tas de planches et disparaître par le sentier de la forêt.

Kayla but une grande gorgée d'eau.

— Je ne me suis jamais vue en Cupidon, mais si j'avais une flèche je la planterais dans son petit cul parfait — ou *derrière*[1], comme vous dites chez vous.

— « Petit cul » me parle aussi, répondit Elise, amusée. Peut-être que la soirée décantera la situation ? Si on les met tous les deux au même endroit au même moment, la nature s'occupera du reste, non ?

— D'après ce que j'ai compris, ces deux-là ont été au même endroit au même moment pratiquement toute leur vie. On dirait que la nature se traîne, en ce qui les concerne.

— Il va falloir lui donner un coup de pouce, alors. Qu'est-ce qu'elle va porter, Brenna ?

— La connaissant, une combi de ski. De toute façon, je dirais que c'est Tyler qui a besoin du coup de pouce. Je vais essayer de savoir s'il amène quelqu'un. Je dois dire qu'il se tient très bien depuis que Jess s'est installée chez lui. Six mois d'abstinence. Il va devenir fou.

Kayla se pencha pour serrer ses lacets.

— Tiens, tiens.

— Tiens quoi ?

— Ce bouton. Il vient de la chemise que j'ai offerte à Jackson.

Quand elle se releva, elle fit tourner le petit rond de nacre

1. En français dans le texte.

entre ses doigts en fixant Elise d'un regard perçant. Celle-ci en eut les joues en feu.

Espérant que les rougeurs du sport cachent le fard de l'embarras, elle haussa les épaules.

— Et alors ? Sean a bossé d'arrache-pied sur le ponton.

— D'arrache-pied, peut-être, mais d'arrache-bouton ? D'après ce que j'ai entendu, il n'avait rien sur le dos la plupart du temps. Poppy dit à qui veut l'entendre que la vue depuis le café s'est considérablement améliorée depuis deux jours.

— Peut-être, j'étais trop occupée pour m'amuser à ces enfantillages. Et en parlant d'être occupée...

Elle tourna les talons et se dirigea vers le café. Kayla la retint par le bras.

— Sean est vraiment canon. Intelligent, classe... Pourquoi ne pas t'autoriser une aventure ?

Parce qu'elle ne s'accordait jamais plus qu'une nuit.

— On l'a eue, l'aventure. C'était l'été dernier.

— Tu es sûre ? fit Kayla en jouant avec le bouton. Parce que je n'ai pas l'impression qu'elle soit tout à fait terminée.

— Donc tu ne pars pas ? demanda Jackson, un mug à la main et une tartine dans l'autre. Gramps est au courant ?

— Pas encore. Je vais de ce pas défaire mon travail des deux derniers jours pour pouvoir recommencer.

Jackson plissa le front.

— J'imagine que ça doit avoir du sens, même si ça semble complètement fou.

— Il me faut une excuse pour rester. Gramps me pousse à partir parce qu'il se sent vulnérable.

Et il aurait dû s'en rendre compte par lui-même, d'ailleurs.

— Aider à finir la terrasse est la seule excuse que j'aie trouvée. Je dois faire en sorte qu'il pense que je galère et que c'est pour ça que je mets si longtemps à la finir.

— Tu n'auras peut-être pas besoin de faire semblant vu que tu n'as pas fait de travaux manuels depuis un sacré bout de temps.

— Je fais quoi, à ton avis, au bloc, tous les jours ?

— Aucune idée. De l'œil à la Dr Sexy ?

— Elle est neurologue, elle n'opère pas.

Sean prit une pomme dans la corbeille à fruits.

— Je vais avoir besoin de manger sain, d'ailleurs. Il n'y a pas de fruits, dans cette maison. Ni de légumes. Tu ne sais pas qu'il faut en manger au moins cinq par jour ?

— Si tu veux trouver un frigo à ton goût, tu n'as qu'à le remplir toi-même. Et si tu restes, tu devrais faire un saut chez toi et rapporter tes propres affaires, j'en ai marre que tu me voles mes chemises.

Jackson engloutit le dernier bout de tartine et le fond de sa tasse de café.

— Donc tu restes pour Gramps ?

— Pour lui et pour la vue.

Son frère lui décocha un regard sévère.

— Tant que tu ne tournes pas autour de ma chef de cuisine.

— C'est pour elle que je me suis porté volontaire pour finir la terrasse. Elle est obsédée par cette soirée d'inauguration, elle ne supporte pas l'idée de ne pas être à la hauteur de tes espérances. D'où ça sort, d'ailleurs ? Tu t'es mis à fouetter tes employés ?

Il finit la pomme en deux bouchées.

— Ou sa loyauté a des bases plus perso que ça ?

— Elle est comme ça, tout simplement. Elle s'investit à fond dans son travail. Elle sait que notre situation financière n'a rien de stable et elle tient à son boulot.

— Tu sais mieux que moi que le passage chez Laroche sur son CV lui ouvrirait toutes les portes. Tu as de la chance de l'avoir.

— Elle travaille pour moi depuis longtemps, dit Jackson d'un ton parfaitement neutre. On est amis depuis des années.

— Juste amis. Tu l'as rencontrée à Paris. Est-ce que vous avez…

— Non, le coupa sèchement son frère. Il ne s'est rien passé entre nous, et il ne se passera rien entre vous. Elle est chez elle, ici. Tu n'as pas le droit de lui gâcher ça.

— Pourquoi gâcherais-je quoi que ce soit?

Jackson se rembrunit.

— Parce que tu les mets en vrac, Sean. Pour une raison qui m'échappe, elles tombent amoureuses de toi et, comme ce n'est pas réciproque, elles perdent les pédales. J'ai ramassé trop de tes victimes à la petite cuillère, j'en ai ma claque.

— Je crois que tu confonds avec Tyler. C'est lui, le don Juan de la famille.

— Non, je ne confonds rien. Tyler est comme un ours, on le voit venir de loin. Une femme intelligente peut l'esquiver facilement si elle veut. Toi, c'est une autre paire de manches. Tout en charme, beau parleur. Elles ont d'abord le regard flou, ensuite elles marchent bizarrement et, pour finir, elles viennent pleurer sur mon épaule parce que tu es trop investi dans ta carrière pour te rappeler leur existence. Je n'ai pas assez de chemises pour les consoler toutes.

— Sinon, je sais qu'Elise vit et travaille ici, mais pourquoi tu dis que c'est chez elle? Elle a beaucoup de talent, un jour ou l'autre elle voudra forcément évoluer dans sa carrière. Et pour ça, elle devra partir.

— Si c'est sa décision, rien à dire. Mais je refuse qu'elle parte parce que mon jumeau a fait des siennes et qu'elle n'a pas d'autre choix.

Elle avait donc dû vivre des choses très difficiles.

C'était la seule raison qui aurait pu expliquer une réaction aussi féroce de la part de son protecteur de frère.

— Je pense qu'elle sait se défendre, fit Sean.

Il repensa à la veille. Elise avait montré une maîtrise d'elle-même largement supérieure à la sienne, c'était elle qui avait mis le holà à leur escalade érotique.

— Elle est très indépendante, je ne la vois pas comme le type de fille qui tombe amoureuse facilement. Je dirais même qu'elle me ressemble à pas mal d'égards.

Jackson posa brusquement sa tasse vide sur le comptoir.

— Elle ne te ressemble en rien, mais alors, en rien.

Oh! que si, mon frère.

Sean songea à la façon dont elle avait glissé les mains sur son dos, à sa bouche brûlante contre la sienne.

— Peut-être que je suis très exactement ce dont elle a besoin.

— Aucune femme saine d'esprit n'a besoin de toi. Je l'ai dit et je le répète : j'en ai ma claque de consoler des femmes que tu rends folles.

— Tu exagères un peu, non ?

— Pas du tout. Dès la quatrième, au collège, elles faisaient déjà la queue. Tu étais le jumeau méchant, j'ai écopé du rôle de gentil, et ma chemise était humide en permanence à cause de leurs larmes.

Il rangea le lait dans le réfrigérateur.

— Donc, je me fiche de ce que tu fais dans le privé, mais pas touche à Elise.

Sean ne lui avoua pas qu'il était trop tard.

Il quitta la maison et se dirigea vers l'ancienne remise à bateaux pour commencer à défaire son travail des jours précédents.

Son grand-père arriva à midi, conduit par Tyler qui allait ensuite servir de guide à une famille pour une longue randonnée. Avant que Sean ait pu se lever et proposer de l'aide à Walter, Elise était sortie et l'avait installé à une table au bord de l'eau, du côté fini de la terrasse.

Sean observa Elise. Pourquoi Jackson avait cette attitude de chien de garde envers elle ? Que diable faisait une fille comme elle dans un endroit comme Snow Crystal alors qu'elle aurait pu bosser dans les hauts lieux de la gastronomie mondiale ? C'était une chef talentueuse, il avait goûté sa cuisine, il connaissait sa passion. Elle aurait pu travailler n'importe où, et pourtant elle avait choisi de rester aux côtés de son frère depuis huit ans.

Il la vit prendre la main de Walter, la presser affectueusement. Et il vit son grand-père lui renvoyer son geste, le visage attendri.

Walter, attendri ? C'était rare, si rare. Et uniquement avec les femmes de la famille.

Même avec Jackson il était brusque et direct.

— Je vais vous apporter un verre et ensuite je vous envoie un des nouveaux serveurs pour qu'il prenne votre commande, disait Elise. Vous me direz ce que vous pensez du menu, on va le peaufiner ensemble, jusqu'à ce qu'il soit parfait. Ça fait du bien, d'être rentré à la maison ?

La main de Walter tremblait.

— Ça fait du bien.

Sean s'aperçut qu'il n'avait jamais considéré son grand-père comme quelqu'un de fragile. Même à l'hôpital, celui-ci s'était montré grognon et autoritaire, refusant qu'on s'apitoie sur son état. Mais là, auprès d'Elise, Sean voyait sa fragilité.

Il fallait rétablir le dialogue, c'était à lui d'en prendre l'initiative. Ils devaient parler de ce qui s'était passé le jour de l'enterrement.

Il n'y avait de meilleur moment que le présent. Et puis le fait qu'il y ait du monde autour empêcherait peut-être son grand-père de sortir de ses gonds.

Quand Elise partit, Sean se redressa avec un mouvement d'épaules vers l'arrière.

— Gramps…

Le regard de Walter chercha le sien.

— Tu es encore là ? Si tu attends ma mort, tu risques de patienter longtemps.

Si fragilité il y avait eu, elle était de nouveau masquée, cachée sous des couches et des couches de crainte et de détermination farouche. Sans Elise pour le forcer à regarder au-delà de la surface, il n'aurait pas su la voir.

— Ravi de l'entendre, parce que je ne suis pas de garde. Je suis resté pour finir la terrasse, comme ça le nouveau café sera fin prêt pour l'inauguration. Ç'aurait été bête d'annuler une si belle fête. On n'en fait pas assez, des fêtes, si tu veux mon avis.

— Tu ne serais pas venu à la soirée, de toute façon. Tu aurais été occupé, comme d'habitude. Pour toi, le travail passe toujours en premier, même avant ta famille.

Sean en eut le cœur serré ; son intention de reparler de leur dispute s'évanouit.

— Je suis pourtant là, n'est-ce pas ?

Walter regarda autour de lui.

— Ça n'a pas vraiment progressé depuis mon départ.

Sean songea au temps qu'il avait passé à faire et à défaire la terrasse, et se retint de rire.

— Ouais. J'avance lentement.

— C'est parce que tu manques de pratique. Si tu venais plus souvent, tu saurais encore tenir un marteau.

Et voilà comment on jetait de l'huile sur le feu.

Sean serra les dents et retourna à ses planches, réfléchissant aux moyens possibles pour faire durer les travaux quatre jours de plus.

Il soupira. Si ravaler sa fierté et encaisser les invectives de Walter était le prix à payer pour veiller sur sa santé, ça en valait bien la peine, tout comme le fait de savoir sa grand-mère rassurée.

Sans parler du bénéfice collatéral mais absolument pas négligeable de voir Elise tout le temps. Elle revint à la table avec un plateau de boissons et de pâtisseries fraîches, et Walter lui sourit.

Ce sourire lui fit mal.

Bon sang, avait-il à ce point besoin que son grand-père lui témoigne son affection, à lui aussi ? Il avait six ans ou quoi ?

Agacé, il reporta son attention sur la tâche à accomplir et avança à un rythme de tortue sous un soleil de plus en plus cuisant.

Les médecins avaient prescrit à Walter une diète légère, et Elise, toujours prévenante, lui avait préparé une jolie assiette avec de minuscules portions de ses mets préférés. Assise à côté de lui, elle l'encouragea à manger et à lui parler du bon vieux temps à Snow Crystal. Sean travailla sans vraiment prêter attention à ce qu'il faisait, distrait par le mouvement alléchant de ces cheveux acajou tout près de cette bouche gourmande.

Le visage d'Elise rayonnait, la fossette était de retour, ses yeux brillaient, pleins d'humour.

En la voyant avec son grand-père, Sean découvrait une autre facette d'elle. Ce n'était pas la femme sur ses gardes qu'il connaissait, mais une autre, plus douce, plus ouverte. Qui adorait Walter, de toute évidence.

Et qui ne s'était livrée à lui que de façon très partielle. Ils avaient partagé du sexe, mais rien d'autre.

Ce qui lui convenait parfaitement. C'était tout ce qu'il voulait, après tout. Non ?

Il lâcha un juron, la scie venait de fendre sa peau. Son grand-père lui jeta un regard goguenard.

— Ne t'inquiète pas, dit Sean. Recoller un doigt scié est tout à fait dans mes cordes.

Le café ressemblait à une ruche en effervescence où chacun s'activait dans le but de l'inauguration.

Les bras chargés de boîtes, Poppy passa à côté du bel ouvrier et lui décocha un sourire éblouissant.

— Bonjour, Sean.

Les paroles de Jackson à propos des cœurs brisés et des chemises humides étaient encore fraîches, et Sean se contenta d'un salut des plus neutres. Il songea à proposer à Walter de le ramener chez lui pour sa sieste, mais juste à ce moment arriva Tyler qui s'acquitta de cette tâche.

Sean s'assit sur une chaise au bord de l'eau, maussade après ces heures à travailler au ralenti sous les yeux critiques de son grand-père. Il avait faim, aussi. Et soif.

Elise ne tarda pas à apparaître avec un plateau qu'elle déposa devant lui.

— Panini grillé : jambon des Green Mountains et cheddar local. Bon appétit.

Mais au lieu de retourner à ses fourneaux tout de suite comme il l'imaginait, elle s'assit face à lui et remplit deux verres d'eau glacée.

— Walter est toujours comme ça avec toi ou ça date de votre dispute ?

Qu'est-ce qui lui avait pris de se confier à elle au sujet

de cette fichue dispute alors qu'il n'en avait même pas parlé à Jackson ?

— Aussi affectueux, tu veux dire ? Ouais, toujours, il m'adore, tu auras remarqué.

Il croqua dans le panini. Délicieux. Il pourrait facilement supporter l'humeur de chien de son grand-père pendant un mois tant qu'Elise lui ferait à manger.

— Il t'adore, oui. Quand tu n'es pas là, il parle de toi tout le temps.

Elle marqua une pause, hésitante.

— Mais il ne le montre pas, je te l'accorde. Et je n'arrive pas à comprendre pourquoi. Même s'il n'est pas du genre à déclarer son affection, il…

Affection ?

Il faillit ricaner.

— Il a surtout des attentes. Auxquelles je n'ai pas répondu. Chaque fois qu'il me voit, il faut qu'il me rappelle à quel point je l'ai déçu.

Il reprit une bouchée de sandwich.

— Et la dispute n'a pas arrangé les choses.

— Donc, au lieu de faire la paix, tu t'éloignes. C'est une drôle de logique, ça n'a aucun sens.

— Si, ça a du sens pour moi. C'est plus facile pour tout le monde si je garde mes distances. Si je laisse la poussière retomber.

Elle chercha son regard.

— Pendant un petit moment, je me suis demandé si ton absence avait un rapport avec ce qui s'était passé cet été, dit-elle d'un ton des plus légers. J'avais peur de t'avoir mis dans une situation inconfortable.

— Du tout.

— Tu venais si rarement…

Il s'aperçut qu'il n'avait pas pensé à ça.

— Et toi ? Tu étais mal à l'aise ?

— Pas sur le moment, mais ensuite…

Elle tourna la tête vers le lac.

— Ensuite, je me suis dit que ça avait peut-être été une

erreur. Je ne voulais pas m'interposer entre ta famille et toi. Si c'était le cas, je partirais sur-le-champ.

C'était tout elle, cette réaction. Tout ou rien.

Il ne put réprimer un sourire.

— Avant l'ouverture du café ? Tu aurais laissé Jackson en plan ?

— Oui, rien ne compte plus que la famille. Rien. Je ne supporterais pas de vous causer du tort.

Elle s'était exprimée avec passion, la main serrée autour du verre, si fort que les jointures de ses doigts en étaient devenues blanches.

— Pas la peine de t'inquiéter. Si je ne venais pas, ce n'était pas à cause de toi. C'était surtout à cause du boulot.

— Surtout, mais pas seulement, fit-elle en posant brusquement le verre sur la table. Quand est-ce que tu vas essayer de te réconcilier avec Walter ?

A quoi bon lui expliquer que sa dernière tentative avait été sabordée par l'hostilité de son grand-père moins d'une heure plus tôt ?

— Je le ferai le moment venu.

— N'attends pas trop, dit-elle, le regard soudain humide.

Elle cilla rapidement et se releva pour débarrasser la table.

Il lui prit la main.

— Pourquoi tu dis ça ?

— Parce qu'il ne faut pas remettre à plus tard une conversation aussi importante.

Sa voix était brisée.

— Je préfère attendre qu'il soit moins faible, répondit Sean.

Elle retira sa main d'un geste impatient et posa l'assiette sur le plateau.

— Le problème est que vous êtes tous les deux pareils et que vous ne voulez pas le voir.

— Pareils ?

Alors ça.

— On ne se ressemble en rien. Je ne suis pas comme mon grand-père.

126

— Vous avez tous les deux une passion qui vous aveugle. Lui, c'est Snow Crystal, toi, c'est ta carrière.

— C'est différent.

— Tu es sûr ? Vous n'avez qu'un but et vous le poursuivez sans relâche. Vous ne savez pas faire de compromis. Ce n'est peut-être pas si étonnant que vous vous disputiez tout le temps.

Il avait souvent songé à ce qui les séparait. Jamais à leurs ressemblances.

— On se dispute parce qu'il y a toujours des disputes dans les familles.

Comment pouvait-elle dire qu'il était comme Walter ? C'était complètement absurde.

— Les familles sont toujours compliquées, ajouta-t-il.

— Si tu le dis.

— Pas la tienne ? Tu n'as pas un oncle pénible ou des grands-parents moralisateurs ? Allez, il doit bien y avoir quelqu'un que tu évites pendant les réunions de famille.

Les chatoiements que le soleil créait dans ses cheveux le fascinaient.

— Il n'y a pas de réunions de famille.

— Parce que vous n'êtes pas proches ?

— Parce que je n'ai pas de famille.

Elle tendit la main vers le verre de Sean.

— Si tu as fini, je l'embarque aussi.

— L'autre jour, tu m'as parlé de ta mère, qui t'a donné le goût de la cuisine.

— En effet. Elle est morte quand j'avais dix-huit ans, répondit-elle, les yeux rivés au plateau. Il faut que je retourne bosser. Il reste beaucoup à faire.

— Attends, s'il te plaît.

Il essaya de s'imaginer à quoi ressemblerait sa vie sans la foule des frères, parents, cousins, oncles et tantes et grands-parents qui la peuplaient. Ils avaient beau le mettre souvent à cran, il ne saurait pas vivre sans eux.

— Tu n'as personne ?

— C'est ça, il n'y a que moi. Mais je suis très heureuse,

pas la peine de faire ta tête de docteur inquiet. Je suis entourée de gens qui comptent pour moi et pour qui je compte. Et je t'ai emprunté ta famille, que j'adore.

Elle lui offrit un sourire fatigué.

— Tu devrais arranger les choses avec ton grand-père. Ce truc qui te pousse à t'éloigner, tu devrais le résoudre.

— Qu'est-ce qui te retient si loin de Paris ?

— Je n'ai aucune raison d'y retourner. Ma vie est ici. Ici, c'est chez moi.

Elle ne disait pas « mon job », elle disait « chez moi ».

— Il y a une différence entre ne pas y retourner et rester à distance.

Leurs regards se rencontrèrent. Il lut le choc dans ses yeux, mais aussi quelque chose qu'il ne sut interpréter et qui disparut trop vite pour être déchiffré.

— Tu vas vraiment me sermonner sur le fait que je ne rentre pas chez moi, alors que c'est à peine si tu te rappelles quand tu es venu ici la dernière fois ? Règle ton problème avec Walter. N'attends pas.

Et sans lui laisser la possibilité de répondre, elle repartit avec le plateau.

Elise avait menti.

Elle avait dit qu'elle n'avait pas de famille, mais ce n'était pas tout à fait vrai.

Il y avait quelqu'un. Quelqu'un qu'elle avait écarté de sa vie et qu'elle essayait d'oublier.

Agitée, un peu nauséeuse, elle sortit du four une plaque de muffins aux myrtilles parfaitement dorés et les mit à refroidir avec les croissants et les pains au chocolat.

Pourquoi Sean s'était-il mis à lui poser tant de questions ?

Leurs rapports étaient censés être légers. Sympas. Elle ne s'attendait pas à ce qu'il se lance dans des conversations si graves, lui qui était connu pour ne s'impliquer dans aucune relation. C'était d'ailleurs une des raisons pour lesquelles elle était aussi à l'aise avec lui.

— Ça a l'air délicieux, fit Poppy qui remplissait les placards derrière elle. Je crois que je suis amoureuse de cette cuisine, elle est beaucoup plus accueillante que celle de la Grive.

Bien sûr, la cuisine du Boathouse n'avait pas les dimensions de celle du restaurant principal, mais Elise avait fait en sorte qu'elle possède l'équipement nécessaire pour fonctionner en parfaite autonomie.

— J'étrenne les fours, dit Elise.

Elle ouvrit un croissant avec les doigts, le huma, examina la texture et finalement le goûta, ses pensées davantage tournées vers Walter et Sean que sur ses propres impressions culinaires.

Ces deux-là s'étaient enfermés dans un cercle vicieux qu'aucun ne briserait tant que l'un et l'autre s'obstineraient à ne rien faire. Elle comprenait très bien cette problématique.

Elle aussi avait présumé, par le passé, qu'il y aurait toujours un temps pour arranger les choses. Elle s'était trompée.

Une vague de chagrin submergea Elise, qui s'accrocha au plan de travail pour échapper à ces ombres du passé.

Le fait que parler de Paris lui fasse encore cet effet, après tant d'années, la déprimait.

— Quelque chose ne va pas ? demanda Poppy, toujours affairée autour des placards. Tu as l'air inquiète, mais tout roule, non ? On est dans les temps.

— Tout va bien. Je ne suis pas inquiète.

Elle n'avait aucune raison de se sentir mal.

Elle n'était pas retournée à Paris depuis huit ans. Des journées entières passaient sans qu'elle y pense. Sans penser à *lui*.

Tout cela, c'était son passé, et le passé était derrière elle. Si à une époque les souvenirs avaient dominé sa vie, à présent elle ne permettait pas qu'ils prennent trop de place. C'est pourquoi elle n'en parlait jamais à personne.

Mais Sean avait senti quelque chose.

Elle lui avait donné un tout petit indice, qu'il n'avait pas manqué de relever.

Poppy la regarda avec une moue soucieuse.

— Tu stresses à cause de la terrasse, c'est ça? C'est génial qu'il nous prête main-forte, mais je dois dire que, si notre cher Dr Chaud-Devant compte passer la semaine torse nu, je vais devoir piquer une tête dans le lac plusieurs fois par jour.

Elle finit d'aligner bocaux et boîtes dans le placard et en ferma la porte.

— Et toi, chef? Ta concentration ne souffre pas avec une telle vue sous le nez?

— Du tout. Du moment qu'il finit à temps, je me fiche de ce qu'il porte.

Le visage sidéré de son assistante lui fit comprendre que la réaction la plus naturelle aurait été de rire, plaisanter et avouer que oui, c'était vrai, Sean O'Neil était sacrément beau gosse.

Feindre l'indifférence n'avait fait qu'attirer l'attention sur elle alors qu'elle cherchait précisément l'effet contraire.

— J'imagine que je suis trop occupée pour remarquer.

— Bien sûr.

Poppy retourna à ses cartons avec un regard sceptique et Elise comprit qu'elle avait été aussi peu convaincante qu'en soutenant à Sean qu'elle ne pensait jamais à Paris.

Chapitre 8

Sean avait oublié le plaisir de passer toute une journée à l'air libre. Habitué à se déshydrater sous les puissants spots de la salle d'opération, il appréciait au plus haut point le soleil sur sa peau et l'odeur de la pluie d'été.

Le plus surprenant pour lui, cependant, fut de s'apercevoir de tout ce qui lui avait manqué à son insu. Le lac et la forêt lui avaient manqué, le toucher du bois sous ses mains, la bouffée de satisfaction que procure toujours le travail bien fait. Et même si rien ne pouvait se comparer à la satisfaction d'opérer, il devait admettre que la construction du ponton ces derniers jours s'en approchait.

Aussi, après quelques jours à observer le quotidien de la station, il était en mesure d'apprécier l'envergure de l'effort fourni par Jackson pour redorer le blason de Snow Crystal.

Chaque matin, Brenna amenait en kayak sur le lac le groupe de gamins inscrits à l'activité Découverte au grand air. Jess, la fille de Tyler, en faisait partie, et Sean avait suivi avec intérêt leurs progrès.

Parmi les enfants, il reconnut Sam Stephens, qui venait passer les vacances à Snow Crystal avec ses parents depuis cinq ans. Cette année, avec un nouveau bébé dans la famille, Sam avait été inscrit dans l'un des programmes enfants, et d'après le sourire qui fendait son visage espiègle il en était ravi.

— Bonjour, docteur O'Neil !

Le petit agita la main avec un tel enthousiasme que le kayak tangua dangereusement.

— Salut, bonhomme.

Faire une pause étant une excellente façon de ralentir l'avancement de la terrasse, Sean s'accouda à la rambarde.

— Tu t'en sors très bien, Sam.

— Brenna nous a expliqué comment ne pas chavirer. Il faut utiliser la pagaie et le corps, tu sais ? On a été plusieurs à chavirer et il y a un garçon qui a pleuré. Mais moi, ajouta-t-il plus bas, j'ai trouvé ça très cool.

Chapeau, le gamin, vu la température de l'eau.

— Et ta petite sœur ? Elle est sympa ?

— Elle pleure tout le temps, et puis elle est trop petite pour jouer avec moi, mais Papa dit que dans deux ans elle pourra monter sur un vélo. Enfin, un tricycle plutôt. Je pense.

L'enfant faillit se gifler avec la pagaie.

— Moi, j'aurai neuf ans la semaine prochaine, enchaîna-t-il, imperturbable. Je vais avoir un vélo et Papa dit qu'on ira rouler sur les sentiers de randonnée. Et vous, docteur O'Neil ? vous avez sauvé des vies aujourd'hui ?

— Pas encore. Mais il n'est que 11 heures.

Sean avait perdu l'attention de son public. Agitant les bras en l'air sans prêter attention à sa pagaie qui faillit tomber, Sam regardait vers le café.

— Elise, Elise, regarde ! Je sais comment on dit « lac » en français : *lac*[1] !

— *Très bien !* Tu es très doué !

Elle s'approcha de l'eau d'un pas léger.

— Bientôt tu parleras couramment.

Sa jolie fossette était de retour à l'angle de sa bouche, et elle se pencha vers le garçon avec un regard chaleureux, parlant avec lui dans un français très lent.

Sam pagayait et lui répondait.

— J'aime le français, mais je suis plus fort en sciences. Je veux être chirurgien comme le Dr O'Neil. Il répare les os et d'autres choses. Pas vrai, docteur ?

1. En français dans le texte.

Sean dut faire un effort pour détourner ses yeux de la fossette tentatrice.

— Ouais, dit-il.

Il s'éclaircit la voix, rauque pour une raison à laquelle il ne voulait pas songer.

— C'est tout à fait ça.

— J'imagine qu'un chirurgien n'a pas peur du sang, n'est-ce pas ? dit Sam. Moi, je n'ai pas de souci avec le sang, je ne tombe pas dans les pommes ni rien.

Il s'éloigna dans l'embarcation bringuebalante.

— A plus dans l'bus !

Elise se tourna vers Sean avec un grand sourire.

— Tu disais que tu voulais qu'on te vénère comme un héros. C'est chose faite, à ce que je vois.

— C'est le seul et unique membre de mon fan-club avec sa cotisation à jour.

Elle se redressa.

— Si la terrasse est vraiment finie pour l'inauguration, je serai la deuxième.

— Elle sera finie, ta terrasse.

Entre loucher sur sa bouche ou s'extasier sur ses cheveux, son cœur balançait. En revanche il savait qu'il voulait passer plus de temps à regarder le tout de plus près. Il savait aussi que depuis leur dernière conversation, deux jours plus tôt, elle le fuyait.

— Pose-toi cinq minutes, lui dit-il, tu as bossé toute la matinée. Tu ne t'arrêtes jamais.

— Il y a encore trop de choses à faire et le grand restau est complet ce soir. Heureusement qu'Elizabeth, ta maman, a rejoint l'équipe, sinon on serait en permanence dans le jus. L'avoir en cuisine a changé ma vie.

Il songea au désespoir de sa mère après la mort de son père et à son état aujourd'hui. Le jour et la nuit.

— La sienne aussi. A une période, je me demandais si elle allait se remettre de la mort de Papa. Elle a toujours aimé cuisiner à la maison, mais on n'avait jamais songé à lui proposer de bosser au restaurant. Tu lui as sauvé la vie.

— Elle s'est sauvée elle-même. Ça lui a pris un peu de temps, mais c'est normal. Elle a perdu un être cher. Vous tous, d'ailleurs. Vous étiez particulièrement proches, ton père et toi, non ?

Il n'y avait aucune raison de le nier.

— Oui, je crois que c'était avec moi qu'il s'entendait le mieux, de nous trois.

Un bref silence s'ensuivit. Elise posa une main sur la sienne.

— Perdre quelqu'un de si proche… C'est toujours très dur.

Elle semblait sur le point de dire quelque chose, mais Sam leur faisait encore signe de loin et elle lui rendit son geste.

— Bref, conclut-elle, il faut que j'y aille.

Il aurait voulu lui poser des questions sur sa mère, sur sa vie à Paris, mais il comprit que ce n'était pas le bon moment. Ni le bon endroit.

— Tu travailles trop.

— C'est toi qui dis ça ? Elle contient combien d'heures, ta journée de travail en général, docteur O'Neil ?

— Je n'ai pas vérifié montre en main, mais je crois avoir une moyenne quotidienne de plus de vingt-quatre heures.

Elle sourit en repartant — à vive allure, comme toujours.

Elle a une énergie incroyable, cette femme, songea-t-il, sans la quitter des yeux jusqu'à ce qu'elle disparaisse dans le Boathouse. Quand il se tourna, son grand-père se tenait tout près de lui.

Sean se raidit. Si l'ambiance entre eux avait bien fini par se détendre quelque peu, ils n'avaient pas encore eu l'occasion de s'attaquer à cette question qu'ils prenaient tous deux soin d'éviter.

— Ce garçon vient chez nous depuis qu'il a trois ans, je lui ai prêté une paire de vieux skis de Tyler la première fois qu'ils sont venus.

Walter regardait Brenna apprendre à Sam comment équilibrer le kayak.

— Regarde comme il s'amuse. Quand il sera grand, il viendra avec ses enfants, et ils passeront de grands moments ensemble en faisant ce qu'il faisait, enfant. C'est la magie de Snow Crystal.

Et c'est parti, se dit Sean s'apprêtant à écouter encore une fois le grand discours sur les valeurs de la famille et de la tradition.

Son père avait-il eu à écouter le même laïus du berceau jusqu'à la tombe? Un profond chagrin, mêlé de culpabilité et de colère, vint assombrir Sean.

— Peut-être qu'ils auront envie d'autre chose quand leurs enfants grandiront. Connaître d'autres endroits ou voyager…

Le cri de joie de Sam l'interrompit; le garçon avait un rire si contagieux que Sean se surprit à sourire lui-même.

— C'est possible, répondit Walter de sa voix bourrue. Parce qu'on peut dire qu'il est malheureux, là. Pourquoi voudrait-il répéter l'expérience?

Sean soupira.

— C'est certainement bon pour les affaires s'ils reviennent.

— Ce n'est pas juste une question d'affaires. Tout ne se mesure pas en dollars. Ton arrière-grand-père n'a pas fondé la station pour s'enrichir. Il avait la profonde conviction que Snow Crystal était trop extraordinaire pour que seule notre famille en profite. Il y a le bon air, le paysage, les produits du terroir — mon père pensait qu'un tel endroit méritait d'être partagé et apprécié par des gens ayant les mêmes aspirations.

— Je connais l'histoire, Gramps.

— Il aimait cet endroit. Mes parents ont commencé par quelques chambres à louer, Bed and Breakfast. Ensuite ils ont construit le chalet principal. Mon père m'a tout appris afin que je puisse prendre la relève le jour venu. A seize ans, il n'y avait pas une tâche que je ne sache faire, dit Walter, la voix pleine de fierté. A dix-huit ans, je dirigeais la propriété.

C'était un récit qu'ils avaient tous entendu mille fois, réunis autour de la table de la cuisine pendant que leur mère cuisinait.

— Mais, et toi? fit Sean. Il n'y a pas eu des moments dans ta vie où tu aurais voulu faire quelque chose de différent?

— Cet endroit était déjà mon rêve, marmonna Walter. Vivre ici c'est tout ce que j'ai jamais voulu, j'ai toujours eu conscience d'être un privilégié. On m'avait offert ce bout de terre pour que je le fasse fructifier et prospérer, c'était ma responsabilité. Je me réveillais toujours de très bon matin, impatient de me rendre au travail. Quand un homme éprouve cela, il sait qu'il a trouvé sa place dans la vie.

C'était la première fois que Sean avait l'impression que son grand-père et lui parlaient la même langue.

— Je comprends. Je ressens la même chose pour la chirurgie.

Il n'avait jamais essayé d'expliquer ses sentiments à Walter et il hésitait encore à le faire, parce qu'il savait que son grand-père était incapable de voir autre chose que sa dévotion pour Snow Crystal.

— Quand les gens viennent me voir, quelque chose en eux est littéralement brisé, et je fais de mon mieux pour le réparer. Je cherche la meilleure façon de le faire, je l'invente si elle n'existe pas, c'est ce que j'aime. C'est ce que j'ai toujours voulu faire.

— Je sais. Je vous ai observé grandir, tous les trois. J'ai su que tu voulais être médecin le jour où Tyler est tombé de cet arbre. Jackson était blanc comme un linge, mais toi comme un poisson dans l'eau.

Walter suivait la progression irrégulière mais enthousiaste de Sam sur son kayak.

— Je regrette seulement que tu vives si loin de nous. Tes frères auraient bien besoin d'un coup de main de temps en temps. Si tu habitais plus près, tu pourrais venir plus souvent.

Sean sentit la sueur couler le long de son dos. Ce n'était pas l'effet de la chaleur, il le savait. C'était le fait de devoir mentir à son grand-père, ou bien de reconnaître qu'il ne venait plus à Snow Crystal pour des raisons qui n'avaient rien à voir avec la distance.

— Je suis débordé. J'ai des horaires de dingue.

Ça au moins, ce n'était pas un mensonge.

— Je ne sais pas comment tu peux supporter de vivre

dans cette grande ville. Trop de gens et pas assez d'espace, même pas assez d'air pour tout le monde. Ce n'est pas une vie.

Walter regardait toujours le petit Sam.

— Alors tu vas finir ça dans les temps ou tu seras encore à clouer des planches à Noël?

— Ce sera terminé pour la fête.

Et dire qu'il aurait pu avoir terminé le ponton le jour même où il avait recommencé à travailler dessus. Il pourrait déjà être de retour à Boston et avoir repris sa vie, il aurait même pu profiter d'un peu de temps libre…

— J'ai perdu l'habitude. Ça me ralentit.

— Tu as fait tellement d'efforts pour ne pas finir ce satané ponton que ton cerveau doit être sur le point d'exploser. Mais je me suis bien amusé en te regardant. Combien de temps tu as mis pour démonter ce que tu avais déjà fait?

Sean le regarda sans pouvoir contenir sa surprise.

— Tu…

Merde.

— Comment ça?

— Je ne suis pas chirurgien, c'est sûr, mais je ne suis pas bête pour autant.

Sean se frotta le menton.

— C'est si évident que ça?

— C'est moi qui t'ai appris à travailler le bois. Tu étais doué. Si j'avais vraiment cru que tu avais besoin de tout ce temps pour finir, je t'aurais noyé de mes mains dans le lac.

Sean secoua la tête. Comment avait-il pu sous-estimer son grand-père à ce point?

— Mais si tu savais, pourquoi diable tu n'as rien dit jusqu'à maintenant?

— Parce que, pour une fois dans ta vie, tu faisais passer quelque chose avant ton travail.

— Gramps, je…

— Et puis tu étais à la maison. On est ta famille, on aime t'avoir avec nous de temps à autre. On ne te voit pas assez souvent. Ça t'a fait du bien de lever le pied et de passer du temps à Snow Crystal. Je t'ai observé. Tu étais heureux d'être dehors, tu as bien profité du lac.

Sean ne put que rire.

— En fait, tu n'as pas vraiment fait de crise cardiaque, n'est-ce pas ? C'était un coup monté pour t'asseoir sur la terrasse et siroter la citronnade d'Elise pendant que je me cassais le dos sur l'établi.

Son grand-père lui décocha un regard noir.

— Tu pourrais terminer ça à une vitesse normale, ranger les outils de Zach à leur place et donner un coup de main à Elise avant qu'elle ne se tue à essayer d'être partout à la fois. Cette fille abat le travail de dix personnes.

Sean n'allait pas le contredire ; même s'il ne comprenait pas le dévouement d'Elise, celui-ci était indéniable.

— Elle est obsédée par l'inauguration du Boathouse, dit Sean. Elle ne supporte pas l'idée de décevoir Jackson, elle veut que tout soit parfait et s'est mis trop de pression sur les épaules. Il a de la chance qu'elle bosse ici, elle aurait l'embarras du choix si elle cherchait à partir. Elle pourrait aussi ouvrir son propre restaurant.

Il vit à ce moment Sam, qui fonçait droit vers la frange de plantes aquatiques au bord du lac. Il se redressa, prêt à intervenir. Walter aussi suivait la scène.

— T'inquiète pas pour le gamin, tout va bien, Brenna est là. Elle l'a rattrapé, fit-il avec un geste de la tête vers le café. Elise ne partira pas, elle aime cet endroit. C'est chez elle. Le Boathouse était son idée, je ne sais pas si tu es au courant.

— Oui.

Sean songea à la conversation qu'il avait eue le premier soir avec elle, lorsqu'elle avait évoqué sa mère.

— Mais ce n'est qu'un travail, en fin de compte. Les employés bougent, c'est la vie. Pourquoi quelqu'un d'aussi talentueux se fixerait si jeune ? L'expérience est un atout. Chacun des hôpitaux où j'ai travaillé m'a appris quelque chose de différent.

Son grand-père gardait les yeux rivés sur Sam.

— On peut imaginer que certaines personnes attendent plus de la vie qu'un simple job.

— Et c'est toi qui dis ça, Gramps ?

— Snow Crystal est beaucoup plus qu'un job. C'est mon foyer. Peut-être qu'Elise ressent la même chose.

— Ce n'est pas pareil, tu es né ici.

— Toi qui dis aimer réparer ce qui est brisé chez les gens, dis-moi une chose…

Walter caressa la surface lisse du bout du garde-fou que Sean avait fini la veille.

— Quand quelqu'un arrive à l'hôpital après un accident, est-ce que tu peux dire, rien qu'en regardant un membre, si la blessure est grave ?

Sean se demanda où menait ce changement de cap. D'autant plus que son grand-père s'y connaissait bien en premiers secours.

— Parfois, mais pas toujours. On ne peut pas mesurer la gravité d'une blessure interne d'un simple regard, tu le sais bien.

— Donc il est possible que quelqu'un qui semble indemne de prime abord souffre de dommages internes très graves ? Des dommages qu'on ne peut pas diagnostiquer au premier coup d'œil ?

— Le coup d'œil n'entre pas dans nos pratiques. Quand on examine un patient, on sait ce qu'on cherche. Parfois la nature de l'accident va nous faire soupçonner des lésions internes. Nous faisons des tas d'examens, des rayons X, puis d'autres types de…

Il s'interrompit et dévisagea Walter. Puis il regarda par-dessus son épaule vers Elise, qui travaillait à l'intérieur du café.

Il est possible que quelqu'un qui semble indemne de prime abord souffre de dommages internes très graves.

Walter se dégagea de la rambarde et saisit le bâton de marche qu'Alice s'était entêtée à lui faire prendre.

— Heureusement que tu as travaillé dans tous ces hôpitaux et appris tant de techniques. Sans ça, certaines choses importantes te passeraient sous le nez sans que tu les remarques. Cet hôpital si réputé de Boston a de la chance de t'avoir. Boṅ, là, il faut que je rentre. Si je ne m'allonge pas un peu, ta grand-mère se fait du souci. Je le fais pour lui faire plaisir.

— Non, attends une seconde, fit Sean, suivant toujours des yeux Elise derrière la verrière. Gramps, ne pars pas comme ça. Qu'est-ce que tu voulais dire ?

— C'est toi qui as un diplôme de médecine, et après toutes ces heures que tu as passées à l'hôpital depuis que tu nous as quittés, tu dois être bon dans ton truc.

Il frappa le ponton du bâton.

— A toi de trouver, docteur.

Le million de choses qu'Elise avait en tête s'évanouit lorsqu'elle vit Sean sur le pas de la porte.

Elle avait passé les derniers jours à faire comme s'il ne travaillait pas torse nu devant le café. Un véritable exploit.

— Je peux faire quelque chose pour toi ?

Oh ! non, elle n'aurait pas dû dire ça. Evidemment, qu'il y avait quelque chose qu'elle pourrait faire pour lui ! Et lui pour elle, n'en parlons pas. Si elle lui en donnait l'occasion. Ce dont il n'était pas question.

— J'ai fini.

Sean posa la boîte à outils par terre, offrant au passage à Elise une vue imprenable sur ses larges épaules.

— Je croyais que tu voulais faire durer encore une journée.

— C'était l'idée. Mais Walter m'a avoué qu'il avait deviné mon stratagème depuis le début.

— Vous avez parlé ? C'est réglé entre vous ?

— Non, dit-il en se frottant le menton. Nous n'avons pas parlé de ça.

— Oh ! fit-elle, dépitée. Tu n'as pas encore abordé la question ?

— Franchement, vu que nous avons parlé dix minutes sans nous sauter à la gorge, je pense que c'est déjà pas mal.

Sans dire que je peux arrêter les faux-semblants, puisque le ponton est enfin terminé.

La joie qu'elle éprouva se mêla à une émotion beaucoup plus dangereuse : la déception. Si Sean avait fini la terrasse, il allait repartir à Boston et n'aurait plus de raison de revenir avant Noël.

Que cette perspective la chagrine autant était consternant.

— Donc, la soirée aura vraiment lieu.

Quelques jours plus tôt, elle n'avait plus aucun espoir de la célébrer. Elle s'en voulait tellement de ne pas pouvoir atteindre le but qu'elle s'était fixé qu'elle en aurait pleuré. Aujourd'hui l'affaire était résolue, pourtant Elise ne sautait pas de joie.

— Je suis très, très heureuse. Tu es mon héros.

— Et moi je suis heureux de te l'entendre dire. On va pouvoir parler de ma récompense.

Il croisa les bras et s'appuya contre le chambranle, la contemplant de ses yeux indolents.

— Récompense ? fit-elle.

Elle recula d'un pas. La sueur faisait briller sa peau et cela rappelait trop à Elise leur nuit de l'été dernier, quand ils avaient laissé parler le désir qu'ils éprouvaient l'un pour l'autre. Elle savait l'effet que cela faisait de s'agripper à ces épaules. De se perdre dans cette bouche. Et il aurait pu dire la même chose. Elle ne pouvait arrêter d'y penser et lui non plus de toute évidence, car ses yeux semblaient aimantés à sa bouche comme ceux d'un gosse devant la vitrine d'une pâtisserie.

— Mais oui. On n'a pas parlé des détails, mais je suis prêt à le faire.

— Qu'est-ce que tu voudrais ?

Il sourit.

— Si on dînait, pour commencer ? J'ai faim. Et vu que tu n'as pas arrêté de la semaine, tu dois être affamée aussi, non ? *Merde*[1].

1. En français dans le texte.

— Sean…

— 20 heures, ça t'irait ou tu préfères plus tard ?

— Mais non, ça ne me va pas ! Je n'ai pas le temps pour un dîner, j'ai une fête avec plus de cent invités dans moins de deux jours.

— Tu es nerveuse.

La voix de Sean était douce, son regard prévenant.

— Tu es nerveuse, ton accent redouble.

— Eh oui, je suis nerveuse. L'inauguration est très importante pour moi.

— Hum. Et c'est ça qui te rend aussi nerveuse, rien d'autre ?

— Oui, rien d'autre. Je n'ai encore rien cuisiné, répondit-elle en faisant un effort pour parler son meilleur anglais. Je dois aussi vérifier le ponton. Je veux être sûre que personne ne finira à l'eau.

S'il continuait à lui sourire comme ça, elle allait fondre pour de bon. Il ne resterait plus qu'une flaque d'Elise sur le carrelage de la cuisine. Et les convives n'auraient pas un seul petit-four à se mettre sous la dent.

— Tu veux vraiment vérifier mon travail ? Je peux t'assurer que c'est le plus joli ponton du Vermont et que personne n'en tombera. Mais si jamais ça devait arriver, je pourrais soigner les fractures en un tour de main.

Ah, cette arrogance.

— Nous ne dînerons pas ensemble. Ce n'est pas notre genre.

— Eh bien, ça va changer. Nous avons eu une très longue semaine tous les deux.

Il ne s'était pas rasé et une barbe naissante ombrait son menton, lui donnant un air dangereux.

L'envie qu'elle avait de dîner avec lui était si forte qu'elle s'en affola. Elle ne pouvait pas, elle ne devait pas. Il ne fallait pas.

— Si tu as faim, répondit-elle, je vais demander qu'on te réserve une table. Au menu ce soir, des coquilles Saint-Jacques et du confit du canard. Tu vas te régaler.

— Je ne suis pas habillé pour aller au restaurant.

— Tu n'es pas habillé du tout, en fait, fit-elle en promenant ses yeux sur son torse impressionnant. C'est ça, le problème.

— Parce qu'il y a un problème ?

Sa voix rauque semblait indiquer qu'il n'en voyait aucun. Elise serra les dents.

— Pour moi, non, mais certains clients pourraient ne pas apprécier. Donc je suggère que tu ailles te doucher et te changer pour redevenir le Sean qu'on connaît et pas ce… ce…

— Tu peux être plus explicite ?

— Pas comme ça, voilà.

Superbe. Dangereux.

Il s'approcha d'elle.

— 21 heures, Elise. Ça te donne le temps de finir ce que tu as à faire et c'est assez tôt pour que tu ne tombes pas de sommeil. Je cuisine. On dînera sur le ponton.

Elle inspira avec peine. Elle l'avait eu sous les yeux pendant plusieurs jours, ce qui l'avait mise au bord de la folie, et là il lui proposait une soirée en tête à tête ? Sans dire que dîner à 21 heures, cela signifiait dîner au clair de lune. C'était beaucoup trop romantique.

Elise ne faisait pas dans le romantisme.

— Tu as fait du bon boulot sur le ponton, mais on gênerait tous les gens qui bossent ici pour samedi, et franchement…

— Je ne parle pas de ce ponton. Je l'ai assez vu. Je parle du tien, à ton chalet.

Chez elle ?

Sur son territoire ?

Encore plus dangereux.

Il était en train d'éliminer ses excuses une par une, à la hache, comme des branches en travers de son chemin. Et il le faisait avec un charme souriant qui minait sa résistance et érodait ses principes.

Elle savait que ses collègues tendaient l'oreille et sortit sur la terrasse pour plus de discrétion.

— C'est très gentil de ta part, mais franchement je ne crois pas que…

— 9 heures, fit-il en tournant les talons.

Il s'éloigna en lui offrant l'irrésistible spectacle de ses larges épaules et de sa taille étroite et de ses hanches…

— Oh là là, il est vraiment chaud, ce mec, soupira Poppy derrière Elise. Je crois que j'ai besoin d'un médecin.

Puccini à plein tube dans les haut-parleurs de la voiture, Sean conduisit jusqu'au village pour acheter les ingrédients de leur dîner et un bouquet de fleurs pour sa grand-mère. Sur le chemin du retour, la circulation était dense. Il rongea son frein, roulant pratiquement au pas en raison des touristes qui photographiaient le joli pont couvert sur fond de montagnes idylliques.

Il ne pouvait s'ôter de la tête ce que son grand-père lui avait dit.

A la maison, il retrouva Jackson. Le nez collé à l'écran de son ordinateur, son frère remplissait un tableau de données. La petite Maple, enroulée à ses pieds, dormait paisiblement.

Sean leur lança un coup d'œil en se dirigeant vers le réfrigérateur.

— Le compte est bon ?

— Le compte n'est jamais bon à Snow Crystal.

— Mais ça s'améliore, non ? Les habitués continuent à venir. Le programme Grand Air de Brenna marche très bien, j'ai l'impression. C'est incroyable comme il a grandi, le petit Sam.

— Oui, il est super, ce gamin. Je me souviens encore de son sourire quand Gramps lui a donné les petits skis de Tyler. Il était aux anges.

Jackson marqua une pause et se concentra un instant sur l'écran avant de reprendre :

— Et toi ? La terrasse a bien avancé ? Tu t'es planté un clou dans la main ?

— Elle est terminée, en fait.

Jackson leva les yeux de son ordinateur.

— Je croyais que tu voulais faire durer.

— Gramps a découvert le pot aux roses.

Jackson s'affala sur sa chaise avec un grand sourire.

— Ça fait plaisir de savoir que son cerveau n'a pas été endommagé. Donc je parie que ça a été un échange des plus vifs. Il t'a demandé de partir ?

— Non, il m'a fait son discours habituel : je devrais venir plus souvent, la tradition, la famille… Tu le connais, il me met la pression. Comme il l'a fait avec Papa pendant toute sa vie.

Le sourire de Jackson s'effaça au profit d'un froncement de sourcils.

— Sean…

La porte d'entrée s'ouvrit à cet instant.

— Chéri, je suis rentrée, lança Kayla d'un ton léger, plein de sous-entendus. L'entretien s'est bien passé, et j'ai une envie folle de…

Elle vit Sean et s'arrêta net.

— Oh. Je ne savais pas que tu étais là aussi. Désolée.

Sean sourit, ravi que cette interruption lui ait évité une conversation à propos de Walter.

— Fais comme si je n'étais pas là, dit-il en la regardant.

Avec ses longs cheveux blonds attachés en un chignon strict, sa jupe crayon et ses talons aiguilles, elle était l'image parfaite d'une élégante femme d'affaires.

Elle appartient à New York, songea Sean. *Pas à Snow Crystal.*

Comment diable allait-elle s'adapter à cette vie à la campagne ? Pour l'instant, elle profitait du meilleur des deux mondes. Elle vivait une double vie, dont le seul prix à payer était une dépense d'énergie considérable. Comme lui, son métier la passionnait… Jusqu'à ce qu'elle rencontre Jackson.

Que se passerait-il lorsqu'elle aurait vécu quelque temps à la station ? Elle risquait de se réveiller un jour en ayant conscience de tout ce qu'elle avait sacrifié. Le ressentiment naîtrait alors. Il grandirait lentement au départ, puis de plus en plus vite jusqu'à devenir une énorme boule de regrets et d'amertume.

Jackson ferma l'ordinateur.

— Salut Sean ! Ravi de t'avoir vu ! Reviens quand tu veux. A Noël, de préférence.

— Je pourrais dîner avec vous.

— Notre dîner, ce sera une pizza qu'on va commander et manger au lit. Tu n'es pas invité.

En deux enjambées, Jackson fut près de sa fiancée. Il la serra contre lui et l'embrassa avec fougue.

— De la pizza ? fit Sean, l'air consterné. C'est tout ce que tu peux faire pour impressionner une femme au lit ?

— On fait le plein de glucides pour avoir plus d'énergie.

Sean décida de s'amuser un peu.

— J'aurais besoin, moi aussi, de recharger mes batteries après toute l'énergie que j'ai dépensée dans ton ponton. Tu veux que je passe la commande ?

Jackson lui décocha un regard assassin.

— Je croyais que la pizza était trop banale pour toi.

— Tout à coup, j'ai envie de dîner avec toi. De resserrer les liens fraternels, tu vois.

Kayla s'écarta de son fiancé.

— C'est une excellente idée.

Jackson fit la moue.

— Je ne vois pas en quoi elle est excellente.

— Sean est le bienvenu à notre table, dit-elle en s'avançant vers Sean, un sourire malicieux aux lèvres. Ça me ferait plaisir, vraiment. Je vais vous concocter quelque chose de spécial, quelque chose que tu n'oublieras jamais. Tu verras. Ça fait un moment que je n'ai pas mis les pieds dans une cuisine, mais je crois que je trouverai le chemin.

Sean chercha son frère du regard.

— C'est en effet une excellente idée, fit Jackson en éclatant de rire. Reste dîner, Sean. C'est Kayla qui régale.

C'était une blague récurrente dans la famille. Kayla était une femme pleine de qualités, mais elle n'avait rien d'un cordon-bleu. Sean battit en retraite vers l'escalier.

— Ma spécialité est l'orthopédie, pas la toxicologie, dit-il.

— Serais-tu en train de mettre en cause ma future femme ?

— Non, je mets en cause sa cuisine.

— Oh ! je suis vexée, fit Kayla en battant des cils. Moi qui allais te préparer quelque chose de vraiment particulier, une nouvelle expérience culinaire…

— D'accord, dit Sean. Vous avez gagné, je vous fiche la paix. De toute façon, vous regarder me coupe l'appétit.

Il laissa le couple en tête à tête pour aller prendre une douche puis, après avoir volé une nouvelle chemise à son frère, revint récupérer les sacs de courses qu'il avait laissés dans le salon.

Kayla désigna les bouteilles de vin du menton.

— Où est-ce que tu vas avec tout ça ?

Sean marqua une pause. S'il avouait qu'il allait retrouver Elise, ils risquaient d'en tirer leurs propres conclusions.

— J'avais envie de faire un pique-nique.

Une réponse tout à fait ridicule, songea-t-il. Son frère semblait partager son avis.

— Mais bien sûr, dit Jackson d'un ton moqueur. Nous savons tous que tu adores les pique-niques. Et les fourmis dans ton assiette et la boue sur tes vêtements.

— Qui a parlé de fourmis ou de boue ? Allez, à plus tard, dit-il en se dirigeant vers la porte.

Il se croyait tiré d'affaire lorsque Kayla le rappela.

— Tu ne veux pas appeler Elise pour qu'elle te garde une table au restau ? Elle sera ravie de te préparer quelque chose, j'en suis sûre.

La phrase, apparemment inoffensive, avait été dite d'un ton qui n'avait rien d'innocent. Il se tourna vers sa future belle-sœur.

Jackson, lui, fronça le front.

— Mais non, elle ne peut pas cuisiner pour lui. Elle est en congé ce soir.

Sean rencontra le regard de Kayla ; elle lui sourit. D'accord.

Elle était au courant. Le téléphone de Jackson retentit alors et il s'éloigna pour répondre.

Le sourire de Kayla s'élargit.

— Passe une bonne soirée, Sean. Et profite bien de, hum, ton pique-nique.

Chapitre 9

Comment s'habillait-on pour une soirée décontractée avec un homme qu'on essayait de garder à distance ?

Elise avait mis plus d'une heure à se décider, écartant sa petite robe noire — trop habillée — et son dos-nu bleu trop coquet.

Finalement, elle avait opté pour un jean qu'elle n'avait pas porté depuis au moins quatre ans. La soirée était trop chaude pour ce genre de vêtement, mais elle ne voulait pas que Sean se fasse des idées.

Cuisant littéralement dans son pantalon, elle s'activa dans sa petite cuisine.

Elle rencontrait des hommes séduisants tout le temps, dont certains étaient même assez intéressants pour capter son attention. Mais jusqu'à présent, jamais elle n'avait été tentée de pousser une relation plus loin. Elle offrait sa compagnie, ses petits plats, son rire et sa conversation, son corps à l'occasion, mais son cœur ? Elle l'avait fait une fois, une seule fois. On ne l'y reprendrait plus.

Même si Sean avait promis de cuisiner, elle avait préparé pour se distraire les gressins romarin-parmesan qu'elle comptait offrir avec les apéritifs au Boathouse.

L'odeur des petits pains, tendre et rassurante, emplit le chalet. C'était une odeur qui lui rappelait son enfance. Qui lui rappelait sa mère.

Le cœur serré, Elise songea à ce qu'elle ferait si elle pouvait changer le passé, si elle pouvait avoir une deuxième chance.

Elle saisirait par les épaules la rebelle et imprudente

jeune fille qu'elle avait été à dix-huit ans et la secouerait un bon coup.

Elle saisit la photographie qu'elle avait posée sur le rebord de la fenêtre. Sur l'image, une belle femme regardait en souriant la fillette hissée sur un tabouret qui battait le fouet dans un grand bol. La petite souriait aussi.

La photo ne laissait pas présager l'avenir tragique qui les attendait. La peine et la culpabilité lui revinrent en plein cœur.

Elise entendit la voix de Sean, dehors. Elle venait de remettre le cadre à sa place lorsqu'il arriva dans la cuisine.

— Je me suis dit que j'allais faire beaucoup de bruit cette fois-ci pour ne pas te faire peur... Oh! ça sent bon! On avait dit que tu ne cuisinerais pas ce soir. Enfin, je ne vais pas m'en plaindre.

Debout dans la cuisine, les bras chargés de courses, il lui décocha ce regard dont il avait le secret, à la fois nonchalant et terriblement charmant. Elle eut soudain du mal à respirer.

Vêtu d'un jean usé et d'une chemise qu'elle avait souvent vue sur Jackson, Sean était à tomber par terre. Aussi beau que lorsqu'il portait un costume sur mesure. Tout lui allait, remarqua-t-elle.

— C'est juste un amuse-gueule. Tu me donneras ton avis.

— Je crois que je vais emménager ici, dit-il.

Il posa les sacs sur le plan de travail et attrapa un gressin encore chaud.

— Ils ressemblent à ceux que j'ai mangés à Milan, dit-il. Encore un test?

— Oh! c'est tout bête. J'adore travailler la pâte.

— Tu travailles trop.

— Quand je cuisine, je n'ai pas l'impression de bosser. Ça me vide la tête et ça me détend.

Il brisa le gressin en deux et le croqua. Le grommellement de plaisir qu'il laissa échapper, masculin et sensuel, lui inspira quelque chose de purement animal.

— C'est meilleur que tout ce que j'ai pu goûter en Italie, dit-il.

— C'est la qualité des ingrédients. De la farine locale et du romarin du jardin de ta mère.

Elle n'était pas habituée à avoir un homme chez elle et encore moins dans sa cuisine. C'était son territoire, elle le protégeait, le chérissait. Par-dessus tout, elle s'y sentait en sécurité.

Mais pas en cet instant, avec Sean trop près d'elle, rasé de frais et les cheveux encore mouillés.

Jackson et lui étaient de vrais jumeaux, mais quelques détails les différenciaient facilement. Sean avait le visage moins doux et les cheveux plus courts. Elle se doutait que certaines personnes devaient le trouver intimidant. Il n'avait pas le sourire facile. Sa personnalité était plus complexe.

Ou était-ce son propre ressenti ?

Mais ce n'était pas une question qu'elle voulait étudier de trop près. Elle traversa la cuisine et sortit deux assiettes du placard.

— La soirée est magnifique, on peut s'installer sur la terrasse.

L'espace, dehors, rendrait leur dîner moins intime.

— D'accord, mais je dois d'abord faire griller les steaks et préparer la salade, dit-il en débouchant une bouteille.

Il lui servit un verre.

— Goûte. Du cabernet californien.

Elle trempa ses lèvres dans le vin et acquiesça.

— Pas mal.

— Je l'ai pris au village en faisant quelques emplettes pour Grams. D'ailleurs, elle te remercie d'avoir rempli leur congélateur. C'est adorable, tu n'étais pas obligée.

— Pourquoi ? rétorqua-t-elle, sur la défensive. Parce que je ne fais pas partie de la famille ?

Elle était consciente que sa réaction était disproportionnée, pourtant elle n'y pouvait rien. La photo sur la fenêtre, elle le savait, rouvrait ses vieilles blessures.

— Pour moi, ils sont comme ma famille. Et rien n'est plus important que de prendre soin de ceux qu'on aime.

Sean posa une grande poêle sur le fourneau.

— Je ne mettais en question ni ton affection ni ta relation avec eux. Je remarquais juste qu'entre le café et le restau tu fais déjà plus que ta part.

Il n'avait pas manqué de remarquer sa réaction excessive, Elise le voyait à son expression. Sean, elle ignorait pourquoi, faisait affleurer les traits de caractère qu'elle aimait le moins chez elle, ceux qu'elle avait tant combattus et qu'elle croyait sous contrôle.

Jusqu'à son arrivée.

Savoir qu'elle se trouvait à la merci de ses émotions lorsqu'il était dans les parages lui pesait énormément. Elle traversa la cuisine et sortit un saladier du placard, nerveuse comme après l'ingestion de deux litres de café.

— Je ferai la vinaigrette, dit-elle.

— C'est fait. Détends-toi.

Ha. Si seulement…

Elle sirota le vin pendant qu'il déballait la viande et mettait de l'huile à chauffer. C'était le plus simple des repas et, pour cette raison peut-être, la scène avait quelque chose de terriblement domestique. La sensation de déjà-vu la figea sur place.

Cela n'avait aucun sens. Sa seule expérience de vie domestique avait été malheureuse et ne ressemblait en rien à ce qui se passait entre eux.

Il tourna les steaks d'un geste habile et lui lança une œillade.

— Qu'est-ce que j'ai mal fait ?

— Rien. J'ignorais que tu savais cuisiner.

— C'est gentil, dit-il, mais je suis sûr que, pour toi, griller un bout de viande ce n'est pas cuisiner. Je vis seul, et en dépit de ce que j'ai pu raconter à mon grand-père, je ne mange pas toujours à la cafète de l'hosto ou au restaurant, donc j'ai appris les rudiments. Sans dire que ça impressionne toujours les femmes, bien sûr.

— Ah bon ?

— Goûte et tu m'en diras de nouvelles.

Il disposa les steaks et la salade dans les assiettes.

— J'ai presque tout acheté dans la boutique de la coopérative. Il y a du pain frais dans le sac.

Elle sortit une planche, coupa une tranche de pain et en examina la texture. Elle hocha la tête, satisfaite.

— Ils bossent bien, dit-elle. Leurs produits sont excellents, on sert leurs confitures pour le petit déjeuner, pour l'instant en tout cas. Ta mère travaille sur une recette originale Snow Crystal, et laisse-moi te dire, les clients vont s'en lécher les babines.

— Vous proposez de la confiture au lieu de vous cantonner à notre sirop d'érable maison ? C'est quasiment une hérésie.

— Il y a toujours du sirop, bien sûr. Et pas seulement parce que Walter me virerait sur-le-champ si j'osais l'enlever du menu.

Leurs doigts se frôlèrent quand il lui tendit l'assiette.

— Mon grand-père ne te laissera jamais partir. Ni Jackson. Tu peux compter sur la sécurité de l'emploi. Ce n'était pas un trop gros risque professionnel, de quitter un établissement comme chez Laroche pour suivre Jackson ?

C'était une question raisonnable, tout à fait cohérente avec le reste de leur échange, et pourtant Elise se mit sur ses gardes.

— Non, pourquoi tu dis ça ? La boîte de Jackson était prestigieuse. Moi je commençais ma carrière, et j'avais plus de responsabilités à Snowdrift Leisure avec lui que je n'en aurais eues avec Pascal.

Elle avait souvent répété ce prénom à voix haute pour réussir à le prononcer sans rage mais avec aplomb.

— Comment c'était, de travailler avec quelqu'un d'aussi célèbre ? Son ego ne posait pas de problème ?

Il n'y avait aucune raison de ne pas dire la vérité à ce sujet.

— C'était quelqu'un de complexe, dit-elle. Charismatique, exigeant, souvent excessif dans sa quête de perfection. Un génie de la gastronomie. Tout le monde voulait travailler pour lui, mais chaque employé de ses huit établissements de par le monde a fait les frais de son terrible caractère. Certains ont quitté le métier après avoir bossé pour lui.

153

— Toi, il ne t'a pas brisée.

Elle ne répondit pas.

Pascal l'avait brisée, mais pas à cause de leur relation professionnelle. A cela, elle avait survécu.

— J'avais dix-huit ans et tout ce qui m'intéressait, c'était la cuisine. Il était une légende à Paris. Enfin, pas seulement à Paris. Il n'y avait pas de femme dans ses brigades. Il pensait qu'on ne pouvait pas devenir de grands chefs, qu'on n'avait ni le tempérament, ni l'endurance, ni bien sûr « les couilles ». Je lui ai dit que je prendrais n'importe quel boulot qu'il voudrait me donner et que je le ferais mieux qu'un homme.

— Et ?

— Le premier jour, il m'a fait récurer les toilettes.

Elle s'étonna d'arriver à en parler aussi facilement.

— Lorsque je suis revenue le lendemain, il m'a fait astiquer le sol du restaurant. Il disait toujours que le succès d'un restaurant résidait autant dans le soin apporté aux détails que dans la nourriture, et il avait raison, bien sûr, même si sa façon de faire passer le message laissait à désirer.

— Combien de temps t'a-t-il fait attendre avant de te laisser bosser en cuisine ?

— Très exactement un mois. C'était un samedi soir et il était en colère avec la terre entière, il hurlait si une assiette ne correspondait pas à ses attentes. Trois de ses employés étaient malades de stress, puis deux des commis, les plus jeunes, ont rendu leur tablier, ils en avaient leur claque. Je lui ai dit que je pouvais les remplacer, tous les deux. Il m'a dit que je ne supporterais jamais la pression toute la soirée.

Sean écoutait, appuyé contre le plan de travail, les assiettes du dîner oubliées.

— J'en déduis que tu as tenu bien plus d'une soirée.

— J'étais la seule fille dans une cuisine de vingt-deux hommes. J'avais les cheveux longs à l'époque, je les attachais en queue-de-cheval.

Elle revit sa mère en train de la coiffer chaque fois, les gestes doux et rassurants de ce rituel.

— Quand il avait quelque chose à me dire, il m'attrapait

154

par les cheveux pour que je le suive dans la cuisine. Il voulait que je pleure, que je m'en aille, afin de prouver une fois pour toutes que les femmes étaient trop faibles pour la cuisine.

— Te connaissant, tu ne lui as pas donné satisfaction.

— Je me suis coupé les cheveux.

Seule dans les toilettes du personnel, elle avait pleuré, en silence, mais elle avait tranché ses longues mèches avec les gros ciseaux à volaille.

— Et tu ne les as jamais laissés repousser ? demanda-t-il.

— Non. Pascal a fini par comprendre que je ne me laisserais pas décourager si facilement et il a commencé à m'apprendre des choses. C'était un génie, mais ce genre de caractère n'est pas facile à gérer. Parfois il avait un coup d'inspiration en pleine soirée, et il sortait de ses gonds si un des membres de l'équipe ne suivait pas le mouvement.

— Il n'était pas un peu fou ?

— Si.

Pascal était aussi dangereusement charismatique. Son mauvais caractère pouvait tourner au charme en un clin d'œil. C'était ce charme, ajouté à son talent, qui subjuguait les gens. Tout le monde rêvait de travailler pour lui.

Elle se rappelait la première fois qu'il lui avait souri.

Et elle se rappelait la première fois qu'il l'avait embrassée.

La sensation l'avait grisée, son désir pour lui était si intense, presque douloureux. Ce désir l'avait droguée. Aveuglée.

Elle n'avait plus permis qu'un homme la bouleverse à ce point depuis.

Jusqu'à maintenant.

Elle désigna du menton les assiettes.

— Ça va refroidir. On devrait manger.

Sean apporta les assiettes sur la table de la terrasse.

— Donc tu as tenu le coup, acquis une formation de prestige international, puis tu as quitté ce salaud.

Elle cilla, surprise, avant de comprendre que Sean parlait sur un plan professionnel.

— Oui, dit-elle en posant le pain sur la table. C'est exactement ça. Heureusement, j'ai rencontré Jackson. Il m'a offert la chance d'utiliser ce que j'avais appris avec Pascal et de développer mon propre style.

— Vous êtes toujours en contact ?

— Avec Pascal ?

Elle prit le couteau à pain et commença à trancher la miche.

— Non, il n'était pas du genre sentimental, dit-elle. Moi non plus, d'ailleurs.

Pascal avait tué cette partie d'elle.

— Et tu n'as pas envie de retourner à Paris ? Je n'en reviens pas que la ville ne te manque pas.

— J'aime la montagne. Quand j'étais petite, ma mère faisait la saison d'hiver dans les Alpes, comme cuisinière. J'y allais avec elle, c'était magique. Comme travailler avec Jackson.

— Tu ne penses pas éprouver un jour le besoin de retrouver une vie citadine ? Je croyais que le rêve de tous les chefs était d'ouvrir leur propre restaurant.

— Mais moi, j'ai tout ce dont je peux rêver ici. Et je te rappelle que je vais ouvrir un restaurant. J'ai conçu le Boathouse de A à Z, et puis le grand restau est pratiquement complet pour les mois à venir. Et je ne quitterai jamais ton frère.

Elle coupa son steak. Le point de cuisson était parfait. Elle opina du chef.

— C'est très bon.

— Tu es très loyale envers Jackson.

— Bien sûr. J'adore mon boulot.

— Mais avec Laroche sur ton CV, tu pourrais avoir le poste de tes rêves.

Tu crois que je vais te laisser partir, Elise ? Tu crois que quelqu'un voudra encore t'embaucher dans tout Paris ?

Elle posa son couteau. Le souvenir lui avait coupé l'appétit.

— J'ai le poste de mes rêves.

Que la simple évocation du passé la mette dans un tel état était extrêmement exaspérant. Elle se sentait insignifiante, sale, et tourna son visage vers le soleil couchant dans l'espoir qu'il réduise ses sombres souvenirs en cendres.

— Assez parlé de moi, dit-elle. Parlons de toi : tu vas rester à Boston ?

— C'est là que je travaille, et comme toi j'adore mon métier.

— Et cette semaine nous t'avons empêché de l'exercer.

Il prit son verre de vin.

— J'avoue que j'ai aimé travailler sur la terrasse, plus que je n'aurais cru. Et c'était chouette de regarder les gamins sur le lac.

— Brenna est super avec les enfants. Qu'est-ce que tu aimais le plus ici, quand tu étais petit ?

— Le ski, dit-il sans hésitation. Dès les premiers flocons, on était sur les pistes. Gramps nous emmenait toujours, Jackson et moi, et comme Tyler ne voulait pas rester derrière, il venait aussi. Il dévalait ces pentes comme un boulet de canon alors que les enfants de son âge marchaient à peine.

— Ça a dû être très dur pour lui d'arrêter le ski de compétition, non ? C'est comme si on me demandait d'arrêter de cuisiner. J'en mourrais.

— Voilà une cause de mortalité que je n'ai pas encore rencontrée au cours de ma carrière.

Il remplit le verre d'Elise en souriant.

— Est-ce que tous les Français sont comme toi ? Les unités de soins intensifs sont pleines de gens qui ne peuvent plus cuisiner ?

— C'est bon d'avoir une passion.

— Tu prêches un convaincu. La passion est pour moi la plus importante des qualités.

Leurs regards se trouvèrent et la soirée changea de couleur, secouée par la force de leur connexion.

Elise fit tourner son verre en se disant que la compatibilité sexuelle n'avait rien à voir avec un engagement sentimental.

— Ce n'est pas toujours positif. Quand j'aime quelque chose, j'aime complètement. Je n'ai jamais su faire dans la demi-mesure.

Ce qui était, songea-t-elle, son plus gros problème.

— On dirait Tyler, fit-il, les yeux toujours dans les siens.

Il disait à peu près la même chose lorsqu'il sautait des ravines sans même vérifier où il allait atterrir.

Elle fut soulagée qu'il ramène la conversation sur un terrain moins dangereux.

— Tu es passionné par la chirurgie.

— Je ne dirais pas ça comme ça, répondit-il en reprenant de la salade. C'est plutôt un intérêt intellectuel pour réparer ce qui est cassé.

— La terrasse par exemple.

— Par exemple. Tu ne veux pas un peu plus de salade ?

— Non, merci, je n'ai plus faim.

— Tu devrais manger un peu plus, et cette salade a poussé dans notre potager.

— Je n'ai pas besoin d'un cours de diététique.

— Tant mieux. Allez, mange.

— Cet endroit est la passion de ton grand-père.

— Je dirais plutôt que c'est une obsession qui l'empêche de comprendre que d'autres peuvent ne pas partager son sentiment.

— Comme c'était le cas de ton père.

Sean se figea.

— Il aimait Snow Crystal, mais il détestait le boulot. La triste ironie, c'est qu'en travaillant ici il a cessé de profiter de la station et de tout ce qu'elle avait à offrir. Il était trop occupé à la faire tourner sans en avoir le goût. Gramps et lui passaient leur temps à se disputer.

— Walter aime cet endroit de tout son cœur. Moi je le comprends, je ressens la même chose alors que je ne suis ici que depuis deux ans.

— Franchement, ça me dépasse, dit Sean en prenant une gorgée de vin. Tu es une femme intelligente, belle, sûre de toi. Pourquoi t'enterrer dans une station de montagne endormie dans le Vermont alors que tu pourrais être à Paris ?

— Les clients de Snow Crystal méritent moins que les Parisiens, d'après toi ? A Paris, il y a des bons restaurants à tous les coins de rue. Ici, c'est rare. Les gens n'ont pas droit à la bonne cuisine ?

Elle s'emporta.

— D'ailleurs, je ne me sens pas enterrée, mais si tu continues à dire des trucs pareils, c'est toi qui vas finir six pieds sous terre. Je cacherai ton corps sous la terrasse et personne ne le saura jamais.

Il la regardait, l'air calme, comme s'il pouvait lire au fond de ses pensées.

— Je ne voulais pas te contrarier.

Elle se força à respirer calmement. C'était l'évocation de Paris qui avait déclenché sa colère, elle en était consciente.

— Si tu ne veux pas me contrarier, ne critique pas les choses ou les gens que j'aime.

— Tu l'as mal pris, Elise, mais j'ai juste dit qu'à côté de Paris, Snow Crystal est endormi. C'est un fait.

— Si c'est le cas, alors je dormirai pour le reste de ma vie.

Elle tapa du plat de la main sur la table.

— Ecoute, là, tu m'as énervée, donc il faut qu'on passe à autre chose. Trouve un sujet de conversation normal qui ne me donne pas envie de te tuer. Dis-moi ce que tu aimais faire ici, à part le ski.

— Nager dans le lac. Je ne me lassais pas de faire couler Tyler. Et toi ? demanda-t-il sur un ton plus doux. Parle-moi de ta mère. Donc c'est elle qui t'a appris à cuisiner ?

Elle sentit sa colère fondre comme neige au soleil.

— Certaines mères ne laissent pas les enfants s'essayer en cuisine à cause du désordre, mais ma mère pensait que le désordre faisait partie de la créativité. Elle m'installait sur une chaise à côté d'elle et me laissait mettre les mains dans le bol et pétrir la pâte, comme elle. Ça me fascinait que du beurre et de la farine mis ensemble forment une poudre sableuse, ou que du lait, de l'œuf et de la farine produisent une pâte visqueuse. J'aimais l'idée qu'en mélangeant deux ingrédients différents on parvienne à un produit final qui ne ressemblait à aucun des deux.

— Tu m'as dit qu'elle était chef pâtissière.

— Elle travaillait dans un restaurant. Et à la maison, elle m'apprenait ce qu'elle savait. Rien n'est plus réconfortant que de préparer des gâteaux. Elle m'a appris à faire confiance à mon instinct. Elle n'a jamais utilisé de livre de recettes. Elle cuisinait au ressenti, à l'inspiration, en écoutant ses sens. Elle avait beaucoup de talent. C'est elle qui m'a inculqué le goût des produits frais. On faisait pousser des salades dans des jardinières sur la fenêtre et des herbes en pots dans la cuisine. C'est l'une des choses que j'adore par ici, les gens sont très portés sur les produits locaux, on peut travailler en lien direct avec les producteurs. A Paris, c'était beaucoup plus compliqué, je ne pouvais pas me déplacer pour visiter les fermes. Pourtant c'est quelque chose que j'adore.

— Ta mère a su que tu travaillais pour Pascal Laroche ?

— Oui, dit Elise, la gorge nouée par l'émotion. Elle l'a su.

Mais sa mère n'avait jamais appris pour tout le reste. Ce qui était pour Elise un soulagement. Sa mère avait été témoin de beaucoup de ses erreurs, mais pas de la plus cuisante.

— Je suis allé une fois à Paris.

Elle lui sut gré de changer de sujet, et se demanda s'il n'avait pas deviné qu'elle était sur le point de craquer.

— Quand ?

— Quand j'avais dix-huit ans, avant l'école de médecine. J'ai fait un voyage en Europe. J'ai passé un mois en Angleterre dans la famille de ma mère, puis j'ai fait un grand tour. Florence, Rome, Séville et Paris. J'ai vu la tour Eiffel.

— Ah, c'est pour les touristes, ça. Si tu étais venu avec moi, tu aurais connu le vrai Paris.

— Où est-ce que tu m'emmènerais, par exemple ?

Nulle part, parce qu'elle n'avait aucune intention de retourner à Paris, mais ils parlaient de façon hypothétique. Elle pouvait jouer le jeu.

— J'aime le jardin des Tuileries au petit matin, avant que la ville se réveille. J'aime voir le soleil se lever au-dessus du Louvre, les rues pavées du quartier du Marais.

Elle songea aux bâtiments aux lignes élégantes, aux jardinières débordantes de fleurs.

— J'aime me perdre dans les ruelles anonymes et trouver par hasard une petite boulangerie dont le pain est un chef-d'œuvre. J'aime aller au musée de l'Orangerie et contempler pendant des heures *Les Nymphéas* de Monet. Et toi, quel est ton endroit préféré à Snow Crystal ?

— Je n'en ai pas.

— Tu en as forcément un. Pour moi c'est le lac et la forêt autour. J'adore dormir les fenêtres ouvertes, pour profiter des sons et des parfums de la nature.

Il tambourina des doigts sur la table, songeur.

— Alors, est-ce que j'ai un endroit préféré… J'imagine qu'il serait dans les montagnes. Tu es déjà montée au sommet du grand pic ? Ça prend environ quatre heures. Quand nous étions petits, Gramps nous faisait charger une tente, grimper jusqu'en haut et camper la nuit. Le matin, on regardait le lever de soleil sur les montagnes, on se lavait dans le ruisseau et on rentrait.

Rien que d'imaginer Sean dormir dans un bivouac, elle éclata de rire. Sa mélancolie se dissipa.

— Toi, du camping ?

— Je ne vois pas pourquoi ça te surprend autant. Je peux allumer un feu rien qu'avec mon regard de braise.

Il riait, lui aussi.

— Mais j'avoue que je ne l'ai pas fait depuis des décennies, j'aurais besoin d'allumettes, sans doute. Un matelas ne serait pas du luxe, non plus. Et si possible, de l'eau chaude et un service d'étage.

— C'est plutôt un hôtel cinq étoiles que du camping, non ?

— Excellente idée, faisons ça, dit-il en la regardant dans les yeux, sa voix soudain plus grave. Toi, moi, un lit king size et un room service. Je connais un hôtel superbe près de Burlington. Avec vue sur le lac. Lit à baldaquin, oreillers en duvet d'oie. Une nuit de sexe non-stop, sans engagement.

Elle était tentée, oh, mais tentée !

Et pour cette raison, justement, elle se leva de table.

— Tu devrais essayer le camping de nouveau. Parfois c'est bon de revenir en arrière et de faire des choses qu'on a faites plus jeune.

— Comme dormir sur un sol dur comme la pierre avec

Jackson qui ronfle à côté de moi ? Déjà à l'époque ça ne m'enchantait pas, je ne vois pas pourquoi je remettrais ça.

Il se leva aussi.

— Donc, j'imagine que c'est « non » pour une nuit dans un lit à baldaquin avec des oreillers en duvet d'oie ? Juste pour être sûr, c'est à cause d'une allergie aux plumes ? Dans ce cas je demanderais des oreillers hypoallergéniques.

Luttant pour résister à son charme, Elise empila les assiettes.

— Merci pour le dîner, c'était délicieux. Bonne nuit, Sean.

Sans se retourner, elle rentra dans le chalet. Il lui emboîta le pas.

— J'ai dit que je m'occupais du dîner, je vais faire la vaisselle.

— Non, tu as cuisiné, je m'occupe de la vaisselle. C'est un arrangement équitable.

— J'ai un autre arrangement équitable à te proposer.

Il attendit qu'elle ait posé les assiettes pour presser Elise contre le comptoir. Elle aurait pu se noyer dans des yeux d'un tel bleu.

— Je t'embrasse, dit-il, et tu m'embrasses en retour.

Leurs bouches se trouvèrent à mi-chemin. Il avait une main dans ses cheveux, l'autre autour de sa taille, ses jambes de chaque côté des siennes. Il l'embrassa et l'embrassa jusqu'à lui faire tout oublier. Un désir liquide et chaud envahit Elise. Elle n'arrivait plus à penser, faisant glisser ses mains sur les épaules de Sean, sentant sous ses doigts la puissance de ses muscles…

Au prix d'un effort surhumain, pourtant, elle brisa l'étreinte.

Non parce qu'elle n'en avait pas envie ; elle avait besoin de se prouver qu'elle était toujours capable de prendre des décisions de façon rationnelle.

Lorsqu'il se pencha de nouveau vers elle, elle l'arrêta d'une main sur son torse.

— Bonne nuit, Sean.

— J'ai envie de toi. Tu as envie de moi. C'est simple.

Il avait parlé d'un ton à la fois franc et grave.

Mais elle savait que les rapports entre les êtres n'étaient jamais si simples.

— Ce n'est pas parce qu'on a envie de quelque chose que c'est bon pour nous.

— Tu verras, je ferai en sorte que ce soit très bon pour toi.

Il glissa ses lèvres sur son menton, vers son cou. Elle ferma les yeux en essayant de résister à la tentation.

— Je ne parlais pas de ça.

— Tu parlais de quoi, alors ? murmura-t-il, sa bouche tout près de la sienne.

Elle garda la main fermement appuyée contre son torse.

— Je ne veux pas de complications.

— Moi non plus. C'est l'une des nombreuses raisons pour lesquelles on s'entend si bien.

— On avait un accord.

— Nous ? dit-il, les yeux rivés à sa bouche. Pas que je me souvienne.

— C'était implicite.

— Peut-être, dit-il en un murmure rauque, terriblement sexy. Je me souviens de chaque instant de notre rencontre pleine de choses implicites, mais je ne me souviens pas d'avoir accepté de ne plus jamais la mentionner.

Elle n'avait pas anticipé cette situation ; elle n'avait jamais imaginé qu'il pourrait en redemander. Un an s'était écoulé.

— Bonne nuit, Sean.

— Tu me renvoies comme ça ? Tu n'as pas de cœur.

Si, elle avait un cœur. A une autre époque, elle le lui aurait offert sans compter, mais plus maintenant. A présent, elle se protégeait bec et ongles, et ça n'était pas près de changer.

Chapitre 10

Les préparatifs pour la soirée devinrent la priorité absolue de tous les membres du personnel et de la famille O'Neil.

Tyler s'occupa de l'éclairage, assisté par Jess. Elle tenait l'escabeau et le guidait pour accrocher des guirlandes sur les arbres et le long du toit en saillie du café. Il pesta tant qu'on l'entendit même insulter les ampoules, mais le résultat final correspondait en tout point à ce qu'Elise avait demandé.

Les clients en balade autour du lac s'arrêtaient pour regarder et encourager de leurs compliments, pris eux aussi dans l'excitation de l'inauguration. Tout le monde à l'hôtel avait été invité, et Elise ne se tenait plus de joie : son rêve était devenu réalité.

Le Boathouse Café serait un atout pour Snow Crystal. Un beau coup de pouce pour les affaires.

Elle n'avait pas laissé tomber Jackson. Elle n'avait pas laissé tomber les O'Neil.

La terrasse flambant neuve était à présent couverte par des tables et des chaises stylisées, et elle avait bordé les planches de grands pots en terre cuite foisonnant de fleurs de toutes les couleurs qu'elle avait fait pousser elle-même. A l'intérieur, les tables avaient été rassemblées pour accueillir le grand buffet, et l'espace central avait été aménagé en piste de danse.

Kayla prit une petite pause à côté d'Elise.

— Ça va être génial, dit-elle en regardant Tyler travailler. Un éclairage subtil et romantique. Tu as fait un boulot incroyable, Elise, tu as vraiment pensé à tout. Mais ne t'oublie pas en route, pense à te réserver un peu de temps pour te pomponner.

— J'aurai une demi-heure vers 18 heures. J'espère que ça suffira.

Elle n'avait pas le choix, de toute façon. Elle avait passé la matinée à faire la navette entre la cuisine du grand restaurant et le Boathouse. Son équipe se donnait à fond pour la fête et elle était plus que satisfaite du résultat. Elizabeth, comme d'habitude, était une véritable marraine-fée.

— Il faut que je demande à Sean de rendre les outils à Zach. On n'a plus la place ici pour les ranger.

— Sean est retourné à Boston, dit Kayla. Très tôt ce matin. Mais je demanderai à Jackson de s'occuper de cette boîte, il doit sortir tout à l'heure.

Sean était retourné à Boston ?

Il était parti ?

La sensation de bonheur se mua en sensation de vide, un vide si grand qu'Elise en fut choquée.

Elle ne savait pas ce qui la contrariait le plus, que Sean soit parti sans le lui dire ou qu'elle réagisse si mal à son départ. Sans compter sa déception de le voir quitter Snow Crystal sans avoir réglé son différend avec Walter.

Kayla vérifia sa montre.

— Brenna vient chez nous à 18 heures pour se changer, ça lui évite de redescendre au village. J'espère la convaincre de porter ma robe rouge, sinon elle remettra encore cette robe noire qu'elle enfile dès qu'elle doit s'habiller un peu.

— Le noir est très élégant. Je vais porter du noir.

— Je n'ai rien contre le noir, mais Tyler a vu Brenna dans cette robe une centaine de fois, et je me dis : rien de tel qu'un peu de piment pour qu'il la remarque. Tu devrais nous rejoindre, comme ça on se préparera ensemble toutes les trois. Ce serait sympa.

Elise était certaine que ses amies profiteraient de l'occasion pour lui parler encore de Sean. Elle n'avait pas l'énergie pour ça.

166

— Je ne peux pas, mais c'est gentil. Je dois revenir très vite ici pour superviser les détails de dernière minute. J'ai un timing très précis en cuisine, il faut que le chaud soit servi chaud et le froid tempéré. Je veux aussi garder un œil sur les cocktails.

Elle planifiait cette soirée depuis des mois. A aucun moment elle n'avait tablé sur la présence de Sean, alors pourquoi la fête avait-elle perdu de son éclat ?

La fatigue, décida-t-elle. La tension de l'inauguration l'avait épuisée.

Elle irait beaucoup mieux quand tout serait passé et que le Boathouse aurait trouvé son rythme de croisière.

— Le groupe arrive à 19 heures, je peux l'accueillir. Les premiers invités, une demi-heure après, dit Kayla en regardant le ciel, soucieuse. Pour la météo, j'ai un peu peur. Tu crois qu'il va pleuvoir ?

— Oh ! j'espère que non, et au pire on continuera à l'intérieur. On risque d'être serrés, mais ça ira.

Dans tous les cas, elle serait bien occupée, se dit-elle, ce qui l'empêcherait de penser à Sean.

Quand Elise retourna au chalet pour prendre une douche, elle n'avait qu'une envie : s'allonger et dormir. Hélas, elle avait encore à orchestrer tout le déroulement de la soirée et à converser poliment avec les invités.

C'était quelque chose qu'elle aimait pourtant faire d'habitude : discuter avec les clients du restaurant, parler de leurs goûts, écouter leurs remarques, en apprendre un peu plus sur eux.

Ce soir, elle n'était pas d'humeur.

Irritée, Elise sécha ses cheveux en un clin d'œil et enfila la robe noire qu'elle avait achetée lors de son précédent passage à New York avec Kayla. Elle aimait le contraste entre l'encolure très sage sur le devant et le décolleté vertigineux derrière. La jupe, assez évasée, lui arrivait mi-cuisse. Sachant qu'elle passerait la soirée à cavaler, elle choisit de porter une paire de ballerines puis, comme touche finale, glissa un simple jonc en argent à son poignet.

Avant de retourner au Boathouse, elle s'accorda un instant de paix et de solitude sur la terrasse de son chalet.

L'équipe était déjà au complet, tout le monde à son poste. Elise rassembla une dernière fois son personnel pour s'assurer que tout le monde avait retenu le moment et la façon de présenter chaque plat.

A l'arrivée des premiers invités, tout était en place.

Les musiciens, un groupe local au répertoire bien rodé, installèrent tout de suite une ambiance agréable sur la terrasse. Peu à peu, celle-ci s'emplissait d'une petite foule qui sirotait des cocktails en s'extasiant de la vue sur le lac.

Elise passait d'un groupe à l'autre, assurant sa tâche de relations publiques auprès des personnalités que Kayla lui présentait. Elle parla de ses projets pour le Boathouse et pour la Grive, usant de sourires jusqu'à en avoir mal aux zygomatiques. Le brouhaha festif prenait progressivement du volume, mélange de musique, de conversations et de rires.

Un des moments les plus sympathiques de la soirée fut l'arrivée du petit Sam avec sa famille. Il ne semblait pas très à l'aise avec sa chemise immaculée et, fait exceptionnel, il n'y avait pas une seule tache de boue sur son visage.

Sur la table du buffet, Elise avança les bouchées de pizza prévues pour les plus jeunes invités et lui fit signe de se servir.

— Miam, fit Sam en en mettant quatre parts dans son assiette.

Il croisa le regard de sa mère et en reposa une.

— C'était l'éclate, le kayak. Brenna est géniale.

Celle-ci, qui venait d'arriver à leur hauteur, lui ébouriffa les cheveux.

— Et toi, tu es un champion, dit-elle. Tu vas leur donner du fil à retordre dans la course de demain.

— Je vais gagner, s'exclama-t-il la bouche pleine.

Sa mère roula des yeux, la petite sœur de Sam dans les bras.

— Parler ou manger, poussin, tu sais bien. Pas les deux à la fois.

— Plus qu'une semaine avant mon anniversaire, annonça-t-il en sautillant d'excitation. Je vais avoir un VTT rouge ! C'est trop cool de fêter mon anniversaire ici. Je vais passer toute la journée avec Papa !

— Un VTT rouge ? Quel chouette cadeau, répondit Elise.

Elle lui préparerait un beau gâteau, décida-t-elle tout en remarquant la sempiternelle robe noire que Brenna portait. Kayla avait donc échoué dans sa mission.

— J'ai attendu trois ans, expliqua Sam.

Sa petite main survolait le plateau de pizzas, pleine d'espoir. Elise le servit de nouveau.

— C'est long, trois ans. Tu dois être très, très impatient.

— Papa m'avait promis que j'en aurai un nouveau le jour de mon anniv'. J'en ai déjà un à la maison, mais c'est un vélo de bébé.

Il la regarda avec de grands yeux.

— On pourrait avoir de la pizza comme ça pour mon anniversaire ?

— J'en toucherai un mot au chef.

Brenna saisit une portion de pizza avec un clin d'œil complice en direction du petit.

— Tu me rappelleras demain de te donner une carte des sentiers, et tu diras bien à ton papa d'en choisir un pour débutants, d'accord ? dit-elle.

Son sourire se brouilla comme elle terminait sa phrase. Elise suivit son regard. A l'autre bout de la pièce, Tyler faisait rire une jolie blonde courtement vêtue d'une robe en lamé argent.

Réprimant une grimace, elle se tourna vers Brenna pour lui suggérer d'inviter Tyler à danser, mais son amie avait disparu.

Inquiète, Elise scruta les différents groupes d'invités jusqu'à la repérer, dans un coin calme, en train de discuter avec Josh, le chef de la police locale.

Elise appréciait Josh. Elle avait dû l'appeler au secours un samedi soir lorsqu'un groupe de touristes ivres avait essayé d'imposer sa loi au restaurant. L'officier avait maîtrisé la situation avec tact et professionnalisme, de telle sorte que la plupart des clients n'avaient même pas eu connaissance de l'incident. De plus, il était beau, en dépit d'une cicatrice sous l'œil et de quelques autres marques acquises en mission.

Peut-être Brenna devait-elle oublier Tyler, après tout, pensa Elise. S'ils n'avaient pas réussi à franchir ce pas depuis tout ce temps, ils ne le feraient probablement jamais.

Elle servit une dernière tranche de pizza au petit Sam et souhaita une bonne soirée à toute la famille. Kayla venait vers elle, l'air insouciant.

— Je ne trouve pas Brenna.

— Elle se cache dans un coin avec Josh. Avec une robe noire, d'ailleurs.

— J'ai fait ce que j'ai pu, mais elle trouvait la rouge trop décolletée.

— Et elle l'est ?

— Assez pour attirer l'attention d'un homme, mais pas au point de se faire arrêter pour attentat à la pudeur.

Elise soupira.

— Brenna est une très jolie femme, dit-elle, mais ce soir, on dirait qu'elle a tout fait pour qu'on ne la remarque pas.

— Elle est toujours mal à l'aise dans les situations formelles. Elle préférerait rester au bar à papoter avec les clients habituels.

— Je l'aime bien, Josh. Je trouve qu'ils feraient un joli couple.

— Complètement d'accord. Il n'y a qu'un petit souci, c'est que Brenna est amoureuse de Tyler. Dès que j'ai un moment, j'irai taper mon futur beau-frère avec quelque chose de très dur.

Sur ces mots, Kayla s'en alla accueillir de nouveaux arrivants. Poppy faisait passer un plateau d'amuse-bouches. Elise la héla et se servit une mini-quiche dont elle avait parfait la recette quelques jours plus tôt.

— Comment ça se passe ? lui demanda-t-elle.

— Grand succès ! s'écria Poppy. J'en suis à mon cinquième plateau. Les corn cakes marchent d'enfer, comme le chèvre aux pignons et les calamars. Je vais aller chercher le canard et les ailerons au sirop d'érable. J'ai appelé la grande cuisine pour qu'ils envoient plus de pizzas pour les enfants. Sam a pratiquement tout mangé.

Elise approuva de la tête et s'apprêtait à vérifier par elle-même si le succès de sa cuisine était mérité, lorsqu'elle leva la tête et aperçut Sean.

Il était en haut des marches et il la regardait.

Elle porta une main sur sa poitrine, son cœur au bord de l'implosion. Dans une joie incontrôlable, elle lui offrit son plus grand sourire avant de se rendre compte qu'elle aurait dû réagir différemment.

Il lui sourit à son tour, sa bouche se courbant en un geste intime, un geste qui était pour elle et rien que pour elle.

C'est là qu'elle paniqua. Elle ne voulait pas éprouver ce genre de sentiments. Aucune envie.

S'il lui proposait de danser, elle dirait non.

Mais il ne le fit pas. Un groupe d'invités s'interposa. La connexion se brisa.

Comme la concentration d'Elise, qui peinait à respirer, la tête lui tournant.

— Elise ?

Kayla, à côté d'elle, lui présentait les journalistes gastronomiques qu'elle avait invités dans l'espoir que le Boathouse et sa talentueuse chef française attirent l'intérêt des médias.

Elise réussit tout de même à répondre aux questions, à communiquer sa passion pour les ingrédients de qualité et à affirmer l'importance d'un partenariat avec les producteurs locaux. Tout cela en se demandant où pouvait bien se trouver Sean. Et avec qui il dansait.

Le ciel devint bleu d'encre, le soleil — tel un enfant cherche à faire durer une belle journée — rechignant à se coucher derrière les montagnes. Elise le repéra enfin, à l'autre bout de la terrasse. Il dansait avec Brenna.

— Vous dansez, mademoiselle ?

Walter s'était approché sans qu'elle le remarque. Son état

s'améliorait chaque jour, mais elle continuait à craindre pour sa santé et la journée avait été longue pour tous.

— Je suis un peu fatiguée. Si on s'asseyait un petit moment, tous les deux ?

— Tu veux dire que tu as peur que *je* sois fatigué, grogna-t-il. Toujours à me protéger, hein ?

— *Je t'adore*[1], Walter. Tu comptes particulièrement pour moi.

L'expression du vieil homme s'adoucit.

— Tu accepteras de me rendre un service, alors ?

— *Bien sûr.* Tout ce que tu voudras, tu n'as qu'à demander.

— Si mon petit-fils t'invite à danser, tu acceptes.

— Tyler est trop pris avec son harem pour se rappeler que j'existe.

— Je ne parle pas de Tyler.

Le cœur d'Elise battit plus fort.

— Mais je ne danse pas très bien.

— Tu es surtout une menteuse. Je sais que tu aimes danser mais tu ne le fais jamais. Ce soir, tu vas danser.

— Vous ne devriez pas jouer les entremetteurs. Sean est trop occupé pour avoir une histoire, et moi c'est pareil.

— C'est pourquoi une danse est une excellente idée. Si tu veux rendre heureux le grand-père que je suis, tu accepteras.

— C'est du chantage, Walter.

— A mon âge, on fait comme on peut. C'était comment, ce dîner avec lui ? Il t'a empoisonnée ?

— Vous êtes au courant pour le dîner ?

— Je ne sais pas pourquoi tout le monde s'entête à croire que je deviens aveugle. Il a apporté des fleurs à sa grand-mère. J'ai vu qu'il y avait des sacs de courses avec du vin à l'arrière de sa voiture, et ça m'aurait étonné qu'il cuisine pour ses frangins.

— Il a apporté des fleurs à Alice ?

Son cœur fondit. Sean, le dur à cuire inscrutable, avait acheté un bouquet pour sa grand-mère.

1. En français dans le texte.

— Oui. Et en parlant d'Alice, je l'ai laissée seule trop longtemps.

Une main sur son épaule, il la dévisagea, solennel.

— Tu l'as promis.

— Walter…

Mais il avait déjà tourné les talons et se dirigeait vers la table où l'attendait son épouse.

Elise comprit la raison de ce départ soudain lorsqu'elle sentit la présence de Sean, derrière elle. Le ventre noué, elle ne put que fermer les yeux quand il posa la main sur sa taille.

Un tourbillon d'excitation affolait son ventre.

— Je croyais que j'allais devoir t'arracher des bras de mon grand-père, dit-il.

Elle se tourna, un sourire déjà aux lèvres.

— Il se porte bien, j'ai l'impression.

— Très bien.

Il leva son verre en un toast silencieux.

— Félicitations. Ta soirée est un succès.

— Jusqu'ici personne n'est tombé de ton ponton, dit-elle. Donc oui, on va considérer que c'est un succès. Je ne m'attendais pas à te voir ce soir, je croyais que tu étais rentré à Boston.

De si près, il était trop beau pour être réel. La chemise bleue et le costume sombre faisaient ressortir sa peau dorée par ces quelques jours de travail en plein air.

— Je l'ai fait. J'ai eu très tôt ce matin le coup de fil d'un confrère inquiet pour l'un de ses patients. J'ai sauté dans ma voiture. Il m'a prêté main-forte toute la semaine, c'était le moins que je puisse faire en retour. J'ai profité du voyage pour rattraper un peu mon retard et prendre des fringues. J'en avais assez de porter les chemises de mon frère.

— Je crois que le sentiment est partagé.

— Tu peux parier là-dessus.

Il lui prit son verre des mains et le posa sur le passe-main à côté du sien.

— J'ai ruiné un très beau jean pour construire cette terrasse, dit-il. Je n'aurais manqué la fête pour rien au monde.

— Walter est très content que tu aies fait le déplacement. Jackson aussi, certainement.

Il la dévisagea.

— Et toi ? dit-il tout bas. Quel est ton ressenti ?

C'était une question qu'elle préférait ne pas considérer.

— Je suis très heureuse que tu sois avec ta famille pour partager cette soirée si importante pour eux. Et c'est toujours sympa de voir des têtes connues à une fête.

Avec un sourire, il l'attira dans ses bras.

— Il faut que je danse avec toi, dit-il. Ordre de Walter.

Elle se laissa aller contre lui.

— Ça doit être la première fois de ta vie que tu obéis à ses ordres. Mais je ne devrais pas danser. Je bosse, moi.

— Le travail est fait. Les gens passent un excellent moment.

Sans se donner la peine de rentrer pour rejoindre la piste de danse, ils se laissèrent bercer par la musique dans un coin de la terrasse.

— Ils ont bien mangé, continua-t-il, ils s'amusent, et le Boathouse Café aura des critiques dithyrambiques dans la presse. Je pense que tu as fini ton service.

— Pas avant que le dernier invité ne soit parti.

— A ce stade de la soirée, la plupart des gens sont trop soûls pour remarquer ce que tu fais. Et de toute façon tu mérites aussi de t'amuser.

Leurs joues se frôlèrent.

— Tu sens incroyablement bon, poursuivit-il, et j'aime beaucoup cette robe. Surtout les parties qui n'existent pas, dit-il en faisant courir sa main sur le dos nu d'Elise. Tu es belle.

Les mots et le ton qui les enveloppait lui tournaient la tête ; elle fit un effort pour garder à l'esprit que Sean était un grand séducteur. Ce charme faisait partie de lui au même titre que son sourire.

— Sean…

— Chut, relax. Mon grand-père nous regarde. Si tu pars

au milieu du morceau, il va penser que c'est ma faute. Tu ne veux pas empirer nos rapports, n'est-ce pas ?

Comme si elle pouvait se détendre alors qu'il dessinait des cercles affolants sur sa peau avec son pouce. Comme si son pouls ne battait pas bien au-dessus de son rythme habituel.

— Ton grand-père joue les entremetteurs.

— Oui, acquiesça-t-il sans montrer la moindre contrariété. Il a bon goût, il faut lui accorder ça. Ses choix côté femmes sont probablement la seule chose sur laquelle on s'entend bien, lui et moi.

Elle avait la main droite appuyée sur son torse et pouvait sentir les battements de son cœur. Quand elle leva le regard vers lui, elle fut saisie par l'humour et la passion dans ses yeux.

Il lui décocha un sourire en coin.

— Ils partent quand, ces gens ?

— La soirée finit officiellement à une heure.

Décontenancée par l'effet qu'il lui faisait, elle se rabattit sur le sujet banal par excellence :

— Tu crois qu'il va pleuvoir ?

— Je ne sais pas et je m'en fiche. Je ne peux pas attendre jusqu'à une heure.

— Attendre quoi ?

Elle essaya de s'écarter, il la serra davantage.

— Tu ne peux pas bouger. Pas maintenant.

— Mais…

— Sauf, bien sûr, si tu tiens à me laisser dans l'embarras devant tous ces gens. Sinon, il faut que tu restes exactement où tu es. Je compte sur toi pour sauver mon honneur. Je croyais que danser avec toi serait une bonne idée. Je me suis trompé.

Elle pouvait sentir le relief de son sexe dressé, et même sa chaleur, à travers les couches de tissu qui les séparaient.

L'alchimie entre eux était si puissante qu'elle avait du mal à respirer. La force de son propre désir la terrifiait.

— Il y a plein de femmes ici impatientes de danser avec toi.

175

Impossible de ne pas remarquer ces regards d'espoir, ces visages qui suivaient Sean lorsqu'il bougeait.

— Je danse déjà avec la seule femme qui m'intéresse.

Paroles, paroles, paroles.

— Peut-être que tu ne m'intéresses pas.

— Je suis médecin. Tu veux que je t'explique tous les signes qui m'indiquent que tu mens ?

— C'est un truc physique.

— Ce « truc » physique me suffit largement. C'était aussi le cas pour toi, l'été dernier.

Elle aurait dû partir, mais les caresses de Sean, lentes et sensuelles, lui ôtaient toute volonté. Comment dire non à quelque chose de si bon ? Et qu'y avait-il de mal à céder au physique ?

Ne pouvant plus compter sur ses jambes devenues coton, elle s'accrocha à lui. Ce n'était pas très malin, les muscles de Sean sous ses doigts ne faisaient qu'attiser son désir. Il la plaqua contre lui, leurs corps collés de la poitrine aux chevilles ; elle avait une cuisse entre les siennes, et quand elle leva le visage vers lui l'humour avait quitté son regard. Il ne restait plus que la passion.

— Assez. Allons-y.

Sans se soucier une seconde des gens qui les entouraient, Sean la prit par la main et l'entraîna vers les marches qui menaient au sentier de la forêt. Au passage, il piqua d'un geste coulé une bouteille de champagne sur le plateau d'un serveur.

Elise avait dû mal à le suivre.

— Où est-ce qu'on va ?

— Au paradis.

Il passa le bras autour de ses épaules et la serra contre lui.

— Quelque part où j'ai moins de chances de me faire arrêter pour ce que j'ai envie de faire.

D'habitude, il se targuait de sa capacité à se maîtriser, mais ce soir, elle était aux abonnés absents.

Il pouvait sentir le pouls d'Elise battre sous ses doigts comme un oiseau affolé, son souffle agité.

— On ne peut pas marcher dans la forêt en tenue de soirée, dit-elle. Tu vas abîmer tes chaussures.

— Certains sacrifices en valent la peine.

Elle en valait la peine, à coup sûr.

— J'ai mes chaussures les plus confortables, fit-elle.

— Dans ce cas, prends ça…

Il lui tendit la bouteille en l'attirant en même temps contre lui. Elle poussa un petit cri surpris en s'efforçant de ne pas renverser le champagne.

— Tu vas ruiner mes chaussures *et* ma robe.

— Tu m'enverras la note.

— C'est ma robe préférée, en plus !

Mais elle riait en le suivant sur le sentier, surtout quand il jurait en se heurtant à une branche ou en marchant dans une flaque de boue.

— En général, dit-il, quand je veux séduire une femme, je choisis un endroit plus glamour. Dîner aux chandelles, musique douce, quelques slows… Je sais m'y prendre, quoi. Oh ! merde. J'ai de la boue jusqu'aux genoux. Mon frère devrait songer à aménager un vrai chemin. Chaque fois que je passe par ici je marche sur des trucs innommables.

— C'est ce qu'on appelle savoir s'y prendre, en effet.

— Très drôle.

Il sentait son souffle contre sa joue, le parfum qu'elle portait. Il sentait également la caresse de ses cheveux contre son menton, la courbe de sa hanche au creux de sa main. L'envie de la toucher effaça tout le reste et il l'aida à s'allonger sur l'herbe.

— Le sol est peut-être irrégulier, mais au moins nous avons du champagne. Qu'on ne dise pas que je ne sais pas traiter les femmes.

Un roulement de tonnerre gronda dans le lointain. Une seconde après, des gouttes de pluie commencèrent à tomber.

— Super, dit-il. Dis-moi s'il te plaît que tu trouves la pluie extrêmement romantique.

— Je pense que tu sais traiter les femmes. Le Vermont est probablement jonché de cœurs brisés.

— Pas que le Vermont. J'ai embrassé une fois une fille du New Hampshire. Si tu veux avoir le compte juste, tu dois l'inclure.

— Et ne pas oublier les cœurs brisés du Massachusetts.

— Ah, non ! Ceux-là, je n'y suis pour rien. Je préviens toujours les femmes que mon travail passe d'abord. Ce n'est pas ma faute si elles cherchent toutes à me changer.

Il était sur le point de l'embrasser lorsque la pluie tomba soudain à verse. Elle grimaça en recevant de grosses gouttes d'eau sur le visage.

— Heureusement que la fête est presque finie, dit-elle. On devrait rentrer.

— J'ai une meilleure idée.

Il la guida vers le grand arbre le plus proche. A l'abri des branches, il la plaqua contre le tronc rugueux.

— Tu trembles. Tu as froid ?

Tandis qu'il posait la question, il ôta sa veste et en couvrit les épaules d'Elise.

— Cela dit, il n'y a pas mieux que la chaleur d'un autre corps, fit-il. Tu peux me faire confiance, je suis médecin.

Il posa ses lèvres sur les siennes, qu'elle ouvrit sans hésiter. Il gémit ; elle était douce, accueillante, et aussi impatiente de passer à la suite que lui.

— Sean…

— Dieu, que j'aime ta bouche. C'était une torture de te voir arpenter ce ponton toute la soirée avec tes longues jambes nues…

Le baiser devint urgent, avide, Elise accrochée à lui avec une passion sauvage, lui intimant de tout prendre, lui disant qu'elle en ferait autant.

Elle empoigna le devant de sa chemise.

— Et moi, tu crois que c'était facile de t'avoir sous les yeux à moitié nu pendant toute une semaine ?

La pluie trempait la cime des arbres, l'odeur de sous-bois montait de la terre, le tambourinement de l'eau sur les feuilles étouffait tous les autres sons. Protégés par le feuillage touffu, ils pouvaient se concentrer sur l'instant présent.

Elise posa sa main sur le sexe durci de Sean, puis ouvrit lentement sa braguette. Il poussa un grognement.

Le champagne faillit se retrouver par terre.

Pourquoi avait-il mis autant de temps à en arriver là, déjà ? Coucher avec Elise avait été l'expérience la plus sublime, la plus parfaite et la moins compliquée de sa vie.

Dans le lointain, par-delà les arbres, ils pouvaient voir les lumières de la fête sur le lac, leurs reflets dorés sur la surface assombrie. Des éclats de rire laissaient imaginer des invités hilares courant sous les trombes d'eau pour aller se réfugier à l'intérieur. Mais ici, dans la forêt, ils étaient seuls. Les pins chenus et les érables à sucre, les frênes blancs et les chênes rouges d'Amérique les protégeaient des regards curieux comme de la météo capricieuse, témoins silencieux de leur passion.

Sean écarta sa bouche de la sienne et lui proposa la bouteille.

— Champagne ?

De son autre main, sans cesser de le caresser, Elise prit la bouteille et but une longue gorgée, les yeux dans les siens, avant de la lui rendre. Puis, avec un sourire voluptueux, elle s'accroupit lentement, très lentement, et le prit dans sa bouche.

Sean sentit une chaleur humide l'envelopper, affolante. Il ferma les yeux et s'accrocha au tronc ; craignant que son corps réagisse comme celui d'un adolescent trop ému.

Elise avait une bouche suave et habile, elle jouait avec sa langue, la faisant remonter le long de son sexe en cercles affolants, avant de l'avaler de nouveau tout entier, encore et encore.

Le plaisir était indicible.

Quand il frôla le point de non-retour, il releva Elise contre lui. La bouteille tomba, le champagne éclaboussa leurs chaussures. Aucune importance, leurs corps s'étaient enfin retrouvés.

Ils avaient laissé la tension sexuelle s'accumuler depuis longtemps, trop longtemps, et elle éclatait sans qu'ils puissent l'éviter.

Elise enfonça les mains dans ses cheveux, impérieuse, cependant qu'il pivotait pour qu'elle ne se blesse pas contre le relief du tronc. L'écorce s'enfonça dans sa chair à lui, mais il n'en avait que faire.

Il n'avait que faire non plus de la pluie qui redoublait ni des gouttes qui commençaient à les atteindre. L'excitation, animale, guidait chacun de ses mouvements. Un dernier vestige de rationalité le poussa à sortir de sa poche le préservatif qu'il y portait toujours.

Elise le lui prit des mains et le déroula sur lui, les doigts tremblants, sa bouche contre la sienne. Le plaisir était déjà si intense qu'il aurait pu jouir sur-le-champ. Il retroussa la jupe d'Elise et la hissa sur lui. Elle perdit une de ses chaussures lorsqu'elle enroula ses jambes autour de sa taille. Les cheveux en désordre, ses cils de velours ombrant ses yeux passionnés, elle s'accrocha aux épaules de Sean.

Il fureta entre ses cuisses, la sentit prête, vit ses iris s'assombrir. Elle dit quelque chose en français, mais il était au-delà de la communication verbale.

Il voulait plonger dans sa chaleur humide jusqu'à en perdre la tête. Leur énergie sexuelle vibrait comme une entité à part entière, elle emplissait l'air, leur souffle, chaque regard, chaque caresse. Les mains cramponnées à ses cuisses, il se glissa en elle avec un râle guttural. Brûlant, le sexe d'Elise se serra autour du sien.

Sean cessa de penser. Protégés par les arbres, entourés des bruits de la forêt, ils s'étaient fondus dans la nature. Dépouillés de toute crainte ou faux-semblant, ils étaient deux animaux entraînés par un torrent de désir.

Leurs corps brûlaient, la pluie ruisselait sur leurs épaules. Elle bougeait sur lui, au rythme qu'il imposait, lent d'abord, puis de plus en plus vite, de plus en plus près de la jouissance. Elle en était tout proche, il pouvait sentir son sexe palpiter contre son membre durci à l'extrême. Il aurait voulu se retenir, faire durer encore mais… Elise gémit, son corps vibra, et il se laissa entraîner par son orgasme.

Ils n'avaient pas cessé un instant de s'embrasser, de se mordre, de se respirer l'un l'autre.

Ce qui venait de se passer dépassait tout ce qu'il avait connu en passion et en intensité. Il était sidéré par la force de leur connexion.

— Bordel de bordel.

Etourdi, instable sur ses jambes, il tint bon et aida Elise à poser les pieds au sol. Sa fierté de mâle fut flattée en voyant qu'elle avait besoin de s'appuyer sur lui pour garder l'équilibre. Il n'était pas seul à avoir été chamboulé.

Elise était trempée, sa robe lui collait au corps. Ses cils faisaient de petits paquets, les cheveux plaqués par la pluie lui seyaient bien.

— Elise…

D'habitude, il savait quoi dire. Son aisance à l'oral était un atout qu'il savait tourner à son avantage, mais en ce moment précis les mots semblaient lui échapper. Puisqu'il ne pouvait pas parler, songea-t-il, il pouvait au moins se montrer galant.

Il se baissa pour ramasser sa chaussure et la lui enfiler.

Comme une version érotique de Cendrillon…

De façon complètement invraisemblable, il avait de nouveau envie d'elle. Sur-le-champ. Désespérément.

Et il savait qu'elle éprouvait la même chose.

— Bonne nuit, Sean.

Elle se hissa sur la pointe des pieds et l'embrassa sur la joue. C'était tellement inattendu qu'il mit un instant à comprendre.

— Bonne nuit, Sean? Qu'est-ce que c'est censé signifier, ça?

— Que je te souhaite une bonne nuit.

— Mais…

Le désir avait mis son corps à feu et à sang et sa tête en vrac. Il fut incapable de trouver une réponse percutante.

— Tu as raison, bafouilla-t-il. On ne peut pas rester ici. Tu es frigorifiée. Rentrons chez toi.

— Non.

Il n'y comprenait plus rien.

— Comment ça, non ? Il ne vient pas de se passer quelque chose, là ?

— On a baisé, dit-elle en tremblant de la tête aux pieds. Et c'était incroyable. Tu es très bon.

Ça, c'était ce qu'on appelait passer de la pommade à quelqu'un pour mieux le rejeter.

— Non, attends ! Juste…

Il lâcha un juron et se passa la main dans les cheveux.

— Attends une seconde que je recouvre mes esprits.

Mais il n'arrivait pas à penser. Son cerveau semblait avoir fondu et repassait en boucle la même séquence : le goût du champagne et celui d'Elise mélangés sur sa langue, la sensation éprouvée en la pénétrant. Le besoin de la toucher si irrésistible qu'il tendit la main vers elle sans même s'en rendre compte. Elle s'écarta doucement.

— La journée a été longue, Sean. En fait, ces derniers mois ont été très longs. J'ai besoin de dormir. Bonne nuit, vraiment. Fais attention sur le chemin de retour. Le sentier est boueux et tu risques de ruiner tes chaussures.

Avec un dernier sourire, elle tourna les talons et disparut dans la nuit pluvieuse, le laissant abasourdi et désorienté, incapable de comprendre d'où était venu le coup.

Chapitre 11

Tremblante et trempée de la tête aux pieds, Elise poussa la porte de son chalet. La pluie martelait le toit tandis que le tonnerre vrombissait, au loin.

Malgré l'orage, la soirée avait été un succès. Le Boathouse allait ouvrir comme prévu. Elle aurait dû être aux anges.

Mais elle ne l'était pas.

Elle avait beau se répéter que ce qui venait de se passer était inévitable, qu'il fallait crever l'accès... La vérité, c'était qu'elle n'avait pas su se maîtriser.

Pourtant ce n'était que du sexe, non ? Rien qu'une flambée de désir qui n'avait rien à voir avec les sentiments. Et dont elle ne comptait pas s'encombrer. Elle ne pouvait pas se le permettre, surtout. Chez elle, les émotions frappaient plus fort et creusaient plus loin que chez les gens normaux.

Elle avait essayé une fois et ça s'était fini en catastrophe.

Elle avait perdu tout ce qui comptait pour elle. Plus jamais elle ne prendrait un tel risque. Rien que d'y penser, elle en avait la nausée.

Elle aurait dû enlever ses vêtements mouillés et aller prendre une douche chaude, mais elle n'arrivait pas à bouger.

La porte s'ouvrit derrière Elise. Elle se tourna. Sur le seuil, Sean. Cheveux noirs plaqués en arrière, regard bleu intense. La chemise, encore entrouverte, laissait voir son torse musclé et l'ombre d'un duvet. Même avec des aiguilles de pin accrochées aux vêtements et de la boue un peu partout, il était beau à en perdre la tête.

Le ventre noué, elle paniqua.

— Qu'est-ce que tu veux ?

— Comment tu peux me demander ça ? Tu m'as abandonné dans cette forêt sombre après m'avoir utilisé. Tu n'as pas de conscience ? répondit Sean, le regard pétillant d'humour.

Mais son sourire charmeur était pour elle un drapeau rouge qui annonçait un terrible danger, et elle nia d'un geste.

— Allez, va-t'en, Sean.

Il ne bougea pas.

— Tu peux me trouver vieux jeu, mais quand je sors avec une femme, je tiens à ce qu'elle rentre chez elle saine et sauve.

— Comme tu peux le voir, je suis chez moi, à l'abri.

Elle ne se sentait aucunement en sécurité face à lui. Ni face à ses épaules imposantes et à ses yeux perçants.

— Tu laisses entrer la pluie.

En réponse, il ferma la porte derrière lui.

— Dis-moi ce qui ne va pas, dit-il.

— Qu'est-ce qui te fait penser que quelque chose va mal ?

Il se passa une main dans les cheveux et des gouttes d'eau tombèrent sur ses épaules.

— On a fait l'amour, et puis tu es partie.

— Et tu n'as pas l'habitude des femmes qui s'en vont, c'est ça ?

A son expression, elle comprit qu'elle avait fait mouche et ébaucha un sourire fatigué.

— Tu ne veux pas d'une relation durable, moi non plus. Maintenant, qui de nous deux s'en va le premier, ça n'a aucune importance.

— Il est vrai que je n'ai pas de temps pour une histoire sérieuse, ce n'est un secret pour personne. Ma carrière est ma priorité et je ne suis pas prêt à faire des compromis. Le travail passe avant tout, ma famille comprise, ce qui fait de moi un salaud d'égoïste ou un médecin dévoué, selon le point de vue. Pour mon grand-père, je suis un salaud d'égoïste et les femmes que j'ai fréquentées dernièrement seraient sans doute d'accord avec lui. Et maintenant, tu sais à peu près tout ce qu'il y a à savoir sur moi, et moi je ne sais rien de toi.

Il s'essuya le visage du revers de la main.

— Tu ne voudrais pas me donner quelques indices ?

Elle s'était attendue à ce qu'il rentre tout simplement chez Jackson, pas à ce qu'il la suive au chalet et encore moins qu'il reste. Et lui pose des questions.

— Je ne veux pas m'engager dans une relation, répondit-elle. Mes raisons importent peu.

C'était un sujet dont elle ne parlait jamais, avec personne. Elle l'avait caché au fin fond de sa psyché et ne comptait pas le déterrer. Le passé appartenait au passé.

— D'accord, tu ne veux pas en parler. Est-ce que je peux t'emprunter une serviette, quand même ? Je suis en train de tremper ton carrelage.

— Encore plus simple, tu pourrais partir.

— Je ne pars pas tant que je ne suis pas sûr que tu vas bien.

— Qu'est-ce que tu veux qu'il m'arrive ?

— Ma belle, tu es partie en courant comme le Petit Chaperon rouge avec le grand méchant loup à ses trousses. Je sais que tu ne veux pas t'engager, et franchement ça m'arrange. Ce n'était pas la peine de paniquer comme ça. Ni de partir si vite.

Sa voix se radoucit quand il répéta :

— Ni de partir si vite.

— Je n'ai pas paniqué.

— Oh que si. Mais moi aussi, tu sais. C'était très intense. Sauvage. Je t'ai fait mal ?

Il avait posé la question d'un ton bourru à la limite de la tendresse. Elle sentit l'émotion lui serrer la gorge.

— Non, tu ne m'as pas fait mal.

En revanche, sa question, le fait qu'il s'en soucie, affaiblit un peu plus l'armure qu'elle avait créée pour se protéger.

— Je me suis peut-être trompé de conte de fées ? Ton deuxième prénom ne serait pas Cendrillon, par hasard ? Tu as perdu ta chaussure tout à l'heure, peut-être que tu es rentrée sur une citrouille tirée par des souris ?

Ce fut seulement à ce moment qu'elle remarqua la ballerine qu'il tenait à la main. Elle avait couru dans la forêt avec un pied nu sans même s'en rendre compte.

— J'ai horreur des rongeurs.

— D'accord, je ne t'offrirai pas un rat comme mascotte à Noël, dit-il avec un sourire ténu. C'était les araignées, alors ? Il y en a plein, dans la forêt.

— C'était les araignées. C'est pour ça que je suis partie.

— Vraiment ?

Il ne souriait plus du tout et ses yeux semblaient plus sombres que d'habitude.

— C'était évident que tu étais effrayée, dit-il en la dévisageant. Ce qui s'est passé entre nous t'a fait peur.

— Je ne suis pas effrayée. Et ça ne m'a pas fait peur.

— Tu es sûre ? J'avouerai que je n'étais pas très fier, moi. D'habitude, je n'ai aucun mal à m'en aller après avoir fait l'amour, mais c'est difficile de marcher quand on a le cerveau en bouillie.

Elle recula d'un pas et sentit le bord du comptoir s'enfoncer contre sa hanche.

— Va-t'en, Sean, s'il te plaît.

— Je m'en irai quand je serai prêt. Il faut que tu enlèves ces fringues mouillées et que tu prennes une douche chaude pour ne pas tomber malade. Et ton pied ? Tu aurais pu te blesser.

Il promena le long de son corps un regard qui enflamma Elise. Elle n'avait pas besoin de douche chaude si elle pouvait plonger dans ces yeux-là.

— Je me doucherai quand tu seras parti. Et je ne me suis pas fait mal.

— Tu n'écoutes jamais ce que te dit le docteur ?

Il se désigna lui-même en faisait une grimace.

— Mon souci, c'est que si j'arrive chez Jackson dans cet état, on va me poser des questions auxquelles je ne suis pas sûr de vouloir répondre. J'espérais pouvoir utiliser ta douche et ton sèche-linge.

Elise soupira. La dernière chose qu'elle souhaitait, en

effet, c'était que Jackson pose des questions. Il se montrait très protecteur envers elle et il était hors de question de créer une discorde entre les deux frères.

Jamais, au grand jamais elle ne ferait quoi que ce soit qui puisse détruire une famille, encore moins la famille O'Neil. Snow Crystal était la chose la plus proche d'un foyer qu'elle avait eu depuis très longtemps, et elle devait protéger ça.

— Tu peux utiliser ma salle de bains.

— Toi d'abord. Je vais préparer une boisson chaude en attendant. Du chocolat, ça te dirait ?

Elle grelottait, mais elle aurait été incapable de dire si c'était à cause de la pluie ou de la présence de Sean dans sa cuisine.

— Très bien.

Il ouvrit un placard, sortit deux mugs et les posa sur le plan de travail, en face de la fenêtre. Il marqua une pause en découvrant la photographie encadrée, qu'il approcha de son visage.

— C'est toi ?

— Oui, dit-elle, la bouche sèche tout à coup.

— Tu étais sacrément mignonne et ta mère est très belle. Tu lui ressembles. Elle t'adorait, c'est évident. La façon dont elle te regarde.

Elise fixa l'image, triste, horriblement triste de ne pas pouvoir remonter dans le temps pour tout faire différemment.

— Sean…

Il remit doucement le cadre à sa place et sortit une bouteille de lait du réfrigérateur.

— Va prendre cette douche, tu as les lèvres bleues, fit-il. Et n'utilise pas toute l'eau chaude.

Une fois le lait chauffé, Sean mit du cacao en poudre dans les mugs et but le sien sans pouvoir quitter la photographie des yeux.

On entendait la douche couler à l'étage. Il avait donc quelques minutes devant lui et se mit à détailler l'image.

Chez sa mère, il y avait des photos à foison, elle en mettait partout. Non seulement des images de Tyler sur un podium, le cou chargé de médailles, mais des clichés qui racontaient l'histoire de la famille : les trois frères couverts de poudreuse après une bataille de boules de neige, ou souriant à pleines dents dans une luge ; les chiens qui avaient accompagné leur enfance ; des images des grands-parents dans les années 1920 ; Snow Crystal avant la construction des chalets. Un véritable recueil visuel du temps qui passe, un musée du souvenir. Jackson se plaisait à dire que toute l'histoire de la famille était placardée sur ces murs. Et il n'y avait pas que des photographies. Elizabeth avait conservé les objets fabriqués par ses fils à l'école, des objets lourds et non identifiés. Qu'elle refusait pourtant de mettre au rebut. Elle gardait aussi leurs dessins, ou le prix du Jeune Entrepreneur obtenu par Jackson en seconde. Que diable, elle gardait même tous les certificats de Meilleur de la classe en sciences que Sean avait remportés pendant sa scolarité.

Il sourit en repérant sur le visage d'enfant d'Elise cette fossette qu'il connaissait si bien, puis il promena le regard autour de lui. En dehors de cette photographie, il n'y avait rien dans le chalet qui évoque le passé de son occupante. Aucun indice de qui elle était ni de ses origines. Pas d'autres clichés, pas de vieux souvenirs. Rien. Comme si elle n'avait pas de passé. Bien sûr, on pouvait toujours penser que le chalet était trop petit pour être encombré d'objets, mais tout de même, Sean se serait attendu à en trouver quelques-uns.

Elise ne possédait que cela. Cette unique photographie.

La mère et l'enfant.

La mère qu'elle avait perdue.

Il se sentit coupable. Le plus souvent, il trouvait sa famille étouffante alors qu'il aurait pu la voir comme un cocon. Ce n'était pas une camisole de force mais un gilet de protection qu'il avait toujours porté, qui l'avait toujours enveloppé même quand il l'oubliait ou préférait l'oublier. Habiter loin ne changeait rien au fait qu'il pouvait toujours compter sur chacun de ses membres.

Et lui qui avait toujours pris ça pour acquis.

Le bruit de la douche cessa brusquement. Sean remit le cadre à sa place et termina son chocolat.

Les joues rougies par le sèche-cheveux, Elise revint dans la cuisine. Elle n'était plus maquillée et avait enfilé un simple débardeur et un pantalon d'intérieur confortable, serré à la taille par un ruban couleur crème.

Il réprima l'envie de l'entraîner avec lui dans le lit et lui tendit le mug.

— Ton chocolat.

— Merci. Si tu laisses les vêtements à la porte de la salle de bains, je ferai tourner le sèche-linge.

Elle prit la tasse et alla se blottir sur le canapé, les jambes ramassées contre sa poitrine. Sean emprunta l'escalier qui menait à l'étage. Il avait construit cette maison avec ses frères et s'était cogné la tête contre la poutre en haut des marches des dizaines de fois, tout comme Tyler.

On accédait à la salle de bains par la chambre d'Elise, ce qui offrit à Sean un aperçu de son intimité.

L'édredon était blanc, les oreillers et coussins nombreux. Sur la table de chevet, un téléphone, une bouteille d'eau minérale, des tubes de crème et un petit carnet. Mais pas une seule photographie.

La pièce entière avait son odeur.

Ne souhaitant pas être intrusif, Sean quitta la chambre pour la salle de bains, où la quantité de pots, flacons et tubes sur les étagères le laissa bouche bée. Voilà pourquoi, se dit-il, il n'avait jamais voulu qu'une femme s'installe chez lui. Il aurait fallu construire une extension.

Avec un sourire, il se déshabilla et laissa ses vêtements en tas de l'autre côté de la porte. Sous la douche, la senteur florale du shampooing, qu'il associa instantanément à Elise, le ramena à la nuit qu'ils avaient passée ensemble l'été précédent. Depuis le début, leur relation avait eu des allures de flirt. A l'époque, il était noyé dans le chagrin de la perte de son père, sa rage contre Walter était une plaie ouverte, et côtoyer une personne extérieure à la famille lui avait fait un bien fou. Parler avec elle de vin ou de politique européenne avait été pour lui une véritable bouffée d'oxygène.

Cependant il avait gardé ses distances. Il savait qu'il n'avait rien à offrir et aucun droit de ruiner les efforts que Jackson faisait pour garder Snow Crystal à flot.

Et puis un soir, il était allé se balader sur le sentier qui menait au bord du lac, et elle l'avait suivi.

A ce souvenir, il grommela et ouvrit à fond l'eau froide.

C'est à peine s'ils avaient parlé, à peine s'ils avaient échangé un mot. Il avait pourtant vécu l'expérience érotique la plus intense de sa vie.

Et ensuite, alors qu'il craignait que la situation devienne inconfortable, elle était partie, tout simplement, avec un sourire.

Sur le moment, il s'était cru le mec le plus chanceux de la terre.

Il avait trouvé quelqu'un comme lui. Non seulement la journée de travail d'Elise était presque aussi longue que la sienne, mais qui plus est cette femme était perfectionniste, talentueuse et mettait toutes ces qualités au service de Snow Crystal. Un bourreau de travail qui n'avait pas le temps pour une histoire d'amour.

La nature passionnée d'Elise avait empêché Sean de remarquer à quel point elle était secrète, et il n'était pas allé chercher plus loin.

Il sortit de la douche et noua une serviette autour de sa taille. Puis, ouvrant la porte, il découvrit au sol son tas de vêtements à l'endroit où il les avait laissés.

Il les ramassa et descendit l'escalier. Sur le canapé, Elise dormait profondément. Ses longs cils étaient la seule touche de couleur sur son visage pâle. Le mug de chocolat refroidissait, intact sur la table basse.

Pas étonnant, songea-t-il. Jour après jour, elle travaillait d'arrache-pied sans compter ses heures. Il la contempla pendant un long moment, puis la hissa dans ses bras.

Ce fut à peine si elle bougea.

Il monta les marches lentement, regrettant de ne pas

avoir prévu, lors de la construction de cet escalier étroit, qu'il y porterait un jour une femme endormie dans ses bras.

Dans la chambre, il la posa délicatement sur le lit et la couvrit de l'édredon blanc. Après un dernier regard, il éteignit la lampe et s'en alla.

Chapitre 12

— Cela faisait vraiment longtemps que nous n'avions pas réussi à prendre le petit déjeuner du dimanche ensemble. Alice et moi, on adore quand vous trouvez le temps de passer avec nous un petit moment entre filles.

Elise, Kayla et Brenna regardèrent Elizabeth glisser une pile de pancakes encore chauds sur une assiette, qu'elle posa au centre de la table de la cuisine.

— Mais asseyez-vous, continua-t-elle. Quelle belle fête, hier soir ! Je ne m'étais pas autant amusée depuis des années. Elise, ma chérie, on est très fiers de toi. Ça a dû être épuisant, tout ce travail ! Et puis la pression ! Tu as réussi à dormir un peu, cette nuit ?

— Oui, répondit Elise.

Elle avait même dormi dans son propre lit alors qu'elle aurait dû se réveiller sur le canapé.

Sean avait dû la porter à l'étage. Et si elle avait été un peu plus légère, elle aurait souri en l'imaginant se contorsionner pour ne pas se cogner à la poutre du haut des marches.

Il l'avait suivie au chalet au lieu de rentrer tranquillement se coucher. Et il avait encore posé des questions… Tout ce qu'il devait savoir, c'est qu'elle ne voulait pas s'engager. Le pourquoi ne le regardait pas.

— C'était une fête vraiment géniale, dit Kayla en s'installant à table, la petite chienne Maple sur ses genoux. J'ai discuté avec des millions des gens et j'ai tellement souri que j'en ai mal aux joues. Ça va booster le chiffre d'affaires. Je peux vous aider, Elizabeth ? Vous avez besoin d'un coup de main en cuisine ?

Brenna fit la moue, Elizabeth sourit nerveusement.

— Non, reste assise, mon petit. J'aime cuisiner et nous savons tous que ce n'est pas ton hobby préféré.

— Ce qu'elle veut dire, c'est que tu es une cuisinière lamentable, fit Elise en versant du café dans les tasses. Quoi ? Pourquoi vous me regardez comme ça ?

Brenna s'esclaffa.

— Parce que tu ne connais pas le sens du mot « tact ».

— Je préfère dire la vérité afin de nous éviter une intoxication alimentaire. Côté cuisine, Kayla est vraiment une catastrophe, mais côté organisation et marketing, elle est tout simplement géniale.

Et elle porta un toast avec son mug.

— A Kayla.

— A Kayla, répéta Brenna.

Kayla hocha la tête gracieusement et leva aussi son mug.

— A nous et au travail d'équipe. L'été a bien commencé. Nous n'avons pas mis la clé sous la porte. On n'a plus qu'à espérer un bel hiver avec un enneigement record et plus de réservations qu'on ne pourra en accepter.

— En parlant de cet hiver, j'ai eu une discussion très intéressante avec Josh hier soir, fit Brenna.

Tandis qu'elle versait du sirop sur les pancakes, elle manqua l'échange de regards entre Kayla et Elise.

— C'est un brave garçon, murmura Alice. Sa grand-mère est dans mon club de tricot.

— Il a plus de trente ans, Alice, remarqua gentiment Brenna. Plus vraiment un garçon.

Elizabeth apporta une autre assiette débordante de pancakes.

— Un homme, dit-elle. Un très bel homme. Je l'ai toujours apprécié. Dire que son père a arrêté Tyler un jour pour avoir skié sur le toit du garage de Mitch Sommerville. Et vous avez parlé de quoi, ma chérie ?

Si la mention de Tyler l'avait troublée, Brenna n'en montra rien.

— D'organiser un stage de sécurité spécial hiver, dit-elle. Nous sommes tous les deux membres de l'équipe de secours en montagne, ce serait logique.

— Tyler fait aussi partie de l'équipe de secours, intervint Alice en tendant la main pour cajoler les boucles soyeuses de Maple. Tu pourrais le faire avec lui.

Elise eut envie de gémir.

— Alice…

— Je suis sûre qu'ils feraient bon ménage, insista la grand-mère. Notre Maple est superbe, n'est-ce pas Elizabeth ? Je me rappelle son état quand Jackson l'a trouvée dans la forêt, elle n'avait que la peau sur les os. Ça lui a fait du bien, de vivre avec nous. Elle se plaît ici.

La gorge d'Elise se noua. Elle aussi se plaisait à Snow Crystal. Qui pourrait ne pas aimer cet endroit, cette famille ?

Sentant que Kayla la regardait, elle se servit un pancake. *Merde*[1], elle ne pouvait pas se permettre de craquer en public. Au lieu de s'identifier au caniche, elle devrait plutôt essayer d'aider Brenna.

— Je l'aime bien, Josh, dit Elise. Je trouve que c'est une bonne idée qu'ils bossent ensemble.

Et peut-être même que ça réveillerait cet abruti de Tyler.

La porte s'ouvrit et Jackson entra dans la cuisine. Bondissant des genoux de Kayla, Maple se rua sur son maître à la vitesse maximale de ses petites pattes dans un tourbillon de bonheur et de jappements excités.

Il la prit dans ses bras.

— Il reste des pancakes ?

— Bien sûr !

Elizabeth en reposa quelques-uns sur la pile.

— Assieds-toi, lui dit-elle. Tes frères viennent aussi ?

Jackson s'assit et posa la main sur le genou de Kayla.

---

1. En français dans le texte.

— Tyler est en chemin, répondit-il. Sean est retourné à Boston.

— Il est passé dire au revoir tôt ce matin, intervint Alice en reprenant son tricot. Il a dit qu'il reviendrait la semaine prochaine pour accompagner Walter à sa visite de contrôle.

Elise ne leva pas les yeux de son assiette.

Elle aurait dû être soulagée qu'il soit parti ; c'était ce qu'elle voulait, non ?

L'intensité de ce qui s'était passé la veille l'avait vraiment remuée. Et lui aussi, il le lui avait bien fait comprendre.

Elle aurait aimé savoir si Sean avait parlé à son grand-père avant de partir.

— Encore des pancakes ? proposa Elizabeth, la poêle à la main.

Elise secoua la tête.

— *Non, merci*[1]. Je n'ai pas faim.

— J'ai tellement mangé hier soir que je ne comprends pas comment je peux avoir faim ce matin, fit Jackson, tout sourires, en se servant du sirop d'érable. La nourriture était incroyable, on ne parlait que de ça. Tu es un grand chef et nous avons une chance folle de pouvoir compter sur toi. Je crois que je ne te le dis pas assez souvent.

— C'est moi qui ai de la chance.

Elle le regarda, émue. Jackson était le meilleur ami qu'elle ait jamais eu. Sans lui… Elle déglutit avec difficulté. Elle préférait ne pas imaginer où elle serait sans lui.

Il planta sa fourchette dans une crêpe.

— Puisque tu dis ça, c'est peut-être le bon moment pour te solliciter davantage ? Avec Kayla, on a eu une idée. On voudrait proposer des stages de cohésion d'équipe aux entreprises. On aurait besoin de tes lumières pour les menus.

— Pas de souci, on peut privatiser une partie du café pour les groupes. Il suffit de me dire le nombre de couverts.

— Non, on ne pensait pas au restaurant, justement. On

1. vEn français dans le texte.

proposerait des randos plus bivouac sur le Long Trail. Si ça ne les aide pas à bâtir un bon esprit d'équipe, rien n'y fera.

— Tu veux que des cadres sup' fassent du camping en pleine montagne ?

— Une idée de génie, non ? fit Kayla en donnant un petit bout de jambon à Maple, heureuse sur les genoux de son maître. Ça ne peut que les mettre à l'épreuve. On compte sur toi pour fournir de délicieux repas qui leur feront oublier les ampoules et les piqûres d'insectes.

— Et qui va monter la tente ?

— Eux, bien sûr. Avec l'aide de Tyler, au besoin. Lui, c'est notre supplément d'âme sportif-d'élite-médaillé-d'or-galvaniseur-de-troupes. Ce qui rend notre offre vraiment exceptionnelle.

— Tyler risque de devenir fou après deux jours en huis clos avec des types qui passent leurs journées derrière un bureau. Comment tu as fait pour le convaincre ?

— Deux des membres du premier groupe sont des femmes, je lui ai montré les photos. Donc, qu'est-ce que tu en dis, Elise ? Tu pourrais prévoir des menus faciles à réchauffer avec un minimum d'équipement ?

— Bien sûr, répondit-elle en commençant à réfléchir à voix haute. Que ce ne soit pas lourd à porter, facile à préparer... Le mieux ce serait que tu me listes les ustensiles qu'ils auront, comme ça, je verrai ce que je peux cuisiner avec.

— J'ai une meilleure idée, répondit Jackson en reprenant des pancakes. Tu pourrais faire la randonnée toi-même. Tyler doit planifier la route, il faut repérer un lieu pour camper. Vous pourriez y aller ensemble. La cabane O'Neil est dans cette direction, mais trop loin pour des gens habitués à prendre des taxis ou le métro. On doit trouver quelque chose de plus proche. Tu te libères le week-end prochain.

— Et qui va s'occuper du restau ?

— Poppy et moi, fit Elizabeth en s'essuyant les mains sur le tablier. Avec Antony, le jeune qui vient d'arriver. Tu as bien fait de l'embaucher, il travaille vraiment bien. Il a juste besoin de prendre un peu plus confiance en lui, mais ça ira. En plus, il faut qu'on apprenne à se débrouiller sans toi. Tu ne peux pas continuer à travailler si dur.

— J'aime travailler dur, ce n'est pas le moment de se ménager si on veut remonter le chiffre d'affaires.

Elle se sentait tellement redevable envers Jackson ; elle n'aurait de cesse qu'elle n'ait pas remboursé sa dette.

Et à présent que Sean était parti et que la santé de Walter s'améliorait à vue d'œil, la vie pouvait enfin reprendre son cours.

— Les médecins sont très contents de tes progrès, Gramps.

Sean manœuvrait pour sortir la voiture du parking de l'hôpital.

— J'ai vérifié moi-même les résultats des examens. Tu es un miracle ambulant. Ils veulent tous connaître ton secret.

Et lui, il voulait absolument avoir une discussion sérieuse avec son grand-père.

— Il n'y a pas de secret, répondit Walter. C'est la vie à Snow Crystal et le fait d'avoir ma famille autour de moi. Même toi, tu te portais mieux après avoir passé quelques jours avec nous. Mais là, après une semaine en ville, le stress te donne une mine aussi sombre que ton costard.

Sa mine n'avait rien à voir avec sa semaine à Boston, songea Sean. S'il avait l'air stressé, ça avait plutôt à voir avec ce qui s'était passé après la fête.

Elise lui avait demandé de partir, il était donc parti. Cela aurait dû signer la fin de cette histoire. La santé de Walter n'étant plus en danger, Sean pouvait retourner à Boston et reprendre sa vie où il l'avait laissée.

À son grand dam, pourtant, certaines choses avaient commencé à lui manquer. Les longues journées à travailler en plein air. L'odeur de la pluie d'été dans les arbres, le clapotement de l'eau pendant qu'il travaillait sur le ponton. Echanger des taquineries entre frères lui manquait aussi.

Mais c'est Elise qui lui manquait surtout. Son sourire. Sa fossette. Sa bouche.

Mais quel bordel.

Il serra les mains sur le volant. Qu'est-ce qui lui prenait ? Le sexe avait été incroyable, d'accord, mais une bonne partie de jambes en l'air n'avait jamais nui à sa concentration. Et qu'Elise n'ait pas voulu accorder trop d'importance à leurs ébats aurait dû en théorie l'arranger. C'était une attitude qu'il comprenait mieux que personne.

— Je ne suis pas stressé, Gramps.

— Bien sûr que si, et ce n'est pas étonnant, vu la vie que tu mènes, cloîtré dans une cage à griller sous la lumière artificielle.

— Tu parles du bloc opératoire ?

— Exactement. Insalubre. Tu as besoin de prendre l'air et de voir des gens qui t'aiment. C'est très bien d'avoir un bon travail, mais ce qui rend un homme heureux c'est une femme qui partage sa vie, affirma Walter, le regard droit devant lui. Tu devrais essayer.

Sean faillit envoyer la voiture dans le fossé. Walter lui conseillait de partager sa vie avec quelqu'un ? Comme dans… *le mariage* ?

— Je te le dis tout de suite, ça ne risque pas d'arriver, donc tu peux laisser tomber.

— Tu ne peux pas passer ta vie à papillonner d'une femme à l'autre.

— Je ne papillonne pas. J'aime mon travail, je ne compte pas renoncer à ma vocation et aucune femme normale n'accepterait les conditions que j'impose.

Walter grogna.

— J'ai toujours travaillé du matin au soir, et ta grand-mère a toujours su le comprendre. On est une équipe, on l'a toujours été, dès le premier jour.

— Grams est une sainte, nous le savons tous.

— C'était une fête superbe, répondit Walter, sans transition. Dommage que tu aies dû partir si tôt le lendemain. Mais tu es venu, c'est déjà pas mal. Elise danse bien, n'est-ce pas ?

Sean grinça des dents.

Walter savait. D'une façon ou d'une autre, son grand-père avait compris.

Sean eut chaud tout à coup. Il songea à Elise, à ses longues jambes emmêlées aux siennes, à sa bouche contre la sienne, alors que la pluie tombait à travers le feuillage.

— Il fallait que je rentre. Je m'étais occupé de la terrasse et je devais retourner auprès de mes patients.

— Si tu t'occupes d'eux le dimanche matin, j'espère que tes honoraires en valent la peine. Mais j'imagine que oui, sinon tu ne conduirais pas une voiture comme celle-ci.

Walter tapota le siège

— Mais c'est trop petit pour une famille.

— Je n'ai pas de famille.

— Pour l'instant. Quand tu en auras une, tu devras t'acheter une voiture plus grande.

— Je n'en ai pas besoin.

Voilà pourquoi j'ai choisi de vivre à Boston, songea-t-il en appuyant sur l'accélérateur.

— Tes médecins ont dit qu'ils n'avaient pas besoin de te revoir avant six semaines, dit-il. C'est une excellente nouvelle.

Notamment parce que cela impliquait que Sean ne revienne pas avant six semaines, et qu'entre-temps il pourrait reprendre son rythme de vie habituel.

— Ce sont de bons médecins, répondit Walter. Aussi bons que ceux qu'on trouve à Boston. Tu devrais travailler ici, comme ça tu serais près de la maison. Tes journées seraient moins longues.

Cela n'en finirait jamais, se dit Sean. Peu importait l'âge qu'il avait, la pression ne se relâchait pas.

C'était ainsi que son père avait vécu, à la différence près que lui n'avait pas eu un seul jour de répit. Et qu'il avait quitté ce monde sans en avoir pleinement profité.

Sean comprit qu'il n'était pas encore prêt à aborder avec Walter le sujet de leur dispute. Penser à son père l'affectait encore trop profondément ; sa colère contre son grand-père restait trop vivace.

— Tu ne comprends pas ce que je fais, lui dit-il.

— Explique-moi, alors.

Cette réponse prit Sean au dépourvu. Walter ne s'était jamais intéressé à sa carrière, leurs conversations tournaient toujours autour de… Snow Crystal. De la marche des affaires. De l'histoire de la famille.

Il en prit son parti. C'était toujours mieux que de s'entendre dire qu'il devrait se marier.

— Mon unité est à la pointe de l'innovation en chirurgie du LCA.

Son grand-père, skieur chevronné, avait assez de connaissances pour comprendre des explications poussées, et Sean se fit un plaisir de lui raconter par le menu ses recherches, ses buts, ce qui le passionnait. Et Walter, à sa grande surprise, l'écouta avec attention.

— Et donc, tu stabilises le genou de sorte que le patient retrouve sa mobilité plus vite. C'est très bien, ça. Un travail gratifiant, j'imagine.

Sean se détendit.

— Oui.

— Mais, si tu diriges tous ces gens, tu pourrais le faire d'ici, non ? demanda Walter d'un ton innocent. Je ne vois pas pourquoi Boston devrait avoir le monopole de ton talent. Il y a des tas de gens ici qui seraient heureux de t'avoir sous la main quand ils se cassent quelque chose, et il y a plus de blessures en ski ici qu'à Boston. Ils n'ont pas de montagnes, là-bas, que je sache.

Retour à la case départ.

— Je soigne des sportifs de haut niveau. On vient de loin pour me consulter.

— Aucune raison alors qu'ils ne viennent pas jusqu'ici. Et ils auraient une belle vue en plus, de la bonne chère et l'air frais de la montagne. Si tu travaillais ici, tu pourrais vivre à Snow Crystal, aider tes frères et voir Elise chaque jour.

— Putain, Gramps…

Sean donna un brusque coup de freins, évitant de peu une ornière profonde qui creusait la route, et arrêta la voiture devant l'entrée de la ferme fruitière des Carpenter.

— Ne parle pas comme ça, ta grand-mère n'aime pas ça.

— Grams n'est pas là. Et je parle comme je veux, et je vis où je veux et je bosse où ça me chante.

— Et tu embrasses la fille qui te plaît.

— Exactement.

Sean plissa les yeux en se demandant ce que son grand-père, avec sa vue de lynx, avait vu le soir de la fête.

— Ça aussi, ajouta-t-il, un peu plus calme.

— Fais attention tout de même. A force d'embrasser trop de filles, tu pourrais perdre la seule que tu voudrais embrasser toute ta vie.

Tout ce à quoi Sean pouvait penser en cet instant, c'était à la bouche mutine d'Elise, à sa fossette tentatrice…

Il serra les dents.

— Je me concentre sur ma carrière.

— Ta carrière ne te tiendra jamais chaud la nuit. J'aimais mon travail également, mais dès que j'ai vu ta grand-mère, j'ai su. Et elle aussi. Peut-être qu'il faut atteindre un certain âge pour comprendre ce qui importe vraiment dans la vie. Avoir la santé et des gens qui t'aiment autour de toi. C'est tout.

Sean eut envie de se cogner la tête contre le volant.

— Tu as fini de me faire la leçon ?

— Je ne te fais pas la leçon, j'essaie de te transmettre ma sagesse. Ces derniers temps, parce que tu étais là, c'était plus facile pour tes frères. C'est grâce à toi que le Boathouse a pu ouvrir. Si tu vivais plus près, tu pourrais leur donner un coup de main plus souvent. Et tu pourrais te servir de ton savoir-faire si prestigieux pour aider Brenna à développer un programme de remise en forme pour la saison de ski. Bon maintenant, j'aimerais autant qu'on dégage d'ici. Je n'aime pas les Carpenter, je ne veux pas qu'on me voie sur leurs terres.

Cette diversion évita à Sean de dire des choses qu'il aurait pu regretter. Tandis qu'il s'engageait sur la route, il crut voir la tache colorée d'une longue chevelure rouge bouger entre les pommiers. Pas loin, dans le verger des Carpenter, quelqu'un se baladait.

Il plissa les yeux pour tenter de reconnaître la silhouette. En vain. La personne avait disparu.

Un mauvais pressentiment au ventre, il se tourna vers Walter. Son grand-père regardait le tableau de bord.

— Cette voiture est trop basse, grommela celui-ci.

Sean regarda de nouveau vers les terrains de la ferme. Rien que des arbres et le ciel.

Il y a plein de femmes rousses sur terre, pensa-t-il en reprenant la route, pied au plancher. Plus il écourterait avec Walter, mieux ce serait.

— Je reviendrai pour t'accompagner à ta prochaine visite à l'hôpital, pas avant, dit-il lorsqu'il s'arrêta devant la porte de ses grands-parents.

Après avoir rassuré sa grand-mère sur la récupération miraculeuse de Walter, Sean alla trouver ses frères.

Tyler réparait un VTT devant la base de loisirs. D'un simple échange de regards, ils se comprirent. Tyler se releva et s'essuya le front d'une main.

— Ouah ! Tu as l'air super-heureux ! dit-il. Laisse-moi deviner : Gramps revient en force, il veut que tu reviennes vivre à Snow Crystal et que tu diriges une clinique privée ici.

— A quelques mots près, oui.

— Je ne t'ai pas vu depuis la fête. Tu t'es éclipsé très tôt.

— J'étais fatigué.

— Oui, si fatigué qu'il fallait absolument que tu trouves un lit où t'allonger. En bonne compagnie. Je comprends bien ce genre de fatigue.

Sean lui décocha un regard noir. Son grand-père avait largement entamé sa patience.

— Pourquoi tout le monde s'intéresse soudain à ma vie amoureuse ? Et toi ? Tu as dansé avec Brenna pendant la soirée ?

— Non, mais j'ai remarqué que tu l'as fait, fit son frère, rembruni. Une femme ne te suffit pas, c'est ça ? Il te les faut toutes ?

— J'avoue que je ne m'imagine pas embrasser une seule et même femme jusqu'à la fin de mes jours.

— Tu l'as embrassée ? dit Tyler en bondissant vers lui.

Le VTT tomba sur le sol avec un bruit métallique et Sean, qui pensait à Elise, se retrouva plaqué contre la clôture sans comprendre pourquoi.

— Hé, du calme ! C'est mon costume préféré. Qu'est-ce qui te prend ?

— Et tu me demandes ça ? Tu as embrassé Brenna !

— Je ne l'ai pas embrassée !

Tyler relâcha sa poigne.

— Tu viens de le dire.

— Non. Je disais que je trouvais inimaginable d'embrasser la même femme pour le reste de ma vie. Je n'ai rien dit sur Brenna, répondit Sean en repoussant gentiment son frère.

Il lissa sa chemise froissée en maîtrisant son irritation, comme certaines émotions qu'il préférait garder à distance.

— Je la connais depuis qu'elle a quatre ans, grogna-t-il. Brenna est comme une sœur pour moi.

— Bien. Bon, dit Tyler, plus détendu. Cette chemise aurait besoin d'un repassage, tu te laisses aller depuis que tu fais tous ces allers-retours.

Sean décida que la vengeance était un plat qui pouvait se consommer sur place. Et sans ruiner son costume.

— Bien sûr, la connaître depuis qu'elle a quatre ans ne m'empêche pas de remarquer qu'elle est devenue très belle.

Les plis sur sa chemise étaient toujours là, donc il en rajouta une couche.

— D'ailleurs, maintenant que tu en parles, je devrais l'embrasser. Quoique, il me semble qu'il y a de la concurrence.

— Concurrence ?

— Ben, oui. Je l'ai vue discuter avec Josh, et j'ai vu comment il la regardait. Et il ne la voyait pas comme une fillette de quatre ans. Il a du succès auprès des femmes, non ?

— Ils sont amis.

Et leur amitié ne rendait pas Tyler particulièrement heureux, en déduisit Sean au ton de son frère. En tant que chirurgien, il savait comment remuer un couteau dans une plaie.

— Josh était avec moi en cours de biologie et d'anglais, fit Sean, ce qui veut dire qu'il la connaît depuis aussi longtemps que moi. Pourtant, lui, tu ne l'as pas pris par l'encolure.

— Si je m'en prenais à sa chemise, je risquerais de me faire arrêter pour outrage à agent public.

— Donc ça ne te fait rien, quand tu les vois ensemble ?

— Elle ne sort pas avec lui. Ils sont juste amis. Et bien sûr que ça m'agace. Mais pas autant que de t'imaginer avec elle.

— Merci. Moi aussi, je t'aime. Tu as toujours été mon frère préféré.

Tyler ne daigna même pas sourire.

— Brenna est quelqu'un de simple et direct.

— Brenna est une femme, fit Sean comme s'il parlait à un petit enfant. Aucune femme n'est jamais simple et directe.

— Elle n'est pas ton type. Tu risques de lui briser le cœur.

— Pardon ? fit Sean, incrédule. Pour autant que je me souvienne, tu n'as jamais été particulièrement délicat avec le cœur des femmes.

— Je n'ai jamais posé un doigt sur Brenna.

Et ça, songea Sean, c'était sans doute son plus gros problème.

— Et pourquoi ? demanda-t-il.

Tyler devint plus morose encore.

— Je ne la vois pas de cette façon-là, dit-il. Et tu n'as pas intérêt à le faire non plus.

— Franchement, puisque tu n'es pas intéressé…

— Tyler, je te cherchais.

Jackson avait surgi de nulle part, calme, conciliant.

— J'aurais dû me douter que tu te cachais ici. J'ai un problème.

— Moi aussi, figure-toi, dit Tyler avec un regard noir en direction de Sean. Je suis sur le point de casser un os à ton jumeau.

Sean donna une pichenette à une poussière sur son revers.

— Les os cassés, c'est ma spécialité.

Jackson les ignora tous les deux.

— Kayla a vendu notre stage de cohésion d'équipe à une boîte. Rando de deux jours sur le Long Trail.

— Je sais, tu m'en as déjà parlé, grommela Tyler en redressant le VTT tombé à leurs pieds. Il faut que j'emmène une bande de mecs ramollos faire de la marche. Le rêve, quoi.

— Je voudrais que tu testes la route la semaine prochaine.

— Je n'ai pas besoin de faire de test, je connais le sentier comme le fond de ma poche. Je pourrais faire l'aller-retour dans le noir et à cloche-pied et j'y mettrais tout de même la moitié du temps que tu as prévu pour eux.

— Ce n'est pas pour toi, c'est pour Elise.

Sean fut tiré de ses pensées.

— Qu'est-ce qu'elle a à voir avec vos plans ? Pourquoi tu veux l'envoyer en week-end avec cet abruti ?

— Elise doit préparer les repas et elle veut être sûre qu'on peut cuisiner ou réchauffer avec les moyens du bord. Elle va se faire remplacer aux fourneaux pendant les deux jours.

— Tu veux que je passe une nuit avec Elise en tête à tête sous les étoiles ? dit Tyler. Ça, ça me plaît mieux.

Son expression courroucée s'était muée en un sourire gouailleur à l'intention de Sean. Qui grinça des dents.

— C'est censé m'emmerder, ton truc ?

— Je ne sais pas. A toi de nous dire.

Oui, profondément. Mais il ne comptait pas l'admettre.

— Pauvre Elise, dit-il, nonchalant. Il vaut mieux la prévenir que tu ronfles comme un ours.

— Pas sûr qu'on ait le temps de dormir. On va être trop occupés à se tenir chaud en se regardant dans les yeux.

Jackson leva les mains, exaspéré.

— J'attends impatiemment le jour où vous allez dépasser vos conneries.

Sean serra les poings pour ne pas étrangler son petit frère.

— Quelles conneries ? S'il veut sauter sur Elise, à lui de voir. Pendant qu'il s'amuse à faire bouillir de l'eau avec une allumette et à se faire piquer par des bêtes, j'aurai tout loisir d'inviter Brenna à dîner. Elle travaille trop, elle a besoin de se détendre.

Jackson les regarda tour à tour.

— J'ai déjà assez à faire sans devoir vous séparer toutes les deux minutes.

— Brenna est une femme sensée, dit Tyler en fixant Sean d'un regard assassin. Elle n'acceptera jamais de dîner avec toi.

— Pourquoi ? Elle est bien sortie dîner avec Jackson plusieurs fois l'hiver dernier.

— Rien à voir. Jackson n'essaie pas de coucher avec toutes les femmes qu'il invite au restau.

Jackson roula des yeux.

— C'est fini, vous deux ?

— J'en ai ma claque, lâcha Tyler.

Et il rentra dans la base de loisirs, le vélo sur l'épaule.

Jackson le regarda partir.

— Je peux savoir à quoi tu joues ? demanda-t-il.

— Je ne joue pas, j'expérimente. Je teste une hypothèse.

— Tu sais très bien que ton hypothèse est juste, pas la peine de semer le désordre.

Jackson montra d'un geste le groupe d'enfants qui arrivait à vélo, mené par Brenna.

— Tyler et Brenna sont indispensables à la bonne marche des affaires. Je ne veux pas de problèmes supplémentaires, on arrive à peine à garder la tête hors de l'eau. Il suffirait de peu pour nous faire couler.

Sean écarta les pans de sa veste.

— Il a salopé une chemise que j'adore.

— Peut-être, répondit son frère en faisant un signe de la main à Brenna. Il est très protecteur avec elle. Garde ça à l'esprit la prochaine fois que tu auras envie de le chambrer. Et je t'en supplie : oublie cette idée de dîner avec elle. On a prévu des feux d'artifice pour le 4 juillet, pas besoin de tout faire sauter avant.

— Tu es bien sorti dîner avec elle.

— Ce n'était qu'un dîner.

— Je suis sûre qu'il est amoureux de Brenna.

— Oui, peut-être, mais ce qui est sûr aussi, c'est que son histoire avec Janet Carpenter l'a profondément blessé.

Sean hésita à dire ce qu'il avait vu.

— J'étais sur la propriété des Carpenter tout à l'heure.

— Drôle d'idée. Qu'est-ce qui t'a pris ?

— J'envisageais d'étrangler Gramps et j'avais besoin de mes deux mains. Et… Je crois que j'ai vu Janet.

— Tu plaisantes, j'espère ? C'est impossible. Elle est à Chicago.

— J'étais loin, j'ai pu me tromper.

Jackson serra les lèvres.

— Bien sûr que tu te trompes. Quoi qu'elle pense de Tyler, c'est toujours la mère de Jess. Elle ne viendrait pas rendre visite à sa famille sans le dire à sa propre fille.

— Je n'en suis pas si sûr. Je te rappelle qu'on parle d'une femme qui a envoyé sa « propre fille » vivre ici, pas plus tard qu'à Noël dernier, sans se soucier de ce qui était bon pour Jess. On aurait dit qu'elle s'en fichait. Tu crois qu'il faut prévenir Tyler ?

— Non, si tu n'es pas certain que c'était elle. Merde, fit Jackson en se frottant le visage. J'espère vraiment que tu as mal vu. La dernière chose dont on a besoin, c'est de Janet et de ses psychodrames. Jess est heureuse et équilibrée, ici. Et Tyler n'avait pas été aussi serein depuis des années.

— J'ai dû rêver. Ce n'est pas ce qui manque dans le coin, les rousses. Et qu'est-ce qu'elle ferait ici, d'ailleurs ? Elle ne s'entend pas avec sa famille et elle déteste Snow Crystal plus encore qu'elle déteste Tyler.

— Et la pauvre Jess se trouve au milieu de ce bordel. D'après ce que je sais, elles ne se parlent pas souvent, mais je n'ai pas l'impression que Jess en souffre beaucoup. Après l'incident de Noël, tout a fini par se calmer. Et puis elle adore son père, en dépit de tout ce que Janet a fait pour qu'elle le déteste. C'est mieux de ne rien dire, à plus forte raison si Janet est venue sans même prévenir sa fille. Ça ferait de la peine à Jess, et Tyler n'a pas besoin d'un mauvais plan.

— Je pense que tu as raison. Et en parlant de mauvais plan, cette histoire de camping…

Sean se pencha pour secouer la poussière sur le bas de son pantalon.

— C'est moi qui irai.

— Toi ? s'étonna Jackson. Mais tu as horreur de ça. Et tu seras à Boston, en plus.

— J'avais prévu de venir passer le week-end ici. Pour garder un œil sur Gramps.

Egalement parce que six semaines loin de Snow Crystal lui semblaient soudain trop longues.

— Puisque je serai là, je peux m'en occuper.

Jackson ne se donna même pas la peine de cacher son amusement.

— Non seulement tu veux revenir *tout de suite*, mais en plus tu te portes *volontaire* pour faire du camping ? On a inventé la tente cinq étoiles avec salle de bains incorporée et on ne me l'a pas dit ?

— J'ai grandi ici, exactement comme toi, gros malin. Je connais ces sentiers aussi bien que toi, et mes capacités de survie en montagne sont aussi bonnes que les tiennes.

— Tu es au courant que la survie en montagne et les chaussures italiennes cousues main sont incompatibles, n'est-ce pas ? fit son frère en le toisant longuement de la tête aux pieds. Et si ce que tu portes, là, c'est ce que tu appelles une tenue confortable, laisse-moi te dire que tu serais plus à ta place dans une loge à l'opéra.

— Laisse-moi te dire qu'on voit que tu n'as jamais mis les pieds à l'opéra. Et pour info, j'ai accompagné Gramps pour son examen de contrôle à l'hôpital.

— Ah, ça explique donc ton humeur douce et guillerette. C'est une rando niveau confirmé, tu sais.

— Ça ne me fait pas peur. Tu devrais essayer d'opérer debout pendant douze heures, puis d'enchaîner le soir même avec une urgence. Tu sauras alors à quoi ça correspond, un niveau confirmé.

— Tu veux sacrifier ton week-end pour faire la nounou pour un groupe de businessmen belliqueux ?

— Non, je laisse ce plaisir à Tyler. Je parlais du coup d'essai.

Jackson balaya l'air d'un geste.

— Tu es prêt à te donner tout ce mal juste pour éviter que Tyler passe une nuit sous une tente avec Elise ?

— Ça n'a rien à voir avec Elise. Je voulais vous filer un coup de main, ça clouera le bec à Gramps. Pour un temps, en tout cas. Le nombre de visiteurs a augmenté mais tu n'as pas les moyens d'embaucher plus de personnel, donc j'imagine que tout le monde fait déjà plus que son compte.

— C'est le cas. Mais c'était déjà le cas l'année dernière et je ne t'ai pas vu poser ton scalpel pour accourir à la rescousse. Ce que je trouve très bien, d'ailleurs, car tu as fait de longues études pour ça et on est tous très fiers de toi.

Jackson marqua une pause et le regarda dans les yeux avant de continuer :

— Donc rends-nous service à tous les deux, arrête tes craques, et dis-moi pour de bon ce qui se passe.

— Je te l'ai déjà dit : je veux aider.

Son frère soupira.

— D'accord, tu peux faire la rando test. Je ne vais pas nier qu'on est à court de personnel. Ça libérera Tyler qui pourra accompagner la famille qui voulait faire un circuit en VTT. Mais si tu fais du mal à Elise, si tu lui fais verser ne serait-ce qu'une minuscule larme, ce sera moi qui te briserai les os, pas Tyler.

Chapitre 13

Elise s'était jetée à corps perdu dans le travail en espérant ne plus penser à Sean. Ce remède, d'habitude pourtant infaillible, semblait avoir perdu de ses pouvoirs sur elle.

Sean était venu à Snow Crystal pour accompagner Walter à l'hôpital, mais il n'avait pas essayé de la revoir. Ce qui la contrariait un peu trop à son goût.

Et puis il était retourné à Boston reprendre le cours de sa vie, et elle avait repris le cours de la sienne.

C'est ainsi que les choses devaient se passer.

Chaque soir, dans le cadre élégant du grand restaurant, Elise cuisinait des plats de haute voltige culinaire, et le reste du temps continuait à mettre au point le menu du Boathouse Café. Elle étudiait les relevés de caisse chaque soir, retirait du menu les plats qui n'avaient pas de succès, en proposait de nouveaux pour les remplacer. Elle tirait un plaisir sans nom à contempler le spectacle des familles passant un bon moment sur la terrasse bondée.

Pendant le peu de temps qui lui restait, elle travaillait sur le menu destiné aux participants au stage de cohésion, le défi étant de leur proposer une nourriture de qualité, facile à transporter et simple à préparer.

Tyler lui avait apporté le réchaud dont l'équipe disposerait, et elle avait fait en sorte que les recettes soient réalisables avec les moyens du bord.

Le samedi matin, elle le rejoignit devant la base de loisirs, prête à partir en randonnée.

— Surtout, n'oublie pas l'insectifuge, dit Tyler en lui

tendant un sac. Et je l'ai déjà dit, mais je le répète car c'est très important : même si tu as chaud, garde un T-shirt à manches longues et un pantalon. On est en plein été, les insectes sont légion et ils sont voraces. Heureusement, la saison des simulies est passée. C'est le pire, une plaie, vraiment.

— Tu marcheras devant moi, dit-elle en finissant de ranger la nourriture dans son sac à dos. Ils seront moins affamés après t'avoir vidé de ton sang.

Il tint le sac pour l'aider.

— Je ne viens pas. Une famille voulait explorer les sentiers de montagne en VTT et il leur fallait un guide. On ne pouvait pas se permettre de refuser cette rentrée d'argent.

— Evidemment qu'il fallait accepter. Donc, c'est Jackson qui…

— C'est Sean.

— Sean ? s'étrangla-t-elle, la bouche sèche tout à coup.

— Aussi étonnant que ça puisse paraître, c'est en effet mon frère, ce citadin poids mouche, qui va le faire.

Malgré ses efforts, elle fut incapable de garder une expression neutre. Tyler interpréta mal son visage déconfit.

— Effrayant, je sais, fit-il, compatissant. Mais Sean connaît aussi bien que moi le Long Trail. Et voyons le bon côté des choses : s'il ne te protège pas de l'attaque d'un ours parce qu'il a peur d'abîmer son costume, il saura au moins te recoudre correctement après.

Elle grimaça, paniquée. Il éclata de rire.

— C'était une blague ! Vous ne risquez pas de croiser des ours !

Comment lui dire que ce n'était pas des bêtes sauvages qu'elle avait peur ?

— En réalité, continua-t-il, ils préfèrent rester à distance des humains. Quoique, l'odeur de ta cuisine pourrait les faire changer d'idée. Pardon. C'était une blague, ça aussi.

Sean venait. Ils allaient faire une randonnée ensemble. Une randonnée de deux jours.

Deux jours, et une nuit.

Elise soupira. Elle ne l'avait pas revu depuis qu'elle avait voulu le chasser de chez elle, avant qu'il lui fasse du chocolat chaud puis la porte jusqu'à son lit pour qu'elle dorme confortablement.

— Je croyais qu'il était à Boston.

— D'après Jackson, notre cher frère traverse une crise de responsabilité fraternelle, fit Tyler avec un haussement d'épaules. Vous allez vérifier que le parcours que j'ai défini est praticable, vérifier aussi l'état des endroits où je prévois de camper et, bien sûr, tester ta bouffe. Comme ça, on saura s'il faut prévoir des changements avant que les ramollos de la ville arrivent.

— J'ai cru comprendre qu'il y avait deux femmes dans le groupe ?

Tyler fit un sourire de chat qui vient de trouver un pot de crème.

— Elle n'est pas belle, la vie ? Je suis de mèche avec un ours pour qu'il leur fasse peur et qu'elles viennent se réfugier sous ma tente.

Elle roula des yeux, amusée.

— Brenna vous accompagne, elle aussi ?

— Oui, elle vient.

Il s'approcha d'elle et soupesa le sac.

— C'est important que le poids soit bien réparti, pour l'équilibre. Et pour le confort aussi, bien sûr. Si tu vois que tu n'y arrives pas, tu demandes à Sean, qu'il se rende utile, pour changer.

— Mais je ne sais pas si j'ai bien compris : toi, tu dors avec les femmes. Donc Brenna, elle, va dormir avec les mecs ? L'un d'eux est le patron de la boîte, non ? J'imagine qu'il est riche. Très riche, même.

L'expression de Tyler changea.

— Elle dormira toute seule dans sa propre tente.

— Ça ne t'inquiète pas, si elle a peur des ours ?

— Brenna n'a peur de rien. Tu aurais dû la voir, enfant. Elle escaladait les mêmes surfaces que nous, dévalait les mêmes pistes que nous. Où qu'on aille, elle venait toujours avec nous.

C'est encore le cas, songea Elise. *Sauf que tu ne la vois plus.*

Elle se demanda si un week-end de camping pourrait suffire à changer les choses.

Mais elle n'eut pas le temps de s'attarder sur l'idée. Le ronronnement d'une voiture de sport parvint à ses oreilles et Elise se tourna vers la route. Le rouge de la voiture de Sean se détachait du vert du paysage.

Tyler lui serra l'épaule affectueusement.

— Tu es sûre que le changement de plan ne te dérange pas ?

Elise fut touchée par la question. Par la prévenance qu'elle impliquait. C'était l'une des nombreuses raisons pour lesquelles elle adorait cet endroit et les gens qui y vivaient.

— Bien sûr, dit-elle d'un ton qu'elle espérait convaincant. Pourquoi ça me dérangerait ?

— Parce que mon frère te regarde comme si tu étais une de ces délicieuses charlottes aux fruits que tu fais. S'il essaie de passer à l'acte, tu lui fiches ton poing dans la figure. C'est une demi-portion de la ville, il a des muscles en fromage blanc.

Oh ! si seulement c'était vrai.

Les muscles de Sean étaient beaucoup trop beaux, justement. Et la sensation qui serrait le ventre d'Elise n'était pas tout à fait de la nervosité.

De quoi avait-elle peur, au juste ?

Ce n'est pas parce qu'il l'avait portée jusqu'à son lit et bordée que ses sentiments envers lui avaient changé. Certes, elle éprouvait toujours une forte attirance pour lui, mais rien de plus.

Tyler pointa du pouce la boutique de matériel de montagne adjacente à la base de loisirs.

— Je dois y aller. J'ai rendez-vous avec un représentant et je suis déjà en retard. Bonne chance. Si tu as besoin de quoi que ce soit, tu m'appelles, d'accord ?

Et il partit avec un geste de la main en direction de Sean qui venait de se garer.

— Salut, docteur O'Neil !

Le petit Sam Stephen, qui paradait sur son nouveau vélo, s'approcha de lui. Sean s'arrêta pour lui parler, le sourire aux lèvres.

— Salut, toi. C'est le VTT que tu as eu pour ton anniversaire ?

— Il est chouette, hein ? dit le petit, débordant de fierté. Rouge, comme je le voulais,

— Moi aussi, je l'aurais pris rouge. Regarde ma voiture. Elle est presque aussi belle que ton vélo. Tes vacances se passent bien ?

— Trop bien ! Mais il ne reste que deux jours. Tout à l'heure, j'irai faire du vélo avec Papa sur la piste de la forêt. Maman reste au chalet avec ma petite sœur.

— Génial. Tu feras bien attention, surtout tu gardes bien ton casque, d'accord ? Si tu tombes d'un vélo aussi rapide, il faut avoir la tête bien protégée.

— Elle est belle, votre voiture. Vous arrivez de Boston ? Vous avez sauvé des vies aujourd'hui, docteur O'Neil ?

Les yeux du petit s'étaient arrondis et brillaient d'admiration. Sean reprit le sac à dos.

— Pas encore. Mais la journée ne fait que commencer, qui sait ce qui peut arriver.

La gorge d'Elise se serra.

Il était si gentil avec ce garçon.

— Tu savais qu'il avait sauvé la vie d'un homme, Elise ? lui demanda Sam.

— Non, répondit-elle, soulagée de s'entendre parler d'une voix normale. Non, je ne le savais pas. Mais c'est un médecin, c'est son boulot, de sauver des vies.

— Non, ce n'était pas son boulot, répondit l'enfant. Ça ne s'est pas passé à l'hôpital, c'était dans la montagne, par là…

Il agita les bras et le vélo chancela.

— Un homme est tombé en skiant. Il s'est cassé tous les os du corps !

215

De toute évidence, Sam adorait les histoires truculentes.

— Pas vraiment tous les os, fit Sean en tentant de modérer l'enthousiasme du petit.

Mais Sam ne comptait pas renoncer aux effets de style.

— Il y avait du sang partout sur la neige, les gens criaient. L'homme hurlait. Mon père était à côté, il a tout vu. Il m'a raconté que le Dr O'Neil est arrivé sur ses skis, super cool, calme, et qu'il l'a guéri !

Trop occupé à chanter les louanges de son héros, Sam oublia de se concentrer sur son vélo qui tangua dangereusement. Rapide comme l'éclair, Sean bondit vers lui et lui évita la chute.

— Je ne l'ai pas « guéri » sur place, Sam. Je l'ai tout simplement stabilisé afin qu'il puisse être transporté à l'hôpital, où d'autres médecins ont pris soin de lui.

— Mais si vous n'aviez pas été là, il serait mort. Sur place, sur la neige.

— Peut-être. Tu peux t'équilibrer si tu veux, pour ne pas tomber, fit Sean, très patient. Comme ça. Tu feras bien attention sur la piste, elle est assez accidentée par endroits.

— Ça va aller. Comment dit-on « sang » en français, Elise ?

— *Sang*[1], répondit-elle. Mais j'espère que tu n'auras pas besoin de l'employer.

— Ça se pourrait. Quand je serai grand, je serai chirurgien comme le Dr O'Neil. Je vais sauver des vies. Ce sera vraiment cool.

Après s'être assuré que l'enfant n'allait pas tomber, Sean lâcha le vélo.

— Tu feras un formidable docteur, fit Sean, mais assez parlé de sang aujourd'hui. Tu vas me retourner l'estomac.

— Mais vous voyez du sang tout le temps, insista le petit pour s'attarder auprès de son idole.

— Raison de plus pour ne pas avoir envie d'en entendre

1. En français dans le texte.

parler dans mon temps libre. Passe une bonne journée, Sam. Tu diras bonjour à tes parents de ma part, d'accord ?

Le garçon s'éloigna, son équilibre toujours précaire.

— J'espère qu'ils feront attention sur la piste, dit Sean en le suivant du regard. Il ne roule pas encore bien droit.

— Il est adorable. Et il t'adore.

— Il vient ici depuis des années et il est très impressionnable. Ça va, ton sac à dos, ou il est trop lourd ? demanda-t-il en chargeant le sien sur ses belles épaules puis en ajustant les sangles, ce qui mit en évidence le relief alléchant de ses muscles sous la chemise.

Sean O'Neil, se dit Elise en le regardant, incarnait au plus près son idéal de perfection masculine. Oh ! mais… elle se fit penser au petit Sam avec son admiration sans bornes.

Pourtant il fallait bien l'admettre, Sean était incroyablement beau. Il y avait de quoi l'admirer, l'adorer.

De quoi fondre, aussi, si on plongeait dans ses yeux quand ils brûlaient de désir comme en cet instant précis.

Leur alchimie hors norme frappa Elise de plein fouet. Elle se redressa en essayant de se persuader qu'elle avait juste cédé sous le poids de son sac à dos.

— Non, il n'est pas trop lourd, dit-elle. On y va quand tu veux.

— Tyler m'a envoyé le parcours envisagé. On le suivra au pied de la lettre, on fera les pauses là où il a prévu d'en faire, d'accord ?

— Ça me va.

— Tu faisais de la rando en France ?

— *Oui, monsieur*[1]. Dans les Alpes, avec ma mère.

Le souvenir lui serra le cœur.

— On y passait les hivers parce qu'elle faisait la cuisine pendant la saison de ski. On est allées aussi quelques étés à Chamonix, où elle cuisinait pour les randonneurs et les alpinistes. C'est vraiment un endroit de rêve pour les amoureux de la montagne.

1. En français dans le texte.

Il prit le sentier qui reliait Snow Crystal au Long Trail.

— Je ne sais pas combien de fois j'ai pris ce chemin, enfant, dit-il. Gramps nous emmenait camper et ensuite il partait de son côté et nous laissait nous débrouiller pour le retour.

— Ta mère n'était pas inquiète ?

— Sans doute. Surtout pour Tyler, qui était très imprudent et se blessait constamment. Jackson et moi prenions soin l'un de l'autre. Mais il faut dire que Maman n'avait pas forcément son mot à dire. Gramps commandait. C'est toujours le cas.

— Il a l'air beaucoup plus en forme. Et j'ai entendu que les médecins étaient impressionnés par son rétablissement. C'est toi qui l'as emmené à l'hôpital, n'est-ce pas ?

— Oui.

— Et comment ça s'est passé entre vous ? Vous avez pu mettre les choses à plat ?

— Pas encore.

— Je ne comprends pas pourquoi tu repousses constamment le moment de lui parler, fit-elle.

— J'en avais vraiment l'intention, mais il a commencé à me sermonner sur...

— Sur quoi ?

— Rien. Merde.

D'autres gros mots bien sentis suivirent. Elise ne put que rire. Il avait enfoncé le pied jusqu'à la cheville dans la boue.

— Comment j'ai pu manquer cette flaque ?

Ils se trouvaient au cœur de la forêt vermontaise, entourés de grands arbres et de l'odeur du sous-bois. Elle avait l'impression qu'ils étaient seuls au monde, du moins seuls sur le sentier.

Elle le doubla, franchit d'un saut la zone boueuse et se tourna pour le regarder avec un sourire.

— Demi-portion de la ville !

— Je vois que tu as parlé avec Tyler, grogna-t-il en regardant avec dépit ses bottes couvertes de boue. Tu vas adorer partager la tente avec moi ce soir.

— On a deux tentes.

— Une tente. Deux places. Moins de poids à porter.

— Je croyais qu'il y aurait deux tentes.

— Désolé, il n'y en a qu'une. C'est un souci ?

— Je préfère avoir un peu d'intimité.

— Tu l'auras. Le côté gauche de la tente est tout à toi, et je resterai bien sur ma droite, dit-il en ébauchant un sourire. Détends-toi, on n'emménage pas ensemble, c'est un arrangement purement temporaire.

Il n'y avait rien à faire, surtout, se raisonna-t-elle. A moins de monter un grand numéro et de rebrousser chemin, ce qui donnerait beaucoup trop d'importance à un détail qui n'en avait pas tellement. Si elle était venue avec Tyler, elle aurait dormi sans souci à ses côtés.

Elle haussa les épaules et reprit la marche.

Le feuillage devint plus dense, ils marchèrent un bon bout de temps dans la pénombre verdoyante et, tout à coup, le chemin s'ouvrit sur une vue imprenable des Green Mountains.

— *C'est magnifique*[1] !

Elise s'arrêta net, saisie par l'immensité du paysage.

— C'est d'une beauté à couper le souffle, dit-elle. Littéralement.

— En effet.

Sean l'aida à enlever son sac à dos, qu'il cala contre un rocher.

— C'est le moment de faire une pause. Et de voir ce que tu as prévu à manger. Dis-moi ce que tu as apporté. *Langoustines à la grecque ? Coquilles Saint-Jacques*[2] ?

— On est en pleine montagne, Sean.

— Rien dans le code des manières des Green Mountains ne m'oblige à renoncer à mes exigences culinaires. Regarde, fit-il en pointant du doigt un oiseau qui venait de prendre son envol, une buse à queue rousse.

Elle regarda le ciel.

1. En français dans le texte.
2. En français dans le texte.

— Comment tu sais ça, toi ?

— Gramps. Il sait tout ce qu'il y a à savoir sur les oiseaux et la vie sauvage de la région. Tu peux lui montrer n'importe quel champignon, il saura te dire s'il est comestible ou pas. Mais en parlant de ça, j'ai la dalle.

Il sortit des lunettes de soleil et les posa sur son nez. Elles avaient des verres en miroir, ce qu'Elise regrettait, préférant savoir si Sean la regardait.

— On n'a pas de champignons, désolée, dit-elle en ouvrant le sac à dos. Pour le déjeuner, j'ai prévu un simple casse-croûte : du jambon des Green Mountains, du pain au levain pétri par mes soins et des olives.

— Si je trouve des champignons, tu referais ces quiches délicieuses qu'on a mangées à la soirée ?

— Et comment je les ferais cuire ? Tu crois que j'ai apporté mon four dans mon sac à dos ? Une vie simple demande de la nourriture simple. Mais « simple » ne veut pas dire de mauvaise qualité.

Elle lui tendit l'une des portions qu'elle avait soigneusement emballées le matin même. Sean choisit un rocher et s'y installa.

— Quand on faisait des randos avec Gramps, il ne nous laissait pas emporter de nourriture. On devait manger ce qu'on trouvait dans la forêt.

Tout en parlant, il se préparait un sandwich avec le jambon et le pain.

— On savait quelles baies étaient comestibles, et lesquelles étaient toxiques. On savait comment pêcher dans la rivière et comment allumer un feu sans provoquer un incendie. En principe, Jackson et Tyler s'occupaient de la cueillette pendant que moi, je ramassais le bois pour le feu. Mais en réalité, je me trouvais un coin tranquille et je lisais le bouquin que j'avais caché au fond de mon sac. Il est bon, ce jambon. Il en reste ?

Se rendait-il compte qu'il parlait constamment de son grand-père ?

— Ton père vous accompagnait ? demanda Elise en lui tendant une tranche de pain recouvert de jambon.

— En général, il bossait.

— Vous étiez très proches, lui et toi.

— Oui, répondit Sean en pliant le pain pour en faire un sandwich. Très.

Elle était persuadée que les rapports entre Sean, son père et son grand-père étaient la clé de la dispute entre les deux hommes, mais elle décida de ne pas poser de questions. Si Sean voulait lui en parler, il le ferait, et sinon… sinon, elle comprenait mieux que personne le souhait de garder certaines choses pour soi.

Après le déjeuner, ils reprirent leur chemin le long de la crête qui surplombait le lac Champlain.

— C'est le plus beau paysage que j'aie jamais vu, dit-elle. Pourquoi je ne suis pas venue avant ?

— Parce que mon frère est un esclavagiste.

Il mit la main en visière au-dessus de ses yeux et regarda au loin.

— On a de la chance, c'est très dégagé. C'est rare à cette altitude. Ce lac, il porte le nom d'un de tes compatriotes, Samuel de Champlain. Il l'a découvert en remontant le fleuve depuis l'Atlantique.

— C'est vraiment beau, ici. Où est-ce que nous sommes censés camper ?

— Un endroit qu'on appelle la crête de Walter. C'est là qu'on campait le plus souvent, enfants. En suivant la rivière qui coule de l'autre côté, on arrive à Snow Crystal. C'est pour ça qu'on ne s'est jamais perdus.

Ils marchèrent encore un peu, jusqu'à atteindre un belvédère entouré de gros rochers. La vue, encore une fois, était spectaculaire.

Sean posa son sac et regarda autour de lui.

— C'est parfait.

— Les gens peuvent venir camper ici ?

— Plus ou moins. Une partie du Long Trail traverse nos terres, mais on permet l'accès au public et le camping aux endroits réservés. En revanche, les feux de camp sont interdits, leur impact environnemental est terrible. On évite les sentiers aussi à la fin de l'automne et au début du printemps, le risque d'éboulements de boue augmente avec le dégel et les pluies.

— Ces terres sont à vous ?

— Oui, ça fait partie de Snow Crystal, répondit-il avec un sourire canaille. J'essaie de t'impressionner.

Et il avait réussi. Non pas parce qu'il possédait ce vaste domaine, mais parce qu'il le connaissait si bien. Il avait beau gémir chaque fois que ses pieds s'enfonçaient dans la boue et écraser les insectes qui osaient l'approcher, Sean semblait parfaitement à l'aise en milieu naturel. Il était également habile et débrouillard, et Elise fut surprise du peu de temps qu'il leur avait fallu pour monter la tente et préparer le dîner sur le réchaud.

Elle saupoudra de parmesan un bol de pâtes qu'elle lui tendit, essayant de ne pas penser aux sacs de couchage qui les attendaient, côte à côte, à l'intérieur de la tente.

— Demain, tu nous pêcheras du poisson frais pour le déjeuner.

— Hors de question, fit-il avec un faux frisson de dégoût. Je ne vais pas me tremper jusqu'aux hanches dans un ruisseau pour attraper ma propre nourriture. Trop primitif. J'aime le poisson, mais mort, cuit et dressé sur une assiette, pas vivant et visqueux entre mes doigts.

— Rien ne vaut le poisson vraiment frais.

— Il y a une différence de taille entre « frais » et « vivant ». Il enfourna une bouchée de pâtes.

— Mmm… C'est délicieux, et je ne dis pas ça parce que je n'ai pas eu à les pêcher et à les vider avant de les manger.

Elle rit et entama aussi son bol.

— *Pas mal*[1]. Je pense que même le plus inepte des employés de bureau peut survivre à une journée comme ça. C'est plutôt sympa, je trouve.

1. En français dans le texte.

— Beaucoup trop, si tu veux mon avis. Je croyais que l'idée était de les faire souffrir un peu afin de les pousser à se serrer les coudes face à l'adversité.

— C'est ce que tu faisais, avec tes frères, quand Walter vous laissait vous débrouiller pour rentrer à la maison ?

Il finit son bol et se resservit dans la foulée.

— Tyler et Jackson n'auraient jamais parlé d'adversité. Pour eux, c'était une aventure. Moi non plus, d'ailleurs, même si j'aurais préféré qu'on me laisse lire en paix dans mon coin.

— Tu as toujours aimé les livres ?

— C'était ma façon de m'évader.

— T'évader de quoi ?

Elle s'attendait, comme d'habitude, à ce qu'il botte en touche en répondant avec une boutade. Elle se trompait.

Il posa le bol, les yeux au loin.

— La pression.

Ce mot, ce ton grave qu'il avait utilisé, un ton qu'elle ne lui connaissait pas, changèrent l'atmosphère.

— Quelle pression ?

— Pour mon grand-père, le monde commence et finit à Snow Crystal, et il n'a jamais voulu comprendre qu'on puisse voir les choses différemment. C'était très pesant pour mon père. On vivait dans une ambiance de tension permanente.

— Mais ton père aimait cet endroit, non ?

— Précisément. Il aimait l'endroit. C'était un excellent skieur. Les gens qui l'ont connu ado disent même qu'il était aussi bon que Tyler. En revanche, il n'aimait pas son job, il n'était pas fait pour diriger une station et traiter avec le public. Ce qu'il aimait, c'était le ski.

Exactement comme Tyler, pensa-t-elle.

— Alors, pourquoi est-il resté ? Pourquoi ne pas chercher à changer de métier ?

— Par amour. C'est toujours par amour que les gens finissent par renoncer à poursuivre leurs rêves jusqu'au bout.

— C'est comme ça que tu le vois ?

— Oui. C'est logique, d'ailleurs. C'est très rare, très difficile que deux personnes aient des buts vraiment compatibles, et à la fin l'une d'elles doit renoncer à ses ambitions pour que l'autre puisse réaliser les siennes. Mon père, par exemple, était écartelé entre ses propres envies et la responsabilité de diriger l'affaire familiale. J'imagine que l'amour de ma mère pour cet endroit a changé la donne. Une carrière dans le ski de compétition aurait impliqué de la laisser seule souvent, de voyager, de mener une vie nomade et même précaire. Ce n'est pas génial, pour un mariage.

Elise songea à la réputation de Tyler.

— Non, en effet.

— Ça aurait aussi impliqué de laisser Snow Crystal entre les mains de quelqu'un d'extérieur à la famille. Il ne pouvait pas faire ça à Gramps, donc il s'est résigné à vivre une vie qu'il n'avait pas choisie. Le ressentiment l'a rongé de l'intérieur.

— Il t'en parlait ?

Sean se pencha pour éteindre le réchaud.

— Tout le temps, dit-il. Il m'appelait, tard dans la nuit, après que ma mère était montée se coucher. Il se servait un verre, devant la pile de paperasse et de factures qu'il ne savait pas comment régler, et il m'appelait pour me répéter toujours la même chose : « Reste loin d'ici. Ne renonce pas à tes rêves. »

— Jackson le savait ?

— Je n'avais aucune raison de lui en parler.

Il chercha une bouteille d'eau dans son sac.

— Ses affaires en Europe marchaient du tonnerre, il s'éclatait, gagnait du fric, réalisait ses rêves. Sa vie était au beau fixe, je ne voulais pas troubler ce ciel bleu.

Elle l'écoutait, émue. Sean avait porté ce lourd fardeau tout seul pour protéger son frère.

— Tu n'en as jamais parlé à personne ?

— Non. Je l'ai beaucoup regretté à la mort de mon père. Peut-être que si j'avais parlé avant, il ne serait pas mort.

— Sa voiture a patiné dans la glace, dit Elise. Comment voulais-tu empêcher ça ?

Il tourna la bouteille dans ses mains.

— Papa voyageait autant parce qu'il ne supportait pas de rester à la maison. Il voulait profiter de la neige, ce qu'il ne pouvait pas faire ici parce que c'est notre plus grosse saison, donc il partait en Nouvelle-Zélande. Gramps ne le lâchait pas une seconde, lui mettant la pression pour qu'il revienne, lui faisant des reproches quand il partait. Son exigence faisait fuir mon père, qui donnait déjà tout ce qu'il avait.

Sa voix se brisa.

— Aux funérailles, j'ai perdu mon calme.

— C'est pour ça que vous vous êtes disputés ? A cause de ton père.

— J'ai accusé Gramps, dit-il en se frottant le visage dans les mains, l'air accablé. Je l'ai accusé d'avoir mis trop de pression sur Papa, d'être responsable de sa mort. Il est aussi sorti de ses gonds et il m'a dit que j'aurais dû rester à la maison pour aider la famille. Que je ne savais pas de quoi je parlais. Aucun de nous n'en a reparlé depuis.

Deux hommes têtus, très têtus, aussi incapables l'un que l'autre de faire le premier pas.

En même temps, songea Elise, cela expliquait beaucoup de choses : la tension entre Walter et Sean, pourquoi Walter était toujours sur la défensive avec son petit-fils, pourquoi Sean n'arrivait pas à prendre du recul.

— Tu le tiens toujours pour responsable, n'est-ce pas ? demanda-t-elle. Tu es toujours en colère.

— Oui, je pense qu'au fond de moi je le suis, et je déteste ça. Ce n'est pas ce que je veux ressentir.

Il secoua la tête.

— C'est à moi de lui demander pardon, en plus. Gramps n'est pas responsable de la mort de Papa et je n'aurais jamais dû dire ça. Même si j'étais fou de chagrin, ce n'est pas une excuse. Mais ça ne change pas le fait que je lui en veux encore de cette pression constante qu'il exerce sur nous tous, tout le temps.

Elle déglutit avec difficulté.

— Tes frères ne savent pas pourquoi tu as cessé de venir à Snow Crystal ?

— Ils n'ont pas vraiment vu la différence. Déjà, ces dernières années, je venais moins à cause du travail, et depuis la mort de mon père, je suis venu juste pour les fêtes. Comme on est nombreux, les tensions entre Gramps et moi passent inaperçues. En revanche, quand Jackson m'a appelé pour me dire que Gramps était à l'hôpital, j'ai su que je devais venir, mais j'étais convaincu aussi que mon grand-père ne voudrait pas me voir. Et j'avais raison. J'avais à peine mis le pied dans sa chambre qu'il me renvoyait à Boston.

Elise ressentit un pincement au cœur pour lui. Pour Walter aussi.

— Mais ce n'est pas parce qu'il ne voulait pas de toi ici, dit-elle. Deux ans ont passé. Tu dois lui parler.

— Sans doute.

Il se releva, la bouche serrée en une ligne fine.

— Ce n'est pas facile de parler avec lui, et puis j'ai peur de ne pas dire ce qu'il faut et d'empirer les choses. Dès que je suis ici, tout remonte à la surface. La pression. La colère. La culpabilité. C'est un nœud d'émotions en fil de fer barbelé.

Elle se leva à son tour.

— C'est le chagrin, dit-elle à mi-voix. Le chagrin, c'est quelque chose de très sombre, de très compliqué, et la colère et la culpabilité en font partie. On pense que les émotions devraient être simples, nettes, mais elles ne le sont pas. Crois-moi, c'est du vécu. Je me suis sentie comme toi à la mort de ma mère. Tu devrais parler à Walter, sans tarder. Peu importe si tu ne dis pas « ce qu'il faut ». Ce qui compte, c'est d'en parler.

— Qu'est-ce que je pourrais lui dire ? D'un côté, il a été trop exigeant avec Papa, c'est indéniable. De l'autre, je n'aurais pas dû perdre mon sang-froid, je n'aurais pas dû le blâmer et je le regrette, sincèrement. Si tu savais… Je donnerais tout pour pouvoir retirer ce que j'ai dit.

Il se frotta la mâchoire et la regarda avec un sourire contrit.

— Je n'avais jamais parlé de tout ça à personne. Je vide

mon sac, désolé. J'imagine que c'est un effet secondaire de la communion avec la nature.

Tout était calme autour, le soleil se couchait derrière le sommet des montagnes, baignant le paysage d'une lumière d'or rosée.

— On a tous des regrets, dit-elle. Des choses qu'on aurait voulu faire et que l'on n'a pas faites. Des choses qu'on aurait voulu ne pas dire mais qu'on a dites. Ton grand-père t'aime, Sean. Il t'aime vraiment. Tu dois essayer de te réconcilier avec lui.

— Et toi aussi, tu as des regrets ?

Le cœur d'Elise se mit à battre plus fort. Plus vite.

— Bien sûr.

— Tu veux m'en dire un ?

Elle retira la poêle du réchaud en pensant à Pascal, qu'elle avait effacé de sa vie. Elle aurait payé cher pour l'effacer aussi de ses souvenirs.

— Ma mère m'a appris à voir les erreurs comme des enseignements. Elle me disait : « S'il y a une leçon à en tirer, fais-le et va de l'avant. Tout le reste, ce ne sont que des expériences. »

— Et quelle est la leçon la plus importante que tu as apprise ?

Elise garda longuement les yeux fixés sur le réchaud. Elle se sentait vulnérable, exposée.

— On devrait se mettre sous la tente avant que les insectes commencent à nous dévorer vivants, non ? dit-elle.

— Je crains qu'ils aient déjà commencé. Eh...

Il lui posa la main sur le bras, sa main si forte, son geste si réconfortant.

— Tu connais maintenant mes secrets les plus intimes, dit-il. Tu ne veux pas partager les tiens avec moi ? Juste un ? Quelle est la plus importante leçon de ta vie, ma chérie ? J'aimerais vraiment que tu me racontes, en savoir un peu plus sur toi.

Ces mots si doux, si inattendus la troublèrent profondément. De la même façon que la chaleur de sa main traversait les épaisseurs de tissu jusqu'à sa peau, la douceur du ton qu'il avait employé s'infiltra dans les couches de protection qu'elle avait bâtie autour d'elle.

— La leçon la plus importante… Il y en a deux, en fait. La première, c'est de ne jamais repousser le moment de dire qu'on est désolé aux gens qu'on aime, car on risque de manquer sa chance. La seconde, c'est que, pour moi, l'amour est impossible. Et maintenant, on devrait aller dormir.

Sean rangea les restes de nourriture en se demandant ce qui lui avait pris.

Il n'était pas du genre à parler de ses sentiments. Que diable, la plupart du temps il ne *pensait* même pas à ses sentiments. Mais ce soir, sous le ciel d'été, à côté d'Elise, il avait carrément vidé son sac. Il avait dit bien plus qu'il ne l'entendait car elle l'avait écouté en silence, elle l'avait laissé parler.

En revanche, elle n'avait rien révélé sur elle-même.

Elle avait juste dit qu'elle avait été blessée. Profondément blessée.

Pour moi, l'amour est impossible.

Elle n'avait pas dit « Je ne crois pas à l'amour » ou « L'amour ne m'intéresse pas ».

Le regard perdu dans les montagnes, il passa en revue tout ce qu'il savait d'elle.

Jusque-là, il avait présumé que le manque d'intérêt d'Elise pour entamer une relation était lié à ses ambitions professionnelles, et comme parmi ses collègues médecins nombre de femmes ne souhaitaient pas compromettre leur carrière en fondant une famille, il n'avait pas pensé à remettre en cause cette supposition.

Qu'est-ce que Jackson avait dit, déjà ?

Tu ne sais pas où tu mets les pieds.

En soupirant, il s'accroupit pour finir d'éliminer les traces de leur passage. Ne pas laisser de traces. C'était ce que Walter leur avait appris.

La forêt nous accueille, Sean, on est ses invités. Et les invités ne partent pas en laissant tout en désordre derrière eux.

La vie, malheureusement, ne se comportait pas comme un invité poli. Elle laissait plein de marques et semait le désordre. De toute évidence, la vie avait fait bien plus que cela sur Elise ; elle l'avait marquée de cicatrices profondes.

Sean leva les yeux vers la tente. Aucun mouvement à l'intérieur. Il vérifia une dernière fois que le lieu où ils avaient dîné était tel qu'avant leur arrivée, puis il ôta ses bottes et s'introduisit sous la toile.

Elise, recroquevillée dans son sac de couchage, lui tournait le dos. Une façon très explicite de faire comprendre qu'elle ne souhaitait pas poursuivre la conversation.

— On est au penthouse, n'est-ce pas ? Service d'étage, clim, piscine à débordement, vue à 360 degrés ?

Il commença à enlever sa veste, ce qui n'était pas une tâche aisée avec des épaules aussi larges dans un espace aussi réduit.

— Ce n'est pas une tente double, c'est de l'arnaque. Tyler a toujours eu un sens de l'humour très lourd. Cela dit, on n'aura pas froid, c'est sûr.

Regarder Elise, roulée en boule, se faisant toute petite, lui serra le cœur. Il aurait voulu la réconforter et cette envie le déconcertait. Consoler les femmes n'avait jamais été son fort. C'était Jackson, le spécialiste.

Conscient de franchir une limite qu'il n'aurait jamais cru enfreindre, il enleva T-shirt et pantalon et s'allongea à côté d'elle.

— Je me sens très nu, là.

— Alors garde tes vêtements.

La voix d'Elise était enrouée ; elle ne releva pas la tête.

— Pas « nu comme un ver », nu comme « je t'ai ouvert mon cœur et tu ne m'as rien donné en retour ».

Il s'approcha un peu plus d'elle.

— Pourquoi dis-tu que l'amour est impossible pour toi ?

— Bonne nuit, Sean.

— Je déteste quand tu fais ça. Tu me l'as fait le soir de la fête. Tu coupes la communication quand tu ne veux pas parler. C'est l'équivalent verbal de fermer la porte au nez de quelqu'un.

— Je suis fatiguée.

— Tu n'es pas fatiguée. Ce qui se passe, c'est que tu ne veux pas parler de tes sentiments. J'aimerais que tu le fasses, vraiment. Tu as su m'écouter, j'aimerais t'écouter à mon tour.

Voyant les épaules d'Elise se tendre, il décida de parier sur l'humour.

— Donne-moi au moins son nom et son adresse, et j'enverrai Tyler lui casser la figure. J'irais bien moi-même, mais je ne veux pas ruiner une autre chemise, sans dire que si je m'abîme les mains, je devrai annuler plein d'interventions. Trop compliqué. Je suis sûr que tu comprends. J'ai des vies à sauver et tout le tralala.

— Tu comptes dormir, un jour ? demanda-t-elle.

Mais sa voix était teintée de rire. Sean soupira sans bruit, soulagé.

— C'est un stage de cohésion d'équipe et on n'a pas « cohésionné ». C'est moi qui fais mal quelque chose ? Comme c'est ma première fois, je ne sais pas comment m'y prendre.

Elise roula pour lui faire face.

— Je ne suis pas sûre d'avoir bien compris. Toi, Sean O'Neil, Dr Frivolité, tu veux que je me confie sur mes sentiments les plus profonds ?

Un peu affolé, il songea à battre en retraite avant de se rappeler que chaque jour il travaillait au milieu du sang et des corps meurtris. Il pouvait tout de même faire face aux émotions d'une femme, tout de même. Il devait juste veiller à rester subtil, et à ne pas dire ou faire de bêtise.

— Oui, je le veux. J'aimerais savoir pourquoi tu ne veux pas t'engager dans une relation, dit-il, puis, d'un ton encore plus doux : Quelle leçon as-tu apprise, Elise ? Pourquoi tu dis que l'amour n'est pas pour toi ?

Elle marqua une pause si longue que Sean crut qu'elle n'allait pas répondre. Enfin elle se redressa et s'assit, le sac de couchage tire-bouchonné autour de sa taille. Le grand T-shirt qu'elle portait avait glissé de son épaule. Il y avait quelque chose dans l'angle que formait son cou avec ce bout de peau satinée qui donnait à Elise, il ne savait pas pourquoi, un air plus fragile.

— Je suis très mauvaise pour jauger les gens. Très émotive. Ça m'empêche de voir la réalité.

Elle réajusta son T-shirt, qui ne tarda pas à glisser de nouveau.

— J'ai commis de terribles erreurs, terribles. Je suis trop passionnée.

Sean n'était pas forcément d'accord avec ça, mais ce qui était évident, c'était qu'elle avait aimé quelqu'un qui l'avait méchamment laissée tomber.

Ce qui expliquait en partie ses volte-face.

— Est-ce vraiment possible, d'être trop passionné ?

— Le souci avec la passion, répondit-elle tout bas, c'est qu'elle ressemble à s'y méprendre à l'amour. Ça empêche de détecter les mensonges. On croit ce qu'on a envie de croire et on donne tout. Et le risque de tout donner, c'est de tout perdre.

— C'était Pascal Laroche, n'est-ce pas ? demanda Sean. C'est de lui qu'on parle, depuis tout à l'heure.

Il aurait dû raccrocher les wagons plus tôt.

— J'avais dix-huit ans, il en avait trente-deux. Expérimenté, très séduisant. Je travaillais pour lui depuis quatre mois quand il m'a embrassée pour la première fois. Au départ, je n'imaginais pas qu'il puisse s'intéresser sincèrement à moi. J'étais si naïve, si différente des femmes qu'il fréquentait. J'ai dit non, sans me rendre compte que « non » était pour lui un défi et donc une motivation supplémentaire pour me séduire. Il était le type le plus compétitif que j'aie jamais rencontré. Il avait du génie dans son domaine, tout le monde l'admirait et il marchait à l'admiration. Il vivait pour ça. Il m'a poursuivie sans relâche et j'ai fini par craquer et tomber amoureuse. Tu te demandes sans doute pourquoi, mais il pouvait se montrer incroyablement charmant. Et j'étais très flattée, aussi. Je l'aimais de tout mon cœur et je croyais sincèrement que c'était réciproque. C'est comme ça que j'ai appris qu'il ne suffisait pas de vouloir très fort quelque chose pour que cette chose se réalise. Ma mère était très inquiète, mais je n'ai rien voulu entendre. Elle m'avait toujours surprotégée et en général je la laissais faire, mais cette fois-là j'ai réagi à l'opposé. Je me suis rebellée.

— Comme n'importe quel ado. Tu demanderas à ma mère de te raconter ce que lui a fait traverser Tyler. Il a même mis une fille enceinte. C'était une période difficile, je t'assure. La famille de la fille, les Carpenter, voulait le tuer. Gramps ne peut toujours pas passer devant leur propriété sans grogner. Il n'a jamais aimé cette Janet.

— Mais ta famille est restée soudée. Quand ma mère est tombée enceinte, ses parents l'ont mise dehors et ne lui ont plus jamais parlé. Ils n'ont même pas voulu me rencontrer. C'est pour ça aussi que ma mère et moi étions si proches. J'étais la seule personne qu'elle avait au monde et vice versa.

Elle garda un long silence avant de poursuivre.

— Quand j'ai décroché un poste chez Laroche, elle était très fière de moi. En revanche, quand elle a rencontré Pascal et qu'elle a vu sa façon de travailler et de traiter les gens, elle était effarée. Elle a tout de suite compris quel genre d'homme il était. Elle a essayé de me prévenir, mais je n'ai rien voulu entendre.

— Une réponse prévisible chez une ado amoureuse, je dirais.

— C'était la première fois qu'on était en conflit. Elle criait, menaçait, je répondais sur le même ton… Je comprends aujourd'hui qu'elle était déboussolée et qu'elle ne savait plus quoi faire pour m'aider, mais son attitude m'a surtout poussée à la voir moins souvent.

Sean remua, mal à l'aise. Le récit d'Elise et sa propre situation se ressemblaient trop pour qu'il ne le remarque pas.

N'avait-il pas réagi exactement de cette façon après la dispute avec son grand-père ?

— Tu étais écartelée entre deux sentiments très forts.

— Je découchais constamment et je ne lui disais pas où je dormais parce que je savais qu'elle tenterait de m'en dissuader. Je ne pensais qu'à Pascal, il m'avait tourné la tête. J'étais folle amoureuse et je faisais la sourde oreille aux conseils de Maman. Elle ne connaissait rien à l'amour, après tout. Elle était tombée enceinte à dix-huit ans, elle m'avait avoué avoir été folle de mon père, et elle me disait qu'un amour comme ça empêche de voir les gens tels qu'ils sont. Que l'on voit ce qu'on veut voir, et que l'on croit ce qui nous arrange. Elle voulait que je rompe avec Pascal et que je me trouve un autre boulot.

— Tu ne l'as pas écoutée.

— Non. J'étais amoureuse. Je ne voulais pas rompre avec lui, et encore moins écouter ma mère. Elle et moi, on a eu une engueulade affreuse, et je lui ai dit que j'allais emménager avec Pascal.

Elle serra le bord du sac de couchage, si fort que ses jointures blanchirent.

— Elle a voulu venir au restaurant pour me raisonner, et sur le chemin elle a été renversée par un taxi. J'ai eu un coup de fil de l'hôpital. A son arrivée, elle était déjà, comment dit-on ? Décédée.

Sans réfléchir, il tendit les bras et la serra contre lui, les yeux fermés.

C'était donc pour ça.

C'était donc pour ça qu'elle insistait autant pour qu'il fasse la paix avec son grand-père. Pour ça qu'elle accordait tant d'importance à la famille. Pour ça qu'elle ne voulait pas prendre le risque d'aimer.

— Ce n'était pas ta faute. Rien de ce qui s'est passé n'était ta faute.

— Si je n'avais pas déménagé chez Pascal, elle n'aurait pas traversé le boulevard Saint-Germain à ce moment-là, dit-elle, le visage blotti contre son torse.

Il la sentait tendue. Elle ne voulait pas se laisser aller.

— Je n'ai même pas pu lui dire adieu. Je n'ai pas pu lui demander pardon. Rien. Les derniers mots qu'on s'est dits étaient des mots de colère et je devrai vivre avec ça jusqu'à la fin de ma vie.

— Mais elle t'aimait, et elle savait que tu l'aimais.

— Peut-être. Je ne sais pas. Et je ne lui disais pas que je l'aimais, donc peut-être qu'elle ne le savait pas. On ne saura jamais. Après l'accident, je me suis écroulée. Je ne savais pas quoi faire, je n'avais personne. Sauf Pascal. Il s'occupait de tout, il s'occupait de moi. Il était tellement gentil que j'étais convaincue que ma mère s'était trompée à son sujet. Malheureusement, elle avait raison.

Elle s'écarta légèrement et repoussa les cheveux qui tombaient sur son visage.

— Le reste est assez prévisible. Et sombre. Tu es sûr de vouloir l'entendre ?

A vrai dire, une partie de lui aurait préféré se boucher les oreilles. La suite qu'il pressentait le rendait malade.

— Oui, dit-il cependant.

— La première fois que je l'ai surpris avec une autre femme, c'était le lendemain de notre mariage.

— Tu t'es mariée avec lui ?

Il ne s'était pas attendu à cela et eut du mal à cacher son choc. Ecouter Elise était comme regarder un train sur le point de dérailler, en sachant que le désastre est imminent et qu'on ne peut rien pour l'éviter.

— J'étais si amoureuse que ça me semblait la conclusion évidente. Je rêvais de former une famille avec lui, d'avoir des enfants, éventuellement d'acheter une maison à la campagne, près de Paris. Marrant, n'est-ce pas ? Tu dois te dire que j'avais regardé trop de films Disney.

— Ma chérie…

— Il y avait plein de signes, mais je me suis voilé la face. Je ne voyais que ce que je voulais voir : son talent, son charme. J'excusais ses sautes d'humeur en me disant qu'il était normal que les gens plus lents l'agacent. Et il avait été tellement présent après la mort de Maman, je crois que sans lui je me serais laissée mourir. J'étais si déprimée, si seule, que quand il m'a demandée en mariage je n'y ai pas réfléchi à deux fois. Le courant m'emportait et Pascal me lançait une corde. C'était m'y accrocher ou me noyer. Avec le recul, je dirais que ma détresse flattait son ego, il était un sauveur, un héros, il aimait se voir dans ce rôle. Les relations d'égal à égal ne l'intéressaient pas. Il avait besoin d'être au-dessus des autres.

Sean eut le ventre noué en pensant à cette jeune fille démunie à la merci d'un pervers narcissique.

— Tu n'es pas obligée de continuer, lui dit-il. Je suis désolé de t'avoir forcée à me raconter tout ça.

— Le lendemain du mariage, quand je l'ai surpris avec cette autre femme, il m'a dit que c'était une erreur. Une erreur ! Comme s'il s'était trompé de porte et était tombé comme ça sur elle.

Elle roula des yeux avec un petit rire sans joie. Sean, lui, n'avait pas le cœur à rire. Même sans joie.

— Tu lui as pardonné ?

— L'alternative était trop brutale, fit-elle avec un soupir. J'ai honte de le reconnaître, mais oui, je lui ai donné une autre chance. J'étais trop fragile, et admettre que ma mère avait vu juste m'était impossible, trop douloureux. Bien sûr, ça ne s'est pas arrêté là, ce n'est jamais le cas. Il était célèbre. Il y avait toujours des femmes autour de lui, et qu'il soit marié ne changeait rien. Il a enchaîné les histoires, parfois il avait plusieurs maîtresses à la fois. Et puis il mentait comme il respirait, tout ce qu'il disait était mensonge. Un soir, au milieu d'une dispute épouvantable, je lui ai dit que je voulais divorcer. C'est la première fois qu'il m'a frappée.

— Mon Dieu ! Oh ! ma chérie.

L'idée rendait Sean à la fois malade et fou de colère.

Comment avait-il pu ne pas le deviner ?

Il ne savait pas quoi dire. Comment réagir face à ça ?

— Après, il était désolé, bien sûr. Il m'a dit qu'il ne supportait pas l'idée de me perdre, que ça l'avait rendu fou.

C'était un accident, comme ses aventures. C'était ma faute, je l'avais provoqué. Pascal n'a jamais assumé la responsabilité de ses actes. C'était toujours la faute de quelqu'un d'autre.

Elle parlait d'un ton neutre. Factuel.

— Il m'a promis que ça ne se reproduirait pas. Il a accusé le stress. La soirée au restau avait été compliquée, trois membres du personnel malades, trop de pression. J'étais choquée, bien sûr. Personne ne m'avait frappée avant. Ma mère ne m'avait jamais frappée. J'avais lu des choses sur les femmes battues, mais quand ça t'arrive à toi, tu ne demandes qu'à croire les excuses qu'on te donne. C'est effrayant, d'ailleurs, comme on peut se persuader soi-même qu'on n'est pas en enfer alors qu'on y est jusqu'au cou. J'avais de mon côté commis de grosses erreurs et j'avais beaucoup de tolérance pour celles des autres. Et le quitter voulait dire non seulement briser mon mariage, mais aussi me retrouver au chômage, alors que j'aimais beaucoup mon travail. On avait des clients habitués, Pascal travaillait tout le temps, j'étais seule, déprimée, et ces gens étaient pour moi ce qui ressemblait le plus à une famille.

Les habitués du restaurant, une famille ?

Il songea à sa propre famille. Soudée. Agaçante. Toujours présente. Toujours.

— Donc il n'y a pas eu que cette fois-là, dit Sean en s'efforçant de parler calmement. Il a recommencé.

L'imaginer traverser seule toutes ces épreuves lui brisait le cœur.

— Oui. Mais la fois d'après, je suis partie.

Au ton d'Elise, il comprit qu'il ne fallait pas encore se réjouir. Que le cauchemar avait continué.

— Où est-ce que tu es allée ?

— J'ai trouvé un boulot dans un tout petit restaurant de la rive gauche. C'était discret, anonyme. J'étais convaincue que Pascal serait tellement soulagé de mon départ qu'il ne chercherait pas à me retrouver. Je me trompais. Il a vécu mon départ comme le comble de l'humiliation, et il s'est débrouillé pour faire fermer le restaurant afin de punir le patron qui avait osé m'embaucher. Il est venu en personne annoncer la nouvelle, et il en a profité pour me prévenir que personne ne voudrait de moi dans aucune cuisine de Paris et que j'étais obligée de rentrer avec lui. Et là, il m'a encore frappée. Mais je suis ravie qu'il ait choisi ce moment pour le faire, car Jackson était dans la salle ce soir-là.

— Jackson ?

Elle sourit d'un air attendri.

— Il était venu trois fois au cours de la semaine parce qu'il aimait ma cuisine. Il m'avait parlé de son entreprise, des hôtels, du ski. C'est lui qui m'a trouvée dans la rue ; je saignais, je savais à peine qui j'étais. Il m'a accompagnée à l'hôpital, a dénoncé Pascal à la police puis m'a emmenée à son hôtel. J'ai dormi dans son lit et il a dormi dans un fauteuil.

— Pascal a été arrêté ?

— On l'a convoqué. Mais il avait un bon avocat et un très bon attaché de presse qui a su étouffer l'affaire. Le lendemain, ton frère me proposait de travailler pour lui. J'ai d'abord dit non, parce que je ne voulais pas qu'il prenne de risques pour moi après tout ce qu'il avait fait, mais il refusait de quitter Paris sans moi.

— Bien.

Sean, comme tant de fois auparavant, éprouva une admiration sans bornes pour son jumeau.

— Donc, tu es partie en Suisse avec lui.

— Oui, Jackson m'a donné cette chance. Il m'a sauvée, je lui dois tout. Et je ne suis pas retournée à Paris depuis, même si l'appartement que je partageais avec ma mère m'appartient encore. Parfois, ça me rend très triste, j'adorais cette ville. Mais avec ce qui s'est passé, ma mère, Pascal…

Elle haussa les épaules.

— C'est un endroit toxique, pour moi. Je ne pourrais pas y retourner, ce serait trop douloureux. La façon dont j'ai traité ma mère…

Finalement, tout prenait sens, songea Sean. Le dévouement

d'Elise envers Jackson. Sa loyauté. L'amour inconditionnel qu'elle portait à la famille O'Neil.

Et ses raisons pour ne pas vouloir s'engager dans une histoire d'amour.

Ce n'était pas qu'elle refusait d'aimer. Elle avait désespérément besoin d'amour et d'une famille à elle, mais elle n'avait plus aucune confiance en son jugement.

Elle avait trop peur de tout perdre à nouveau. Elle avait adopté les O'Neil pour être entourée d'amour sans risquer son cœur.

Et à présent, Sean comprenait aussi pourquoi son frère lui avait interdit de s'approcher d'elle.

Jackson avait raison. La dernière chose dont elle avait besoin, c'était d'un homme comme lui.

— Pascal Laroche est peut-être un génie de la cuisine, dit-il, mais en tant qu'être humain il est vraiment au-dessous de tout. Je voudrais l'opérer sans anesthésie.

Puis, malgré son immense envie de la garder contre lui, il s'écarta d'elle.

— Et tu as eu des relations depuis ?

— Tu sais bien que oui.

— Je ne parle pas de sexe. Je parle d'intimité.

Même dans le noir, il sentit que la question la mettait mal à l'aise.

— Ça ne m'intéresse pas.

— Et que dirais-tu de t'amuser un peu ? D'un dîner aux chandelles ? D'une soirée à l'opéra ?

— Ce sont des choses que font les couples pour apprendre à se connaître quand ils commencent à sortir ensemble. Je ne veux pas de ça. L'amour m'a aveuglée. J'ai vu ce que je voulais voir, j'ai tout donné de moi, tout. On ne m'y reprendra plus.

Pourtant, c'était un risque qu'elle avait pris avec sa famille, songea-t-il. Elle lui avait offert sans réserve tout l'amour qu'elle avait peur de donner à un homme. Elle avait trouvé un endroit où elle se sentait en sécurité et s'y était réfugiée, enveloppée par la chaleur des O'Neil.

Sean en eut le cœur serré.

— C'est pour ça que tu es partie après la soirée.

— Je ne passe jamais plus d'une nuit avec homme. Ça m'a perturbée.

Ça l'avait perturbé, lui aussi.

L'envie de la serrer de nouveau dans ses bras devint presque irrésistible, mais il tint bon. Ç'aurait été une erreur. Avec une force de volonté qu'il ne se connaissait pas, il se glissa à l'intérieur de son sac de couchage. Quand elle l'imita en se tortillant, il eut le privilège d'apercevoir une épaule nue, la courbe d'un sein. Puis, un sourire lumineux, une fossette adorable.

— Finalement, dit-elle, c'est une bonne chose que tu sois venu à la place de Tyler. Il n'aurait pas su où se mettre si je m'étais mise à vider mon sac. Je pense qu'il préférerait se battre avec un ours plutôt que d'écouter les confidences d'une femme.

Mais ils savaient tous les deux qu'elle n'aurait pas confié son passé à Tyler. Elle n'en parlait à personne.

Pourtant, songea Sean, elle venait de tout lui raconter à lui, et pour une raison inconnue cette pensée lui réchauffa le cœur.

— Tu devrais dormir un peu, murmura-t-il. Tu as besoin de repos. Si un ours débarque au milieu de la nuit, je compte sur toi pour me protéger, donc recharge tes batteries.

— Tu essaies toujours de me convaincre que tu ne sais pas comment survivre dans la nature ? C'est trop tard, désolée. Je connais la vérité.

— Je n'en serais pas si sûr à ta place. Tu n'as pas peur que la tente s'écroule sur toi pendant ton sommeil ?

— Tu sais très bien ce qui me fait peur. Je viens de te le dire.

Elle s'était recroquevillée, mais face à lui, cette fois-ci.

— Et toi ? Qu'est-ce qui te fait peur, docteur O'Neil ?

L'idée de te blesser.

Mais il ne comptait pas le lui avouer.

— Ce qui me fait peur… Que le pressing rétrécisse mon costume préféré, je pense. Allez, on dort.

Il ferma les yeux tout en sachant qu'il n'arriverait pas à dormir. Pas avec le récit d'Elise encore tout frais dans son esprit. Il savait qu'il allait repenser pendant des heures aux épreuves qu'elle avait traversées, à sa façon de les surmonter pour, en dépit de tout, réussir à devenir une femme aussi entière, aussi forte.

Chapitre 14

Elise se réveilla, entortillée dans son sac de couchage, avec cette fatigue particulière qui suit les débordements émotionnels. Elle n'avait pas pleuré et s'en félicitait, mais elle se sentait vidée, affaiblie.

Terriblement vulnérable.

Elle avait ouvert son cœur à Sean. Elle qui ne s'était jamais confiée à ce point à personne, même pas à Jackson.

Merde[1].

Elle avait partagé ses secrets les plus intimes. Ses sentiments, ses émotions. Sa vie. Tout. Elle n'avait rien gardé pour elle, pas le moindre détail, et il l'avait laissée s'épancher.

Elle avait cru à un moment qu'il allait l'embrasser. Juste après qu'elle eut fini son récit, le regard bleu de Sean lui avait donné envie d'oublier son principe d'une seule nuit avec un homme afin d'en passer une troisième avec lui. S'il lui avait tendu les bras, elle aurait eu beaucoup de mal à lui résister. Heureusement, il s'était allongé dans son sac de couchage sans même la toucher.

D'après ce qu'elle savait de lui et de son énergie sexuelle, ça ne pouvait dire qu'une chose. Elle l'avait effrayé. Il avait pensé qu'ils étaient pareils, que comme lui elle préférait s'investir dans sa vie professionnelle plutôt que dans sa vie affective. A présent qu'il savait la vérité, il allait garder ses distances. Ce qui à la réflexion était plutôt positif.

1. En français dans le texte.

Autrement, elle aurait fini par enfreindre les autres règles qu'elle s'était fixées.

Elise s'assit, repoussa ses cheveux en arrière et inspira profondément.

Secouée par ses propres sentiments, confuse concernant ceux de Sean, elle s'habilla et sortit de la tente. A sa grande surprise, Sean avait déjà commencé à préparer le petit déjeuner sur le réchaud ultraléger.

— J'ai trouvé de quoi nous nourrir dans ton sac magique. Des muffins anglais maison et du bacon. Excellent choix.

Il tourna le bacon en dissipant avec un sourire décontracté le soupçon de tension qui flottait entre eux.

Dans la lumière matinale, ses cheveux bruns semblaient aile de corbeau tandis qu'une barbe naissante ombrait son menton. Contrairement à ce qu'il prétendait, il était aussi à l'aise à l'air libre que dans un restaurant chic.

Elle avait le ventre si serré qu'elle doutait de pouvoir avaler quoi que ce soit. Les confidences de la veille l'avaient déstabilisée bien plus que ne l'aurait fait une nuit de passion. C'était fou, songea-t-elle, mais leur conversation avait été le moment le plus intime qu'ils avaient partagé.

Accroupie près du réchaud, elle regarda le soleil apparaître au-dessus des sommets montagneux.

— Quelle heure est-il ? Nous sommes pressés ?

— Nous suivons au pied de la lettre l'emploi du temps de Tyler, qui est un forcené du camping. Et il tient à ce que le petit déj' soit pris au lever de soleil. Le but, c'est avoir fini la partie la plus escarpée avant qu'il ne fasse trop chaud. Il est convaincu que les clients seront au bord des larmes vers l'heure du déjeuner, et il prévoit donc l'arrivée à la cascade de glace à ce moment-là. C'est notre prochain point pique-nique.

Il parlait comme s'il ne s'était rien passé. Comme si rien n'avait changé.

— La cascade de glace ? demanda-t-elle.

— On l'appelle comme ça parce qu'en hiver elle gèle. On peut même l'escalader.

Il déposa les muffins grillés sur une assiette, y ajouta du bacon et la lui tendit.

— Evidemment, elle n'est pas glacée en ce moment.

— Je m'en doute. Ce n'est pas là que ton père a demandé ta mère en mariage ? Elle me l'a raconté.

— Tout à fait, dit-il en contemplant l'assiette. C'est un bon choix, ça. Tout le monde sait griller du bacon, même Brenna.

Après leur repas, ils firent disparaître tous les restes de nourriture afin de ne pas attirer les animaux sauvages, puis se remirent en chemin.

Ils avancèrent à un rythme soutenu en suivant le cours de la rivière pouvant servir de guide pour le retour à Snow Crystal. Elise se demanda si, dans ses journées à cavaler dans les cuisines, elle parcourait plus au moins de kilomètres que lors de cette randonnée censée mettre à l'épreuve la résistance physique d'un groupe à la recherche d'émotions fortes.

La cascade était magnifique. L'eau tombait depuis plusieurs mètres de hauteur en une pluie de fils argentés contre l'écrin vert mousse d'une paroi escarpée. Ils prirent leur déjeuner en la contemplant, avant d'entamer la dernière partie de leur parcours. Leurs pas les guidèrent vers le point d'intersection avec l'un des sentiers VTT de la station.

Ils l'avaient rejoint depuis cinq minutes lorsqu'ils entendirent des cris tout proches.

Elise se figea et tendit l'oreille.

— *Qu'est-ce que c'est*[1] ?

— Des enfants, répondit Sean.

Puis, s'arrêtant à son tour, il écouta plus attentivement.

— Je n'ai pas l'impression que ce soit une voix d'enfant, dit-elle.

C'est alors qu'un homme apparut dans leur champ de vision, leur faisait de grands signes avec les bras.

Elise plissa les yeux.

1. En français dans le texte.

— Ce n'est pas le père de Sam ?

— Oui. Il se passe quelque chose !

Sans même prendre la peine d'ôter son sac à dos, Sean s'élança vers l'homme en courant. Elise le suivit aussi vite qu'elle le put.

En arrivant à leur hauteur, elle découvrit le petit Sam allongé par terre. Le sang tachait son pantalon et, en coulant, noircissait la poussière du chemin. A quelques mètres, sur le sol, la roue avant du beau vélo rouge, déformée, se dressait en un drôle d'angle.

Elise fut en proie à une peur sans fond. Sam semblait si frêle, si fragile.

— Oh ! mon Dieu…, fit-elle.

— Son vélo a buté contre une pierre et il a été éjecté. Heureusement, il avait son casque.

Le père pressait la jambe de son fils, mais de toute évidence il ne savait pas ce qu'il faisait. Le sang continuait à couler entre ses doigts.

— Je n'arrive pas à arrêter l'hémorragie. Ça saigne beaucoup, par saccades. Je n'aurais pas dû le laisser seul mais il fallait que je trouve de l'aide. Oh ! Seigneur. Faites quelque chose, je vous en supplie. *Faites quelque chose.*

— C'est une artère, dit Sean.

Calme, serein, il posa son sac et s'accroupit pour examiner l'enfant.

Sam avait les lèvres bleues. Sur son visage pâle, la boue dessinait des traces sombres et les cheveux qui sortaient du casque lui collaient au visage. A côté de lui, son père balbutiait des phrases inintelligibles. Sean dut le pousser gentiment pour examiner l'enfant.

— J'ai cassé mon vélo neuf, dit celui-ci. Je l'ai cassé.

— Ne t'inquiète pas. Nous allons le réparer et il sera comme neuf, même mieux. Et toi aussi, on va te réparer.

Sam papillotait des yeux, luttant pour les garder ouverts.

— Je me sens bizarre. Comme si je flottais.

— N'aie pas peur. Tout ira bien.

Sean avait parlé d'une voix douce, très rassurante.

Elise l'observa, impressionnée par la dextérité de ses mouvements. Elle se sentait impuissante et maladroite, et aurait voulu faire quelque chose. Sean de son côté, rien qu'en posant la main sur la zone de la plaie, avait réussi à réduire l'hémorragie.

— Elise? appela-t-il.

— Oui?

Sa voix tremblait — elle tremblait de la tête aux pieds. Exactement comme le jour où Walter avait fait sa crise cardiaque.

— Qu'est-ce que je peux faire? Comment je peux t'aider?

Simplement, ne le laisse pas mourir, ne le laisse pas mourir.

— Ma trousse de secours. Dans la poche supérieure de mon sac à dos. Il faut appeler Jackson, aussi.

— Il n'y a pas de réseau, dit le père de Sam, désespéré. J'ai déjà essayé.

Elise était si nerveuse qu'elle se rappelait à peine comment ouvrir une fermeture Eclair, mais elle trouva la trousse à l'endroit indiqué.

— C'est mon sang, par terre? demanda Sam d'une toute petite voix. Il y en a beaucoup.

Il avait raison, pensa-t-elle. La flaque prenait des proportions alarmantes.

— Ne t'inquiète pas, fit Sean du même ton apaisant. C'est sacrément salissant, le sang. Je suis sûr que tu as déjà saigné du nez, hein? Deux gouttes, et il y en a partout.

D'un geste, il demanda à Elise d'ouvrir la trousse.

— Tu en as encore plein dans ton corps, dit-il au petit. Tout va bien se passer.

— Maman ne va pas être contente, quand elle va voir ma veste.

— Je te promets qu'elle ne se fâchera pas. Elle sera très heureuse de voir que tu vas bien.

Les yeux de Sam, immenses, cernés de bistre, trahissaient une peur beaucoup trop grande pour un enfant si petit.

— Je suis engourdi, dit-il. Comme si tout était très loin.

— Je suis là, Sam. Je suis avec toi, je ne bougerai pas. Je vais m'occuper de cette jambe en un clin d'œil.

— Cool, murmura le petit. Vous sauvez des vies tout le temps, pas vrai ?

Sean hocha la tête lentement.

— Tout le temps. C'est mon boulot, je fais ça tous les jours. Tu n'as aucun souci à te faire.

— Je n'ai pas vu la pierre.

— Ça arrive à tout le monde, mon grand. Tu demanderas à Tyler d'enlever sa chemise la prochaine fois. Tu verras, il a des cicatrices partout, et chaque cicatrice a son histoire. Tu auras plein de choses à raconter à tes copains à la rentrée. Tu vas leur en mettre plein la vue.

Il ne relâchait pas la pression sur la blessure en dépit du sang qui rendait ses doigts glissants.

— Elise. Trouve les ciseaux. Bien. Il faut couper le pantalon.

Elle tailla aussi vite que possible la toile raidie par la boue et le sang, retirant au fur et à mesure les feuilles et brindilles qui s'y étaient collées. L'angoisse du père de Sam, qui ne parvenait toujours pas à contacter la station, était devenue tangible.

— Ça sert à rien, fit-il en levant son portable à la recherche du signal. Rien. Je vous en prie, sauvez mon fils, ne le laissez pas mourir…

La peur figea le regard de l'enfant. Elise retint son souffle. Le petit avait entendu.

— Personne ne va mourir, dit Sean sans s'énerver. Allez plus loin, vers la cascade. Le réseau est capricieux, mais j'ai déjà pu passer des coups de fil de ce côté-là.

Le père de Sam tituba, écartelé entre le besoin urgent d'appeler les secours et celui tout aussi puissant de rester auprès de son fils.

— Je ne veux pas m'éloigner de lui.

— On s'occupe de lui, dit Sean. Faites-moi confiance.

Elise déglutit. Tout à coup, elle avait une confiance aveugle en Sean, elle aurait sauté sans hésiter d'une falaise s'il le lui avait demandé. Son aura d'autorité sereine vint aussi à bout des réserves du père de Sam.

— D'accord, dit-il. Je reviens tout de suite, fiston. Tiens bon, tu vas t'en sortir. Tu es entre de bonnes mains avec le Dr O'Neil, il va te guérir en moins de temps qu'il ne faut pour le dire. Ça va aller, fiston, ça va aller.

Mais Elise pouvait voir qu'il cherchait surtout à y croire lui-même. Elle le comprenait bien. Le volume de sang que le petit avait perdu, ses lèvres bleutées…

Si Sean n'avait pas été là, elle aurait paniqué, mais elle savait qu'il faisait tout ce qui était en son pouvoir. S'il avait le moindre doute sur l'issue de la situation, il n'en laissait rien transparaître.

— Ouvre les compresses stériles. Toutes. Et passe-moi ton foulard.

Ses instructions étaient claires et concises. Pourtant Elise mit un certain temps à les comprendre. La peur brouillait ses pensées ; elle était obsédée par tout ce sang qui coulait du petit corps, à tel point qu'il lui semblait impossible que Sam puisse survivre.

— Mon foulard ?

— Je vais en avoir besoin pour en faire un bandage. Ou peut-être un garrot. Donne-le-moi.

La voix froide et efficace de Sean la sortit de sa stupeur. Elle suivit les instructions de façon automatique. Ses mains tremblaient, ses gestes étaient maladroits, mais elle lui tendit le foulard et finit tant bien que mal par ouvrir les compresses.

— Bien. Voyons ce qu'on a ici. Sam, c'était comment, la balade, avant la chute ? Tu t'es bien amusé ? Je dois t'avouer que je suis un peu jaloux de ton vélo. Il est formidable.

Il continua à parler du même ton léger, tout en tamponnant la zone blessée pour obtenir une vue plus claire de l'étendue des dégâts.

Le sang gicla de nouveau en un jet vertical, impressionnant. Sean l'arrêta aussitôt avec un tampon compressif qu'il maintint en place avec le foulard. Le sang couvrait ses bras et avait détrempé sa chemise, mais il ne paraissait pas s'en apercevoir. Toute son attention était tournée vers l'enfant qui semblait lui filer entre les doigts.

— Elise, il me faut un couteau ou une fourchette.

J'ai dû mal entendre, se dit-elle en serrant ses mains dans l'espoir d'arrêter leur tremblement.

— Quoi ? Un couteau ou une fourchette ?

— L'un ou l'autre, peu importe. C'est pour serrer le garrot, je n'arrive pas à comprimer suffisamment.

— Je vais mourir ? demanda Sam, les yeux sur le visage de Sean. Mon père a dit que j'allais mourir.

— Tu ne vas pas mourir, Sam. Tu vas passer quelques jours un peu difficiles, mais tu vas t'en sortir. N'aie pas peur.

— Alors, pourquoi Papa a dit ça, si ce n'est pas vrai ?

— Parce qu'il avait peur. Tu es son fils, il t'aime plus que tout.

Il déplaça le foulard et le serra.

— C'est dur, de voir souffrir les gens qu'on aime.

— Mais vous, vous n'avez pas peur, non ?

— Il n'y a aucune raison d'avoir peur, fit Sean d'un ton faussement blasé. Tu t'es fait une sacrée éraflure, mais ce n'est que ça. Rien de dramatique.

Elise regarda l'enfant gisant dans son sang et pria pour ne jamais être témoin d'une scène que Sean daignerait qualifier de dramatique.

Le petit s'accrocha au bras de son héros.

— Vous avez dit que c'était une artère. C'est mauvais, ça, hein ?

— Eh bien, si on ne faisait rien, ce serait mauvais. Mais on a fait quelque chose. Tu ne saignes plus, et bientôt tu seras à l'hôpital, où de très bons médecins vont s'occuper de toi.

— Pas vous ? Je veux que ce soit vous, docteur O'Neil.

— Je préfère te laisser entre les mains des spécialistes de ce type de blessures. Si tu t'étais cassé un os, ce serait différent. Là, je serais ton homme.

Oh ! oui. Elise l'aurait voulu, elle aussi, à ses côtés dans une situation grave. C'était vraiment l'homme qu'il fallait avoir près de soi quand les choses tournaient mal.

Elle comprit soudain le dévouement de Sean à son travail. Il était doué. Pleinement investi. Quand il se levait le matin, c'était pour sauver des vies. Tandis qu'elle ne faisait que préparer des pâtisseries. Ce n'était pas étonnant qu'il n'ait pas compris son angoisse au sujet de la terrasse du Boathouse. Comment comparer l'inauguration d'un café à la vie d'un enfant ? Comment comparer quoi que ce soit à la vie d'un enfant ?

Sean faisait un métier dont peu de gens étaient capables. Il avait un savoir-faire qui était loin d'être à la portée de tout le monde, et c'était une bonne chose qu'il le mette au service des autres.

Le petit ferma les yeux puis les rouvrit dans un effort poignant.

— Vous viendrez à l'hôpital avec moi, docteur O'Neil ?

— Je viendrai avec toi.

— Vous resterez avec moi tout le temps, même pendant que je dors ?

— Je resterai avec toi, répondit Sean sans hésiter. Je serai là tout le temps, tout le temps.

— Serment du petit doigt ?

— Je ne sais pas ce que ça veut dire, mais je serai là. Je te le promets.

— Cool, murmura Sam.

Et il s'accorda enfin le droit de fermer les yeux.

Elise ravala le nœud de larmes qui tenaillait sa gorge, émue par cette facette de Sean qu'elle n'avait jamais vue.

Ou bien si ? A l'hôpital, après l'attaque de Walter, ne s'était-il pas montré calme et posé alors que le reste de la famille paniquait ? Et la veille, quand elle avait étalé sans pudeur tous ses secrets, ne l'avait-il pas écoutée avec douceur et patience ?

Elle songea aussi à la nuit de l'inauguration. Rien n'aurait été plus facile pour lui que de tourner les talons. Pourtant, il avait voulu s'assurer qu'elle était bien rentrée, et il s'était donné du mal pour l'emmener jusqu'à son lit.

— Je les ai eus ! s'écria le père de Sam. Ils arrivent !

Il les rejoignit en courant, le visage rougi par l'effort.

— Cinq minutes, ils ont dit. Ça va aller ? Ils arriveront à temps... Oh ! mon Dieu ! Sam ? Il est inconscient ? Qu'est-ce qui lui...

Un sanglot l'empêcha de finir la phrase. Il tremblait, transpirait, visiblement en état de choc.

Sean échangea avec Elise un regard chargé d'une demande muette qu'elle n'eut aucun mal à déchiffrer.

Il ne pouvait s'occuper en même temps du père et du fils. Il fallait donc éloigner le père, l'empêcher d'empirer les choses. Elle avança vers lui d'un pas chancelant, les jambes en coton.

— Allons à leur rencontre, dit-elle en le prenant par le bras. Ça accélérera le mouvement. Sean a la situation en main. Allez. Venez avec moi.

Cette fois-ci, Sean ne leva pas le visage. Il essayait de sauver le garçon et rien, rien, n'était plus important que ça.

— Le chirurgien est en train de parler avec les parents de Sam, dit l'infirmière. Ils vont aller le voir tout de suite après, donc je pense que vous pouvez partir, docteur O'Neil. Vous êtes le héros du jour.

Sean lui adressa un hochement de tête sans même la regarder. Il ne pouvait pas quitter des yeux l'enfant qui respirait paisiblement dans le lit à côté de lui, encore inconscient, aussi pâle que les draps qui le couvraient. Les six heures qui venaient de s'écouler avaient été les plus longues de sa vie.

— Merci. Je vais être là à son réveil.

— Vous n'êtes pas obligé, répondit l'infirmière d'un ton mielleux. Vous ne voulez pas vous changer ? Vos vêtements sont couverts de sang. Je pourrais vous prêter une blouse et trouver un sac pour votre chemise.

— C'est bon, je n'ai besoin de rien.

Quelle importance ça avait, ce qu'il portait ? L'enfant avait failli mourir et elle se tracassait pour quelques taches de sang sur ses fringues ?

— J'habite à côté, si vous souhaitez prendre une douche et vous changer dans un lieu plus intime que l'hôpital.

Son ton suggérait qu'elle aurait été ravie de lui enlever elle-même ses vêtements tachés.

S'il en avait eu la force, Sean aurait éclaté de rire.

Elle le prenait pour qui ? Superman ?

Après la tension émotionnelle de ces six dernières heures, la course contre la montre en ambulance, le bras de fer contre la mort au bloc, il aurait pu dormir debout. Le Boston Ballet au grand complet aurait pu danser le french cancan dans la chambre en petite tenue qu'il n'aurait rien remarqué.

Il était au-delà de la fatigue.

Jusqu'à ce qu'il voie Elise sur le pas de la porte. Tout de suite, il se sentit revivre.

Cependant, au lieu de lui offrir le sourire chaleureux auquel il s'attendait après une nuit de confidences et une journée dramatique, elle garda une expression neutre. Son joli visage, d'habitude si vif, était figé, et ses yeux verts, capables de provoquer un incendie d'un seul battement de cils, étaient aussi froids que la glace.

— J'étais venue te dire que les parents de Sam étaient arrivés, dit-elle d'un ton aussi glaçant que son regard. C'est moi qui les ai accompagnés en voiture ici, ils n'étaient pas en état de conduire. Sa mère est morte d'inquiétude, évidemment. Le père s'est un peu calmé, heureusement. Ils sont avec le médecin qui a opéré Sam.

— Bien sûr.

Sean en conclut qu'Elise était sous le choc. C'était compréhensible, l'accident de Sam avait été une expérience terrifiante, dont lui-même était encore secoué.

— Je dois retourner à Snow Crystal tout de suite. Le restaurant est complet ce soir, ils ont besoin de moi.

— Je me proposerais bien pour aider, mais je pense que je vais être retenu ici encore un bon moment.

— Bien sûr, dit-elle avec un sourire pâle. Tu as bien sûr des choses à faire *ici*.

Il supposa qu'elle parlait de l'hôpital, de Sam. De sa promesse. De quoi d'autre, sinon ?

— Oui. Bon, on se voit tout à l'heure ?

— Ça m'étonnerait. Je vais travailler tard, ensuite tu vas retourner à Boston. Bonne nuit, Sean.

Elle le dévisagea longuement. Il crut voir, fugacement, son regard s'attendrir, mais tout de suite après elle tourna les talons et, tout doucement, ferma la porte derrière elle.

Quelque chose lui échappait, il en était certain. Quelque chose à la fois d'évident et de très important, mais... il était trop fatigué pour trouver la solution.

Durant toute la soirée, Elise cuisina, sourit et servit plus d'une centaine de couverts en s'efforçant de ne pas penser à Sean et à la jolie infirmière.

Elle avait vu le sourire de cette femme.

Elle avait entendu son invitation.

Elle n'avait pas entendu Sean la refuser.

Une semaine plus tôt, elle s'en serait moquée éperdument. Aujourd'hui ?

Elle tira brusquement sur le manche d'une poêle, dans le placard, et toutes les autres tombèrent par terre dans un grand fracas.

— *Merde*[1].

Aujourd'hui, elle s'en moquait tout autant. Sean était un électron libre qui pouvait coucher avec qui il voulait. Qu'il ait fait semblant d'être un type sensible qui savait écouter alors qu'il se contentait de jouer un rôle, soit. Aucune importance. En revanche, qu'il ait brisé la promesse faite à un enfant malade...

Ça, elle ne pouvait pas le supporter.

Il avait promis à Sam qu'il resterait près de lui jusqu'à son réveil, mais, de toute évidence, il s'était réservé le droit de

1. En français dans le texte.

revenir sur sa parole si une infirmière blonde aux priorités mal placées lui proposait quelque chose de plus intéressant.

Bref, il mentait quand ça l'arrangeait. Pourquoi en être surprise ? Elle avait assez vécu pour savoir de quoi les gens étaient capables.

Elle fit bruyamment claquer la poêle sur le feu, et vit Poppy sursauter.

— Tout va bien, chef ?

— Très bien.

Elise mit de l'huile à chauffer, ajouta de l'ail et du gingembre.

— Ça ne pourrait pas aller mieux.

Ce que Sean faisait ne l'affectait pas personnellement, elle se fichait pas mal qu'il couche avec tout le personnel féminin de l'hôpital. Elle avait cependant beaucoup de mal à accepter qu'il ait brisé une promesse faite au petit Sam.

Comment pouvait-il faire un truc pareil ?

Comment pouvait-il mentir à un enfant ?

On ne pouvait pas tomber plus bas. C'était inexcusable.

— Tu es *sûre* que ça va ? dit Poppy en s'approchant d'elle, soucieuse. Parce que tu devrais baisser le feu, je crois.

Elise regarda la poêle.

Oh. L'ail avait noirci, son odeur âpre offensait ses narines.

Bon sang. Elle l'avait laissé brûler, comme une débutante. Cela ne lui était pas arrivé depuis des années.

Elle retira la poêle du feu avec un grognement mécontent et leva les mains en signe de défaite.

— C'était une mauvaise idée de venir travailler ce soir. Je suis trop sur les nerfs.

Poppy éteignit le feu et parla d'un ton rassurant :

— Mais c'est normal. C'est traumatisant, ce que tu as vécu aujourd'hui. Tout le monde est inquiet pour Sam, on a dû me demander de ses nouvelles un million de fois. On croit que la seule chose qui intéresse les gens c'est la cuisson de leur steak et, quand il arrive une chose comme ça, on s'aperçoit qu'ils se font du souci pour les autres. Ça redonne confiance en la nature humaine, franchement.

Pas si sûre, se dit Elise. Sa foi en la nature humaine avait été chamboulée autrefois et ses expériences des dernières heures ne risquaient pas de lui faire voir les choses autrement.

C'était comme revivre son histoire avec Pascal.

Poppy écarta gentiment Elise d'un geste et recommença l'opération avec une poêle différente.

— Tu devrais aller discuter avec les clients. Je prends la main ici, ne t'inquiète pas. Tout est sous contrôle.

Discuter avec les clients ?

Elise cilla. Inspira profondément. Oui, elle allait faire ça.

Elle allait surtout arrêter de penser à Sean.

D'une certaine manière, elle aurait dû être heureuse qu'il ait tombé le masque. Après l'avoir vu sauver Sam, elle était prête à renoncer à tous ses principes. Elle l'avait trouvé héroïque, admirable. Elle avait failli craquer.

Mais elle n'avait aucune admiration pour un homme qui revenait sur une parole donnée à un enfant.

Avec un soupir, elle franchit la porte qui séparait l'office de la salle principale de la Grive en espérant que son sourire feint donne le change.

— Des nouvelles du petit Sam, Elise ?

Les mauvaises nouvelles voyageaient vite. La question provenait d'une famille qui logeait dans un des chalets. A leur table, tous les visages étaient graves. En même temps, songea Elise, Snow Crystal étant comme un petit village, certains des clients s'y retrouvaient tous les ans.

— Les médecins sont très optimistes, répondit-elle.

— Je l'ai vu ce matin, avec son papa et son nouveau vélo. Il avait l'air si heureux. Dire que tout peut basculer d'un moment à l'autre…

— Il paraît que si le Dr O'Neil n'avait pas été là, le pire aurait pu arriver. C'est un véritable héros.

— Il va s'en sortir, n'est-ce pas, chef ?

Même Tally, la maîtresse d'hôtel qui veillait comme personne à la qualité du service, marqua une pause pour s'enquérir de l'état de Sam.

Elise traversa la salle. Le dialogue changeait à peine

d'une table à l'autre. Mêmes questions. Mêmes réponses rassurantes. Mêmes vœux de prompt rétablissement pour Sam. Même admiration sans bornes pour l'attitude héroïque de Sean.

Elle finit par retourner se réfugier dans la cuisine.

— On ne parle plus que de Sam et de Sean, dit-elle, à personne en particulier.

— Et comment il va, le petit bonhomme ?

Antony, sa dernière recrue et aussi le plus jeune des commis, leva un instant les yeux des légumes qu'il était en train de couper.

— Il était là hier soir, dit-il. Il a commandé sa pizza préférée. Et il m'a dit qu'il avait adoré son gâteau d'anniversaire au chocolat. Il est super, ce gamin. Heureusement que le Dr O'Neil était là.

Elise sourit de toutes ses dents pour ne pas hurler qu'on lui fiche la paix.

— Sam se porte bien. Maintenant, ce que je veux, c'est que tout le monde reste bien concentré. Nos clients s'attendent à un dîner de qualité. On ne peut pas se permettre de les décevoir.

— Oui, chef. Je veux dire, non, chef.

Antony, rouge comme une pivoine, semblait vouloir se cacher sous la table. Elise se sentit un peu coupable. Certes, elle était perfectionniste. Les clients payaient des sommes conséquentes pour goûter à sa cuisine et elle entendait leur donner satisfaction. Mais ce n'était pas une raison pour rudoyer le personnel.

D'autant plus que son coup de semonce, en l'occurrence, n'était pas dû à une baisse de qualité du service mais à l'indignation qu'elle ressentait en imaginant Sam se réveiller et découvrir que son héros l'avait trahi.

Je serai là. Je te le promets.

Pauvre Sam. A son âge, il était sur le point d'apprendre que les gens peuvent faire des promesses et les oublier dès que le vent tourne.

Elise ne pouvait s'empêcher d'imaginer Sean en train de faire des folies de son corps avec l'infirmière.

Et en même temps elle se repassait à la mémoire une scène dont elle avait été réellement témoin. Sean, penché sur la jambe de Sam, efficace, serein. Elle l'entendait rassurer l'enfant, éloigner ses peurs. Ce qui la ramenait aussitôt au chevet du petit malade, quand Sean avait souri à l'infirmière.

— *Merde*[1].

Antony sursauta.

— Chef ?

— Rien, Antony. Continue comme ça. Tu fais du bon boulot, on est contents de t'avoir parmi nous.

Agacée que sa vie personnelle, ses émotions affectent à ce point son travail, elle retourna aux fourneaux avec une concentration redoublée.

A la fin du service, elle était si furieuse contre elle-même qu'elle parcourut la distance qui la séparait de son chalet en un temps record.

Elle monta deux à deux les marches de la terrasse en se demandant si elle n'allait pas enfiler sa tenue de sport pour aller courir et… s'arrêta aussi sec en découvrant Sean installé sur la chaise qu'elle laissait toujours sur le ponton.

C'était la dernière personne qu'elle s'attendait à voir. La dernière qu'elle ait envie de voir.

Elle aurait pu sauter de joie si la colère n'avait pas pris le dessus. La rage qu'elle avait ruminée pendant des heures jaillit en un jet corrosif.

Elle ne fit aucun effort pour la contenir.

— Qu'est-ce que tu fais là ? Sors de chez moi, espèce de menteur, de…

La tirade en français qui suivit effaça le sourire de Sean. Tant mieux. Ses manières de charmeur n'avaient plus de prise sur elle.

— Elise ? Qu'est-ce que… ?

---

1. En français dans le texte.

— Tu t'attendais à ce que je t'accueille les bras ouverts après ce qui s'est passé ? Comment tu crois que je l'ai vécu ?

Il garda son calme.

— J'imagine ce n'était pas facile pour toi et…

— Pas facile ? Ha ! Elle est bien bonne, celle-là ! J'ai cru pendant un instant que tu étais un héros, mais j'ai vite déchanté. Il n'y a rien d'héroïque chez toi, Sean O'Neil.

Le trop-plein d'émotions de la journée débordait, imparable.

— Rien, asséna-t-elle. Rien.

— Là-dessus on est d'accord, j'ai juste fait mon travail, dit-il en se relevant. Ecoute, tu es sous le choc, c'est normal. On devrait…

— Ne m'approche pas, dit-elle en l'arrêtant d'un geste. Je t'en prie, reste où tu es. Pour ton propre bien.

Il fit tout de même un pas vers elle.

— Tu dois être aussi fatiguée que moi, tu as besoin de t'allonger. Et si on rentrait ?

— Tu penses que je vais m'allonger avec toi ? Après ce que tu as fait ? Juste parce que tu sauves des vies et que tu joues les héros et que tu achètes des fleurs pour ta grand-mère, tu crois que tu es un cadeau pour les femmes ?

Elle était si emportée qu'elle parlait dans un mélange effréné d'anglais et de français.

— Tu te crois si irrésistible ?

Comme Pascal. Exactement comme Pascal.

— Doucement, dit Sean. Tu peux répéter ?

Il fronça les sourcils.

— Pourquoi tu me traites de menteur ? A propos de quoi je t'aurais menti ? Et qu'est-ce que les fleurs pour Grams ont à voir là-dedans ?

— Va-t'en.

— Je ne bouge pas tant que tu ne m'expliques pas en quoi j'ai pu mentir.

Qu'il ose le demander finit de la mettre hors d'elle.

— Pourquoi es-tu venu, de toute façon ? Une femme par jour, ce n'est pas assez ? Ou c'est elle qui t'a mis dehors ?

— Elle ? C'est qui, elle ?

Elle serra les poings, la gorge nouée de chagrin.

— Tu ne sais même plus son nom. Tu me dégoûtes.

— Ma chérie, je suis tellement fatigué que c'est à peine si je me rappelle le mien.

Si ses propos étaient légers, le ton de sa voix trahissait un début d'irritation.

— Tu m'expliques ce qui se passe, s'il te plaît ? Je ne comprends pas un traître mot de ce que tu dis.

— Tu as manqué à ta promesse ! Tu… Tu avais dit…

Les mots lui manquaient.

— Tu as dit des choses mais tu n'as pas tenu parole. Ce n'était qu'un tas de mensonges.

En colère contre lui, mais encore plus contre elle-même de s'être montrée assez naïve pour le croire, Elise le repoussa violemment quand il fit un pas vers elle. Il trébucha en arrière, perdit l'équilibre et tomba dans le lac dans un grand éclaboussement.

Elise reçut une pluie de gouttes suivie d'une douche d'invectives bien senties.

— C'est quoi ce bordel ? Je viens de me changer ! Ça fait deux tenues foutues en une journée ! Qu'est-ce qui te prend ?

Sans cesser de jurer, il se hissa hors de l'eau, dégoulinant sur les planches, à l'opposé du Sean nonchalant et sophistiqué qu'elle avait toujours connu.

— Je veux que tu t'en ailles.

— Oui, tu as bien fait passer le message.

Il chassa l'eau de son visage et baissa les yeux sur ses vêtements. La chemise trempée lui collait au torse.

— Et je m'en vais. Dès que tu m'auras expliqué quelle promesse je suis censé avoir trahi.

— Tu ne t'en souviens même pas ! Tu brises tes promesses si souvent que tu ne t'en rends même pas compte.

Elle monta les marches, prit sur la table un bougeoir de verre et le lança sur lui de toutes ses forces.

— Tu avais promis à Sam que tu ne le laisserais pas seul !

D'un mouvement leste, Sean esquiva le projectile qui disparut dans les eaux sombres avec un gros plouf.

Il la fixa entre ses cils mouillés.

— C'est ça la promesse ? On parle de Sam, là ?

— Oui. Il était terrifié et tu as pris sa main, si doux, si rassurant, et tu lui as fait une promesse, Sean. Tu lui as parlé d'un ton tellement sincère… Et puis après… Ensuite…

Son anglais d'habitude impeccable se changea en un français imagé qui aurait fait rougir le plus grossier des chauffeurs de taxi parisiens. L'expression médusée de Sean indiquait que son éducation n'avait pas inclus l'étude approfondie du français des rues.

— Je ne te suis plus, dit-il. Si tu tiens à m'insulter, fais-le en anglais. Ou dans un français de manuel scolaire.

— Tu lui as fait une promesse mais tu l'as laissé seul pour aller coucher avec cette allumeuse d'infirmière avec sa bouche toute rouge en cul de poule…

Elle fit une moue excessive pour imiter la femme en question. Sean écarquilla les yeux, interdit.

— Quoi ? Tout ça à cause de l'infirmière ?

Une mèche détrempée dégoulina sur son front, qu'il repoussa d'un geste agacé.

— Tu m'engueules et tu me jettes à l'eau parce que tu es jalouse ?

— Je ne suis pas jalouse ! Il ne s'agit pas de moi ! Il s'agit de Sam !

— C'est Sam qui t'a demandé de m'insulter et de me jeter des trucs à la figure ? Je ne crois pas. Sam n'a rien à voir là-dedans. Tout est dans ta tête, ma chérie.

— Je ne suis pas « ta chérie ».

— Tu es jalouse.

Il le dit très lentement, comme s'il venait d'avoir une révélation. Et, en voyant le sourire qui courbait ses lèvres, Elise eut envie de le pousser de nouveau dans le lac. Et de lui maintenir la tête sous l'eau.

— Moi, jalouse ? Pourquoi je le serais ? Je me fous de savoir qui tu couches avec, *tu comprends*[1] ?

1. En français dans le texte.

— Je comprends, dit-il, même si l'ordre correct est « Je me fiche de savoir avec qui tu couches ». Quand tu te fâches, tu écorches la grammaire, mon ange.

— Je ne suis pas « ton ange ». Et j'écorche la grammaire si je veux, et je t'écorcherai toi si tu redis que je suis jalouse. Je m'en fous que tu aies couché avec cette nana. Je m'en fous que tu aies sauvé la vie de Sam ou que tu offres des fleurs à ta grand-mère. Surtout, je m'en fous de toi.

Elle criait à présent.

— La seule chose qui m'importe c'est que tu n'as pas tenu ta promesse ! C'est un enfant, Sean, tu n'as pas honte ? A cause de toi, il ne pourra plus jamais faire confiance aux gens !

— Tu as fini de crier, oui ? dit-il en se passant la main dans les cheveux. J'aimerais bien dire quelque chose.

— Je ne veux pas l'entendre. Je ne veux pas entendre qu'elle était jolie, ou que ça ne compte pas, ou que tu as glissé et que tu es tombé sur elle la bite la première ou…

— Mais je n'ai pas couché avec elle. Tu ne veux pas l'entendre, ça ?

— Je ne veux pas entendre tes mensonges ! dit-elle en se bouchant les oreilles. De toute façon, je m'en fous !

— Non, tu ne t'en fous pas, mais tu as tellement peur que tu ne veux pas écouter. Et je comprends, après tout ce que tu m'as raconté hier soir. Mais je ne suis pas Pascal, Elise. Je ne veux pas que tu projettes sur moi tes sentiments pour lui.

Elise frémit, le souffle court. Pourquoi, mais pourquoi lui avait-elle avoué tant de choses ?

— Ne t'inquiète pas pour moi, dit-elle. Nous ne sommes pas ensemble, tu ne me dois rien et tu ne m'as promis rien.

C'était très frustrant de devoir exprimer des sentiments si complexes quand les mots lui manquaient ou sortaient de sa bouche dans le désordre.

— Ce n'est pas pareil qu'avec Pascal, continua-t-elle, parce que mes sentiments, je ne les ai pas engagés. Je suis fâchée à cause de Sam. Tu fais ce que tu veux, je m'en fous.

Sean tordit les pans de sa chemise pour en essorer l'eau, fixant Elise d'un regard perçant.

— Tu t'en fous ? Tu es sûre ? Tu m'as l'air beaucoup trop en colère pour quelqu'un qui s'en fout. Je vois que tu es vraiment affectée, donc je vais le redire encore une fois. Je n'ai pas touché cette femme. Je n'ai rien fait avec elle.

— J'étais là, Sean. J'ai entendu son invitation, j'ai vu son sourire. *Merde*[1], j'ai même cru qu'elle allait te renverser sur le lit de Sam avant que tu ne changes d'avis. *J'étais là !*

— A en juger par ta façon de me pousser dans l'eau et de me jeter des objets contondants, tu n'étais pas là quand j'ai refusé.

— J'ai…

Refusé ? Oh.

La colère d'Elise, qui allait droit dans le mur de la déception, s'arrêta net. Comme la voiture de Sean devant un feu rouge.

— Tu as… refusé ?

— Oui. Et la prochaine fois, si tu veux savoir ce que je fais, tu m'appelles. Ou tu m'envoies un message. Je t'ai donné mon numéro, tu t'en souviens ?

— Je ne vais pas t'appeler. Ni t'envoyer des SMS. Tu… Tu…

En même temps qu'un immense soulagement, elle éprouva une cuisante sensation de ridicule qui lui donnait envie de se cacher sous terre. Mais le plus terrifiant, de loin, était le soulagement. Pourquoi aurait-elle dû se soucier des actes de Sean, après tout ? Qu'est-ce que ça pouvait lui faire qu'il embrasse d'autres femmes ou couche avec elles ? Et que changeait le fait qu'il reste ou pas au chevet de Sam, puisque sa promesse avait rassuré l'enfant au moment où celui-ci en avait besoin ?

Comme d'habitude, elle avait réagi de façon excessive.

1. En français dans le texte.

Mais elle était bel et bien épuisée. Horriblement stressée après les événements de la journée et les grandes déclarations de la veille.

— *Je suis désolée*[1], dit Elise. Je m'emporte facilement et j'ai cru que... J'ai pensé...

Elle prit une grande inspiration.

— S'il te plaît, va-t'en, fit-elle.

Il fronça les sourcils.

— Elise...

— S'il te plaît, Sean. Tu as raison, je suis très fatiguée. J'ai besoin de dormir.

— On devrait...

— Non, vraiment.

Il n'avait peut-être pas couché avec l'infirmière, mais il n'avait pas non plus tenu sa promesse. C'était un mauvais signe, mais ce mauvais signe arrivait juste au bon moment pour lui ouvrir les yeux.

— Allez, je suis très, très fatiguée. Bonne nuit, Sean.

1. En français dans le texte.

Chapitre 15

— J'ai vu un truc intéressant hier soir quand je rentrais du village, dit Tyler.

Accroupi à côté du vélo de Sam, il s'adressait à Jackson.

— D'après ce que je vois, continua-t-il en examinant l'engin, l'accident n'a pas été causé par un souci mécanique. Le petit n'a pas eu de chance. Il manquait d'expérience, ce sentier est traître… Et ne recommence pas à t'autoflageller, les panneaux qu'on a installés l'indiquent clairement. Tu n'y es pour rien, d'accord? Allez, passe-moi l'autre roue. Quand j'aurai fini de réparer ce vélo, il sera comme neuf.

La roue déformée gisait par terre, souvenir de métal et de caoutchouc de la tragédie de la veille.

— Donc, ce truc intéressant que tu as vu hier…, lui rappela Jackson.

Celui-ci préférait diriger la conversation sur un sujet qui n'avait rien à voir avec l'accident.

— Blonde ou brune?

Il espérait seulement qu'il ne s'agisse pas d'une rousse. Il espérait *surtout* que la rousse ne soit pas Janet Carpenter.

— Qui te dit que c'était une femme? fit Tyler.

Jackson se sentit tout de suite plus léger.

— Ah? Parce que tu es capable de distinguer autre chose que la gent féminine?

Tyler plaça l'axe de la roue dans les encoches de la fourche.

— Eh bien, ce que j'ai vu, c'était notre frère. Dr Cool en chair et en os. Il marchait seul sur le sentier qui revient de Heron Lodge.

Jackson comprit tout de suite ce que cela impliquait.

— Je le tuerai, siffla-t-il.

— D'après sa piètre allure, je dirais que quelqu'un a déjà essayé hier. C'était évident qu'il avait piqué une tête dans le lac et je parie que ce n'était pas de son plein gré, fit Tyler.

Il se prit le doigt dans les rayons et lâcha un juron.

— Il passe trop de temps avec Elise à mon goût, grommela Jackson. Oh ! merde, tu saignes ? Nettoie-moi ça, s'il te plaît. Après ce qui s'est passé hier, je ne peux plus supporter une goutte de sang.

Tyler se suça le doigt pour arrêter le saignement.

— Ta sollicitude me touche.

Il mit à peine une minute à remonter le système de freinage. Ses gestes étaient rapides, économes.

— Mais justement, reprit-il. C'est ça que je trouve intéressant. Chaque fois que je me retourne, Sean est en train de rôder autour d'Elise, transi. Sérieux, on ne l'a jamais vu passer autant de temps avec une femme.

— Il peut rôder autour de qui il veut, mais pas autour d'elle. Tu le connais aussi bien que moi. On ne peut pas lui faire confiance avec les femmes.

Tyler s'essuya le front du revers de la main.

— Peut-être. C'est peut-être pour ça qu'elle l'a poussé dans le lac. Mais franchement, il n'avait pas l'air fier. Vu qu'Elise est aussi allergique que lui aux histoires qui durent, peut-être qu'elle lui a rendu la monnaie de sa pièce.

Jackson hocha la tête lentement.

— Tu crois que c'est sérieux ?

— Aucune idée, dit Tyler. Mais il a passé plus de temps ici ces dernières semaines que pendant des années. C'est peut-être à cause de Gramps, mais en même temps Gramps a l'air plus en forme que toi. Donc j'y crois peu.

Il réinséra le câble dans les mâchoires métalliques et fit tourner la roue pour vérifier que les patins ne la touchaient pas.

— Tu saignes encore, lâcha Jackson.

— J'ai fini.

Tyler remit le vélo sur ses roues, l'enfourcha et roula en cercles. Il fit même quelques dérapages pour tester les freins.

— Tu es quatre fois trop grand pour ce machin, dit Jackson. On dirait un numéro de cirque.

— Je veux être sûr que tout marche avant de le rendre à Sam.

Il fonça vers Jackson et s'arrêta pile devant lui.

— Tu vois ? Freinage parfait. Comme neuf.

— J'aimerais bien pouvoir dire la même chose de Sam. Quand je pense à ce qui aurait pu se passer, j'ai des sueurs froides.

— Il va très bien grâce à Dr Cool.

— Oui. Merde, dit Jackson. Je n'ai pas le droit d'être en colère contre lui, après ça, hein ?

Il se frotta le visage avec un frisson.

— Si Sean n'avait pas été là…

— Mais il était là, alors on se calme. Il fait ce genre de choses parce que c'est son métier. Arrêtez de faire comme si c'était un héros ou il va prendre la grosse tête, je vais devoir le balancer dans le lac et on va m'accuser de polluer. Gramps est devenu un véritable éco-guérillero. D'ailleurs, tu lui ressembles de plus en plus.

Jackson contempla les montagnes en songeant à la quiétude dont Sean avait toujours fait preuve pendant les crises, quelle qu'en soit la magnitude.

— Je sais que c'est son métier, mais tout de même il est franchement très bon.

— Je ne prétends pas le contraire, dit Tyler. Je finis de nettoyer ce vélo et je vais le rendre à son propriétaire. Quoique, le pauvre, il ne va pas rouler de sitôt. Ils sont censés partir demain, c'est ça ?

— On leur a proposé de garder le chalet une semaine de plus, Sam n'est pas en état de voyager. C'est bien la première fois que je me réjouis d'avoir un mauvais taux de location en pleine saison.

— Quand il se sera remis de ses émotions et de sa

blessure, je le prendrai avec moi pour lui donner quelques cours, fit Tyler d'un ton détaché.

— Toi ? Des cours de VTT aux enfants ? Tu seras mort d'ennui avant d'être sorti de Snow Crystal !

Son frère haussa les épaules.

— C'est un cas exceptionnel. Ce serait trop dommage qu'il ne fasse plus jamais de VTT à cause d'une mauvaise chute.

Jackson imagina la joie de Sam quand il apprendrait que le célèbre champion Tyler O'Neil voulait qu'ils se baladent ensemble à vélo.

— C'est très gentil de ta part.

Tyler fit un geste d'alarme.

— Ne le dis à personne. Ça ne doit pas devenir une habitude.

— Tu me rassures, dit Jackson en se retenant de sourire.

Il s'accroupit pour ranger les outils. Même d'aussi près, le vélo semblait en effet sortir de la boutique.

— Merci beaucoup, Tyler.

— C'est rien. Je ne peux pas réparer le gosse, mais je peux réparer le vélo. Un sur deux, c'est déjà pas mal.

Elise ne ferma pas l'œil de la nuit. Allongée dans son lit, épuisée mais fébrile, elle se repassa en boucle les événements de la veille, le sang de Sam et le rouge à lèvres de l'infirmière se confondant dans ses pensées jusqu'à ce que les premières lueurs de l'aurore, éclairant la chambre, l'autorisent à se lever.

Elle s'affaira en cuisine, pour s'occuper l'esprit et tenter d'en chasser Sean, prépara un beau gâteau au chocolat qu'elle couvrit de glaçage, puis sortit enfin l'apporter au chalet de la famille de Sam.

Ce fut le père de Sam qui ouvrit la porte. Elle comprit à sa grise mine qu'il avait passé la nuit dans le même cauchemar qu'elle. Sa chemise était mal boutonnée, comme s'il s'était habillé à la va-vite et sans prendre la peine de se regarder dans une glace.

— Bonjour, fit-il, le regard éteint.

Quand il la reconnut, il ouvrit grand la porte.

— C'est vous. J'avais prévu d'aller vous voir tout à l'heure pour vous remercier.

— C'est Elise ? dit la voix de Sam depuis le séjour. Je peux la voir ?

Le père fit signe à Elise d'entrer, et elle enjamba la pile de jouets qui encombrait le couloir. Sur le canapé, enveloppé dans un plaid comme une chenille, Sam regardait des dessins animés. Il était pâle mais souriait.

Elle se pencha pour déposer un baiser sur le front de l'enfant.

— Comment vas-tu, *mon petit chou*[1] ? Je t'ai apporté un gâteau. Ton préféré, si je ne me trompe pas : au chocolat. C'est moi qui l'ai fait.

— Oh ! mais il est géant ! Maman ! Regarde ! Viens voir mon gâteau ! C'est le même que celui que j'ai eu pour mon anniv' !

Elise était soulagée de le voir déployer tant d'énergie.

— Comment tu te sens ?

— Un peu bizarre, mais Sean dit que c'est normal. Il n'est pas inquiet.

Il tendit la main vers le gâteau juste au moment où sa mère arrivait dans la pièce, le bébé dans les bras. Elle souriait gentiment, mais son visage fatigué indiquait qu'elle non plus n'avait pas pu dormir.

— Sam, non ! Tu ne peux pas manger du gâteau avant l'heure du petit déjeuner. Et pour toi, c'est « Dr O'Neil », pas « Sean ».

Le petit écarquilla les yeux.

— C'est lui qui m'a dit de l'appeler « Sean ».

— Je préfère tout de même que tu en restes à « Dr O'Neil ».

— Je vous confie la garde du gâteau, fit Elise en déposant le plat sur la table basse. Vous devez être épuisée, après une nuit à l'hôpital. Vous êtes rentrés ce matin ?

1. En français dans le texte.

— Non, on a dormi ici, répondit Sam. Sean, je veux dire, le Dr O'Neil, m'a ramené hier. Il faisait déjà nuit.

Elise fit de son mieux pour cacher sa surprise.

— Tu veux dire qu'il est retourné te chercher à l'hôpital ? Pourquoi n'était-elle pas au courant ?

Pourquoi Sean n'avait-il rien dit ?

Parce qu'elle l'avait poussé dans le lac et l'avait ensuite attaqué avec un bougeoir.

— Il n'est jamais parti, expliqua Sam, très fier. Il est resté avec moi tout le temps, tout le temps, juste comme il l'avait promis. Même quand on lui a dit de rentrer à la maison, il a refusé. Un docteur a même insisté pour qu'il parte, mais Sean… Je veux dire, le Dr O'Neil…

Il s'arrêta pour envoyer un regard d'excuses à sa mère.

— Eh bien, le Dr O'Neil est resté, là, avec un drôle de sourire, et il a dit qu'il partirait quand il partirait et pas avant. C'était trop cool. Comme si c'était mon docteur rien qu'à moi. Et l'autre docteur, celui qui m'a recousu la jambe, a dit que Sean m'avait sauvé la vie.

Sa mère ne le reprit pas cette fois-ci. Encore plus pâle, elle parla d'une voix tremblante :

— On lui doit tout.

— Je serai comme lui quand je serai grand. Je veux sauver des vies.

Le gâteau attira de nouveau son attention.

— C'est un glaçage au chocolat ?

— *Oui*[1]. Oui.

— Tu peux parler en français, dit le petit, en adorable grand seigneur. Je l'apprends à l'école : *je m'appelle Sam*[2]. Et je sais dire « *sang*[3] » parce que tu me l'as appris.

Rien qu'en repensant à cela, Elise frémit. Elle avait vu assez de sang pour le reste de sa vie.

1. En français dans le texte.
2. En français dans le texte.
3. En français dans le texte.

— Bravo ! Très bon accent. Donc, tu disais que le Dr O'Neil n'a jamais quitté l'hôpital ?

— Pas une seconde. Et ensuite il m'a donné son numéro privé et m'a dit que je pouvais l'appeler si je me sentais pas bien. Pas vrai, Papa, qu'il l'a dit ?

— On lui sera reconnaissant à jamais, dit le père. Elise, qu'est-ce qui vous ferait plaisir ? Une boisson fraîche ? Du café ?

— Rien, merci beaucoup. Je dois aller travailler.

Encore sous le choc de ce que Sam venait de lui révéler, Elise se releva.

— Je vous ferai livrer le déjeuner pour que vous n'ayez pas à quitter la maison, dit-elle. Vous en avez marre de la pizza ?

— Non ! s'exclama Sam. Tomate, fromage. Mais pas de la tomate fraîche ! C'est pourri, les tranches, ils font comme ça, au village. Je préfère la sauce que tu fais. C'est encore mieux qu'à la maison.

— Alors, ce sera de la pizza. Sans tranches de tomate pourrie. Et du gâteau au chocolat en dessert.

— On apprécie vraiment tout ce que vous faites pour nous, dit le père de Sam en l'accompagnant à la porte. Je voulais aussi vous remercier pour hier. J'étais paralysé par la peur, je ne sais pas ce qui se serait passé si vous n'étiez pas arrivés à ce moment-là.

Elle lui prit la main entre les siennes.

— C'est Sean qu'il faut remercier. Je n'ai rien fait.

— On ne le remerciera jamais assez, fit-il en lui montrant ses doigts. Regardez, je ne peux pas m'arrêter de trembler. Je n'ai pas pu dormir en imaginant ce qui aurait pu se passer si vous n'aviez pas été sur ce sentier.

— N'y pensez plus, dit-elle sans lui avouer qu'elle aussi était hantée par les images de l'accident. Je dois retourner au café. Si vous avez besoin de quoi que ce soit, appelez l'accueil, ils me transmettront le message.

Une fois seule, Elise essaya de refaire le puzzle de la soirée précédente.

Il était environ minuit quand elle était rentrée à Heron Lodge.

Quand elle avait découvert Sean sur sa terrasse, elle était persuadée qu'il venait de coucher avec l'infirmière aguicheuse.

Alors qu'il venait de ramener Sam et ses parents de l'hôpital. Alors qu'il était resté avec le petit, refusant même de partir quand on le lui avait demandé.

Et en récompense de son dévouement et des efforts qu'il avait faits pour tenir parole, il avait reçu ses insultes, ses cris et un plongeon dans le lac.

Installé à la terrasse, Sean sirotait le café que Poppy venait de lui servir.

Le Boathouse était bondé, à l'intérieur comme à l'extérieur. Il paraissait impossible que seulement quelques mois plus tôt ce bel établissement ait été un hangar en ruine. Elise avait accompli un véritable exploit en un temps record.

Face à lui, son grand-père s'était lancé dans de grandes explications que Sean n'écoutait pas. Il pensait à Elise, qui devait travailler à la Grive solitaire. Autrement elle serait sortir dire bonjour à Walter.

Il n'arrivait pas à penser à autre chose. Il se rappelait son expression quand elle l'avait poussé dans le lac. Ses cheveux plaqués autour de son beau visage alors que la pluie tombait sur leurs corps enlacés. Son épaule nue sous la tente, sa voix brisée quand elle lui avait révélé son triste passé.

S'apercevant que Walter attendait une réponse à une question qu'il n'avait même pas entendue, Sean prit une gorgée de café et posa les yeux sur son grand-père.

— Tu disais quoi, Gramps ?

— Je disais, j'ai entendu des choses sur toi.

Des choses ?

Il allait encore devoir écouter des commentaires sur Elise. D'un geste qu'il espérait nonchalant, il haussa les épaules.

— Il ne faut pas croire tout ce qu'on entend, dit-il.

— Je serais plutôt content si c'était vrai.

Ce qui voulait dire que Walter jouait encore les entremetteurs.

Sean reposa la tasse avec un soupir. Une nuit avec une femme et tout son entourage commençait à parler mariage.

— Je ne sais pas ce que tu as entendu, mais c'est probablement exagéré.

Walter lui lança un regard perçant.

— Exagéré ? Tu n'as pas sauvé la vie de ce petit garçon ?

Son grand-père lui parlait de Sam, pas d'Elise.

Sean soupira. Elle l'obsédait tellement qu'il avait failli se trahir.

— Il saignait. J'ai stoppé l'hémorragie. Un geste de secours des plus basiques.

Walter marqua une pause pour goûter les cookies encore chauds que Poppy avait apportés.

— Pas d'après ce que j'ai entendu. Tout le monde dit que tu es un héros. On ne parle que de ça.

— Le petit va bien. C'est tout ce qui compte.

— Mais il va bien grâce à toi.

Devant le ton bougon de son grand-père, Sean ne put que sourire.

— Dis donc, Gramps, c'était un compliment, ça ? Fais attention, ça y ressemblait.

Walter sembla tout à coup s'intéresser profondément au bout de biscuit qu'il avait à la main.

— Je dis juste que je suis content que toutes ces années d'études servent à quelque chose de bien. Tu n'as pas gâché ton intelligence, et je m'en félicite car je déteste le gâchis. Je suis fier de toi.

C'était décidément une semaine mouvementée. D'abord, les révélations d'Elise, ensuite l'accident quasi fatal de Sam, et maintenant, ça.

Et dire que Snow Crystal était censé être un lieu de repos.

— Gramps…

Alors qu'il était déjà à court de mots, Elise choisit cet instant précis pour apparaître à l'autre bout de la terrasse.

Ses cheveux, brillants comme du chêne poli, tombaient en un arrondi impeccable autour de son joli visage. Le temps d'un instant, il l'imagina avec les cheveux longs, attachés en queue-de-cheval qu'une brute attrapait pour la rudoyer dans une cuisine.

Il se sentit submergé par l'émotion.

Non, pas maintenant.

Il ne pouvait pas assumer ses sentiments pour Elise juste au moment où son grand-père lui témoignait sa fierté pour la première fois de sa vie.

— Je ne l'ai pas sauvé, fit-il en tentant de garder la tête froide. Ce sont mes confrères à l'hôpital qui l'ont sauvé.

— Mais si j'ai bien compris, s'ils avaient quelqu'un à sauver, c'est parce que tu l'avais d'abord tiré d'affaire. Cela dit, je ne vois pas en quoi être un grand médecin t'empêcherait de rentrer chez toi plus souvent. Ou d'honorer de ta présence la soirée famille de temps en temps.

Soirée famille ? Il frémit.

— Vous le faites encore ?

— Oui, et tu le saurais si tu venais nous voir plus souvent. Ta grand-mère serait tellement heureuse de t'avoir avec nous.

Elise marchait vers lui, les yeux dans les siens.

Ses talons martelaient les planches.

Il sentait son pouls marteler contre ses tempes.

— Bonjour, Sean, dit-elle d'un ton parfaitement poli.

Puis elle serra Walter dans ses bras avec un sourire beaucoup plus chaleureux.

— Walter, vous avez l'air en forme. Ça fait plaisir. Comment vous sentez-vous ?

— Ça peut aller. Mais je ne peux pas faire deux pas ce matin sans que quelqu'un me dise que mon petit-fils est un héros, grommela le vieil homme en se relevant. Beaucoup de bruit pour rien, que je leur dis. S'il ne peut pas sauver un gosse après toutes ces études, à quoi bon, je me le demande.

Mais il serra avec émotion l'épaule de Sean, qui fut impressionné par la force se dégageant encore de cette main tannée par une vie au grand air.

— C'est une chance qu'on soit arrivés à ce moment-là.

— Une chance que tu sois pour une fois chez toi, fit Walter. Tu vois ? Pas besoin de retourner à Boston pour sauver des vies, tu peux le faire ici même à Snow Crystal.

Sean éclata de rire, soulagé par ce retour à la normalité.

— Tu ne lâches jamais, n'est-ce pas ?

— Jamais. Et tu es comme moi. C'est grâce à ça que ce garçon est encore en vie.

Walter embrassa Elise sur la joue.

— Je vais vous laisser, les jeunes. J'en ai ma claque de parler médecine et maladies.

— Je vous aime vraiment, Walter.

A ces mots, Sean figea son geste, la main au-dessus de la tasse. Il comprenait bien, à présent, pourquoi Elise ne manquait jamais une occasion de les prononcer.

Il but une gorgée de café en la regardant par-dessus le bord de sa tasse. Ce sourire lumineux, cette bouche…

Cette bouche qu'il crevait d'envie d'embrasser encore une fois. Et une autre.

Et encore.

Il attendit que Walter soit occupé à discuter avec Poppy pour croiser le regard d'Elise.

— Tu es venue pour essayer de me jeter à l'eau ? fit-il. Parce que dans ce cas, je peux me mettre plus près du bord, je ne veux pas éclabousser cette famille au beau milieu de leur petit déjeuner.

— Je suis venue te présenter mes excuses, dit-elle en s'asseyant face à lui. Je t'ai accusé de ne pas tenir parole. Tu aurais dû me dire que j'avais tort.

— J'ai essayé, crois-moi. Mais tu n'as rien voulu entendre, et ensuite j'étais dans l'eau, et après…

Il regarda sa bouche.

— Après tu m'as demandé de partir.

— J'étais très en colère contre toi. Maintenant je suis en colère contre moi-même. Et tu devrais l'être, toi aussi.

En colère ?

Il éprouvait tout un tas d'émotions dont certaines étaient

difficiles à identifier, mais la colère n'en faisait pas partie. En revanche, il se sentait profondément troublé. Jusqu'à présent, le rôle des femmes dans sa vie se cantonnait à la sphère des loisirs. Il aimait les regarder, partager un bon dîner, aller à l'opéra et, bien entendu, coucher avec elles. Elles passaient par sa vie sans en altérer le cours. Elles entraient dans sa sphère un instant et ne lui manquaient pas quand elles en sortaient. Il était le roi de la superficialité, le prince du détachement. Mais à présent… Elise. Elle l'intriguait. Elle l'excitait. Il pensait à elle. Tout le temps.

Et merde.

Une partie de lui voulait s'enfuir en courant, mais ses pieds semblaient cloués au plancher.

— Je ne suis pas en colère. Tu étais très inquiète pour Sam. Comme moi.

— J'ai cru que tu lui avais menti, alors que ce n'était pas vrai. Je n'avais aucune raison de t'engueuler. Je suis désolée, j'ai un sale caractère.

— Il ne me fait pas peur, ton caractère. En plus, ce n'était pas sur moi que tu criais, n'est-ce pas ?

Il parlait presque dans un murmure, il aurait préféré avoir cette conversation ailleurs que sur la terrasse du café au milieu des clients et du personnel. Il jeta un coup d'œil autour. En principe, personne ne les écoutait. Ils n'étaient que deux amis qui discutaient tranquillement au bord de l'eau.

— C'était sur lui, ajouta-t-il.

Elle déglutit avec difficulté.

— Lui ?

— Pascal. Le mec qui t'a piétiné le cœur. Le mec qui a brisé ses promesses et t'a fait redouter l'amour. Le mec qui mentait.

Il finit son café.

— Celui qui t'a poussée à ne jamais passer plus d'une nuit avec un homme. C'est lui que tu engueulais et je ne te blâme pas. Si je le rencontrais, je lui hurlerais dessus, à coup sûr. Je pourrais même lui envoyer quelque chose à la figure ou le jeter dans le lac.

Elle hocha la tête lentement, comme si elle venait de comprendre quelque chose.

— Il ne sait pas nager.

— Raison de plus pour le pousser. Il y a une partie assez profonde à une centaine de mètres de chez toi. Ça devrait lui régler son compte.

— Tu as donné ton numéro à Sam pour qu'il t'appelle s'il avait besoin de toi dans la nuit.

— Oui, je lui fais confiance. Il ne va pas m'appeler cent fois par jour pour me dire qu'il m'aime.

— Je n'en serais pas si sûre. Il a un cas sévère d'adoration pour son héros.

— Il a eu une sacrée frayeur.

— Moi aussi. Je n'arrive pas à l'oublier.

Elle porta une main à sa poitrine et inspira profondément.

— J'ai passé toute la nuit à le voir se vider de son sang. Je n'arrêtais pas de penser à ce qui aurait pu se passer si nous étions restés à la cascade cinq minutes de plus, ou si nous étions passés dix minutes avant.

— Mais nous étions au bon endroit au bon moment. Cette façon de penser rend fou, elle est stérile.

— Je crois que je suis déjà un peu folle. Et toi, tu es vraiment un héros. Tu étais si calme.

— Tu aurais dû voir le verre de whiskey que je me suis envoyé quand je suis arrivé chez Jackson.

— Mais ça, c'était après. Sur le moment, tu n'as même pas tremblé. Mais…

Elle regarda ailleurs.

— Il n'y a pas que ça qui m'a gardée éveillée.

— Quoi d'autre ?

— L'autre soir, dit-elle tout bas. Dans la tente. J'en ai trop dit. Je t'ai raconté des choses que je n'avais racontées à personne.

Il fut infiniment touché de l'entendre. Fier, aussi. Et confus ensuite. D'habitude, un tel aveu l'aurait fait paniquer.

— Je suis heureux que tu te sois confiée à moi.

— Pourquoi ?

— C'est rassurant de comprendre les raisons qui ont poussé quelqu'un à vous assommer avec un objet contondant.

— Je suis vraiment, vraiment navrée. Et je t'ai accusé d'avoir couché avec l'infirmière. Alors que tu n'es pas comme ça.

Il aurait voulu lui donner raison, la rassurer, lui dire qu'il ne ferait jamais, au grand jamais, une chose pareille, mais… il ne le pouvait pas.

— Peut-être que je le suis. Même si nos raisons sont différentes, je ne m'investis pas plus que toi dans une relation. Pour moi, le travail passe avant tout.

Du moins, ça avait été le cas jusqu'à présent. Il avait toujours su ce qu'il voulait, toujours su quelles étaient ses priorités. Mais quelque chose avait changé. Il n'était plus sûr de rien et cela le déstabilisait au plus haut point.

Que diable, il risquait d'un moment à l'autre de signer pour une maison avec jardin et tout le tralala.

Quant à Elise… Il avait cru qu'ils étaient pareils, mais il savait désormais qu'ils ne l'étaient pas.

Autrefois, elle avait voulu vivre une belle histoire d'amour et avoir une famille. Elle avait souhaité avoir tout ce que la vie pouvait offrir. Mais on l'avait blessée si profondément qu'elle ne pouvait plus faire confiance aux hommes. Leurs situations étaient très différentes.

Quand Sean sortait avec une femme, il ne parlait ni du passé ni de l'avenir. Il vivait l'instant présent. Pour son bien et celui d'Elise, il devrait retourner à Boston au plus vite, et y rester jusqu'à Noël.

— Je dois rentrer à Boston ce soir.

Quelque chose troubla un instant le regard clair d'Elise.

— Boston. Bien sûr.

Voilà. Il ne lui restait plus qu'à se lever et ficher le champ avant de faire quelque chose qui risquait de mal tourner.

A un de ces jours, Elise.

Et pourtant, il dit :

— Il y a un restaurant qui vient d'ouvrir à moins d'une heure d'ici. J'avais envie de l'essayer. Si tu arrives à convaincre mon frère de te donner ta soirée, samedi prochain, tu pourrais m'accompagner et me donner ton avis professionnel.

Elle ouvrit grand les yeux, médusée.

— Tu veux dire sortir ensemble ?

— Par opposition à baiser follement dans les bois ? fit-il, sec. Oui, je veux dire sortir ensemble. Passer une soirée où je ne ruine pas une nouvelle paire de chaussures. Partager un dîner et discuter. Ce n'est pas le lac à boire, non ?

Pour elle, si.

— Tu parles bien d'un rendez-vous romantique ?

Il n'avait pas envie d'y apposer un adjectif.

— J'ai l'intention de garder mes vêtements sur moi toute la soirée, si c'est à ça que tu penses. Si nous sommes en public, nous devrions y arriver. Qu'est-ce que tu en dis ?

— Je ne fais pas dans le romantisme.

— Moi non plus. Je m'y connais aussi peu que toi, mais nous pouvons nous concentrer sur le dîner et laisser venir le reste. Nous passons toujours de bons moments ensemble. C'est peut-être aussi simple que ça.

Il aimait sa compagnie. Elle aimait la sienne. Pas la peine d'aller chercher plus loin. Deux personnes qui passaient une soirée ensemble.

— D'accord.

Elle avait parlé lentement, comme si elle n'était pas sûre… Mais la fossette apparut fugacement au coin de sa bouche.

— J'accepte seulement parce que ça veut dire que tu reviens la semaine prochaine et que ça fera plaisir à Walter.

— Mais ne t'encombre pas avec moi, je t'en prie. Tu peux directement aller dîner avec Gramps.

— Non, parce qu'alors tu n'aurais plus de raison pour rentrer à la maison. Cela dit, on pourrait l'emmener. Vu qu'on va sagement garder nos vêtements, ça ne change rien, si ?

— Je n'ai peut-être pas été tout à fait sincère à ce sujet. Il se peut que j'aie prévu de te déshabiller après le dîner.

Elle éclata de rire.

— Peut-être que *moi*, j'avais prévu de te déshabiller

après le dîner. Tu peux vraiment te libérer de tes obligations à l'hôpital ?

En jonglant encore. En demandant encore des faveurs.

— Et toi au restaurant ?

— Il faut que je vérifie avec Poppy et Elizabeth. Mais je crois que c'est possible. L'équipe est rodée, maintenant. Et la recherche, c'est important, dans mon job.

— Recherche ?

— Je suis chef de cuisine. Je dois me tenir au courant de ce qui se fait ailleurs.

Elle se leva.

— A samedi, alors.

Chapitre 16

Sean trouva Jackson hissé sur une échelle en train de vérifier le toit d'un des chalets.

— Pourquoi c'est toujours toi qui fais les trucs glamour ?

— Ah, c'est ça, la vie de grand magnat, répondit son frère avec un dernier coup de marteau avant de descendre le rejoindre. J'imagine que tu repars bientôt ?

— Oui. Je viens de passer voir Sam. Il va bien.

Jackson rangea les outils dans la boîte.

— Grâce à toi. Alors, on te revoit quand ? A Noël ?

— Gramps m'a invité à la soirée famille.

— Infatigable, Gramps. J'aurais bien aimé être là pour voir ta tête. J'en déduis que tu ne seras pas des nôtres ?

— Non, mais je reviens le week-end prochain. J'ai invité Elise à dîner, donc si tu veux me casser la figure, c'est maintenant.

Jackson s'essuya les mains sur son jean.

— D'après ce que j'ai appris, elle est tout à fait capable de se défendre toute seule. Qu'est-ce qui s'est passé, hier soir ?

— Rien ! Ça ne te regarde pas, d'ailleurs, grogna Sean. Il n'y a pas moyen d'avoir une vie privée ici, ou quoi ?

— Pour avoir une vie privée, il faut être discret. Je te rappelle que tu dors chez moi, que le sol de ma cuisine était plein d'eau du lac, et que tu distrais mon personnel.

— En l'occurrence, je n'avais rien fait, mais comme dans le temps je l'aurais mérité, on va dire que ce n'est que justice. Vous pouvez vous passer d'elle samedi soir ?

— C'est à elle de décider, c'est sa responsabilité et je lui fais pleinement confiance. Elle a su bâtir une équipe solide pour que tout tourne à la perfection même en son absence. Et elle mérite bien une soirée libre. Ce qui m'étonne, c'est qu'elle veuille la gâcher, euh, la passer avec toi.

Sean lâcha un rire bref.

— Merci. Moi aussi, je t'aime.

Il ne le disait jamais sérieusement. Il ne disait jamais aux siens qu'il les aimait.

Parce que c'était acquis. Parce que tous *croyaient* que c'était acquis.

— Ça va devenir une habitude ? Tu vas venir plus souvent ? Pendant ces deux dernières années, j'avais l'impression que tu aurais préféré être n'importe où plutôt qu'ici.

C'était la première fois qu'ils en parlaient aussi franchement.

Il se raidit.

— J'avais beaucoup de travail.

— Oui, bien sûr. Mais nous savons tous les deux que ce n'était pas la vraie raison.

Jackson shoota dans un caillou.

— Il n'y a pas qu'à toi qu'il manque. Il nous manque à tous. A Gramps probablement plus qu'à personne.

Sean eut une bouffée de culpabilité. Tout à son propre chagrin, il n'avait pas pensé aux autres. Sa stratégie de survie avait consisté à plonger dans le boulot, et à disparaître.

— Je me suis disputé avec Gramps. Le jour de l'enterrement.

Jackson hocha la tête.

— Je m'en étais douté.

— J'ai dit des choses…

Les souvenirs l'envahirent, avec leur relent de tristesse et le sentiment d'impuissance qui l'accompagnait.

— C'était un moment difficile pour nous tous, Sean.

— Je l'ai blâmé, dit celui-ci en fermant les yeux, accablé. J'ai dit à Gramps que c'était sa faute. Que si Papa n'avait pas autant détesté la station, il ne serait pas allé en Nouvelle-Zélande, et ne se serait pas trouvé sur cette fichue route glacée.

— C'est n'importe quoi, tu en es conscient ?

— Je ne sais pas.

Malgré lui, il avait du mal à cesser d'y croire. Il y avait cru pendant deux ans, il y songeait encore. C'était l'une des raisons pour lesquelles il n'avait pas encore pu aborder le sujet avec son grand-père.

— Gramps a toujours mis trop de pression sur les épaules de Papa. La seule chose qui comptait pour lui, c'était la station.

— Oui, il aime Snow Crystal, c'est sûr, mais il voulait avant tout protéger son foyer et l'entreprise familiale.

Jackson prit l'échelle à bout de bras et la coucha au sol.

— On ne peut pas en dire autant de Papa.

Sean éprouva un sursaut de colère.

— Il a fait de son mieux.

— Tu en es sûr ?

— Il ne voulait pas être ici. Il ne voulait pas passer sa vie à faire ça.

La tension grandit entre eux.

— Alors, il aurait dû avoir le courage de le dire claire-ment, répondit son frère. Il aurait dû assumer son choix au lieu de laisser Snow Crystal partir à vau-l'eau. Il aurait dû avouer qu'il n'était pas à la hauteur plutôt que de cacher les comptes. A tout le monde, Gramps inclus. Gramps avait des soupçons, c'est pour ça qu'il harcelait Papa, pour qu'il lui dise la vérité. Gramps était mort de peur.

— Parce qu'il croyait que sa précieuse entreprise…

— Ça ne concerne pas que l'entreprise. C'est la maison. C'est tout ! Putain, Sean, pense à Grams, et à Maman, à nos employés. La vérité c'est que Papa avait des responsabilités et qu'il a fait l'autruche. C'était le capitaine du bateau et il l'a laissé s'échouer.

— Ça ne s'est pas passé comme ça.

— Comment tu le sais ? Tu étais ici ? Tu as vérifié les comptes ? Est-ce que tu as parlé à Gramps de ce qui s'est passé ou tu n'as écouté que Papa ? Oui, je sais que vous étiez très proches, tous les deux… Je le sais et ça ne m'a jamais posé de problème, mais ça t'a empêché de regarder les choses en face. Tu es censé être un scientifique, tu devrais savoir analyser les faits et en tirer des conclusions à partir des preuves, pas des émotions. Il serait peut-être temps que tu y songes.

Sean avait soudain la bouche sèche, comme après une longue marche dans le désert. L'image qu'il avait toujours vue si clairement dans son esprit devenait floue, imprécise.

— J'avais des preuves. Papa m'appelait souvent, tard dans la nuit, pour se confier à moi. Il me disait qu'il avait constamment Gramps sur le dos. Qu'il faisait de son mieux mais que ce n'était jamais assez.

Jackson se frotta le visage en soupirant.

— Il t'appelait ? Je ne le savais pas. Pourquoi tu ne m'as rien dit ?

— Tes affaires en Europe étaient en pleine expansion, tu avais déjà assez de soucis. A quoi bon t'en rajouter ? Mais, soupira-t-il, j'aurais dû me douter qu'il y avait deux versions de l'histoire. J'aurais dû poser des questions. Je savais que Papa détestait diriger l'entreprise, il détestait ça depuis toujours, ça n'avait rien de nouveau. Je ne savais pas qu'il mentait sur les comptes, encore moins qu'il n'arrivait pas à gérer. Gramps n'a jamais rien dit.

— Il ne voulait pas ternir la mémoire de Papa, fit Jackson.

Il lâcha un rire sans joie.

— L'ironie étant que je faisais exactement la même chose. Après avoir découvert l'étendue du désastre, j'ai essayé de sauver les meubles sans rien révéler. Je ne voulais pas inquiéter Gramps. Alors qu'il savait depuis le début.

— Quand est-ce que tu as su ?

— Après la mort de Papa, quand je suis revenu pour de bon. A l'époque, Gramps était incapable de faire confiance à qui que ce soit, tellement il se sentait coupable d'avoir imposé Snow Crystal à Papa. Traiter avec lui était un cauchemar. Je ne pouvais pas ramasser une pomme de pin sans le consulter d'abord.

Jackson attrapa la bouteille d'eau posée près des outils.

— Mais on a réussi à dépasser tout ça.

Comprenant mieux que personne l'effort que son frère avait dû déployer, Sean redoubla d'admiration pour lui.

— Tu ne m'en avais jamais parlé, dit-il.

— Moi non plus je ne voulais pas ternir la mémoire de Papa.

— Il détestait Snow Crystal de tout son cœur. C'était une prison, pour lui. Il m'a un peu transmis ce sentiment.

— Il n'aurait pas dû pleurer sur ton épaule comme ça. Je regrette que tu ne m'en aies pas parlé.

— Je ne voulais pas t'inquiéter.

Sean rit sans gaieté.

— Chacun cherchait à protéger les autres, ajouta-t-il.

— On dirait, fit Jackson en prenant une gorgée d'eau. Comme j'arrivais à redresser la barre, je me suis dit que tu n'avais pas besoin de connaître tous les détails. Si j'avais su que Papa t'appelait pour vider son sac, j'aurais peut-être agi autrement.

— C'était toujours tard, le soir. Quand Maman dormait, j'imagine.

— Te faire porter tout ça… Tu aurais dû m'en parler. J'aurais dû te dire dans quel état il avait laissé les comptes, ça t'aurait épargné deux ans de colère envers Gramps. C'est pour ça que tu ne venais pas ?

— Et la culpabilité.

— A propos de quoi ?

Sean donna un coup de pied dans une pierre.

— Tu as tout quitté pour rentrer à la maison et faire tourner l'entreprise. C'est toi qui as pris la relève. Et je t'ai laissé porter le fardeau.

Jackson fronça les sourcils.

— Qu'est-ce que tu aurais pu faire d'autre ? Tu es sans doute un chirurgien d'exception, mais tu n'y connais rien en marges bénéficiaires ni en réservation de chambres. Sans dire que tu n'as aucune envie de diriger Snow Crystal.

— C'est vrai, mais…

— Moi, au contraire, je veux diriger Snow Crystal.

C'est ce que je sais faire, c'est mon truc. Toi, tu fais aussi ce que tu fais le mieux, et ça nous rend tous très fiers, fit Jackson en écrasant la bouteille pour souligner ses propos. Tous. Même Gramps.

Sean songea à l'échange qu'il avait eu plus tôt avec son grand-père.

— C'est possible.

— C'est plus que possible : c'est sûr.

Sean regarda son frère. Une question le torturait depuis deux ans, mais il ne l'avait jamais formulée à voix haute. Il n'était même pas sûr d'en être capable, mais il fallait qu'il en ait le cœur net.

— Autre chose, dit-il. La mort de Papa… D'après toi, c'était vraiment un accident ou tu crois qu'il a…

— Non, je ne crois pas. Je ne nierais pas y avoir pensé à l'époque, mais je ne l'ai jamais cru.

Jackson lui posa une main sur l'épaule.

— Sean, Papa était un homme d'affaires lamentable, mais il aimait sa famille. Et il aimait Snow Crystal. Il ne savait pas comment le diriger et n'a pas voulu apprendre. Il a eu cet accident parce qu'il a glissé sur la glace, le rapport de la police ne laisse aucun doute. Et il n'aurait jamais fait ça à Maman ni à Grams. Il ne nous aurait pas fait ça.

— Il faut absolument que je parle avec Gramps. On a trop repoussé cette conversation, on a parlé de tout sauf de ce qui s'est vraiment passé. Et je lui dois des excuses.

Jackson retira sa main avec un immense sourire.

— Tu pourrais venir à la soirée famille. Ça devrait faire l'affaire.

Le restaurant était très joli, avec une vue sur le lac Champlain et les montagnes environnantes.

— C'est charmant.

Elise s'installa à table et observa les bougies, leur reflet sur les couverts, les verres à pied.

— C'est plus chic que le Boathouse mais moins formel que la Grive. Un mix des deux.

— Inviter à dîner une fine cuisinière comme toi est un peu intimidant, dit Sean.

Pourtant il n'avait pas du tout l'air intimidé en discutant avec le serveur, ou lorsqu'il enleva sa veste. Elle aurait dû s'abstenir de le regarder à ce moment-là, mais… Comment résister à ses larges épaules, que la chemise sur mesure mettait particulièrement en valeur ? A son menton déterminé, rasé de frais mais déjà ombré d'un soupçon de barbe ? Il avait beau être soigné, ce soir, Elise le revit un instant torse nu en train de travailler sur le ponton, puis trempé sous la pluie, contre un arbre, alors qu'elle lui arrachait sa chemise…

Son pouls battit plus vite. Peu importait que Sean soit à moitié nu sur une terrasse ou en costume dans un restaurant classe, il lui faisait toujours un effet fou.

Heureusement qu'il ne pouvait pas lire dans ses pensées, songea-t-elle. Mais quand elle croisa son regard, elle comprit qu'il venait justement de le faire.

C'était là, dans ses yeux. Le feu. Cette lueur chaude qui disait qu'il éprouvait la même chose.

Elle reprit la conversation en feignant de s'intéresser à la déco.

— Il n'y a pas de quoi être intimidé. Je suis surtout ravie de ne pas avoir à cuisiner mon repas.

— Tu es très belle dans cette robe. Le bleu te va bien.

Le cœur d'Elise manqua un battement. La vie qu'elle menait n'incluait pas de dîner avec des hommes en s'entendant dire des mots doux.

— C'est du pervenche.

— Alors le pervenche te va très bien. Cet endroit est censé être le meilleur du coin. Ils ont un nouveau chef.

Il se laissa aller contre le dossier de sa chaise avec un regard à la ronde. Elle se demanda s'il sentait sa tension.

— Je suis très curieuse de voir leur carte.

— Tu ne vas pas voir leur carte, c'est moi qui vais commander pour tous les deux.

— Tu crois que je ne sais pas faire mon propre choix ?

— Au contraire. Mais si je te laisse lire la carte, tu vas analyser chaque plat et tous ses ingrédients et tu ne feras plus attention à moi. On prendra le navarin de poisson et ensuite le canard laqué au sirop d'érable.

Avec un sourire, il passa commande au serveur, puis lui rendit le menu et la carte des vins en ajoutant qu'ils prendraient une bouteille de pinot noir.

— Tu vas sans doute me reprocher de commander du rouge avec le poisson ?

— Pas du tout. J'aime le pinot noir, comme tu le sais. Ça va avec tout.

— C'est aussi un cépage difficile. André Tchelistcheff a dit : « Dieu a créé le cabernet sauvignon, alors que le pinot noir est l'œuvre du diable. »

Le serveur vint remplir leurs verres. Face à Elise, Sean leva le sien.

— Un jour, je t'emmènerai en Californie pour faire la route du pinot noir. De Yorkville vers la côte jusqu'à Albion. Cinquante kilomètres de paysages somptueux. Des forêts de séquoias centenaires et des vignobles à perte de vue. On pourrait même pousser jusqu'à San Francisco et passer quelques jours à déguster des fruits de mer avec du pain au levain.

Il parlait comme s'ils avaient un avenir. Comme s'ils étaient ensemble pour de bon et non pas juste pour un dîner.

Ou peut-être qu'il essayait tout simplement d'avoir une conversation distrayante et détendue pour la mettre à l'aise.

Tout de même, ce voyage en Californie sonnait merveilleusement bien, songea-t-elle en contemplant la robe rubis clair du vin.

— Ça fait rêver, dit-elle.

— Ça peut être plus qu'un rêve. A présent que le Boathouse est lancé, vous pouvez embaucher, et toi tu pourras prendre du temps pour toi.

— On ne peut pas encore se permettre d'embaucher. Les choses vont mieux, mais pas à ce point. Je sais que Jackson n'est pas encore rassuré, il a peur pour la saison d'hiver, si jamais il n'y a pas assez de neige…

Elise haussa les épaules.

— C'est dur pour lui.

— S'il y a quelqu'un qui sait tout sur l'occupation hôtelière, c'est mon frère. Et il peut compter sur Kayla et son génie pour la com'. Snow Crystal est entre de très bonnes mains.

Leurs plats arrivèrent. Elise en admira la présentation et les huma avec satisfaction.

— Tu as bien choisi. C'est la première fois qu'on commande pour moi depuis mes quatre ans, je crois. Ma mère faisait des économies chaque mois pour qu'on puisse aller au moins une fois au restaurant. Elle me laissait choisir pour toutes les deux, elle voulait que j'analyse les ingrédients et décide de la meilleure combinaison.

— Un joli moment mère-fille.

— Elle estimait que c'était important d'éduquer les enfants au goût, et une bonne façon de dépenser notre argent. Et c'était chouette, mais j'étais tout aussi heureuse quand on cuisinait ensemble à la maison.

— Tu m'as dit un jour que dans ton souvenir le plus ancien tu faisais des madeleines avec elle. C'est ce que vous êtes en train de faire sur la photo qu'il y a dans ta cuisine ?

L'émotion la saisit.

— Oui. Toute mon enfance est contenue dans cette image.

— Je n'ai jamais eu la chance de goûter à tes madeleines. Je ne suis même pas sûr d'en avoir déjà mangé dans ma vie.

— Je n'en fais plus. J'ai arrêté parce que ça me rappelait…

Elle soupira.

— Il y a plein d'autres trucs délicieux à faire de toute façon.

— Tu aimerais posséder ton propre restaurant ?

Elle lui fut reconnaissante de changer de sujet.

— C'est comme si le Boathouse était à moi. Et vivre à Snow Crystal représente tout ce dont je pouvais rêver. Je suis comblée.

— Ma famille a de la chance de t'avoir.

— C'est moi qui ai de la chance.

La lumière des bougies dansait sur le visage de Sean et adoucissait ses traits, nimbait ses cheveux noirs d'une lueur veloutée.

En même temps, se dit-elle, avec un homme comme lui, les lumières tamisées ou le décor n'avaient aucune importance, n'importe quelle femme aurait été subjuguée par sa simple présence. Et il n'y avait pas que son physique qui l'attirait. Son intelligence et sa finesse la mettaient dans un état d'effervescence qu'elle n'avait connu avec personne d'autre.

Elle se rappelait à peine ses conversations avec Pascal. Leur relation tournait autour de la nourriture. Du travail. Et il ne lui avait jamais posé de questions sur ses aspirations, ses envies, encore moins ses rêves. Il ne s'était jamais intéressé à elle comme Sean.

Elle pensa à leur nuit sous la tente. Sean l'avait passée à l'écouter, elle, tandis qu'elle s'épanchait sur son passé et ses secrets.

Et en ce moment précis il l'écoutait aussi, son regard enveloppant, attentif.

— Tu as fait un boulot formidable avec le café. Ça va donner un bon coup de pouce à la station.

— Sans toi, on n'aurait peut-être pas encore ouvert à l'heure qu'il est, mais tout est bien qui finit bien. En parlant de *happy end*, le petit Sam est rentré chez lui hier. Il n'avait pas l'air traumatisé par son expérience et ils ont déjà réservé pour Noël et l'été prochain.

Elle ramenait la conversation sur Snow Crystal, c'était un sujet à la fois commun et neutre. Comme s'il l'avait compris, Sean lui emboîta le pas.

— Rien ne pourrait rendre Jackson et Kayla plus heureux. Et toi, tu te remets ? Tu y penses encore ?

Dissimulant un frisson, Elise posa ses couverts.

— J'essaie de ne pas y penser.

Elle porta de nouveau son regard sur Sean en faisant fi des battements irréguliers de son cœur.

Le col ouvert de la chemise qu'il portait laissait à peine

voir un triangle de peau, mais ce triangle suffisait largement à éveiller les fantasmes d'Elise. Elle avait assez de matériel dans ses souvenirs pour compléter le reste de l'image.

Remarquant que l'une des femmes de la table voisine n'arrêtait pas de jeter des œillades dans leur direction, elle éprouva un mélange de sympathie et d'agacement. Sean était le type d'homme qu'une femme regarde au moins deux fois pour être sûre qu'elle a bien vu. Lui, en revanche, n'avait regardé personne d'autre qu'elle depuis qu'ils étaient arrivés.

— Il m'a dit que tu lui avais envoyé des SMS, dit-elle. C'est très gentil de ta part.

— Il a eu très peur, le pauvre. Je suis content que ça ne lui ait pas enlevé l'envie de revenir, ça aurait été dommage. Donc, le Boathouse tourne bien ?

— Complet toute la journée, du petit déjeuner au dîner. Les gens du coin viennent pour le brunch le dimanche. Jackson est enchanté.

Sean marqua un silence.

— J'ai eu une longue conversation avec lui la semaine dernière. A propos de notre père.

— De ses appels et tout le reste ? Heureuse de l'entendre. Tu n'aurais pas dû garder un secret si lourd pour toi tout seul.

— J'aurais dû en effet en parler beaucoup plus tôt à mon frère, dit-il, le visage soudain grave. J'avais tort sur beaucoup de choses.

— A propos de ton père ? dit-elle en reposant lentement son verre. Tu as envie d'en parler ?

Il lui offrit un sourire un peu las.

— C'est avec Gramps que je devrais en parler, tu avais raison là-dessus. Et sur pratiquement tout le reste. Je pense qu'il commence à y penser, lui aussi. La semaine dernière il m'a semblé à deux doigts d'aborder le sujet.

— Et il ne l'a pas fait.

— Non, mais il m'a dit qu'il était fier de moi, fit-il, le visage plus animé. Ce qui est très rare.

— Je crois que ce qui s'est passé avec Sam lui a fait

comprendre que tu étais vraiment un grand médecin, et que te consacrer à ta vocation est bien plus qu'un caprice.

— Je ne pense pas en revanche que ça l'empêchera de me harceler pour que je trouve un poste plus près de la maison.

— Non, ni de te harceler pour que tu viennes aux soirées famille.

Sean éclata de rire.

— Tyler les appelle les soirées frayeur.

Leur discussion avait beau être sérieuse et calme, chaque regard portait la promesse de quelque chose en plus. L'ambiance crépitait, chargée d'énergie sexuelle, et Elise avait un mal fou à rester concentrée sur la conversation.

— Je trouve que c'est une jolie tradition. Comme quand ma mère m'emmenait au restaurant une fois par mois. C'était un moment rien que pour nous, un moment où on pouvait parler sans distractions. Vos soirées famille, c'est la même chose, à cette différence près que vous êtres nombreux et beaucoup plus bruyants. Vous avez de la chance, franchement. Quand est-ce que tu comptes parler à ton grand-père ?

— Demain.

— Tu passes donc la nuit à Snow Crystal ?

— C'est l'idée, dit-il en la fixant intensément. Bien sûr, mon frère en a marre de m'avoir dans les pattes donc je risque de devoir retourner à Boston, sauf si j'arrive à trouver un autre endroit où dormir.

C'est à peine si elle remarqua que le serveur avait débarrassé leurs assiettes.

— Sean…

— Je sais ce que tu vas me dire. Que tu ne passes jamais toute la nuit avec un homme, que ce n'est pas pour toi. Mais nous avons déjà passé une nuit entière ensemble. L'été dernier. Je suggère juste qu'on fasse la même chose mais sans les insectes pour nous piquer les fesses et à l'abri de la pluie.

Elle éclata de rire, ce qui était, elle s'en doutait, le but de ce petit commentaire.

— J'ai aimé la pluie. Tout était magique. Unique.

Mais ce qui avait rendu ce moment si unique, ce n'était

pas la pluie, ni l'odeur de l'été qui s'accrochait aux feuilles des arbres, ni même les étoiles. Leur première nuit avait été si extraordinaire à cause de leur alchimie. Cette connexion unique entre Sean et elle.

— Moi aussi, j'ai aimé la pluie, dit-il.

L'étincelle dans son regard disait qu'il gardait un souvenir aussi frais qu'elle de ce jour-là.

Il fit un signe au serveur pour qu'il apporte l'addition, paya. Enfin ils quittèrent le restaurant. En marchant vers la voiture, leurs bras, leurs mains, ne cessaient de se frôler.

— Merci, dit-elle. J'ai passé une excellente soirée.

— Moi aussi. La prochaine fois, on ira à Boston. A l'opéra.

La prochaine fois ?

Elle eut soudain l'impression de se trouver dans un train déraillant au bord d'un précipice.

— Je ne suis jamais allée à l'opéra. Mais ma mère m'a emmenée une fois voir un ballet. C'était incroyable.

— Je suis sûr que tu adoreras. Même si Tyler dit que c'est comme entendre des chats miauler pendant deux heures.

Le trajet de retour à Snow Crystal, même à la nuit tombée, leur offrit de jolies vues sur un village pittoresque dont l'église était éclairée, sur des ponts couverts et sur la masse foisonnante de la forêt.

Elise était entièrement absorbée par la présence de Sean, pourtant. Ses mains sur le volant, sa force, sa maîtrise.

Ses propres sentiments.

Elle était comme ensorcelée. Toutes ses pensées allaient vers lui, elle voulait le regarder, le toucher, le sentir, à en devenir folle. Eprouvait-il la même chose ?

Oh ! oui.

Lorsqu'il freina à un feu rouge, il glissa une main sur la sienne et elle crut que son cœur allait s'arrêter.

Aucun d'eux ne parla. Elise ferma les doigts sur les siens, si excitée qu'elle pouvait sentir de délicieuses volutes d'anticipation se dérouler dans son ventre.

Il maintint le regard droit devant lui, puis, comme au

ralenti, tourna son visage vers elle et se mit à caresser du bout des doigts la peau nue que la jupe découvrait.

L'expression dans les yeux de Sean la renversa.

Lorsque la voiture tourna sur la route qui menait à la station, Elise était prête à sauter en marche pour aller se réfugier dans la forêt.

Sur le parking, il coupa le moteur. Ils se jetèrent l'un sur l'autre comme des créatures sauvages. Leurs bouches se trouvèrent à mi-chemin, Elise empoigna sa chemise. Les doigts de Sean s'enfouirent dans ses cheveux, elle but la chaleur de son souffle, sentit sa langue glisser, sensuelle, sur la sienne.

Le cœur en folie et le ventre en feu, elle l'attira contre lui.

— Pas ici, murmura-t-il.

Ils sortirent de la voiture. Il lui prit la main et ils avancèrent presque en courant sur le petit sentier qui conduisait à Heron Lodge.

Il était loin, ce fichu chalet. Elle l'arrêta, une main sur l'épaule.

— Embrasse-moi…

Elle lui passa les bras autour du cou.

— Non, pas ici, répéta-t-il tout en obtempérant. Pas ici…

Il la serra contre lui avec une douce fermeté. Elle se sentait dépassée par la force des émotions qu'ils avaient déchaînées, et tira sur la chemise de Sean, désespérée de toucher sa peau, son corps.

— J'ai envie de toi.

— Oh! Elise…

Il la plaqua contre un arbre, les mains sur ses hanches. Elle sentait le relief palpitant de son sexe contre son ventre et s'accrocha à ses bras, les paupières closes, gémissant au contact de ses muscles bandés, la barbe de Sean éraflant la peau délicate de son cou.

C'était bon.

— Viens, tout de suite, s'il te plaît…

Elle ne pouvait attendre une seconde de plus, et lui, à

en juger par les mots qui lui échappaient, non plus. Il la souleva dans ses bras.

— Sean…

Il avançait très vite, le chalet n'était plus très loin.

— Pas un mot, fit-il, les dents serrées. J'essaie de marcher. Surtout ne m'embrasse pas.

— Je veux…

— Oui, moi aussi.

Il monta les marches en deux enjambées.

— Mais cette fois-ci, je veux voir ce dont on est capable derrière une porte fermée et dans un lit.

Le lac était calme, l'air doux, la forêt dormait paisible dans la nuit d'été.

Une hirondelle des granges s'envola dans un bruissement d'ailes lorsque Sean arriva sur le ponton, mais ce soir Elise ne s'intéressait pas à la nature, plus rien n'existait à l'exception de l'homme qui la portait.

Elle fit courir sa bouche sur son menton, attentive au changement de rythme de sa respiration.

— Je t'ai déjà dit que tu étais sexy ?

— Ne me le dis pas, fit-il en ouvrant la porte d'un coup d'épaule. Mais garde ça en tête, on en reparle tout de suite.

— Tu es sexy…

— Dieu…

Il ferma la porte d'un coup de pied. Enfin il ne résista plus. Ils montèrent l'escalier comme ivres, trébuchant, s'arrêtant pour tirer sur les vêtements de l'autre et se toucher, avides, désespérés.

Elle arracha sa chemise, il lui ôta sa robe. Le soutien-gorge tomba par terre, suivi aussitôt de la petite culotte de soie assortie. Elle était nue. L'instant d'après, ils étaient nus tous les deux, et Sean la poussa sur le lit en tombant avec elle, sa bouche sur la sienne, allant et venant en une annonce explicite de ce qui allait suivre.

La lumière de la lune baignait leurs corps enlacés, ses rayons s'attardaient sur une épaule musclée, sur les reflets d'une masse de cheveux sombres, sur l'éclat d'un iris bleu.

La température de la chambre monta avec la chaleur de leurs corps. Elise, poussée par le désir farouche d'une bête sauvage, poussa ses hanches vers lui, son envie de Sean trop puissante pour penser à quoi que ce soit d'autre.

Il glissa une main entre ses cuisses, cette caresse intime envoyant des ondes d'excitation dans tout le corps d'Elise. Il promena sa bouche sur sa peau avec une lenteur délibérée, prenant du temps pour jouer avec ses seins, dans des caresses humides et des morsures taquines. Elle gémit jusqu'à ce que ses gémissements deviennent des sanglots, et alors Sean glissa plus bas pour lui écarter les jambes. Elle se sentit nue et vulnérable, et le temps d'un instant la peur la saisit, mais la bouche chaude de Sean sur son sexe la ramena à l'exquise réalité. Avec ses grandes mains il la tenait contre le matelas tandis que sa bouche et sa langue la torturaient, chaque coup de langue la poussant plus loin dans les sensations.

Alors, tandis que le plaisir était devenu insoutenable, si intense qu'elle arrivait à peine à respirer, Sean vint sur elle et la pénétra d'un seul coup de reins qui lui arracha un cri éperdu. Entre ses cils elle le regarda, fort, viril, sexy au-delà des mots. Elle enfonça ses ongles dans les muscles de son dos, s'accrocha à lui parce qu'elle avait peur de se noyer, parce qu'elle ne savait plus où elle était, parce qu'elle n'avait jamais éprouvé quelque chose d'aussi puissant et incontrôlable. Et qu'en son for intérieur elle savait que cela était plus profond que du sexe, que leur étreinte était différente cette fois-ci. Un instant, elle chercha à retrouver le contrôle de ses émotions, cette maîtrise de soi qu'elle avait portée comme une armure pendant presque dix ans, mais elle s'en était trop éloignée. L'armure et les murs qu'elle avait construits pour se protéger s'effondraient. Ou bien c'était Sean qui les avait détruits avec sa façon de la regarder, ses yeux chevillés aux siens pour l'empêcher de se cacher. C'était *ça* être vulnérable et exposée, pensa-t-elle, partager, au-delà des corps, cette intimité sublime avec cet homme.

— Jouis pour moi, murmura-t-il contre sa bouche. Ne te retiens pas. Je veux tout. Je veux tout de toi.

— Sean…

Elle aurait dit oui à tout, elle ne pouvait rien lui refuser. Elle était perdue, possédée, hors de contrôle. Une éruption de sensations jaillit dans son ventre et les enveloppa tous les deux. Dans le désordre de ses sens, elle entendait les gémissements de Sean mais elle tremblait et ondulait, accrochée à ses épaules, répétant son prénom contre sa bouche comme ils tombaient au-delà du point de non-retour.

Un long moment se passa sans que l'un ou l'autre bouge. Le silence les enveloppait.

Elle sentait son poids rassurant sur elle, la force de ses bras qui l'entouraient, sa respiration chaotique qui s'apaisait peu à peu. Elle se concentrait sur ces faits pour ne pas paniquer.

Car, allongée sur son lit, les yeux fixés au plafond, elle sentait l'angoisse monter.

Que venait-il de se passer ?

— Bordel de…

Il posa un instant le front sur son épaule avant de rouler sur le dos en l'attirant sur lui dans le même mouvement.

— Je suis fier de nous.

— Pardon ?

— On a réussi à le faire dans un lit. Ce n'était pas gagné d'avance, nous connaissant.

Même au lit il savait la faire rire. La panique s'estompa.

— Sur le lit, pas dans le lit. On n'a pas réussi à se glisser sous les draps. J'espère que tu n'as pas salopé mon édredon avec des brindilles. J'y suis très attachée.

Après l'intensité de ce qu'ils venaient de partager, cette conversation légère la rassérénait.

Il se redressa sur un coude et regarda le lit et la surabondance de coussins et d'oreillers.

— Drôle de choix, un couvre-lit blanc.

— Eh, c'est mon choix. Il est de soie, et il appartenait à ma mère.

— D'accord, la prochaine fois, on restera dans la forêt.

Peu importe. J'arrête de jouer l'homme moderne et sophistiqué. Avec toi, je serai un homme des cavernes qui chasse le mammouth pour que tu le cuisines.

Amusée et flattée, elle lui caressa le menton. La barbe naissante chatouilla sa paume.

— Tu abîmerais tes chaussures.

— Ah, je me doutais qu'il y aurait un hic !

Il se pencha pour l'embrasser sur les lèvres.

— Mais tu mérites largement le sacrifice. Tu viendras vivre dans ma caverne ?

Même si elle savait qu'il plaisantait, son cœur fit une petite danse.

— Il y a des draps de soie, dans ta caverne ?

— Pas encore, mais quand tu emménageras il y en aura.

— Je vais y réfléchir. Ou peut-être qu'on pourrait vivre dans les bois. J'adore la forêt.

Elle se blottit contre lui, la main sur sa poitrine aux muscles bien dessinés. Sean avait une carrure plus imposante que Pascal, mais elle savait que, lui, il n'utiliserait jamais sa force pour blesser quelqu'un. L'abus de pouvoir est une preuve de faiblesse, et tout chez Sean était force et noblesse.

— J'ai aimé être avec toi sous la pluie.

Il fit la moue.

— Super. Le seul truc que je ne peux pas maîtriser à l'avance. Je peux toujours me rouler dans la boue et tenter ma danse de la pluie. Ou bien on pourrait se mettre sous la douche. La douche, ça compte ?

— J'aime l'idée, dit-elle. Douche puis sexe dans des draps de soie.

— Pardon ? J'ai juste retenu « sexe » dans ce que tu as dit, le reste s'est perdu en chemin.

Il caressa ses cheveux.

— La douche est en théorie une bonne idée, mais je mesure un mètre quatre-vingt-dix et je ne suis pas sûr qu'il y ait de la place pour nous deux. C'est moi qui l'ai construite, tu sais. Tyler a râlé pendant les trois jours qu'on a mis à poser le carrelage parce qu'il se cognait tout le temps la tête. Ces toits mansardés, c'est toujours la galère.

— J'aime bien, c'est plein de charme. Et je pense que c'est l'occasion pour en tester les possibilités, pas toi ?

— Si. Non. Seigneur, j'en sais rien. Ne me demande pas de penser. Je ne peux pas quand tu es nue à côté de moi.

Ses lèvres cherchèrent les siennes, leur peau un peu sèche, leurs intentions délicieuses.

— Ta bouche est divine, dit-il. Je pourrais t'embrasser toute la nuit.

— J'espère que tu le feras. Ce serait dommage de gâcher cette chance. Tu ne rentres pas souvent à Snow Crystal.

— Je songe à revenir pour de bon.

Avec un sourire, elle quitta le lit et passa dans la salle de bains.

Le temps d'un battement de cœur, il était derrière elle, se penchait pour éviter le plafond et grognait contre les dimensions de la pièce. Qui était en effet très petite, mais très bien conçue, avec du carrelage à l'italienne et des étagères de verre. Les O'Neil avaient un goût impeccable et portaient beaucoup d'attention aux détails.

Elise avait passé des moments de détente dans cette pièce, mais n'avait jamais imaginé qu'elle y découvrirait une chaleur aussi intense, des possibilités aussi excitantes. Et Sean. Son animalité, dans cet espace réduit, semblait se démultiplier.

Leurs yeux se trouvèrent, elle vit brûler le désir dans ses yeux. Il voyait le même feu dans les siens.

— Pluie, alors, dit-il. Mais elle ne sera pas froide.

Tous ses mouvements étaient précis et efficaces, il ajusta le mitigeur pour que l'eau coule à la température idéale. Quand il prit le savon en lui décochant un regard diabolique, elle sentit des papillons dans son ventre. Avec ses mains habiles de chirurgien, il la savonna doucement, sans oublier une seule parcelle de son corps. Elise fut bientôt pantelante, les jambes en coton, sous la pluie argentée de la douche.

Elle s'enroula autour de lui comme une liane. Il était aussi physique, aussi fougueux qu'elle. Aussi passionné.

Les préliminaires en douceur ne semblaient pas faits pour eux. De nouveau, leurs bouches se heurtaient, leurs langues se cherchaient, impérieuses, leurs dents se fermaient sur la chair de l'autre, ajoutant une animalité qu'elle trouvait excitante au plus haut point.

Et oh, qu'il sentait bon.

Elle fit courir ses mains sur le relief de ses muscles, sur sa peau, écouta le bruit saccadé de sa respiration. Quand il la souleva, elle ploya la tête en arrière, abandonnée à ses sensations. Il avait pris son sein en coupe dans sa main pour mieux le dévorer et leur excitation montait toujours plus à chaque caresse, à chaque coup de langue. Les jambes serrées autour de sa taille, elle pouvait sentir la peau douce de son sexe frôler ses cuisses. Elle le voulait, elle le voulait sur-le-champ, mais pour une fois, il refusa.

— Non, fit-il, la bouche contre sa gorge. Pas encore.

— Si, tout de suite.

Elle enfonça les doigts dans ses cheveux, s'empara de sa bouche et se déhancha à sa recherche. Mais il était beaucoup plus fort et la gardait serrée haut contre lui. Elle avait beau se déhancher, ses mouvements ne faisaient qu'augmenter son impatience.

— Je te veux. Encore et encore.

Il la plaqua contre le mur en l'embrassant à pleine bouche tandis qu'il tâtonnait pour fermer l'eau. Sans le bruit de la douche, leurs souffles désordonnés emplissaient la pièce.

— Comment je peux arrêter de ressentir ça ? fit-il. Dis-moi, sinon je ne sais pas comment je vais faire pour retourner travailler lundi.

Ces mots ébranlèrent encore plus les protections d'Elise, et avant qu'elle ait pu trouver comment les restaurer, Sean prit une serviette et l'en enveloppa. Ses mouvements, tendres et un peu maladroits, contrastaient avec son attitude toujours maîtrisée et calme et le rendaient encore plus attirant. Que cet homme capable de garder son sang-froid dans des situations dramatiques perde ses moyens à cause d'elle lui fit l'effet d'un puissant aphrodisiaque. Elle se soucierait plus tard de son armure affective. Ce qui se passait entre eux était encore purement sexuel.

Purement sexuel.

D'un geste leste, il la reprit dans ses bras et la déposa dans le lit. L'eau ruisselait de ses cheveux noirs sur son visage et ses épaules.

— Tes draps supporteront un peu d'eau ? dit-il sans cesser de l'embrasser.

Il traça un chemin de baisers incendiaires le long de son corps. La chaleur était suffocante, l'alchimie entre eux si intense qu'elle en tremblait. Incapable d'attendre, elle l'attrapa sans façon par les épaules et sentit son sexe durci frôler son ventre un instant. Puis il roula sur le dos et l'entraîna dans son mouvement pour qu'elle le chevauche.

Leur excitation rendait ridicule toute velléité de ralentir ou de se retenir. En appui sur ses épaules, les ongles creusant ses muscles puissants, elle s'empala profondément sur lui.

— Oh ! Elise, dit-il en un râle.

Il glissa les doigts dans ses cheveux et l'attira contre lui. Ils se mordirent les lèvres tandis qu'il venait plus loin en elle. Le menton tendu, les yeux assombris par le désir, il était si beau que le regarder faisait presque mal, mais elle résista à l'envie de fermer les yeux. Ils étaient là, face à face, sans se cacher, sans faire semblant, avec cette honnêteté nue qui depuis le début régissait leur relation. La spirale de l'orgasme l'aspirait, elle sentit son sexe se contracter autour de celui de Sean, l'entendit gémir dans un effort sans espoir pour se contenir. Un tsunami de sensations déferla sur elle, la vague géante les emporta tous les deux, au-delà de la conscience. Elle n'entendit pas son propre cri de plaisir.

Revenir sur terre leur prit un certain temps.

Vidée, haletante, elle s'affala sur son torse, apaisée par le contact de sa grande main sur son dos, de son bras protecteur autour d'elle. Lorsque les battements de son cœur reprirent une cadence à peu près normale, elle essaya de bouger, mais il la garda tout près de lui et bougea juste ce qu'il fallait pour les couvrir avec l'édredon.

C'était de l'intimité à l'état pur. Quelque chose qu'elle ne s'était pas accordé depuis Pascal.

Mauvaise idée. Pente savonneuse. Danger.

Elle allait se dégager doucement et lui rappeler gentiment qu'il fallait qu'il rentre chez lui.

Mais il tourna la tête à cet instant, sourit, et l'embrassa de nouveau.

C'était un maître ès baisers. Il savait comment et où poser exactement sa bouche savante pour venir à bout de la volonté d'une femme, et il l'avait fait à de nombreuses reprises avec elle. Mais cette fois il n'était pas dans la conquête. Il voulait juste lui offrir de la tendresse, et la douceur de ce baiser la chamboula. Chamboula son monde.

Secouée par des sentiments qu'elle ne parvenait pas à identifier, Elise scruta ces incroyables yeux bleus et se sentit fondre à l'intérieur.

Il espérait de toute évidence passer la nuit ici, mais elle ne savait pas quoi en penser.

— Tu crois sincèrement que dormir dans le même lit serait plus intime que ce qu'on vient de partager ?

Qu'il lise en elle si facilement lui faisait peur.

— C'est juste que je ne le fais jamais. Ni toi. Tu ne te réveilles jamais dans le lit des femmes que tu rencontres. Tu t'en vas toujours dans la nuit.

— Mon cœur, je t'assure que je serais incapable d'aller bien loin, dans cet état.

Yeux fermés, un soupçon de sourire au coin de la bouche, il était à la fois sexy, drôle et attendrissant. Une combinaison vraiment rare, d'après l'expérience d'Elise.

— Mon corps a cessé de fonctionner, sérieux.

Elle commença à paniquer pour de bon. Cet homme avait brisé autant de cœurs qu'il avait réparé d'os.

— Je dois aller dans la salle de bains.

— Vas-y. Mais reviens.

Mais il ne bougea pas et elle dut repousser ses bras pour

quitter le lit, tout en se demandant s'il allait profiter de sa brève absence pour filer.

Confuse, elle prit son temps derrière la porte fermée. Son image dans la glace semblait aussi perdue qu'elle.

Dix minutes étaient passées lorsqu'elle retourna dans la chambre.

Sean était toujours dans son lit.

Allongé, parfaitement détendu, le bras gauche au-dessus de la tête, il semblait occuper tout l'espace. Ses longs cils sombres, qui passaient parfois inaperçus à cause du bleu impossible de ses yeux, caressaient ses pommettes dorées par le soleil.

Que faire ?

Elle pouvait le rejoindre, bien sûr, et elle *avait* envie de le rejoindre, mais cela impliquait de se réveiller ensemble, ce qui entraînerait un changement dans la nature de leur relation… Ce qu'elle voulait éviter à tout prix.

Elle pouvait aussi le réveiller et lui demander d'aller passer la nuit chez Jackson, mais Sean dormait déjà à poings fermés. Or elle savait à quel point son travail était exigeant physiquement et psychiquement, et ces dernières semaines il avait déjà beaucoup tiré sur la corde. Il n'en laissait rien paraître et absorbait stress et pression comme du papier buvard, mais tout de même, il avait besoin de récupérer.

Le réveiller était hors de question. Sean allait donc dormir dans son lit.

Cela laissait deux possibilités à Elise.

Pour la première fois depuis le début de la soirée, elle retrouva sa capacité de prendre des décisions parfaitement rationnelles.

Après avoir couvert Sean avec l'édredon, elle prit un oreiller et sortit une couverture du grand panier d'osier au pied de son lit.

Une nuit sur le canapé n'avait jamais tué personne.

Chapitre 17

Sean se réveilla avec le chant des oiseaux. L'esprit brumeux et le corps lourd après une bonne nuit de sommeil, il écouta distraitement les bruits du lac en fond sonore. Il ne savait pas trop où il était, mais il était bien.

C'est alors qu'il se rappela.

Heron Lodge. Le lit d'Elise.

Mais aucune trace d'Elise. Un simple regard lui suffit pour comprendre qu'elle n'avait pas passé la nuit à côté de lui.

Il était tombé comme une masse et elle avait dormi… où ?

— Merde.

Il chercha sa montre et vit qu'il était 8 heures passées, trop tard donc pour se soustraire aux questions malicieuses de son jumeau. Sans pouvoir se rappeler la dernière fois où il s'était réveillé si tard, il se leva pour chercher Elise.

Le chalet était vide. Le café dans la cafetière, froid, indiquait qu'elle était partie depuis un bon moment.

Elle n'avait pas voulu se laisser tenter par une matinée de sexe languide, ou alors elle avait cherché à éviter la redoutable « conversation du lendemain ».

Il aurait dû en être soulagé, mais à sa grande surprise il ne l'était pas.

Après avoir remis la cafetière en route, il goûta les viennoiseries qu'elle avait laissées dans une corbeille. Excellentes, bien sûr. Cette femme avait vraiment du talent.

Ce ne fut qu'après avoir pris la première gorgée de café qu'il remarqua la couverture soigneusement pliée sur le canapé.

Il reposa le mug.

Elle avait dormi sur le canapé ?

L'aiguillon de la culpabilité, qu'il connaissait si bien, se fit sentir, mais il éprouva aussi d'autres émotions dont les contours, inhabituels, lui étaient inconnus.

En entendant des pas, il se retourna. Elise venait d'arriver dans la cuisine, vêtue du short de sport le plus court qu'il ait jamais vu. Ses cheveux étaient retenus en arrière par un bandeau, ses joues roses.

Le désir flamba dans son ventre. Peu importait ce qu'elle portait, il la voulait.

— Pourquoi est-ce que tu as dormi sur le canapé ?

— Parce que tu étais dans le lit.

Vu qu'ils avaient passé une bonne partie de la nuit à faire des folies de leurs corps, la logique de l'argument échappait à Sean.

— Le lit était assez grand pour nous deux. Je n'aurais pas imaginé une seule seconde que tu irais sur le canapé. Ça me fait culpabiliser.

— Pourquoi te sentir coupable, alors que c'est moi qui ai pris cette décision ?

Elle ouvrit le réfrigérateur pour se servir un grand verre d'eau glacée.

Il aurait peut-être dû s'en verser un, lui aussi. Sur la tête. Histoire de se calmer. L'ambiance entre eux était devenue aussi électrique qu'un ciel d'orage.

Son pouls cognait fort contre ses tempes et il bandait comme un âne. Il aurait voulu la renverser sur le plan de travail et lui arracher ce petit short aguichant. Ecarter ses jambes, la dévorer, plonger en elle. Il voulait qu'elle lui morde la bouche, lui donne sa langue, lui griffe la peau. Il voulait retrouver le feu de leur passion, y brûler. Mais il voulait aussi l'entendre rire, revoir sa fossette, l'écouter parler de son passé et de ses secrets, être saisi d'émotion parce qu'elle commençait à lui faire confiance. Il avait déjà réussi à dépasser ces barrières, maintenant il voulait la protéger et la convaincre que tous les hommes n'étaient pas comme Pascal. La persuader qu'ils étaient bien ensemble.

Mais y croyait-il lui-même ? Quand avait-il été autre chose qu'un mauvais plan pour une femme ?

Son histoire était jonchée de liaisons restées au stade d'ébauche. Si l'hôpital l'appelait, si ses patients avaient besoin de lui, il laissait tout tomber et il n'était pas prêt à changer de vie. Pas prêt à faire les sacrifices nécessaires pour qu'une relation survive.

Alors que faisait-il encore dans la cuisine d'Elise ?

Etrangère à son dilemme, celle-ci finit son verre avec un soupir de satisfaction et le laissa dans l'évier. Calme. Posée.

— Je dois me doucher et filer au restaurant. Merci pour cette soirée, Sean. J'ai passé un très bon moment.

Un très bon moment ? C'est tout ce qu'elle trouvait à dire ?

C'était comme essayer d'ouvrir une porte avec une clé qui avait toujours marché mais qui tout à coup ne rentrait plus dans la serrure.

Et qu'avait signifié la soirée, pour lui ? Il l'avait invitée sur une impulsion subite qu'il n'avait pas regrettée une seule seconde, ni pendant la semaine qui avait suivi ni pendant les heures qu'ils avaient passées ensemble. Ils étaient amis, voilà tout. En quoi serait-ce un problème, que des amis passent du temps ensemble ?

— Je sais que tu as peur...

— Je n'ai pas peur. Pourquoi tu dis ça ? Nous ne sommes pas ensemble. Nous savons tous les deux que c'était juste pour le sexe. Dans un lit, certes, ce qui est un changement...

Elle sourit, fossette à l'appui. Voulait-elle le rendre fou ?

— Mais tout de même, juste du sexe. Tu t'inquiètes pour rien. Passe une bonne semaine, Sean. On se verra peut-être à la soirée famille.

— Les tomates sont excellentes cette année.

Elise cueillit un fruit sur un plant et le huma avec délice avant de le déposer dans son panier.

— On en proposera ce soir en entrée au grand restaurant, continua-t-elle. C'est vraiment dommage que la saison soit si courte.

— Dieu merci, on a Tom Anderson et ses serres, dit Elizabeth.

Depuis quelque temps, Elise avait observé que son amie ne manquait pas une occasion de parler du maraîcher qui les aidait à entretenir le potager depuis le début de la saison. Mais elle n'osait pas aborder le sujet directement.

— Oui. Il est charmant, Tom, répondit-elle. Vous le connaissez depuis longtemps ?

— Il venait toujours dîner avec sa femme pour les grandes occasions. Mais elle est décédée il y a huit ans, et on sent que la solitude lui pèse. Tout le voisinage l'entoure, bien sûr, mais ce n'est pas la même chose que d'avoir quelqu'un dans sa vie. Je suis sûre que c'est pour ça qu'il passe autant de temps à bichonner ses légumes.

Elise choisit une autre tomate et avança un autre pion. Elle espérait seulement ne pas s'être trompée dans ses suppositions.

— On doit le soutenir. Si le Boathouse continue à tourner aussi bien, on devra bientôt doubler nos commandes de légumes et de salades.

Elizabeth sembla ravie.

— Je lui en toucherai un mot la prochaine fois que je le verrai. Oh ! regarde. Le persil plat est magnifique. Et cette menthe ! Et si on proposait du taboulé cette semaine ?

Elle écrasa quelques feuilles entre ses doigts pour en exhaler le parfum.

— Michael préférait l'hiver à cause de la neige, mais j'adore les étés du Vermont.

— Moi aussi, j'aime l'été. Le taboulé est une très bonne idée.

— Et comment s'est passé ce dîner avec Sean ?

— L'endroit était très joli, la cuisine très bonne. Le vin délicieux.

— Et la compagnie ?

— Excellente aussi, bien sûr, fit Elise en espérant que son expression ne la trahirait pas. Sean me fait toujours rire.

Elizabeth coupa d'une main experte quelques tiges d'herbes aromatiques.

— Il revient nous voir plus souvent, dernièrement. Walter est ravi, et Jackson avait besoin de ce coup de main. Merci beaucoup.

— Ce n'est pas moi qu'il faut remercier. Il ne vient pas pour moi.

La mère de Sean la regarda.

— Après la mort de Michael, il a cessé de venir. Je savais qu'il était très malheureux, nous l'étions tous. Mais Sean était incapable d'en parler, il a toujours eu du mal à exprimer ses sentiments. Il ne parle jamais de choses personnelles.

Avec elle, si.

Et elle aussi avait parlé avec lui. De tout. Pour la première fois, après tout ce temps.

— Perdre quelqu'un qu'on aime est toujours dur.

— Oui.

Elizabeth fouilla entre les plants jusqu'à trouver une autre grappe de tomates brillantes comme des rubis.

— Je me demande encore comment on a traversé cette période. C'était comme marcher dans un brouillard épais. On avançait à tâtons, perdus, se raccrochant les uns aux autres.

— Je vous envie pour ça, fit Elise avec un filet de voix. Pour cette façon de vous soutenir les uns les autres ; c'est ça qui fait une famille. C'est bon de savoir que, si on tombe, il y aura toujours quelqu'un pour vous rattraper.

— Tout a changé à Noël. Kayla est arrivée et j'ai commencé à travailler avec toi en cuisine, dit Elizabeth. Tu m'as sauvée.

Au nœud d'émotion vint s'ajouter le zeste cuisant des larmes.

— C'est Kayla qui a eu l'idée.

— Mais tu m'as fait une place dans ta cuisine et tu m'as permis de devenir un membre à part entière de l'équipe.

— C'était une chance pour moi ! Vous avez beaucoup

de talent. Sans dire que maintenant je peux enfin prendre des jours de congé !

— Non, c'est Snow Crystal qui a de la chance de t'avoir. C'est grâce à toi que notre restaurant a redoré son blason ! Et le Boathouse semble suivre le même chemin. J'avoue que pendant un bon moment j'étais persuadée qu'on allait devoir mettre la clé sous la porte. Mais vous quatre, Jackson, Tyler, Kayla et toi, vous avez réussi à éviter qu'on tombe dans le gouffre.

Elise s'abstint de remarquer que cet équilibre était encore fragile et qu'ils étaient encore trop près du bord.

— On remonte la pente, dit-elle. Mais l'hiver prochain sera décisif. On a besoin d'une bonne saison.

— Tu nous as aidés bien au-delà de l'aspect financier. Tu as réussi à réunir la famille de nouveau. T'aider avec le ponton a forcé Sean à passer plus de temps ici. Ça a fait du bien à tout le monde. J'ai vu sa voiture garée devant chez Alice et Walter, et je sais qu'il avait un cadeau pour son grand-père. J'espère qu'il a obtenu l'effet escompté.

— Un cadeau ?

— Quelque chose pour aider Walter. Je sais que Sean se fait beaucoup de souci pour lui, même s'il ne le montre pas. Ça a toujours été comme ça. On sait quand Tyler a un problème parce qu'il explose s'il n'en parle pas, Jackson prend le temps de réfléchir et parle ensuite, mais Sean… Il a toujours tout gardé pour lui, impossible de savoir ce qui se passe dans sa tête. Je suis contente qu'il soit resté cette nuit, je n'aime pas qu'il prenne le volant quand il est fatigué.

Elizabeth marqua une pause, hésitante, et chercha son regard.

— Elise, je sais que ce ne sont pas mes affaires…

— Vous pouvez tout me dire. Allez-y.

— J'aime mes fils plus que tout, mais ça ne m'empêche pas de les voir tels qu'ils sont. Sean a toujours été obsédé par son travail. Il a toujours voulu être médecin, jamais désiré autre chose, jamais changé d'avis. Et je suis très fière de lui. Mais, tu sais, parfois j'aimerais qu'il voie qu'il y a d'autres choses dans la vie que sa vocation, aussi noble soit-elle. Il faut de l'équilibre, dans une vie. Il n'en a pas. Et je ne suis pas sûre qu'il le trouve un jour.

— Et vous me racontez tout ça parce que… ?

— Parce que, au cours de ces deux dernières années, tu es devenue comme une fille pour moi, et qu'il est mon fils, et que je ne veux pas te voir souffrir.

Elise contint son souffle. Des larmes remplirent ses yeux.

— Elizabeth…

— Peut-être que je me trompe et qu'il ne se passe rien du tout, mais s'il se passe quelque chose… Eh bien, je ne veux pas qu'il te blesse.

— Et voilà, maintenant vous m'avez fait pleurer.

Elise posa son panier et serra fort Elizabeth contre elle, plissant les paupières pour refouler ces larmes qu'elle ne voulait pas verser.

— Moi aussi, je vous aime beaucoup. Comme j'aime Alice et Walter et ce cher Jackson, et bien sûr Kayla et Brenna, et même Tyler, même si je préférerais qu'il ouvre enfin les yeux. C'est moi qui ai de la chance de vivre et de travailler ici. Et ne vous inquiétez pas, je ne compte pas souffrir.

Elle se protégeait beaucoup trop bien pour ça.

— Sean et moi, dit-elle, on rigole bien ensemble, on parle et, oui, peut-être d'autres choses aussi dont je ne parlerai pas à sa mère, mais vous n'avez pas de souci à vous faire. Cela dit, je suis très touchée par votre attention. Et je suis ravie aussi que Sean vienne plus souvent. C'est bon pour tout le monde, mais c'est surtout bon pour lui. Il a une famille vraiment exceptionnelle.

Et elle faisait à présent partie de cette famille. Personne ne pourrait lui enlever ça.

Mais Sean, lui, était-il en train de parler avec Walter ? se demanda-t-elle. Est-ce qu'il essayait de combler le fossé qui l'avait tenu éloigné pendant deux ans ?

Elise l'espérait de tout son cœur. Et si Walter acceptait son cadeau, peut-être que leur relation pourrait enfin prendre un nouvel essor.

— Mais qu'est-ce que c'est que ça ?

Walter regarda d'un œil mauvais la machine installée au centre de son jardin.

— C'est un fendeur de bûches.

Sean contempla l'engin, satisfait de son achat. Il avait réfléchi longuement avant de trouver une idée convaincante et passé ensuite des heures et des heures à faire des recherches avant d'arrêter son choix sur ce modèle en particulier.

— C'est moi qui l'ai fait livrer ici, expliqua-t-il.

— Pourquoi ? Pour qui ?

— C'est pour toi.

Son téléphone vibra dans sa poche, mais Sean l'ignora, pour une fois. Quelle que soit l'urgence, elle pouvait attendre. Cette conversation était infiniment plus importante que n'importe quel coup de fil.

— C'est un cadeau, Gramps. Pour que tu ne gaspilles pas ton temps ni ton énergie à manier la hache.

— Tu insinues que je ne peux pas me servir d'une hache ? Tu me traites de chiffe molle ?

— Non, fit Sean en fronçant les sourcils. J'ai juste pensé que tu devrais commencer à faire attention.

— Je décide tout seul de ce que je dois faire ou pas.

Son grand-père fit le tour de l'engin d'un air suspicieux.

— Ça t'a coûté combien ?

— C'est un cadeau, il n'est pas question que je t'en donne le prix. Mais ça fend les bûches comme si c'était des cure-dents.

— Et alors ? Moi aussi, répliqua Walter, piqué au vif. Tu n'étais pas encore né que je le faisais déjà.

— Il est peut-être temps de te ménager un peu.

— Je ne veux pas me ménager. Je n'ai pas besoin de me ménager, donc tu peux renvoyer ton engin tout de suite et récupérer tes sous.

Sean prit une longue inspiration et encaissa le coup en silence. La possibilité que son cadeau ne soit pas bien reçu ne lui avait même pas traversé l'esprit.

Il pouvait le rendre, bien sûr. Il pouvait faire en sorte que cette fichue machine soit retournée au vendeur et laisser sa tête de lard de grand-père trimballer sa hache et son grand âge jusqu'à ce qu'il crève.

Un coup de fil suffirait.

Tant pis. Il avait essayé, il y avait mis du sien. Et si son grand-père n'en voulait pas, il n'y avait rien qu'il puisse faire.

Il tâta sa poche pour prendre son téléphone, mais il revit soudain Walter à l'hôpital, immobile et pâle dans son lit, Alice à son chevet, refusant de partir. Il pensa à sa mère, à Jackson, et surtout, il pensa à Elise.

Elise, qui se trouvait avec son grand-père quand il avait eu son attaque. Elise, qui traitait la famille O'Neil comme si c'était la sienne.

Je vous aime, Walter.

La phrase résonna encore et encore dans son esprit, et Sean écarta finalement la main de sa poche et ouvrit les épaules.

— Non, je ne pense pas. Je ne vais pas le renvoyer.

— Alors ça restera ici à rouiller, parce qu'il est hors de question que je m'en serve. J'ai déjà une hache qui fait très bien l'affaire.

— Tu ne l'as même pas essayé.

— Je n'ai pas besoin d'essayer un truc dont je n'ai pas l'usage.

Sean hocha la tête en cherchant un argument convaincant. En vain.

— S'il te plaît, Gramps…

Il dut lutter pour ne pas trahir ses émotions.

— … S'il te plaît, je voudrais que tu le gardes et que tu t'en serves. S'il te plaît.

— Donne-moi une bonne raison pour le faire.

— Parce que tu nous as fait une putain de frayeur !

Ce n'était pas exactement ce qu'il s'attendait à dire, mais c'était sorti comme ça. La colère et la frustration qu'il avait trop longtemps contenues jaillirent tout à coup.

— Bon sang, Gramps, j'ai passé l'hiver dernier à te demander de faire des examens, et bien sûr tu ne m'as pas écouté. Tu es tellement têtu, tellement…

Il se frotta les tempes en s'efforçant de bien respirer; il fallait qu'il reste calme, qu'il arrive à exprimer ce qu'il ressentait de façon posée.

— Tu sais ce que ça m'a fait, quand j'ai décroché le téléphone et que Jackson m'a dit que tu étais à l'hôpital? C'était comme recevoir de nouveau le coup de fil pour Papa. Je n'ai aucun souvenir du trajet de Boston à l'hôpital, je me rappelle juste que j'avais les jambes molles et que je n'arrêtais pas de penser que si tu mourais, alors, je…

Sa voix se brisa et il cessa de parler, poings serrés, ses sentiments enfin exposés au grand jour.

Son grand-père l'observa en silence, avant de s'éclaircir la gorge.

— Tu n'aurais pas dû conduire dans un tel état. Tu aurais pu avoir un accident.

Sean lâcha un rire incrédule.

— C'est pour ça que tu m'as dit de retourner à Boston.

— Non, je te l'ai dit parce que je croyais que tu ne voulais pas être là.

Walter avait parlé les yeux rivés au sol. Il poussa un long soupir.

— Je sais que cela te coûte de venir ici, que cela te coûte beaucoup depuis l'accident de ton père, et je ne voulais pas que tu te sentes obligé. Et je ne voulais pas t'éloigner de ton travail, parce que je sais à quel point il est important pour toi.

— Bien sûr que mon travail est important, mais bien moins qu'être avec ma famille pendant un coup dur. Tu crois que j'aurais pu bosser pendant que tu étais à l'hôpital? On était tous morts d'inquiétude. C'est pour ça que je t'ai acheté cette machine, j'espérais que tu accepterais de te ménager. Et je ne vais pas la rendre. Tu vas l'utiliser même si je dois t'y enchaîner pour que tu comprennes enfin.

Il se sentait prêt à livrer une longue bataille. Une dispute à bâtons rompus qui ne manquerait pas d'abîmer encore plus cette relation déjà si mal en point.

Mais, à sa grande surprise, son grand-père se radoucit.

— J'ignorais que tu te faisais autant de souci pour moi.

— Eh bien, tu le sais, maintenant.

Il se passa les mains dans les cheveux, s'en voulant d'avoir perdu son sang-froid.

— Désolé d'avoir haussé le ton. Ça peut te paraître difficile à croire, mais j'étais venu pour te présenter mes excuses.

— Des excuses ? Pourquoi ?

Chamboulé, Sean peinait à trouver les mots.

— Pour tout ce que je t'ai dit le jour de l'enterrement. C'était déplacé. Plus que déplacé, j'ai vraiment dépassé les bornes.

Son grand-père se redressa légèrement.

— Tu étais sous le choc.

— Ce n'est pas une excuse. Tu aurais dû me dire de la fermer. M'engueuler, je ne sais pas. Pourquoi tu n'as rien dit ?

Walter marqua une pause, puis il se laissa tomber sur le banc, les mains sur les genoux.

— Parce que tu étais malade de chagrin, dit-il d'une voix tremblante. Tu avais besoin de blâmer quelqu'un et je te comprenais parce que je me blâmais aussi. C'est ce qui se passe quand tu perds quelqu'un. Tu n'as fait que dire à voix haute ce que je pensais tout bas. C'était ma faute.

— Non. Absolument pas.

— En partie, au moins.

Sean parla d'une voix étranglée.

— Ce n'est pas vrai. J'avais tort, Gramps. J'avais tort sur plein de choses. Et je n'aurais jamais dû dire ce que j'ai dit.

— Tu avais perdu ton père.

— Et tu avais perdu ton fils.

— Oui.

Walter laissa son regard se porter sur les montagnes.

— Dans mon souvenir le plus ancien, je joue avec mon père au bord du lac. Cet endroit était tout pour lui et c'est également tout pour moi. Je n'ai jamais voulu autre chose. Je vivais pour Snow Crystal, respirais Snow Crystal, rêvais de Snow Crystal. Et j'ai rencontré ta grand-mère, qui a partagé cet amour avec moi. Pour nous, ce n'est pas une façon de gagner notre vie, *c'est* la vie. Je n'ai pas songé un instant que mon fils ne voudrait pas de cette vie-là.

— Papa aimait vraiment ces terres.

— Les terres, mais pas l'entreprise. Michael ne voulait pas s'occuper de tout ça.

Sean songea à sa conversation avec Jackson.

— Mais il ne te l'a jamais dit. Il ne l'a jamais dit.

— Il essayait d'être ce que j'attendais de lui. Il ne voulait pas me laisser tomber, répondit Walter, d'un ton sombre. J'aurais dû le deviner. J'étais si concentré sur ce que *je* voulais que je n'ai jamais cherché à savoir ce que *lui* voulait.

— C'est bien de savoir ce qu'on veut. D'avoir quelque chose qui nous passionne.

— Pas si la passion nous rend aveugle.

— Il aurait pu te parler, dit Sean. Il aurait dû.

— Sans doute. Mais, est-ce que je l'aurais écouté ? J'aimerais croire que oui, mais je ne le saurai jamais. La station est un fardeau lourd à porter, ça, je le sais.

— Jackson adore s'en occuper, dit-il en s'asseyant à côté de son grand-père.

Leurs épaules se touchaient.

— C'est vrai, dit Walter. Et je dors mieux grâce à ça.

— Je vais venir à la maison plus souvent.

— Ta grand-mère en sera heureuse.

— Et toi ? demanda Sean en se tournant pour le regarder. Qu'est-ce que tu en dirais ?

Walter éclaircit sa voix.

— Je crois que ça me ferait plaisir, oui. Moi aussi. Mais seulement si c'est ce que tu veux.

— C'est ce que je veux. J'aurais dû te parler plus tôt au lieu de prendre lâchement mes distances. Et j'aurais pu te dire, je veux dire, j'aurais dû te le dire bien avant… Je t'aime, Gramps. Oh ! merde.

Il se passa la main sur le visage.

— Je n'en reviens pas d'avoir dit ça. Heureusement que Tyler n'est pas là pour m'entendre.

— Et heureusement que ta grand-mère n'est pas là pour t'entendre parler comme ça.

Il marqua une pause avant d'ajouter, avec un rire peu assuré :

— Je t'aime aussi. Je croyais que tu le savais.

Sean pensa à Elise.

— Parfois c'est bon de dire ces choses-là à voix haute. Comme ça, on est sûr que c'est clair pour tout le monde. Mais ce n'est pas facile.

— Tu as toujours eu du mal à parler de tes sentiments. Tu dois tenir ça de moi.

— C'est drôle que tu dises ça. Elise pense que nous sommes pareils, toi et moi.

Walter sourit.

— C'est une femme très intelligente. Comme Kayla. Jackson et elle sont en train de redonner un nouveau souffle à cet endroit, qui en avait fort besoin. A présent qu'elle va vivre ici à plein temps, ça sera encore mieux.

— Ça m'inquiète un peu. Elle renonce à beaucoup de choses, à son job notamment, pour vivre et travailler ici.

— Tu crois ?

Walter suivit du regard une volée d'oiseaux qui traversait le ciel.

— Je dirais qu'elle gagne plus qu'elle ne perd.

— Elle travaillait pour une des plus grandes agences de relations publiques de New York. Elle avait une belle carrière devant elle.

— Et maintenant, elle travaille avec l'homme qu'elle aime et construit leur avenir. Il faut plus qu'une carrière pour une vie heureuse, tu sais. Il faut de l'équilibre. J'ai de la chance : pour moi, le travail, la famille et mon foyer ne font qu'un. Toi, tu as une belle carrière, pour sûr, mais tu en paies le prix fort. Un sacré sacrifice. Assure-toi que ça en vaut la peine.

— Sacrifice ? demanda Sean, sidéré. Je ne fais aucun sacrifice. Je n'ai qu'à penser à ma petite personne. Je peux passer autant de temps que je veux à l'hôpital sans que personne me demande à quelle heure je rentre à la maison.

Walter le regarda en secouant la tête.

— C'est une vie bien solitaire, on dirait.

— J'ai tout le temps du monde autour de moi.

— Peut-être. Mais est-ce que tout ce monde en a quelque chose à faire, de toi ? Est-ce qu'ils se feraient du souci si tu t'écroulais sur un ponton et que tu ne pouvais pas te relever ? Est-ce qu'ils rient avec toi et te tiennent chaud la nuit ? Seront-ils toujours à tes côtés dans soixante ans ?

Sa voix tremblait.

— Est-ce qu'ils le feront ? Est-ce qu'ils le feraient ?

Sean le regarda, abasourdi.

— Gramps…

— L'amour n'est pas un sacrifice, c'est un don. Mais tu as peur, et je comprends. Il faut être courageux pour admettre qu'on est amoureux.

— Je ne suis pas amoureux, protesta-t-il. Qu'est-ce qui te fait dire ça ? Pour commencer, je n'ai pas le temps de sortir avec des femmes. Il n'y a aucune…

Il s'arrêta, renfrogné.

— Si tu es en train d'insinuer…

— Je n'insinue rien. Je te connais trop bien pour me permettre d'insinuer quoi que ce soit.

Ce n'était pas de l'amour.

— Il se trouve juste que j'ai travaillé sur le ponton alors qu'elle préparait l'inauguration du Boathouse, dit Sean. Au même endroit, donc. C'est tout.

— Très bien.

Walter se releva, marcha vers le fendeur de bûches et l'examina avec une attention que Sean trouva excessive. Exaspérante, même.

— J'ai fini la terrasse parce que je voulais rester auprès de toi et de Grams. Ça n'avait rien à voir avec Elise.

— C'est très aimable à toi. On apprécie sincèrement. C'était aussi très gentil de ta part d'aller faire du camping avec elle.

Sean serra les dents.

— Tyler était occupé.

Il crut un instant voir son grand-père sourire mais, lorsqu'il regarda de nouveau Walter celui-ci semblait absorbé par la nouvelle machine.

— Ce truc doit être livré avec son mode d'emploi, non ?

Ce n'était pas de l'amour.

Comment ça aurait pu être de l'amour ? C'était une rencontre hautement sensuelle assaisonnée de beaucoup de rires et de quelques grandes conversations.

— Elle ne veut pas s'engager, et moi non plus.

— On dirait que vous êtes faits l'un pour l'autre.

Faits l'un pour l'autre ?

Il sentit la sueur tremper son dos. Il songea à Elise, hors d'haleine, rieuse, sous la pluie. Elise en train de serrer Walter dans ses bras. De danser sur la terrasse. De lui arracher sa chemise. Il pensa à ses jambes, à sa passion, à sa gentillesse, à sa fossette, à sa bouche.

Oh ! Dieu, cette bouche.

Une bouche qu'il pourrait embrasser sans s'en lasser jusqu'à la fin de ses jours.

Non !

Ce n'était pas de l'amour. Impossible.

Hors de question.

Son cœur battait à tout rompre. Il n'arrivait plus à respirer. Quelque chose oppressait sa poitrine.

En voyant ses mains trembler, il s'aperçut qu'il n'avait jamais éprouvé une telle panique. Même pas lorsqu'il avait la vie de quelqu'un entre ses mains. Il avait étudié pendant de longues années et travaillé dur pour arriver à être chirurgien, mais ça ? Rien ne l'avait préparé à ça.

Il tenta de respirer plus lentement, de penser sans s'affoler, de façon analytique.

— Je ne suis pas amoureux, Gramps. Et je ne ferai pas semblant de l'être juste pour te faire plaisir. Je dois rentrer à Boston.

Il se releva et sortit les clés de sa poche. Les fit tomber. Les ramassa en grommelant.

Walter écarquilla les yeux.

— Tu vas bien ? Parce que normalement tu as les doigts les plus agiles qui soient.

— Je vais très bien. Mais une grosse semaine m'attend. Il faut que je rentre et que je rattrape le temps perdu.

Et au moins, à Boston, personne ne lui ferait perdre son temps avec des suggestions ridicules.

— Conduis prudemment, dit Walter. Ta grand-mère se fait du souci pour toi.

Il tapota sa nouvelle machine comme si c'était le dos d'un chien et ajouta :

— Parfois, on croit qu'on ne veut pas quelque chose pour ensuite se rendre compte qu'on s'était trompé. Ça ne t'est jamais arrivé ?

— Non, jamais, maugréa Sean. Je ne l'aime pas.

— Je parlais de mon fendeur de bûches, fit Walter, visiblement content de lui-même. De quoi tu parlais, toi ?

Sean eut l'impression qu'on serrait une corde autour de son cou.

— Rien. Je dois y aller.

Chapitre 18

Elise mit des boucles d'oreilles et ajusta un foulard autour de son cou en souriant à son reflet dans la glace.

C'était la soirée famille et Sean rentrait à la maison.

Si quelqu'un lui avait dit au début de l'été qu'il les rejoindrait pour l'occasion, elle ne l'aurait pas cru. Mais depuis qu'il avait renoué avec son grand-père, il n'avait aucune raison de ne pas venir plus souvent à Snow Crystal.

— Qui l'aurait cru ? On peut convaincre deux hommes têtus de se parler de nouveau, murmura-t-elle.

Elle mit du gloss sur ses lèvres avec un soupir de satisfaction. La famille O'Neil avait le vent en poupe. Le Boathouse était un franc succès, La station, bien qu'encore fragile, tenait le cap, Walter était détendu, Alice était redevenue elle-même et Elizabeth respirait la joie de vivre.

Quant à elle…

Son cœur battit un peu plus vite.

Une semaine s'était écoulée depuis le dîner avec Sean et il n'avait pas donné signe de vie, mais elle ne s'en souciait pas particulièrement. Elle non plus n'avait pas cherché à le contacter. Ce n'était pas leur mode de fonctionnement. Elle adorait sa compagnie — *quelle femme ne craquerait pas ?* — et certes leur amitié avait évolué de façon quelque peu surprenante, mais uniquement parce qu'ils avaient passé beaucoup de temps ensemble.

Si elle se réjouissait de la venue de Sean, c'était avant tout pour Walter. Elle-même ne se sentait pas particulièrement concernée.

Mais pas du tout.

Elle descendit l'escalier et s'arrêta tout net en bas des marches. Sean se tenait à l'entrée de son chalet, les yeux brouillés par la fatigue, la chemise froissée.

— Sean! Je ne t'attendais pas. J'étais sur le point de partir à la maison. Tu as fait bonne route?

— C'était long. Et chaud. Je peux entrer?

Sans attendre de réponse, il ferma la porte derrière lui, visiblement tendu.

— Comment ça va, par ici? Gramps va bien?

— La pleine forme! Et tout va plutôt bien, je dirais. Un peu plus de monde que d'habitude. Le restaurant est complet pour les trois semaines à venir, le Boathouse tourne à plein régime et d'après Jackson le taux de réservations pour l'hiver est prometteur.

Elle s'étonna qu'il ne vienne pas l'embrasser, avant de se trouver ridicule. Il était venu voir sa famille, pas s'envoyer en l'air avec elle dans la forêt.

— Kayla est super-contente des retombées dans la presse, dit Elise, et elle est en train de tout organiser pour que je participe à l'émission de cuisine d'une télévision locale.

— C'est génial.

— Oui, il faut vraiment que j'évite de dire *merde*[1] à l'antenne ou alors elle me tuera.

Mais elle avait l'impression qu'il ne prêtait pas attention à ce qu'elle disait.

— Walter est ravi de son fendeur de bûches. Très bon choix, très intelligent je trouve. Et Tom est souvent venu donner un coup de main au jardin, ça aide beaucoup Elizabeth.

Le but de cette dernière nouvelle était de le faire réagir sur la vie sentimentale de sa mère, mais c'était comme s'il ne l'avait pas entendue.

— C'est bien, dit-il.

Il regardait par la fenêtre, vers le lac. Elle étudia son

1. En français dans le texte.

profil, son nez grand et droit d'homme, la ligne puissante du menton.

— Quelque chose ne va pas ?

— Non. Si.

Il se retourna, leurs regards se rencontrèrent.

— Allons dehors, lui dit-il.

— Je croyais que tu voulais rester à l'intérieur.

— J'ai changé d'avis. Je veux faire ça dehors.

— Faire quoi ?

Mais il avait déjà franchi le seuil.

Elle lui emboîta le pas, déconcertée.

— Qu'est-ce qui se passe ? C'est à cause de la soirée famille ? Tu te sens sous pression ? Tu as eu une mauvaise journée à l'hôpital ?

— Rien de tout ça.

Il marcha jusqu'au bord de la terrasse et posa les mains sur la rambarde qu'il avait lui-même construite. Après un bref silence, il poussa un soupir, le regard droit devant lui.

— J'étais persuadé que ça ne m'arriverait pas. J'ai toujours cru que ça ne m'arriverait pas.

— De quoi tu parles, Sean ?

— J'ai refusé de regarder les choses en face parce que la vérité me faisait peur.

— Quelle vérité ? Qu'est-ce qui te fait peur ?

Elle voulait rester calme, mais ces mots énigmatiques l'agaçaient. Surtout s'il était venu lui avouer qu'il était de nouveau en froid avec Walter. Elle sentait qu'elle allait très mal le prendre.

— Je ne comprends rien à ce que tu racontes. Je te préviens, soit tu me dis ce qui se passe soit je te pousse encore dans le lac.

— J'étais sûr de ne pas vouloir de ça.

— Mais qu'est-ce que tu ne voulais pas, bon sang ? C'est moi l'étrangère ici, et c'est toi qui parles de façon incompréhensible !

La soirée était calme, à peine troublée par le doux éclaboussement des oiseaux survolant les eaux.

— Je ne voulais pas tomber amoureux. Je ne l'ai jamais voulu. Je n'imaginais pas que ça pourrait m'arriver.

— Tu… ?

— Je t'aime.

Tout le corps de Sean était en tension. Ses épaules. Son visage.

— Seigneur, avant cet été, je n'avais jamais dit ces mots et tout à coup je les dis à tout bout de champ.

— Qu'est-ce que tu veux dire, à tout bout de champ ?

— Je l'ai dit à Gramps.

Elise poussa un long soupir.

— Tu le lui as dit ! s'exclama-t-elle, soulagée. C'est bien. Très bien. Tu l'aimes. Oh ! j'ai cru un instant que tu me le disais à moi.

— Je te le disais à toi. Je te le *dis* à toi.

Non. Elle avait mal entendu, sans doute. Parfois les nuances de l'anglais lui échappaient encore.

— Tu m'aimes ? Moi ? Mais non.

— Si.

Son regard chercha le sien et il répéta, tout bas :

— Je t'aime, Elise.

— *Quoi ? Mais non*[1] *!*

Cette conversation commençait à l'effrayer sérieusement.

— Tu te trompes, fit-elle. Sean, vraiment, tu me fais peur.

Il eut un rire bref.

— Ça fait une semaine que j'ai peur, figure-toi.

— Une semaine ?

— Depuis que Gramps l'a suggéré.

— Ton grand-père… ?

— Il savait. Il sait.

Elle respira un peu mieux. Voilà un début d'explication à cet étrange comportement.

— Dieu merci, c'est ça. Ton grand-père fait des siennes, il aime jouer les entremetteurs. Il cherche encore à faire pression sur toi, et il t'a embrouillé les idées.

---

1. En français dans le texte.

— Non, pas cette fois-ci. Il m'a juste fait penser à un certain nombre de choses. Mes idées ne sont pas du tout embrouillées. Au contraire, je sais très précisément ce que je ressens.

Cette fois-ci, elle fut en proie à une panique irréfrénable.

— Ça reste toujours de la pression, subtile, insidieuse, mais de la pression. Tu n'as qu'à l'ignorer, comme tu l'as si bien fait pendant trois décennies.

— Ça n'a rien à voir avec Walter. Ça a à voir avec moi, et avec toi.

Sa voix était ferme, son regard résolu.

— Je sais que je t'aime. Et je pense que tu m'aimes.

Oh ! Seigneur.

— Non ! Je ne t'aime pas !

Elle ne pouvait pas, ne devait pas. C'était une porte fermée à présent.

Il soutint son regard.

— Tu en es sûre ?

— Evidemment que je le suis ! C'est prétentieux, de présumer que je puisse ne pas savoir ce que je ressens ! Tu es tellement habitué à ce que les femmes te tombent dans les bras que tu ne peux même pas imaginer que l'une d'elles ne ressente pas pour toi ce que tu ressens pour elle.

Ses mains tremblaient et elle enroula ses bras sur elle-même. Pourquoi avait-elle froid comme ça, tout à coup ?

Amour ? Hors de question. Il était complètement hors de question qu'elle s'y laisse prendre de nouveau.

— Elise, tu étais tellement jalouse en pensant que j'avais couché avec cette infirmière, que tu m'as jeté à l'eau *et* que tu as essayé de m'assommer.

— Parce que je croyais que tu avais laissé tomber Sam. J'ai réagi un peu fort, c'est vrai. Et si tu es vraiment amoureux de moi, ce dont je doute, je suis désolée, mais je ne t'ai jamais donné aucune raison de penser que cette relation pourrait aller plus loin.

Elle parlait si vite que les mots se chevauchaient.

— Pour moi, c'était une histoire légère, une aventure d'été. Je croyais que c'était la même chose pour toi.

— Une aventure d'été ? Légère ? Ma chérie, la légèreté, on l'a laissée derrière nous il y a quelques semaines. J'irais jusqu'à dire qu'on l'a dépassée l'été dernier quand on a passé toute la nuit ensemble.

— C'était sexuel, rien d'autre.

— Peut-être que ça l'était, mais ce que nous avons aujourd'hui, c'est bien plus que ça, beaucoup plus, et tu le sais.

— Non, pas du tout. Pour moi, c'est juste ça.

Son cœur cognait dur contre sa poitrine et sa bouche était sèche.

— Les meilleurs moments de cet été sont ceux que j'ai passés avec toi, dit-il.

— Oui, parce qu'entre nous le sexe est génial. Incroyable. Et que ça a dû te brouiller les idées.

Elle recula d'un pas.

— Je me demande même si tu ne devrais pas prendre quelques jours de repos. Tu n'es pas toi-même. Pourquoi tu me dis tout ça ? C'est nous, Sean, rien n'a changé. On ne voulait pas de ça, ni toi ni moi. C'est pour ça qu'on s'entend si bien.

— Et si on s'entendait si bien parce qu'on se plaît beaucoup ? Tu y as pensé ? On se fait rire. On ne peut pas se trouver dans la même pièce sans se jeter l'un sur l'autre.

— C'est juste qu'il y a une alchimie très forte entre nous.

— Juste ? dit-il, plein d'ironie. Juste ? Je pense à toi tout le temps.

— C'est normal. Les hommes pensent au sexe toutes les six secondes.

— Dans ce cas, j'ai un problème, car moi c'est toutes les deux secondes. Et je ne parle pas de sexe. Je parle de toi. Je pense à toi toutes les deux secondes. A ta façon de rire, de parler, de marcher. A toi tout entière.

— Alors, voilà ce qu'on va faire : on rentre, on fait l'amour, puis on va à la soirée famille et on oublie tout ça.

— Je ne vais pas l'oublier, Elise. Ça ne va pas me passer

comme ça. Mes sentiments ne vont pas changer. J'aime être avec toi. J'aime ta personnalité. J'aime ton caractère passionné. J'aime que tu sois aussi loyale, que tu aimes si fort ma famille. J'aime même cette partie de toi qui m'a poussé dans le lac.

Il s'arrêta pour prendre une inspiration et ajouta :

— Je t'aime, et je pense sincèrement que tu m'aimes aussi.

— Mais non ! Je ne tomberai plus amoureuse, plus jamais. Je te l'ai dit. Tu le savais. Je ne peux pas.

— Je sais que tu ne veux pas, et je comprends que tu aies peur, dit-il d'une voix plus douce. Je sais que tu as traversé un enfer et que tu t'es retrouvée sans rien. Je comprends que tu te sentes vulnérable et que tu veuilles te protéger, mais tu vas vraiment permettre que Pascal gâche aussi le reste de ta vie ?

— Gâcher ? J'ai une vie heureuse ! Je n'ai jamais été aussi heureuse de ma vie !

— Donc tu préfères vivre autour de ma famille qu'au centre de ta propre famille ?

Elle sentait un nœud douloureux lui serrer la gorge.

— J'aime ta famille.

— Et ils t'aiment. Mais chaque soir, tu rentres chez toi et tu dors seule. Tu mérites de vivre pleinement, de connaître tout ce que la vie peut t'offrir, tu ne peux pas vivre cachée par peur de souffrir.

Elle n'arrivait plus à respirer. Parler lui faisait mal, mais elle devait le faire.

— Je suis vraiment navrée, Sean. Je sais que ça a dû beaucoup te coûter de me dire tout ça, mais je ne t'aime pas. Je ne t'aime pas et je ne vais pas te mentir là-dessus.

— Et te mentir à toi-même ? fit-il, la voix enrouée par l'émotion. Ça, tu es prête à le faire ?

— Je ne mens pas ! J'ai toujours dit honnêtement ce que je ressentais. C'est toi qui as changé.

— Oui, j'ai changé. Mais j'en ai pris conscience et je suis prêt à l'assumer. Alors que tu préfères te le cacher. Quand tu seras prête à l'admettre, viens me retrouver.

Il tourna les talons, sur le point de partir. Elle fit un pas vers lui.

— Attends ! Tu ne peux… Où tu vas ? C'est la soirée famille !

C'était une catastrophe. La soirée qu'elle avait tant attendue allait se finir avant même d'avoir commencé.

— Tout à coup, je ne suis pas d'humeur pour une soirée famille.

— Mais Alice s'en faisait une telle joie. Tout le monde sera là — ton grand-père, Tyler, Jess, ta mère, et… J'y serai, moi aussi.

Il attendit un instant avant de se tourner pour la regarder.

— Tu crois que c'était facile, de te parler de tout ça ? Que ça ne voulait rien dire ? Tu crois vraiment que je peux te dire « Je t'aime » et m'asseoir ensuite en face de toi à la table de la cuisine comme si de rien n'était ?

— Mais je ne voulais pas que ça arrive. Je ne voulais pas que ça se passe comme ça.

Les larmes lui brûlaient la gorge et les yeux.

— Je ne t'ai pas demandé de dire ça, je ne voulais pas que tu le dises. On avait un accord…

— Oui, fit-il avec un sourire triste. Et je l'ai rompu.

— Ne t'en vas pas, s'il te plaît. Tu viens d'arriver…

Sa voix s'étrangla.

— … Tu ne peux pas partir. Tout le monde t'attend. Alice est impatiente. Ta mère — même Walter, ils en ont parlé toute la semaine ! Toute la famille ensemble pour la première fois depuis des siècles.

— J'espère qu'ils passeront une bonne soirée.

Sean s'en alla. Elle le regarda s'éloigner, sonnée comme après un choc.

Pour la première fois depuis des mois, il avait prévu de se joindre à eux pour la soirée famille, et elle avait tout gâché. Et il avait tout ruiné.

Tout.

Son téléphone vibra, elle regarda l'écran. Un SMS de Kayla.

Où êtes-vous ? Rhabillez-vous et ramenez vos fesses.

Kayla croyait qu'elle et Sean…

Découragée, Elise se laissa tomber sur la chaise de la terrasse.

Elle n'avait plus aucune envie, elle non plus, d'aller à la soirée, mais quelqu'un devait leur dire que Sean ne viendrait pas. Ils allaient être horriblement déçus. A cause d'elle. *Par sa faute.*

Elle devait y aller. Il lui fallut toute sa force de volonté pour se lever et marcher vers la maison. Elle entendit le bruit d'un moteur, vit la Porsche de Sean quitter Snow Crystal, direction Boston.

Il était parti.

Une part d'elle voulait courir derrière lui, agiter les bras et lui crier de revenir, mais ses pieds semblaient cloués au sol et sa bouche était trop sèche pour émettre le moindre son.

Comment pouvait-il l'aimer ?

Sean ne tombait pas amoureux. Il ne cherchait pas l'amour. Et il savait qu'elle non plus.

Secouée, Elise ouvrit la porte de la cuisine. Elle fut accueillie par le bruit chaleureux des rires et les odeurs alléchantes de plats préparés avec amour. Walter était à sa place habituelle, à la tête de la table à côté d'Alice, Tyler se chamaillait avec Jackson, et Kayla vérifiait ses e-mails, son téléphone sous la table. Jess aidait Elizabeth aux fourneaux.

Maple vint vers elle, agitant la queue avec de joyeux jappements de bienvenue.

Toute la famille était là, au grand complet autour de la table… à un membre près. Et c'était à cause d'elle s'il manquait au rendez-vous.

Ses jambes tremblaient.

— Viens, ma chérie, on se demandait où tu étais, dit

Elizabeth en posant un grand plat à gratin bleu au centre de la table. Sean est en retard, mais on a l'habitude.

Elise essaya de parler mais la voix lui manqua. Dans un besoin de réconfort, elle se pencha pour prendre Maple dans ses bras, puis essaya de nouveau :

— Il… Il ne viendra pas.

C'était un fil de voix si ténu qu'elle crut que personne ne l'avait entendue, mais Alice tapota la chaise à côté d'elle.

— Bien sûr qu'il vient, mon petit. Il a promis qu'il serait là. On a vu sa voiture il y a une demi-heure. C'est la première fois qu'il vient à la soirée famille depuis Noël. J'aime tellement avoir tout le monde autour de la table.

Elizabeth dressa dans un saladier ses fameuses pommes de terre croustillantes.

— Il doit être au téléphone avec l'hôpital, dit-elle. Tu sais comment il est. Jess, j'ai besoin d'un dessous-de-plat, ma chérie. Et de serviettes.

Tyler fit une grimace.

— Je n'ai jamais compris cette manie des serviettes.

Personne ne l'écoutait, comprit-elle. Ils avaient tellement envie de voir Sean qu'ils ne prêtaient pas attention au sens de ses mots.

— Il ne va pas venir. Il vient de repartir pour Boston.

Elle se laissa tomber sur la chaise, Maple dans ses bras. La chienne lécha sa paume et la regarda de ses yeux noirs pleins de compassion, comme si elle avait senti sa détresse.

— Mais ça n'a pas de sens, dit Alice, déroutée. Pourquoi viendrait-il jusqu'ici pour repartir aussitôt ?

Elise se tut, honteuse. Mais qu'était-elle censée leur dire ? *Il est mal parce qu'il m'a dit qu'il m'aimait et que je l'ai envoyé balader ?*

— Je suis désolée.

Ce fut Elizabeth qui rompit le silence déçu qui s'était abattu sur la table.

— Ma chérie, tu n'as pas à t'excuser, dit-elle avec un sourire forcé. Ce n'est pas ta faute.

Oh ! que si. C'était à cause d'elle et de personne d'autre si Sean n'était pas là ce soir, à table, avec sa famille.

Elle s'était immiscée entre eux et s'en voulait horriblement. Elle aurait dû empêcher Sean de partir, réagir plus vite. Lui dire de rester puis s'éclipser pour qu'il puisse dîner avec les siens. Elle aurait trouvé une excuse, quelque chose d'urgent à faire au restau. Et les O'Neil auraient profité de leur soirée famille, tous ensemble, comme prévu.

Elle avait tout gâché.

— Vous pensez qu'il est arrivé un malheur ? dit Alice, pleine d'appréhension. Jackson, tu ne veux pas l'appeler ? Il avait dit qu'il serait là, il allait venir, nous l'avons aperçu. Jackson, s'il te plaît, appelle ton frère. Quelque chose a dû mal tourner.

Quelque chose avait très mal tourné, songea Elise. Elle lui avait brisé le cœur.

Jackson obtempéra.

— Je tombe sur son répondeur, dit-il avec un haussement d'épaules.

Elise aurait voulu se cacher sous la table. Au bout de deux ans de conflit, Sean et Walter s'étaient enfin retrouvés. Sean aurait dû être là. Il aurait été là si elle n'avait pas eu une aventure avec lui. Et alors que c'était lui qui souffrait, c'était elle qui profitait de l'affection et de la chaleur des O'Neil.

— Arrêtez de vous agiter, intervint Walter d'une voix ferme. On l'a probablement appelé d'urgence et il n'a pas eu le temps de nous prévenir. Le dîner est servi, nous allons dîner. J'ai faim.

Tyler tira vers lui le plat à gratin.

— Moi aussi, j'ai la dalle. Tant pis pour lui, tant mieux pour moi, je mangerai sa part. Sa serviette, en revanche, je vous la laisse.

Jackson tendit une bouteille de bière à Tyler.

— Tu as fait la sortie en VTT avec cette famille ? Comment ça s'est passé ?

— Ils étaient plutôt bons, tout le monde est rentré en

une seule pièce et sans rien de cassé, ce qui est une bonne chose vu que notre chirurgien en titre a déserté.

Il était sur le point de poser les pieds sur la table, mais le regard sévère d'Elizabeth l'arrêta à mi-geste.

— Jess est venue aussi, dit-il. C'était chouette.

Elizabeth sourit avec tendresse à sa petite-fille.

— C'était comment, ma chérie ?

— Chouette, fit Jess en remplissant son assiette. Sauf que la maman n'arrêtait pas de mater Papa. Beurk.

— Comment ça, beurk ? fit son père. C'est tout à fait compréhensible. Il va falloir que tu te fasses à l'idée que ton père est un sex-symbol.

Alice le regarda avec censure, mais Jess pouffa allègrement.

— Papa, ça, c'est encore plus beurk.

— Les femmes n'arrivent pas à se tenir en ma présence. Jackson roula des yeux.

— C'est bien eux qui ont réservé de nouveau pour la semaine prochaine, non ?

Jess n'avait pas arrêté de glousser.

— C'est la mère qui en avait envie. Elle compte faire encore deux sorties.

La conversation était animée, ils échangeaient des nouvelles et des anecdotes, et Elise écoutait en silence, la main sur la petite tête duveteuse de Maple.

Cette soirée se déroulait plutôt bien. Mais qu'allait-il se passer à l'avenir ? Outre les soirées famille, à Noël, pour les anniversaires, pour les fêtes. Et si Sean continuait à ne pas venir ?

Tant qu'elle serait là, il ne pourrait pas revenir à la maison. C'était dans sa nature. Quand il allait mal, il gardait ses distances.

Elle lui avait volé sa famille.

Et elle volait Sean à sa famille.

Elle considéra Jackson, qui riait à une boutade de Tyler. Ce cher Jackson qui lui avait tendu la main alors qu'elle traversait un cauchemar. Dès le jour de son arrivée à Snow

Crystal, elle avait su qu'elle voulait y faire sa vie, mais comment rester en sachant qu'elle brisait l'unité de la famille ?

Walter regardait Alice en souriant, son assiette remplie des légumes de leur propre potager. Sa santé s'améliorait de jour en jour et il attendait avec impatience l'hiver pour dévaler les pentes enneigées avec ses trois petits-enfants.

Et Elizabeth — Elizabeth qu'elle aimait comme une mère. Ils avaient été si bons avec elle.

— Je voulais vous remercier, tous autant que vous êtes, dit Elise de but en blanc.

Tous les visages se tournèrent vers elle. Surpris, curieux.

— Je voulais juste… Je ne sais pas si je vous l'ai déjà dit, mais vous êtes des gens merveilleux et vous m'avez donné un foyer et un travail et une vie quand j'en avais le plus besoin et je vous aimerai toujours de tout mon cœur. Je voulais vous le dire alors que nous sommes tous réunis, parce que, eh bien, c'est important de dire ces choses-là de temps en temps.

Elizabeth la couva de son regard lumineux.

— Nous t'aimons tous aussi, ma chérie. Nous avons beaucoup de chance de t'avoir.

— Je ne saurais pas mieux le dire, dit Walter.

Il jouait comme toujours les vieux bougons, mais son œil pétillait.

— Même si ton idée de ce qui fait un bon pancake est très différente de la mienne, ajouta-t-il.

— J'aime tes pancakes, Elise, dit Alice en souriant. Je suis en train de te tricoter une écharpe pour Noël. Cette année, elle sera verte. Et je fais aussi un gros pull pour toi, Tyler.

Une expression d'alarme changea le visage de son petit-fils.

— Ne te donne pas cette peine, Grams. C'est beaucoup trop de boulot. Finis juste l'écharpe pour Elise et je prendrai du plaisir à la regarder autour de son joli cou.

Elise regarda la couleur des pelotes de laine. L'année précédente Alice avait tricoté une écharpe rouge pour chacun d'entre eux, et elle avait pris soin de porter la sienne chaque fois qu'elle lui avait rendu visite.

— Tu vas bien ?

C'était Jackson qui lui avait posé la question. Il avait un sixième sens et sentait tout de suite quand Elise n'était pas dans son assiette.

Elle arbora son plus grand sourire.

— Moi ? Tout va bien. C'est juste qu'il me semble important de dire ces choses-là aux gens qui comptent pour nous, de leur faire savoir qu'on les aime et les apprécie.

Elle avait omis de le faire avec sa mère, qui ainsi était morte sans savoir à quel point elle l'aimait. Cette erreur la poursuivrait toute sa vie.

— Vous êtes très importants pour moi.

— J'aime assez l'idée d'être aimé et apprécié, fit Tyler en finissant sa bière. Si tous les Français sont comme toi, peut-être que je devrais aller vivre là-bas.

Tout le monde rit et le dîner reprit son cours. Caressant doucement Maple, Elise les regarda un à un pour graver leurs visages, et cet instant, dans son cœur et sa mémoire.

Quand Jackson lui demanda encore une fois si elle était sûre d'aller bien, elle sourit et hocha la tête.

Elle allait bien. Tout se passerait parfaitement.

— Docteur O'Neil ? Votre frère veut vous parler. Il dit que c'est urgent.

Sean détourna son attention de l'IRM qu'il étudiait. Une urgence ? Walter ? Son cœur tressaillit. Il n'avait pas donné de signes de vie de la semaine, pas depuis sa conversation avec Elise. Jackson l'avait appelé sans laisser de message, et il ne se sentait pas la force de lui parler comme si tout allait bien.

— Sur quelle ligne ?

— Ce n'est pas au téléphone. Il vous attend dans le couloir. Je ne savais pas que vous aviez un frère jumeau.

L'infirmière avait un regard médusé.

— Il est là ? fit-il en se redressant. Je viens tout de suite.

Qu'est-ce qui avait bien pu forcer Jackson à venir jusqu'à

Boston sans prévenir ? Il poussa les portes battantes. Un coup d'œil à son frère, d'habitude si calme et aujourd'hui tendu comme la corde d'un arc, lui suffit pour comprendre qu'il ne s'agissait pas d'une visite de courtoisie.

— Qu'est-ce qui se passe ? C'est Gramps ?

— Gramps va bien, répondit sèchement Jackson. Il faut qu'on parle. En privé.

Sean lui fit signe de le suivre, de plus en plus inquiet.

— Il y a un bureau qu'on peut utiliser. Mais qu'est-ce qui se passe ? Tu n'étais jamais venu jusqu'ici.

Lorsqu'ils se trouvèrent seul à seul derrière une porte fermée, Jackson se déchaîna.

— Je te l'avais dit, bordel ! Je t'avais demandé expressément de la laisser tranquille.

— Je peux savoir de quoi tu parles ?

— Elise. Elle est partie. Et c'est ta faute.

Sean sentit sa bouche se dessécher soudain.

— Partie ? Où ça ?

— Elle est retournée à Paris.

— A Paris ?

Ce n'était pas possible. Paris était pour elle un lieu maudit. Elle le lui avait dit.

— Mais, non, elle ne ferait jamais ça.

— Lis ça.

Jackson lui mit une feuille de papier sous le nez. C'était un e-mail imprimé, envoyé par Elise.

— Mais ça t'est adressé, dit Sean.

— Lis-le.

Mon cher Jackson[1],

Je suis vraiment navrée de vous laisser tomber, mais je dois quitter Snow Crystal. J'en suis très triste car je croyais que j'allais faire ma vie ici, mais malheureusement ce n'est plus possible. J'espère que tu sauras me pardonner. Je ne voudrais, pour rien

1. En français dans le texte.

au monde, faire du mal à ta famille, et je sais que
si je reste Sean ne viendra pas souvent vous rendre
visite. N'essaie pas de m'en dissuader ou de venir me
chercher, parce que je sais que j'ai raison. Je suis
censée te donner ma démission à l'avance, mais j'ai
formé Elizabeth et Poppy, elles sont toutes les deux
au top, comme le reste de la brigade, d'ailleurs. Snow
Crystal a une excellente équipe. Moi, je dois retourner
à Paris. J'aurais dû le faire depuis longtemps mais
j'ai été affreusement lâche et j'ai préféré me cacher
ici avec toi, où je me sentais en sécurité. Vous allez
tous me manquer, toi et Kayla, Brenna, Tyler, Jess,
Elizabeth et cette chère Alice, et bien sûr mon Walter.
Vous me manquerez plus que je ne peux l'exprimer,
mais peut-être un jour, quand tu m'auras pardonnée,
tu viendras me voir et je te ferai visiter Paris. Pas
le Paris des touristes, mais le Paris que j'aime. Tu
m'as aidée quand rien n'allait plus dans ma vie et je
ne l'oublierai jamais. Ne t'inquiète pas pour moi, je
vais m'en sortir. Et ne te fâche pas avec Sean. C'est
ma faute, pas la sienne. Je ne voulais pas lui voler
sa famille. Encore une fois, désolée de te laisser
comme ça. Elise.

Sean relut le message deux fois.

— Je ne sais pas quoi dire. Elle n'est pas du genre à faire faux bond. Encore moins à toi.

— C'est ce que je croyais, moi aussi. On avait tort tous les deux, apparemment.

— Elle t'adore, tu es son sauveur.

— Ce qui signifie surtout qu'elle doit beaucoup s'en vouloir d'être partie.

Sean lâcha un juron entre ses dents.

— Je ne peux pas croire qu'elle ait décidé de retourner à Paris.

Il l'imagina, seule et angoissée dans cette ville qu'elle avait juré ne plus jamais vouloir habiter, et sentit son ventre se nouer.

— Pourquoi diable a-t-elle fait ça?

Sans lui laisser finir sa phrase, son frère l'empoigna et le plaqua violemment contre la porte.

— Bordel, tu sais pourquoi elle l'a fait! Elle l'a fait pour toi! C'est écrit noir sur blanc dans son mail. Je t'ai demandé expressément de ne pas jouer avec elle, mais tu n'as pas pu t'en empêcher, hein?

Sean sonda le regard courroucé de son frère, d'habitude si calme et bienveillant.

— Tu me lâches? Tu es en train de froisser ma chemise. Tu ne sais pas de quoi tu parles.

— Elle était heureuse à Snow Crystal. Elle y était chez elle. Nous étions devenus sa famille. Et toi, tu t'es permis de piétiner tout ça juste pour le plaisir de t'envoyer en l'air avec elle le temps d'une soirée.

— C'était plus que ça, rétorqua Sean. Et elle se cachait sous ton aile parce qu'elle avait peur de vivre sa vie.

— Et tu t'es dit que tu allais l'aider à la vivre?

— Ce n'est pas ce que tu crois.

Il repoussa son frère d'un geste sec et fit quelques pas.

Pourquoi était-elle partie, alors que Paris n'avait à lui offrir que de mauvais souvenirs? *Pourquoi?*

— Tu pouvais avoir n'importe quelle femme, mais il a fallu que tu t'entiches d'Elise.

— Je viens de te le dire, ce n'était pas comme ça.

— Tu veux me faire croire aussi que tu n'as pas couché avec elle?

— Je me fiche de ce que tu crois.

Sean tenta de faire taire ses sentiments pour réfléchir. Où aurait-elle pu aller, sinon à Paris? Pas vers lui, malheureusement. Peut-être que c'était en effet sa faute. Il l'avait accusée de fuir, de se mentir.

— Elle a encore l'appartement de sa mère à Paris.

— C'est elle qui te l'a dit?

— Elle m'a dit plein de choses. Elle n'y est pas retournée depuis son départ. Et si Pascal découvre qu'elle est de retour ? Et s'il n'a pas tourné la page ? S'il cherche encore à la détruire ?

Jackson plissa les yeux, méfiant.

— Elle t'a raconté ça aussi ?

— Oui.

— Elle n'en a parlé à personne. Même pas à Kayla ou à Brenna.

— Je suis au courant, comme tu le vois. Mais elle m'a dit aussi qu'elle ne retournerait jamais à Paris. Elle avait peur.

Elle devait se sentir très seule, songea-t-il. Seule avec sa culpabilité envers sa mère, seule face à l'ombre sinistre de Pascal. Une sueur froide perla sur sa nuque.

— Tu as une adresse ? Tu sais où il est, cet appartement ?

— Non, mais quand bien même je le saurais, je ne te la donnerais pas. On dirait que tu ne t'es pas contenté de t'envoyer en l'air, vous êtes devenus proches. Tu l'as encouragée à te confier ses secrets, chose qu'elle n'avait jamais faite, et après, comme d'habitude, tu lui as dit que tu ne l'aimais pas.

Jackson se tenait face à lui, les jambes écartées, le regard accusateur.

— Tu lui as brisé le cœur.

Cette douleur qui s'était logée depuis une semaine dans la poitrine de Sean l'élança encore plus fort.

— Ça ne s'est pas passé comme ça.

— Ah, bon ? Alors, raconte-moi ta version, et fais vite, car je suis à deux doigts de te foutre mon poing dans la figure. Si tu ne lui as pas brisé le cœur, pourquoi est-elle partie ?

— Parce qu'elle a brisé le mien ! s'écria-t-il d'une voix éraflée.

Il marcha d'un bout à l'autre de la pièce.

— C'est elle qui m'a brisé le cœur, d'accord ? Et ça fait un mal de chien, putain, donc ne viens pas me faire la morale avec sa douleur à elle.

Son frère le dévisagea, abasourdi.

— Elle t'a brisé le cœur.

— Oui. Et maintenant, si ça ne te dérange pas, j'ai besoin d'être seul pour digérer tout ça.

— Je suis venu jusqu'ici pour comprendre ce qui s'était passé et je ne m'en irai pas avant d'être sûr d'avoir compris.

Sean grinça des dents.

— Je lui ai dit que je l'aimais. Elle a répondu qu'elle ne m'aimait pas. Voilà, fin de l'histoire. Si tu veux me dire que je l'ai mérité et qu'enfin on m'a rendu la monnaie de ma pièce, ne te prive pas. Mais j'aimerais autant que tu me fiches la paix le temps que je comprenne ce qui m'est arrivé.

Il lâcha un rire amer en réponse à l'expression stupéfaite de son jumeau.

— Tu crois que ce n'est que justice, je sais. Que je ne l'ai pas volé, que tu as consolé trop de filles qui pleuraient sur ton épaule parce que je ne les aimais pas. Tu apprécieras l'ironie du sort : la seule fois où j'ai dit ces mots à une femme, elle ne voulait pas les entendre.

— Tu lui as vraiment dit que tu l'aimais ? Et elle est partie ? fit Jackson très lentement, comme s'il n'était pas sûr d'avoir compris. Je suis perdu.

— Peut-être que tu ne la connais pas aussi bien que tu le croyais.

— J'ai présumé qu'elle était tombée amoureuse de toi, que ce n'était pas réciproque et qu'elle était partie pour éviter une situation invivable. Mais si tu l'aimes, elle n'a pas de raison de partir. Ça ne rime à rien.

— Mais si. Nous sommes sa famille. Toi, surtout, répondit Sean avec un sourire pâle. Elle met la famille au-dessus de tout. Elle a passé l'été à me travailler au corps pour que je me réconcilie avec Gramps. Elle m'a bassiné pour que je lui parle, que je règle nos problèmes.

— Et tu l'as fait. Alors, pourquoi elle est partie ?

— Elle a dû penser que tant qu'elle serait là je souffrirais à cause de son refus et je garderais mes distances. Que je retournerais moins souvent à Snow Crystal et donc que vous me verriez moins.

— Tout ça parce que tu n'es pas venu à la soirée famille ?

— J'imagine que c'est ce qui lui a donné l'idée, oui. Je venais de me prendre un râteau et je n'étais pas en état de passer une soirée légère avec mes proches.

— Tu es sûr que tu as été clair avec elle ? Tu n'as pas fait que suggérer que tu l'aimais, ou même présumé qu'elle le savait déjà ou…

— Je l'ai dit, avec toutes les lettres. Les trois mots que j'avais cru ne jamais prononcer, c'est à elle que je les ai dits pour la première fois de ma vie. Enfin, à Gramps, en réalité, mais ça ne compte pas.

— Gramps ?

— Laisse tomber. Mais que ce soit clair, j'ai dit « je t'aime » à Elise, mot pour mot, et je le lui ai dit plus d'une fois. Pas de malentendu possible. Et non, elle ne m'a pas répondu « moi aussi », elle ne s'est pas jetée dans mes bras, et non, on ne vivra pas heureux à jamais. C'est bon, on a fini ? Le vivre en direct était déjà assez dur. Pas envie de me repasser le film en boucle pour ton plaisir, merci.

— Je suis vraiment étonné, j'avais cru comprendre que… Peu importe. Ça explique au moins pourquoi elle a si peu parlé à la soirée famille. Et aussi pourquoi elle disait que c'était sa faute si tu n'étais pas venu.

— Ce n'était pas sa faute, mais la mienne. Je n'étais pas d'humeur à voir du monde. Je n'ai pas songé une seconde qu'elle allait s'en vouloir, encore moins qu'elle allait en déduire qu'elle mettait notre famille en danger.

— Elle était très bizarre, ce soir-là. Elle nous a fait une grande déclaration d'amour collectif.

— Dans son cas, ça n'a rien d'étonnant. Elle passe son temps à dire aux gens qu'elle les aime. Sauf à moi. Tu as essayé de l'appeler ?

— Bien sûr. Sur répondeur, tout le temps.

Sean commença à s'affoler. Elise de retour dans cette ville où elle n'avait plus rien sinon des mauvais souvenirs. Une ville qui était pour elle synonyme de deuil et de violence. L'imaginer seule là-bas lui fendait le cœur.

— Je pars à Paris, dit Sean.

— A Paris ? Tu comptes faire comment, pour y aller ?

— Comme tout le monde. En avion.

— Je parle de ton travail.

— Elise est plus importante que mon travail. Elle n'a pas mis les pieds à Paris depuis, quoi ? Huit ans ? Elle a besoin de quelqu'un à ses côtés.

Il prit son téléphone et commença à chercher des vols sous le regard sidéré de Jackson.

— Tu vas prendre des congés ?

— Je l'ai fait quand Gramps était malade.

— Mais c'est la famille.

— Comme Elise. Je me ferai remplacer.

Encore une fois. Alors qu'il avait déjà demandé plus de services qu'il ne pourrait en retourner.

— Il y a un vol direct Boston-Paris ce soir. J'ai juste besoin de son adresse.

— Je n'ai pas son adresse. Elle est venue avec moi en Suisse et ensuite ici.

— Mais tu l'as accompagnée à son appartement la nuit où tu l'as rencontrée. Essaie de te souvenir de quelque chose.

— C'était il y a huit ans et je devais faire face à un mari violent pour protéger une femme terrorisée. Je n'avais pas la tête à visiter le quartier.

Sean s'efforça de garder patience.

— Réfléchis. Il doit y avoir quelque chose.

— Je me rappelle juste que je voulais la sortir de cet endroit sans finir au poste pour avoir cassé la gueule à l'autre brute.

A ce souvenir, Jackson serra les poings.

— Elle habitait vers le fleuve, la Seine, ça je m'en souviens. Nous sommes restés moins d'une demi-heure dans son appartement, elle a fourré quelques affaires dans une valise pendant que je surveillais la rue au cas où Pascal reviendrait. Je pouvais voir le Louvre par la fenêtre de sa salle de bains… Rue de Lille ! C'est ça, voilà ! Elle habitait rue de Lille.

— Quel numéro ?

— Aucune idée !

Avec un roulement des yeux, Sean finit de réserver son billet d'avion.

— Espérons que ce ne soit pas une rue trop longue.

— Tu vas juste te pointer là-bas en espérant la retrouver ?

— Vu que je n'ai pas d'adresse, je n'ai pas vraiment le choix.

— Mais tu ne sais pas si elle a envie de te revoir.

— C'est vrai. Mais je sais que si elle est seule, à Paris, elle va avoir besoin d'un ami.

Chapitre 19

Les meubles, dans l'appartement, étaient couverts d'une épaisse couche de poussière, aussi tenace que les souvenirs qui revenaient en trombe et s'accrochaient à la gorge d'Elise. Rien n'avait changé. Où qu'elle regardât, elle voyait sa mère. Et ses erreurs.

Les émotions qu'elle avait si longtemps repoussées remontèrent violemment à la surface. Ce pot en terre cuite, qu'elle avait fait à l'école lorsqu'elle avait huit ans, lui ramena avec une fulgurance douloureuse le sourire fier de sa mère lorsqu'elle le lui avait offert.

Comment avait-elle pu être si naïve ? Comment avait-elle pu croire qu'elle avait tourné la page, laissé tout cela derrière elle ? Elle s'était contentée d'ignorer le passé, de le refouler. De fermer les yeux comme le ferait un enfant dans une pièce sombre lorsqu'il a peur du noir. Elle n'avait rien oublié. Il y avait un grand trou noir dans sa vie, et au lieu de le combler elle s'était contentée de le clôturer et de le contourner craintivement. Elle l'évitait depuis des années, effrayée de le regarder, craignant de s'y précipiter au moindre faux pas.

Fatiguée après le long voyage et écrasée par les souvenirs, elle s'écroula sur le lit, incapable de dormir cependant. Elle passa la nuit à penser à sa mère, torturée par la culpabilité et sachant qu'elle ne pourrait pas vivre à Paris dans cet appartement hanté par les fantômes du passé.

Mais elle ne pouvait pas non plus retourner à Snow Crystal. Elle ne voulait pas être la raison qui tenait Sean éloigné des siens. Elle ne serait pas la pomme de discorde au sein des O'Neil.

Le lendemain matin, Elise ouvrit les volets et regarda les premiers rayons de soleil danser sur les toits de Paris. L'appartement, bien que petit, était situé à un endroit idéal, tout près de la Seine. Si elle s'était hissée sur la pointe des pieds pour regarder par la fenêtre de la salle de bains, elle aurait pu distinguer la forme majestueuse du Louvre.

Encouragée par l'air frais et la lumière qui inondaient l'appartement, elle entreprit de faire un grand ménage.

Pendant deux jours, elle tria objets et papiers, dont elle remplit de nombreux sacs. Certains partirent à la poubelle, d'autres dans une brocante.

Elle voulait faire table rase du passé, effacer les souvenirs de ses erreurs et leurs sombres conséquences, oublier le chagrin. Elle n'allait conserver que quelques effets personnels de sa mère et les photographies, ignorant jusque-là que cette dernière avait compilé avec tant de soin le récit de sa vie en images, des clichés de son enfance à la coupure de presse où on parlait de la seule femme au sein de la brigade exclusivement masculine de chez Laroche.

Lorsqu'elle eut fini de vider les pièces, Elise passa l'aspirateur, cira le parquet et astiqua les meubles jusqu'à ce qu'il ne reste plus un seul grain de poussière et que l'appartement brille comme un sou neuf.

Jouer les fées du logis l'aidait à ne pas trop penser.

Elle arrivait à tenir à distance les bons moments passés avec sa mère dans la cuisine, ou les jours sombres de sa vie avec Pascal. Mais elle ne parvenait pas à éloigner ses pensées des O'Neil.

Que faisaient-ils en ce moment ? Quelle heure était-il, dans le Vermont ? Elle consulta son téléphone et calcula le décalage. Pour eux, c'était le matin, l'heure du petit déjeuner au Boathouse.

Kayla avait probablement son portable à la main pour consulter ses e-mails. Tyler grognait sans doute contre son travail en regardant les femmes. Walter devait être en train de donner des ordres alors qu'Alice tricotait en se faisant du souci. Elizabeth et Poppy s'activaient en cuisine. Et Jackson, ce cher Jackson, tenait fermement la barre et faisait tout son possible pour que le bateau arrive à bon port.

Est-ce qu'elle leur manquait ? Pensaient-ils à elle ?

Non, probablement pas.

Elle s'épuisait à la tâche pour tenir en respect la tristesse et la culpabilité d'avoir fait faux bond à Jackson après tout ce qu'il avait fait pour elle. Pourtant, elle n'arrivait pas à dormir et passait la nuit allongée sur son lit, écoutant les bruits de la ville et regrettant sa chambre à Heron Lodge.

L'atmosphère calme du lac lui manquait, comme ces nuits que seul le hululement des hiboux troublait. L'odeur de l'eau et les senteurs de la forêt lui manquaient.

Sean lui manquait.

Il ne lui manquait pas parce qu'elle l'aimait, ce n'était pas ça. Absolument pas. Elle s'était définitivement coupée de cette partie de son être, ses émotions n'avaient pas voix au chapitre lorsqu'elle devait faire des choix d'ordre privé. Sean lui manquait parce qu'ils avaient passé un été merveilleux. Elle avait aimé rire et flirter avec lui, elle appréciait son intelligence et… Oh ! cette passion. Elle ne pouvait pas cesser de penser à lui.

Etait-il retourné à Snow Crystal depuis le jour où il lui avait dit qu'il l'aimait ?

Elle l'espérait.

C'était déjà le petit matin quand elle s'endormit enfin. Elle se leva dans l'après-midi, prépara du café et le sirota lentement. Elle gagnait du temps, reculait devant l'effort. Elle avait prévu de faire le tri dans la collection de photographies de sa mère, mais la pile de boîtes entassées sur le tapis lui faisait peur.

Tout à coup, elle entendit un bruit de pas dans la dernière volée de marches, celles qui menaient exclusivement à son appartement. Elle tendit l'oreille. Les pas approchèrent, déterminés. Masculins.

C'est à peine si elle avait quitté l'appartement depuis son arrivée, elle n'était sortie que pour faire quelques courses et déposer les sacs au bric-à-brac. Il aurait été peu probable qu'elle ait été vue par quelqu'un qui la connaissait. Et encore moins probable que Pascal vienne lui rendre visible.

Tout de même, elle fut prise de peur lorsque les pas s'arrêtèrent devant sa porte.

Etait-il possible que Pascal ait su qu'elle était revenue ?

— Elise ?

Son cœur se mit à battre la chamade. Sean.

Sean ? A Paris ?

Se relevant d'un saut maladroit, elle alla ouvrir la porte.

— Qu'est-ce que tu fais ici ? Est-ce que Walter va bien ? Et Jackson ?

— Pourquoi faut-il toujours que tu penses au pire chaque fois que tu me vois ?

Il lui montra la bouteille qu'il avait à la main.

— J'ai trouvé cette cuvée incroyable de pinot noir et je n'avais personne avec qui le boire. En servir à Tyler serait du gâchis et Jackson est trop occupé.

Malgré les émotions qui la chamboulaient, elle ne put que rire.

— Alors tu as pris l'avion pour venir le boire avec moi.

— Je ne connais personne d'autre qui apprécie le vin et la nourriture autant que toi, dit-il en entrant sans attendre d'y être invité.

Il laissa tomber son sac par terre et elle le dévisagea.

— Sean, qu'est-ce que tu fais ici ? Tu devrais être à ton hôpital, en train de travailler !

— Il y a des choses plus importantes que le travail, dit-il. J'ai entendu dire que tu étais à Paris et j'ai pensé que tu aurais peut-être besoin d'un ami.

— D'un ami…

— Ça peut surprendre, je comprends. Je ne peux pas me vanter d'avoir beaucoup d'expérience en tant qu'ami, mais j'en ai en revanche plein en ce qui concerne les retours difficiles sur des lieux hantés par les mauvais souvenirs, et je me suis dit que je pouvais apprendre le reste sur le tas.

Elle était encore sous le choc de son arrivée.

— Comment m'as-tu trouvée ?

— J'ai harcelé Jackson pour qu'il me décrive jusqu'au dernier détail la vue depuis ta fenêtre. Je suis venu ici et j'ai procédé par déduction. Il n'y a pas tellement d'appartements, dans cette rue, qui donnent à la fois sur la Seine et sur le Louvre. J'ai sonné à quelques portes et réveillé quelques-uns de tes voisins.

Il posa la bouteille sur la table et regarda autour de lui.

— C'est joli, ici.

— C'est petit.

Et la présence de Sean faisait paraître l'appartement plus petit encore. Avec sa stature, il remplissait tout l'espace, et pourtant il se dégageait de lui quelque chose de très rassurant qui détendit Elise.

Je devrais lui demander de partir, songea-t-elle. C'était la seule chose raisonnable à faire. Mais le courage lui manqua.

— Ça te dirait de me faire visiter la ville ? dit-il. De me montrer tes endroits préférés ? Tu aurais dû me prévenir que tu revenais à Paris, on aurait pris l'avion ensemble.

— Je ne vois pas pourquoi je l'aurais fait.

— Je m'en doute. Tu as toujours eu peur qu'un simple coup de fil transforme notre aventure d'été en une véritable histoire. J'ai compris.

Il ouvrit plusieurs placards et tiroirs jusqu'à trouver verres à pied et tire-bouchon.

— Bon, dit-il en ouvrant la bouteille. J'ai une faim de loup et il n'y a rien à manger ici. Qu'est-ce qui se passe ? En général, tu as toujours de quoi nourrir un régiment.

— Je n'avais pas envie de cuisiner.

Parce que cuisiner ici sans sa mère lui aurait fait trop mal. Sean, qui ne la quittait pas des yeux, sembla deviner. Il hocha la tête.

— Bien sûr. Dans ce cas, j'ai bien fait de venir, parce que

si tu n'as pas envie de cuisiner c'est que ça ne va vraiment pas. Où peut-on aller dîner ?

— Dans le coin ? Il a une brasserie sympa en bas.

— Ça fera l'affaire.

— Sean, sérieusement : qu'est-ce que tu fais à Paris ?

Il remplit les verres et lui en tendit un.

— Je ne t'ai jamais remerciée en bonne et due forme, il me semble.

— Me remercier pour quoi ?

— Pour avoir été là pour moi cet été. M'avoir poussé à régler mes problèmes avec Gramps. M'avoir écouté parler de mon père. Pour tout.

— Je n'y suis pour rien, c'est toi qui as tout fait. Tu n'as aucune raison de me remercier.

Elise prit une gorgée de vin. Oh ! que c'était bon. Elle ferma les yeux. Le pinot noir lui faisait penser à l'été, à Snow Crystal, à *lui*.

— C'est grâce à toi si j'ai survécu à cet été, dit-il. Quand j'ai appris que Gramps avait eu une attaque… c'était comme recevoir un coup de sabot d'un élan.

Il posa son verre.

— Et quand il m'a dit de retourner à Boston, j'étais complètement perdu, je ne savais absolument pas comment franchir ce gouffre entre nous.

— Il t'aime, il est tellement fier de toi.

— Je sais. Et je l'aime, fit Sean avec un sourire touchant. Bon, je ne vais pas faire mon sentimental, comme dirait Tyler.

— Je suis contente que ça se passe mieux entre vous.

— C'est le cas. J'ai même promis que je serais là pour la soirée famille du mois prochain, et je travaille avec Brenna pour mettre au point le programme de remise en forme des sports d'hiver.

Il désigna du menton les boîtes à chaussures empilées sur le tapis.

— Qu'est-ce que c'est ?

— La collection de photographies de ma mère. Elle en a pris des centaines… Je ne sais pas quoi en faire. J'ai encore du mal à les regarder, mais je ne peux pas me résoudre à les jeter comme ça. Sinon, tu ne m'as toujours pas dit la raison de ta venue.

— Donc, comme tu m'as beaucoup soutenu cet été, je voulais faire la même chose pour toi. J'espérais pouvoir me rendre utile, au cas où tu aurais besoin d'une paire de bras pour porter des cartons ou casser la gueule à un ex-mari.

Elle le regarda dans les yeux.

— Ça froisserait ta chemise.

— Certains sacrifices en valent la peine, fit-il en reprenant du vin. Tu as eu de ses nouvelles ?

— Non. Et je n'en ai pas la moindre envie.

— De toute façon, maintenant que je suis ici, tu n'as pas à t'inquiéter. S'il osait t'approcher, je me ferais un plaisir de lui expliquer pourquoi c'est une mauvaise idée. Et en parlant d'explications, c'est à toi de me dire ce que *tu* fais ici.

Il s'appuya sur le plan de travail, bras croisés, ses épaules trop larges pour la kitchenette.

— Qu'est-ce que tu fais à Paris alors que tu adores Snow Crystal ? Alors que tu adores ton job ?

— Je fais ce que j'aurais dû faire depuis longtemps. J'ai été lâche. J'évitais de revenir ici pour ne pas affronter mes mauvais souvenirs.

— Alors mets l'appartement en vente et reviens à Snow Crystal. L'hiver approche. Tout le monde travaille d'arrache-pied pour que ce soit la meilleure saison de notre histoire. On a besoin de toi.

Quelque chose trembla en elle, mais elle secoua la tête.

— Je ne peux pas faire ça.

— D'accord. Ne le vends pas, loue-le.

— Je ne parle pas de l'appart. Je compte le vendre, un agent va venir faire une estimation. Mais je ne retournerai pas à Snow Crystal. Je trouverai un autre appartement. Sans doute pas à Paris. A Bordeaux, par exemple.

— Pourquoi ? Parce que je t'ai dit que je t'aimais et que tu as paniqué ? C'était une erreur de ma part, fit-il à mi-voix. Si je te promets de ne plus jamais le dire, tu reviendras ?

— Pour toi, c'était une erreur ?

— Alors ça, oui. Enorme.

Pourquoi était-elle déçue tout à coup ? Elle ne voulait pas de lui, pourtant. C'était complètement stupide. Ça n'avait aucun sens.

Ses sentiments non plus.

— Tu as raison, dit-elle. On devrait sortir.

Elle prit son sac et ses clés, puis ouvrit la porte en l'invitant à la suivre.

— Raconte-moi comment ils vont, tous. Walter va bien ? Il utilise la machine que tu lui as offerte ? Et Alice ? Toujours la reine du tricot ? Elizabeth et Poppy s'en sortent avec les deux restaurants ?

— Aucune idée. C'est mon frère qui dirige la boîte, pas moi. Tu lui demanderas la prochaine fois que tu le verras.

Elle préféra ne pas relever ce dernier commentaire.

— Et comment tu as su que j'étais partie ?

— Jackson est venu à l'hôpital avec l'intention de me casser la gueule. Pour info, c'est la seule fois de ma vie que je le voyais chercher la bagarre. Tu sais à quel point il a horreur de ça.

Ils étaient déjà dans la rue. Distraite, troublée, Elise ne vit pas la mobylette qui fonçait dans leur direction. Sean la rattrapa de justesse en la prenant par le bras.

La chaleur de sa main sur sa peau, son odeur masculine… L'envie de l'embrasser devint presque irrésistible.

Presque. Elle s'écarta de lui.

— Il t'a frappé ? Ton frère ne ferait jamais ça.

— Non, mais il s'en est fallu de peu. C'est dire s'il tient à toi. Il a froissé ma chemise.

Elle ne put que sourire.

— Je lui ai pourtant dit que ce n'était pas ta faute.

— Il ne t'a pas crue. Et si je rentre sans toi, je ne donne pas cher de ma vie.

C'était une merveilleuse soirée de fin d'été. Coude à coude avec les touristes et les Parisiens, ils dînèrent sur la terrasse de la petite brasserie avec un pichet du vin de la maison, puis allèrent se promener le long les quais. Depuis le pont des Arts, ils virent le soleil se coucher sur la Seine.

Sean lui parla de son travail à l'hôpital et des recherches qu'il y menait. Il lui raconta aussi des anecdotes hilarantes dont le héros était Tyler dans le rôle de l'ado casse-cou.

Ils étaient de retour chez elle, et le seul sujet qu'ils n'avaient pas abordé, c'était la déclaration d'amour qu'il lui avait faite.

— Où est-ce que tu vas passer la nuit ? demanda-t-elle.

— J'ai réservé un hôtel à quelques pâtés de maison d'ici. Je n'étais pas sûr que tu aies envie d'avoir de la compagnie.

Il lui prit la clé des mains et ouvrit pour elle la porte de l'appartement. Elle pressa l'interrupteur, accrocha son sac au portemanteau et se regarda dans le miroir de l'entrée. Elle serra les lèvres, aux prises avec les souvenirs. Sa mère faisait exactement la même chose quand elle rentrait.

— De mauvais souvenirs ? demanda-t-il, toujours aussi perceptif.

— De la culpabilité, surtout. C'est horrible de penser que la dernière fois que j'ai parlé à ma mère j'étais en colère et qu'elle est morte sans savoir à quel point je l'aimais. Je ne pourrais jamais me le pardonner.

Elle secoua la tête, ne voulant pas l'ennuyer avec ses misères.

— Du café ? proposa-t-elle depuis la kitchenette.

— Oui, merci.

Il s'installa sur le canapé, face à la pile de boîtes de photos.

— Je sais que tu n'as pas envie de les regarder, mais, est-ce que ça te dérange si j'y jette un œil ?

— Vas-y.

Peut-être qu'elle aurait dû tout jeter sans se poser de questions. A quoi bon garder quelque chose qui la mettait dans un tel état ?

Le café avait coulé. Elle posa une tasse pour Sean sur la table basse.

— La machine à café du restau me manque, dit-elle.

— Et tu nous manques aux manettes de ta machine à café. Elise, tu devrais regarder ça.

— Je ne peux pas, dit-elle, en lui tournant le dos. Pas encore. Un jour, peut-être.

— Vraiment, tu devrais.

— Sean…

— Tu crois que ta mère est partie sans savoir combien tu l'aimais, et je peux te prouver qu'elle le savait.

— Comment ça ?

— J'en ai la preuve entre mes mains, ma chérie. Tu devrais venir voir ça.

La curiosité fut la plus forte, et elle se tourna pour le regarder. Il passait les clichés en revue, une expression attendrie sur son visage.

— C'est où, ça ?

Elle sourit et répondit sans hésiter :

— En haut de l'Arc de triomphe. J'avais huit ans. J'étais très fière d'avoir monté comme une grande les deux cent quatre-vingt-quatre marches de l'escalier en colimaçon.

Malgré toutes ses appréhensions, elle s'assit à côté de lui.

— Et ça ?

Il continua à la questionner, photo après photo. Elle joua le jeu mais, très vite, le poids des souvenirs devint insoutenable.

— On arrête, s'il te plaît.

Sans insister, il remit les photographies dans la boîte et ferma le couvercle.

— J'ai blâmé mon grand-père injustement mais il m'a pardonné, car c'est ça qui fait la force d'une famille. Moi, même au plus noir de ma colère, je n'ai pas cessé de l'aimer, pas une seconde. Et il le savait.

— Je sais. Tu as tout laissé tomber dès que tu as su qu'il était à l'hôpital. Mais ta famille est différente.

— Ta mère savait que tu l'aimais, dit-il en tapotant le haut de la boîte. Tout est là. Elle savait que tu l'aimais et elle t'aimait aussi, c'est pour ça qu'elle voulait le meilleur pour toi. On veut le bonheur de ceux qu'on aime. Ça ne change pas pour une dispute. L'amour n'est pas une machine qu'on branche et qu'on débranche. L'amour est un truc beaucoup plus costaud.

Il se leva.

— Je dois reprendre l'avion demain. Viens avec moi.

La nostalgie lui serra le cœur, mais elle se força à l'ignorer.

— Je ne peux pas.

— Ton vrai chez-toi c'est Snow Crystal et tu nous manques. Ta place est parmi nous.

Un bref silence s'ensuivit, rempli d'hésitation et de non-dits. Elle crut à cet instant qu'il allait l'embrasser, mais il se dirigea vers la porte.

— Si tu changes d'avis, dit-il, si tu as besoin de quoi que ce soit, appelle-moi.

— Tu sais que je ne le ferai pas. Je ne t'ai jamais appelé.

Il haussa les épaules, ses yeux plus bleus que jamais.

— Je n'avais jamais dit « je t'aime » jusqu'à la semaine dernière, ce qui prouve que tout peut arriver. Tu as mon numéro.

Chapitre 20

— Toute la famille enfin réunie ! C'est comme un conte de fées, n'est-ce pas, Jess ? Et on a même des serviettes ! La civilisation est enfin arrivée jusqu'à Snow Crystal.

Tyler, un sourire fripon aux lèvres, prit le plat à gratin que lui passait sa mère.

— Merci Maman. Ça, c'est ma part. Vous allez manger quoi, vous ? dit-il en le posant au centre de la table.

Il regarda autour de lui.

— Qu'est-ce qui se passe ? Vous êtes censés rire et profiter de la compagnie des êtres qui vous sont chers. Pourquoi tout le monde fait la gueule ?

— Ne parle pas comme ça, rouspéta Walter. Tu sais que ça contrarie ta grand-mère.

— Ce n'est pas pour ça que je suis contrariée, fit Alice en faisant signe à Elizabeth de ne pas la servir davantage. Je n'ai pas très faim, merci.

— Moi, je crève la dalle, je prends ta part si tu veux.

Tyler se releva légèrement pour attraper le pain et sa serviette tomba par terre.

— C'est bien ce que je disais. Aucun intérêt, les serviettes.

Jess roula des yeux, amusée par les pitreries de son père.

— Ça évite les taches de nourriture sur les vêtements.

— Les taches, ça donne du caractère. Il y a une histoire, derrière chaque saleté sur mon jean.

— Mais on ne veut pas les connaître, fit Jackson en poussant la cocotte en fonte vers sa grand-mère. Tu devrais manger un peu, Grams.

Alice regarda son assiette d'un air maussade.

— Je ne peux pas. C'est du bœuf bourguignon, c'est la recette d'Elise. C'est elle qui a appris à Elizabeth comment le cuisiner et je ne peux pas en entendre parler sans penser à elle. Ça me chagrine, qu'elle ne soit pas avec nous. Pourquoi elle n'est pas rentrée avec Sean, alors qu'il s'était donné le mal de prendre l'avion pour aller la chercher ? Qu'est-ce que tu lui as dit ?

— La question serait plutôt : « Qu'est-ce qu'il ne lui a pas dit ? »

Sean croisa le regard de Jackson par-dessus la table et prit une gorgée de vin. Il n'y avait pas assez d'alcool dans cette maison, il en était certain, pour l'aider à supporter la pression de la soirée famille. Il n'aurait jamais dû s'engager à venir.

— J'ai dit ce que j'avais à dire.

— Mais est-ce que tu lui as dit que tu l'aimais ? fit Alice, son assiette intacte. Les femmes aiment entendre ça et les hommes ne le disent jamais assez.

Tyler attaqua son plat de bœuf bourguignon avec entrain.

— Je t'aime, Grams.

— Je sais, mon petit. Tu as toujours été un trublion, mais au fond tu as un cœur grand comme ça, et un jour une femme va te le prendre et le garder pour la vie.

Il s'étrangla en avalant sa bouchée.

— Pas si je la vois venir.

Jess gloussa.

— Tu pourras toujours te cacher sous ta serviette.

— Ah, mais c'est à ça qu'elles servent ! Mystère résolu.

— Qu'est-ce que tu veux dire par « les hommes ne le disent pas assez » ? s'indigna Walter. Je te le dis chaque jour depuis le jour où on s'est rencontrés !

— Je sais, fit Alice, le regard attendri, en tendant la main vers son mari. J'étais venue pour acheter du sirop d'érable…

— Ah, non, pas ça !

Tyler repoussa son assiette.

— Et s'il vous plaît, pas de bisous à table. J'en ai ma claque, du bécotage à table. Si vous voulez vous regarder

354

dans les yeux, alors vous réservez au restaurant, et vous roucoulez à la lumière tamisée des bougies. Mais pas à la soirée famille.

— En parlant du restaurant, on va avoir besoin d'aide, fit Elizabeth à mi-voix. Dès que la saison va commencer, on ne pourra jamais tourner avec une personne de moins dans l'équipe. Jackson, il va falloir embaucher.

— Je vois ça dès demain.

— Je m'en occupe, fit Kayla en créant un rappel sur son téléphone. Tu as déjà assez à faire.

Walter frappa du poing sur la table si fort que les couverts et les verres tintèrent.

Maple courut se cacher sous le canapé.

— Vous n'allez embaucher personne ! On a déjà la meilleure chef du monde. On n'a pas besoin de trouver quelqu'un d'autre.

Jackson posa sa fourchette.

— Elle est partie, Gramps. Elle est retournée à Paris.

— Parce qu'elle y avait des affaires à régler. Elle reviendra quand elle aura fini, et en attendant on se débrouille. On ne remplace pas un membre de la famille, et Elise fait partie de cette famille.

Sean et Jackson échangèrent un regard.

— Gramps…

— Le poste de chef est à elle et on le lui garde jusqu'à ce qu'elle soit en mesure de le reprendre. Que diable !

Son ton autoritaire ne trompa pas Sean. La main de son grand-père tremblait en prenant son verre.

— Elle ne va pas revenir, Gramps, dit-il en espérant que sa voix ne le trahisse pas. Jackson doit agir pour le bien de la station.

— Elle n'est pas partie depuis cinq minutes que tu veux déjà donner son boulot à quelqu'un d'autre ?

— Elle est partie pour de bon, bordel !

— Je ne comprends pas pourquoi tout le monde crie, dit Alice.

Si elle ne le reprenait pas sur les gros mots, c'est qu'elle devait en avoir gros sur le cœur, se dit Sean, attristé.

— Et je ne comprends pas pourquoi elle est partie, poursuivit sa grand-mère. Elle aimait beaucoup vivre ici. Je sais qu'elle aimait vraiment Snow Crystal. A la dernière soirée famille, elle n'a pas arrêté de nous dire qu'elle nous aimait.

— Parce qu'elle nous faisait ses adieux, dit Jackson d'un ton las. C'était sa façon de nous dire merci, mais aucun de nous n'a su le comprendre sur le coup.

Sean poussa un long soupir. Lui, il aurait compris.

Elise avait appris à ses dépens à ne jamais manquer une occasion de dire aux gens qui comptaient qu'elle les aimait.

Ironie de la vie, elle le disait à tout le monde sauf à lui.

La douleur dans sa poitrine l'élança.

— Nous dire merci ? grogna Walter. Et pourquoi ? C'est nous qui devrions la remercier. C'est elle qui a rendu célèbre notre restaurant. Tout le monde en parle dans le Vermont, le New Hampshire et une bonne partie de la côte Est. La semaine dernière on a eu des clients de Californie qui avaient lu un article sur elle ! Donc je ne veux pas entendre parler de la remplacer, parce qu'elle est irremplaçable. Et si Sean avait dit ce qu'il fallait, elle ne serait peut-être pas partie.

Sean grommela entre ses dents, puis, excédé, posa brusquement son verre.

— J'ai dit ce que j'avais à dire ! Je lui ai dit que je l'aimais ! Oui, vous avez bien entendu ! Je le lui ai dit. Plusieurs fois, pour qu'il n'y ait pas de malentendu. Et maintenant, on peut changer de sujet ?

Jackson le dévisageait, inquiet.

Tyler et Kayla le regardaient bouche bée.

Quant à sa mère…

— Oh ! Sean…

Les yeux pleins de larmes, elle porta la main à sa poitrine, visiblement émue.

— C'est juste que… C'est parfait. Rien ne pourrait me rendre plus heureuse.

— Désolé, Maman, mais il n'y a aucune raison d'être

heureuse, Elise ne m'aime pas. S'il vous plaît, on peut passer à autre chose ? On en a assez parlé.

— Qu'elle ne te...

Elizabeth chercha le regard d'Alice, perplexe.

— Mais bien sûr que si.

Sean grinça des dents. Que faire pour qu'on lui fiche la paix ?

— Alors Jackson, où en sont les réservations pour cet hiver ? demanda-t-il.

Son jumeau vint à sa rescousse.

— Légèrement en hausse. On n'a plus qu'à espérer qu'il y ait beaucoup de neige, mais dans l'ensemble je suis optimiste.

— C'est sûr que je n'y connais rien en chirurgie, fit Elizabeth d'un ton résolu, mais je sais reconnaître quand une femme est amoureuse.

Alice sourit.

— Moi, je l'ai su tout de suite.

Sean prit une longue inspiration. Il fallait qu'il quitte la table, et vite.

— On m'appelle, mentit-il. J'avais mis mon téléphone sur vibreur.

Ce qui était vrai. Quand il sortit le téléphone de sa poche pour réenclencher la sonnerie, il fut plus que surpris de voir qu'il avait réellement manqué plusieurs appels.

Vingt appels, pour être précis.

Tous d'Elise.

— Je dois...

Vingt appels ? Comment avait-il pu rater vingt appels ?

— Je dois passer un coup de fil. C'est urgent.

Tyler soupira.

— Evidemment. Des vies à sauver, des gens à guérir. T'occupe pas de nous. Comme ça, on peut parler de toi dans ton dos.

Walter fronça les sourcils.

— Tu ne peux pas leur dire de te rappeler quand tu auras fini de manger ? Tu as tout de même le droit de finir un repas en paix, enfin.

Tyler essaya de prendre l'assiette de son frère.

— Je finirai pour lui. Ce serait dommage que ça refroidisse.

Son grand-père lui donna une tape sur la main.

— Il revient tout de suite. Je suis sûr que ça peut attendre cinq minutes.

Comme de juste, le téléphone de Sean retentit. Le nom d'Elise apparut à l'écran et son cœur frémit. Elle ne l'avait jamais appelé, pas une seule fois. Elle avait même fait vœu de ne pas le faire. Et soudain, elle l'appelait vingt fois, coup sur coup.

Qu'est-ce qui avait bien pu se passer ?

Vingt appels voulaient forcément dire que quelque chose de grave était arrivé. Et si Pascal était revenu ?

Sean s'en voulut de l'avoir laissée seule à Paris. Son téléphone sonnait toujours mais il ne voulait pas décrocher devant tout le monde.

— Il faut que…

Il se leva d'un bond, renversa son verre.

— Pardon, je…

— Vas-y, fit Tyler en jetant sa serviette sur la tache qui s'étendait sur la table.

Il contempla le tissu crème se teindre de rouge.

— Oh ! c'était un cadeau de mariage, soupira sa mère, résignée.

Il en ajouta une deuxième sur la première.

— Elles vont enfin servir à quelque chose.

Sean claqua la porte derrière lui et décrocha enfin. Ses mains tremblaient tellement qu'il manqua de faire tomber le téléphone.

— Elise ? Tu vas bien ? Où es-tu ?

Elise marchait le long du sentier du lac. Et si Sean ne venait pas ? Et si elle avait manqué sa chance avec lui ? Et si… Elle le vit arriver en courant sous la pluie, la chemise collée au torse, les cheveux plaqués sur le crâne.

— Je n'arrive pas à croire que tu sois là ! Je te croyais toujours à Paris.

Il la prit par la main et l'attira avec lui sous les arbres.

— Pourquoi tu ne m'as pas dit que tu allais revenir ?

— Je ne pensais pas le faire, mais après ton départ, je n'ai pas arrêté de réfléchir et… *Merde*[1], mais pourquoi il pleut encore ?

Elle tremblait, et il l'enveloppa de ses bras.

— Quand j'ai vu tous tes appels, j'ai failli faire une attaque. J'ai eu peur que Pascal soit venu chez toi ou… Parce que tu ne m'avais jamais appelé. Jamais.

— Je sais.

Elle claquait des dents. A cause de l'anxiété, pas du froid, elle le savait.

— Il fallait que je te parle, dit-elle. Je me suis dit qu'il y avait des chances que tu sois là, puisque c'était le jour de la soirée famille.

— Tu aurais pu venir me chercher directement à la maison.

— Non, j'ai des choses à te dire. A toi et rien qu'à toi. Et pas devant tout le monde.

Il s'écarta légèrement, le regard alerte.

— Tu veux qu'on aille chez toi ? On pourrait se sécher ?

— Non, c'est bien, ici.

Un filet d'eau tomba des feuilles dans son cou et elle poussa un petit rire nerveux.

— Presque toute notre histoire s'est faite dans la forêt.

— Histoire ?

Son ton était mesuré. Prudent.

— Je n'étais pas au courant que nous vivions une histoire.

— Ni moi, mais j'ai fini par comprendre que je me voilais la face. Elle a commencé dès le premier jour, tous les ingrédients étaient réunis : la complicité, l'alchimie, tout, mais ça me faisait tellement peur que je n'ai même pas voulu essayer.

Il inspira profondément.

1. En français dans le texte.

— Elise…

— Après Pascal, je ne pouvais plus me laisser aller à mes sentiments. Je ne me faisais plus confiance, j'avais compris que j'étais excessive. Quand j'aime, j'aime avec tout mon être, avec tout mon cœur, je ne garde rien… Je ne voulais plus prendre de risques. Et depuis Pascal, ma tête commande, pas mon cœur. Jusqu'à l'été dernier, où tout a changé.

— Tout a changé pour moi aussi.

— Comme tu venais très peu, j'ai voulu croire que je pourrais maîtriser mes sentiments, mais je pensais à toi tout le temps.

— Moi aussi je pensais à toi, mais à l'époque je croyais que tu étais comme moi. Je n'arrivais pas à comprendre pourquoi Jackson se montrait aussi protecteur envers toi.

— Et quand tu as découvert que je n'étais pas comme toi, au lieu de repartir à toute vitesse, tu as continué à venir. Et ensuite tu m'as dit que tu m'aimais, et ça c'était un gros choc parce que je ne m'y attendais pas.

— J'étais choqué, moi aussi. J'ai très mal réagi.

— Ce n'était pas ta faute mais la mienne. J'avais peur. Je ne voulais pas tomber amoureuse et je ne voulais pas non plus que tu tombes amoureux de moi. Je ne voulais surtout pas que notre histoire affecte tes relations avec ta famille. Je les adore, mais tu avais raison je me cachais derrière eux pour ne pas affronter mes peurs. Je croyais que l'amour de ta famille me suffirait et que je n'aurais plus besoin d'une histoire d'amour.

— Elise…

— Je suis rentrée à Paris parce que je devais faire face aux choses que je fuyais depuis longtemps. Et puis tu es venu.

— Je ne pouvais pas supporter l'idée de te laisser faire face toute seule.

— Ça m'a beaucoup touchée que tu viennes.

Elle lui prit le visage entre les mains, elle voulait être sûre qu'il comprenait.

— C'est toi qui m'as fait regarder les photos, et c'est ce

qui m'a ouvert les yeux. Quand tu es parti, je les ai toutes regardées, une par une. J'ai vu que tu avais raison : ma mère m'aimait, et elle savait que je l'aimais. Je regretterai toujours de ne pas le lui avoir dit plus souvent, mais grâce à toi je suis sûre qu'elle savait, et ça change tout. Les photos m'ont rappelé qu'elle était une femme forte, pleine de joie de vivre, qui n'avait pas froid aux yeux. Elle n'aurait pas été fière de moi si elle avait su que je me cachais et que j'avais peur de vivre.

— Ma chérie…

— J'ai aussi beaucoup réfléchi à ce qui se passe entre nous, à quel point c'est incroyable, à quel point je me sens bien quand je suis avec toi, et je me suis rendu compte que je n'étais qu'une idiote. Donc j'ai pris l'avion et j'ai juste une question à te poser et il faut que tu me répondes franchement parce que c'est très important.

Le cœur d'Elise battait à tout rompre, ses mains tremblaient.

— Tu as dit, à Paris, que me dire que tu m'aimais avait été une erreur. C'était parce que tu aurais préféré ne pas me l'avoir dit ou parce que tu ne m'aimes pas ? Parce que tu as dit aussi que l'amour n'est pas une machine qui se branche et se débranche.

— L'erreur n'était pas de t'aimer, mais de te l'avoir dit. Je t'ai troublée, je t'ai fait peur et je t'ai fait fuir l'endroit où tu te sens chez toi et tous les gens que tu considères comme ta famille. Tu avais ta vie ici et j'ai tout chamboulé.

— J'avais besoin d'être chamboulée. J'étais très heureuse ici, mais je n'avais qu'une moitié de vie. Tu avais raison quand tu m'as dit que je me cachais.

— J'ai été dur. Après tout ce que tu avais traversé, il était compréhensible que tu veuilles te cacher.

— Je ne veux plus vivre cachée. C'est ce que je voulais te dire. C'est pour ça que je suis revenue, pour te dire que j'étais prête à croquer la vie à pleines dents — et aussi… pour te dire que je t'aime.

C'était effrayant, de dire ces mots-là à voix haute. Elle dut marquer une pause, puis reprit d'une voix étranglée :

— Je t'aime vraiment, et si tu crois que tu m'aimes encore alors on pourrait peut-être essayer de ne pas paniquer et de continuer ensemble. Je pourrais aller te voir à Boston et tu pourrais venir ici plus souvent.

Il ne répondit pas. Il la regarda, longuement. L'eau rendait ses cheveux encore plus sombres et collait ses cils. Elle attendit qu'il parle, sans presque oser respirer.

Clap, clip, clap.

La pluie clapotait doucement sur le feuillage.

Clap, clip, clap.

Pourquoi ne disait-il rien ? Lui avait-elle fait tellement peur qu'il n'osait plus parler ?

Elle sentit la panique monter. Elle commençait à croire qu'elle s'était trompée et qu'il n'avait pas de sentiments pour elle, quand il l'attira contre lui d'un geste ferme et doux à la fois.

— Je ne crois pas que je t'aime, je le *sais*, murmura-t-il, sa bouche contre la sienne. Mais je n'étais plus du tout sûr que tu m'aimes.

— Tu as vérifié ton téléphone ? J'ai dû t'appeler au moins vingt fois pour te dire que je t'aimais, mais tu n'as pas décroché.

Trempée de pluie et de bonheur, elle noua les bras autour de son cou.

— Je t'aime, dit-elle. Je t'aime de tout mon cœur. Je n'arrive pas à débrancher cet amour. C'est mon pire défaut, je pense.

— Et moi je pense que c'est l'une de tes plus grandes qualités. J'aime que tu sois passionnée et loyale avec les gens que tu aimes. J'aime que tu m'appelles vingt fois pour me dire que tu m'aimes. J'espère que tu le feras chaque jour.

La voix enrouée par l'émotion, il la serra fort contre son cœur.

— Je ne venais plus ici parce que c'était trop compliqué pour moi, fit-il. Trop de sentiments contradictoires. Mais au cours de l'été je suis retombé amoureux de l'endroit, et c'est grâce à toi, parce que tu m'as fait voir Snow Crystal à travers tes yeux. Sans toi, je n'aurais jamais su comment faire la paix avec Gramps.

— Tu aurais trouvé sans moi, j'en suis sûre. Je t'ai juste poussé un petit peu, parce que quand on aime il faut le dire.

— Et tu l'avais dit à tout le monde sauf à moi, gémit-il en l'embrassant encore. Tu l'as dit à mes frères, à mon grand-père ! A tout un chacun, sauf à moi. J'avais abandonné l'espoir de t'entendre me le dire un jour.

— J'avais peur de te le dire. Au fond de moi, je savais que ça aurait voulu dire quelque chose de différent, je l'ai toujours su. J'étais terrifiée. Quand tu aimes avec tout ce que tu as, tu peux tout perdre.

— Mais tu peux aussi tout gagner, dit Sean en l'enveloppant dans ses bras pour la protéger de la pluie. J'avais toujours pensé qu'une relation sérieuse demandait trop de sacrifices. C'est Gramps qui m'a fait comprendre que c'était moi qui faisais le plus grand sacrifice en renonçant à avoir une vie personnelle.

— Tu n'auras pas à sacrifier quoi que ce soit ! Ta carrière est très importante pour toi et je ne voudrais pas que tu y renonces. Tu es un médecin exceptionnel ! Je t'ai vu, avec le petit Sam...

Elle frémit à ce souvenir.

— Tu as beaucoup de talent, conclut-elle, et tu dois l'utiliser.

— J'en ai l'intention, mais rien ne m'empêche de le faire plus près de Snow Crystal. Ton travail et ta vie sont ici.

— Walter continue à te harceler avec ça, hein ? Il faut que tu fasses ton choix en fonction de ce qui est bon pour toi.

— C'est ma décision et Walter n'y est pour rien. Mais j'aime l'idée de m'impliquer plus dans la gestion de la station et de voir plus souvent ma famille. Je veux qu'on soit proche d'eux. J'envisage de rejoindre le service d'orthopédie de l'hôpital du comté. Ils sont très ouverts à l'idée, mais ça prendra évidemment du temps. On trouvera une solution en attendant. Ma voiture a fait si souvent le trajet depuis Boston cet été que je crois qu'elle pourrait trouver le chemin toute seule.

Il l'embrassa de nouveau, et leur baiser se prolongea, langoureux d'abord, avant de commencer à devenir brûlant. Elise, paupières closes, glissa la main sous sa chemise.

— Ce serait peut-être une bonne idée d'aller au chalet.

— Oui. Non. Attends, dit-il, ses lèvres toujours sur les siennes. J'ai encore des choses à te dire.

— Tu peux me les dire après.

— Dans ma poche.

Elle eut du mal à comprendre ses mots, car il les avait prononcés tout contre sa peau.

— Quoi, ta poche ?

— Je disais, mets ta main dans ma poche.

— Je ne vois pas ce que tu…

Ses doigts venaient de toucher une petite boîte carrée. Elle se figea.

— Qu'est-ce que c'est que ça ?

— C'est pour toi, ouvre-la, répondit-il avec un regard chaud. Ouvre-la.

Les mains d'Elise tremblaient tellement qu'elle dut s'y reprendre à deux fois. Dans la boîte, elle découvrit une magnifique émeraude nichée dans un écrin de velours. Elle cilla, soufflée, et ses jambes se mirent aussitôt à trembler. Tout son corps se mit à trembler.

— C'est une bague. Tu te balades tout le temps comme ça, avec une bague dans ta poche ?

— Je l'avais sur moi le jour où je t'ai dit que je t'aimais, et elle est venue avec moi à Paris. Elle m'accompagne depuis. Je ne supportais pas l'idée de la rendre, cela aurait signifié que je me résignais à vivre sans toi.

— Sean…

— Tu aurais préféré un diamant ? Quand je l'ai vue, elle m'a fait penser à la forêt, et la forêt c'est notre endroit à nous.

— Je l'adore, fit-elle en se hissant sur la pointe des pieds pour l'embrasser. Elle est parfaite. Parfaite.

— Et tu la porteras ?

— Toujours. Je t'aime. Et je vais t'appeler vingt fois par jour pour te le dire.

— Je pense que je pourrai m'y habituer.

Il lui prit la bague et la lui glissa au doigt. Puis, repoussant les cheveux qui retombaient sur le visage d'Elise, il l'embrassa tendrement.

— Tu es toute mouillée.

— Tu t'es vu ?

— On pourrait aller à Heron Lodge. Ou si tu te sens d'attaque, on pourrait aller à la grande maison. C'est la soirée famille.

Un sourire au coin des lèvres, il ajouta :

— Et vu que tu es sur le point de devenir officiellement une O'Neil, je pense qu'on devrait y aller.

— Jackson a déjà trouvé quelqu'un pour me remplacer ?

— Non, mais il pensait que tu ne reviendrais pas. Quand il a suggéré qu'il fallait envisager d'embaucher quelqu'un à ta place, Gramps a failli lui arracher la tête. Tu as envie de courir, ou on s'en fiche, on n'est plus à quelques litres d'eau près ?

— Il faut juste que je prenne ma valise, j'ai un truc… Elle est là.

Sean récupéra le bagage sous l'arbre où elle l'avait laissé et prit la main d'Elise. Ils rejoignirent le sentier et s'élancèrent ensemble sous la pluie jusqu'à la maison, devant laquelle ils arrivèrent dégoulinants et hors de haleine.

— Prête ? demanda-t-il en pressant fort ses doigts.

— Bien sûr.

Accrochée à son bras, plus heureuse qu'elle n'aurait pu l'imaginer, elle se laissa entraîner à l'intérieur.

— Regardez qui j'ai trouvé dehors sous la pluie.

Un silence ébahi se fit autour de la table, puis tout le monde se mit à parler en même temps. Maple se rua sur Elise, folle de joie. Jackson se leva et la serra dans ses bras tandis qu'Elizabeth échangeait avec Alice un sourire entendu.

— J'avais dit que tu reviendrais, fit cette dernière. Pourquoi personne ne m'écoute jamais ?

— Moi aussi, je savais qu'elle reviendrait, dit Elizabeth en traversant la cuisine pour embrasser Elise. Mais tu es trempée, ma chérie ! Viens, je vais te donner de quoi te sécher.

— Ça va, je n'ai pas froid. Je suis très contente de vous voir. Et j'ai quelque chose pour vous.

Elle ouvrit sa valise et en sortit une boîte en métal.

— Je les ai faites et rapportées pour vous, de Paris.

Elle vida doucement le contenu de la boîte sur une assiette.

— Des muffins ? fit Kayla, étonnée.

— Des madeleines, souffla Sean, ému. Je suis content que tu en aies refait.

Elle sourit ; il comprenait en quoi c'était important.

— Il était temps, dit-elle. Je voulais que vous les goûtiez. Si vous aimez ça, on les mettra à la carte du Boathouse, et ce sera comme avoir ici un petit bout de Paris.

Un petit bout de son passé.

— J'espère qu'elles ont plus de caractère que ce truc que tu appelles pancakes, marmonna Walter.

Elle courut vers lui et le serra contre son cœur.

— Je vous aime, Walter. Comment allez-vous ?

— Je ne sais pas pourquoi vous me posez tout le temps cette question, je me porte à merveille.

— Tant mieux, fit Sean, parce qu'on a quelque chose à vous annoncer.

Alice poussa un petit cri en désignant la bague au doigt d'Elise.

— Tu l'as demandée en mariage ! Oh ! Sean !

— Je savais qu'elle t'aimait, fit Elizabeth, aux anges. Une femme voit ces choses.

Walter bougonna.

— Une femme, une femme… Moi aussi, je savais. C'est moi qui lui ai dit qu'il était amoureux. C'est peut-être un grand chirurgien, mais pour les choses de la vie, Dieu qu'il est empoté.

Sean roula des yeux.

— Elle m'a dit oui, Gramps. Tu vas nous laisser souffler un peu, maintenant ?

— Tu t'es agenouillé devant elle ?

— Il pleut des cordes, fit Tyler en s'approchant d'Elise. Il aurait abîmé son pantalon.

Elise rit et se laissa envelopper par son embrassade fraternelle.

— Bienvenue dans la famille. Je suis heureux que ce soit officiel. Mais, s'il vous plaît, ne commencez pas à vous bécoter à tout bout de champ. Pitié. On a déjà largement notre dose avec Jackson et Kayla. Bon, je proposerais bien un verre pour arroser cette bonne nouvelle si Sean n'avait pas tout renversé sur la table. Heureusement que j'avais des serviettes sur moi, d'ailleurs.

— Elle faisait déjà partie de la famille, protesta Walter. Qu'elle épouse Sean ou pas. Mais je suis d'accord, il faudrait arroser ça. Champagne. Jackson ? Il y a du champagne ?

— Moi, je n'ai pas besoin de champagne. Etre ici avec vous tous me suffit largement, déclara Elise en écrasant une larme.

Tyler battit en retraite vers une chaise à l'autre bout de la pièce.

— Si vous sortez les violons, je vais vraiment avoir besoin d'un verre, dit-il. D'un tonneau, même. Vide la cave, Jackson.

— Désolée pour toi, Tyler, mais…

Elise attira Sean vers elle et le regarda dans les yeux.

— Je t'aime et je veux te le dire devant tout le monde et je te le dirai chaque jour.

— Je déménage, gémit Tyler.

— Surtout ne te prive pas de nous faire part de ton ressenti, frangin, répondit Sean.

— Puisque tu poses la question, oui, je trouve ça dégoûtant, répondit son frère en chevauchant sa chaise pour leur tourner le dos. Prévenez-moi quand cette scène atroce sera finie. Merci.

Jackson lui tendit une bouteille de bière en riant.

— Ce n'est pas du champagne, mais ça devrait te rendre plus tolérant envers l'amour véritable. Et après cette excellente nouvelle, si on reparlait de cet hiver ? La saison de ski est bientôt là et nous devons tout faire pour qu'elle soit la meilleure possible.

La vie était déjà meilleure qu'on aurait pu le souhaiter, songea Elise, assise à côté de Sean. Elle lui offrit une madeleine et en croqua une autre en pensant à sa mère.

Pour la première fois depuis sa mort, les souvenirs étaient doux.

Sean dégustait le petit gâteau lentement. Elle attendit son verdict.

— C'est bon, fit-il en souriant. Très bon.

— N'est-ce pas ?

— Jackson, dit-il, tu peux compter sur moi pour la saison de ski. Je vais être plus souvent dans les parages.

Son jumeau haussa un sourcil.

— Tu comptes apporter tes propres chemises, cette fois-ci ?

— Ça dépend. J'aime bien celles que Kayla t'achète. Je risque de t'en piquer de temps en temps.

Alice montra l'écharpe qu'elle tricotait.

— Est-ce que vous avez remarqué que c'est exactement la même couleur que la bague d'Elise ?

— Ces… madeleines, c'est ça ? Elles sont à tomber par terre, fit Kayla en s'en servant une deuxième. Il faut les mettre à la carte, sans hésiter.

La conversation continua sur ce ton, animée, légère. Tout le monde parlait en même temps, les rires fusaient. Elise regardait autour d'elle et écoutait sans intervenir, grisée de bonheur.

Les O'Neil. Elle les aimait tous, en tant que famille et individuellement. Mais avant tout elle aimait l'homme assis à son côté, qui lui serrait la main comme s'il avait peur de la perdre. L'homme qui avait tout laissé tomber pour la rejoindre à Paris et être près d'elle. L'homme qui lui avait fait comprendre que sa mère avait toujours su qu'Elise l'aimait. L'homme qui avait fini la terrasse du Boathouse pour que l'inauguration puisse avoir lieu en temps voulu. L'homme qui lui avait donné le courage d'aimer de nouveau et de vivre pleinement. Avec lui.

Le cœur débordant d'amour, elle lui prit le visage et l'embrassa comme s'ils étaient seuls au monde.

— Je t'aime.

— Et moi, alors ! répondit-il. Et si on rentrait à la maison ?

La maison. Heron Lodge était désormais *leur* maison.

— C'est la soirée famille, gémit Tyler. Allez-vous-en. Je vous en supplie ! Partez et laissez les gens normaux manger en paix. Et ne revenez pas tant que vous n'êtes pas capables de tenir cinq minutes sans vous sauter à la bouche.

— Puisque c'est comme ça…

Elise se leva et Sean l'enveloppa avec son manteau.

— Il pleut toujours, dit-il. On va devoir courir. Prête à plonger ?

Elle sourit. Avec lui, oui, elle était prête à plonger la tête la première. Dans la vie, dans l'amour. Et dans la pluie d'été, toujours.

Vous avez aimé
L'exquise clarté d'un rayon de lune ?
Découvrez la suite de la série Snow Crystal

Tournez vite la page pour découvrir un extrait
du tome 3, *La douce caresse d'un vent d'hiver* !

Harper
Collins
POCHE

Chapitre 1

Tyler O'Neil tapa du pied sur le seuil pour retirer la neige sous ses bottes, poussa la porte de sa maison au bord du lac, et trébucha sur un blouson et une paire d'après-ski abandonnés en vrac dans l'entrée. Il retrouva son équilibre en plaquant une main contre le mur et jura avec force.

— Jess ?

Pas de réponse de la part de sa fille. Mais Ash et Luna, les deux huskys de Sibérie, bondirent hors du salon télé. Jurant à mi-voix, il vit les deux chiens se ruer sur lui.

— Jess ? Tu as encore laissé la porte du salon ouverte. Ces chiens ne sont pas censés squatter le canapé. Descends tout de suite et ramasse ton manteau et tes bottes ! Et toi, le chien, si tu oses… *Attention, je te préviens !*

Voyant Ash prendre son élan pour venir le saluer à sa manière, il se prépara à encaisser l'impact.

— Peut-on m'expliquer pourquoi personne ne m'écoute jamais, dans cette maison ?

Luna, plus douce que son compère, posa les deux pattes contre sa poitrine et essaya de lui lécher le visage.

— C'est réjouissant de constater que ma parole fait loi, ici.

Sans cesser de râler, Tyler frotta doucement les oreilles de la chienne. Il avait les doigts enfouis dans l'épaisse fourrure canine lorsque Jess émergea de la cuisine, une tartine dans une main et son téléphone dans l'autre, remuant la tête au rythme de la musique tout en écartant ses écouteurs. Tyler nota qu'elle portait un de ses sweats et que la médaille d'or qu'il avait gagnée en descente pendait à son cou.

— Salut, p'pa. T'es content de ta journée ?

— Disons que j'ai survécu jusqu'au moment où j'ai franchi le pas de cette porte. J'ai eu l'occasion de me jeter à skis du haut de falaises plus sûres que l'entrée de ma propre maison.

Gratifiant sa fille d'un regard excédé, Tyler repoussa les deux chiens surexcités et écarta les snow-boots du bout du pied.

— Ramasse-moi ça tout de suite, Jess. Et, à partir d'aujourd'hui, tu laisses tes bottes dehors. Tu n'es pas censée circuler dans la maison avec ces trucs aux pieds.

La bouche pleine, Jess baissa les yeux pour vérifier comment il était chaussé.

— Tu portes bien tes bottes de neige à l'intérieur, toi.

Tyler ne comptait plus le nombre d'occasions où il s'était trouvé confronté aux affres et complications du rôle parental depuis que Jess était venue vivre chez lui.

— Bon. On fixe une nouvelle règle de cohabitation, alors. Je laisserai aussi les miennes dehors. Ça évite de faire entrer de la neige dans la maison. Et accroche ton manteau au lieu de le jeter sur la première surface disponible.

— Toi, tu balances toujours toutes tes affaires dans un fauteuil quand tu rentres.

Et merde !

— Pas du tout. Je vais d'ailleurs mettre ma veste sur le portemanteau. Regarde-moi bien.

Il ôta son blouson et le suspendit en détachant exagérément chacun de ses gestes.

— Et, à l'avenir, mets ta musique un peu moins fort. Comme ça, tu m'entends quand je te hurle après.

Sa fille lui sourit.

— Je monte justement le son pour ne *pas* t'entendre gueuler. Mamie vient de me textoter en majuscules. Il faut que tu lui apprennes à utiliser son téléphone.

— C'est toi l'ado savante. Exerce tes talents pédagogiques toi-même.

— Elle m'a bombardée de SMS en majuscules toute

la semaine dernière. Et, la semaine d'avant, son téléphone se déclenchait, genre, tout seul. Ça appelait oncle Jackson toutes les cinq minutes.

Tyler se mit à rire. Penser à son bosseur invétéré de frère rendu fou par les appels intempestifs de leur mère, interrompant ses journées de travail marathons, avait de quoi ensoleiller son humeur.

— Je parie que Jackson a adoré. Qu'est-ce qu'elle voulait, mamie ?

— Que j'aille chez elle pendant que tu seras à ta réunion de travail au centre d'accueil. Comme ça, je peux l'aider à préparer le dîner.

Jess s'interrompit pour mordre dans sa tartine beurrée.

— C'est soirée famille, aujourd'hui. Tout le monde vient, même oncle Sean. Tu avais oublié ?

Tyler soupira.

— D'abord une réunion de travail et, ensuite, enchaîner sur une Nuit de la Terreur ? Qui a été assez cruel pour organiser un repas de famille ?

— Mamie. Elle s'inquiète pour moi parce que je vis avec toi et qu'il n'y a jamais rien dans le frigo ici, à part des cannettes de bière. Et ce n'est pas sympa de dire « Nuit de la Terreur » en parlant d'un repas de famille. Je peux venir avec toi à la réunion d'équipe ?

— Tu t'ennuierais mortellement.

— Pas du tout ! Je trouve ça génial de faire partie d'une entreprise familiale. Toi, tu t'embêtes peut-être aux réunions mais, moi, c'est au collège que je m'ennuie. Etre enfermée en classe, c'est trop la *lose*, quand la station est sous la neige. Toi, au moins, tu passes tes journées sur tes skis. Alors que moi je reste coincée sur ma chaise à essayer de comprendre quelque chose au cours de math. Tu devrais avoir pitié de moi.

Elle enfourna le reste de sa tartine dans sa bouche et Tyler fronça les sourcils en voyant une pluie de miettes atterrir sur le sol.

Ash se jeta dessus pour les lécher avec enthousiasme.

— En fait, c'est à cause de toi que le frigo est toujours vide, dit-il en souriant. Tu passes ton temps à t'empiffrer ! Si j'avais su que tu mangeais comme quatre, je ne t'aurais jamais prise à la maison avec moi. Tu me coûtes les yeux de la tête, espèce de sauterelle.

Entendre Jess éclater de rire à sa remarque lui fit mesurer les progrès accomplis depuis un an qu'elle vivait chez lui.

— Mamie dit que, si je n'habitais pas chez toi, tu serais déjà mort enseveli, englouti sous ton vaste désordre.

— C'est toi qui sèmes des miettes, là, je te signale. Tu devrais te servir d'une assiette lorsque tu manges.

— Tu n'utilises jamais d'assiette. Et tu en mets toujours partout quand tu avales un sandwich.

— Ai-je jamais édicté la moindre règle qui t'oblige à tout faire comme moi ?

— C'est toi, l'adulte. En tant qu'enfant, je m'appuie sur ton exemple.

Cette simple pensée suffit à lui faire couler une sueur glacée dans le dos.

— Jess, arrête… Tu devrais systématiquement faire le contraire de tout ce que j'ai toujours fait dans la vie.

Il regarda Jess se pencher pour câliner Luna. La médaille autour de son cou se balança, manquant de peu de cogner la truffe de la chienne.

— Pourquoi tu as mis ce truc-là ?

— Ça me motive. Et puis j'aime bien suivre ton exemple. T'es top cool, comme père. Et ça me fait kiffer de vivre chez toi. Je me marre trop, surtout quand t'essaies d'être un père modèle.

— Quand j'essaie de…

Tyler se força à détacher les yeux de la médaille — douloureux rappel d'une vie qui avait cessé d'être la sienne.

— Ça veut dire quoi, ça encore ?

— Que je suis contente d'habiter ici, avec toi. Tu ne te fous pas en pétard pour les mêmes trucs que les autres adultes.

— Et pourtant je devrais, j'imagine…

Tyler se massa la nuque.

— Oh que oui… En fait, je suis épaté par ta grand-mère. Comment maman a-t-elle réussi à élever trois garçons sans nous étrangler ?

— Mamie n'étranglerait jamais personne. Elle est toute douce. Et puis elle est sympa. Et patiente.

— Ouais, bon, d'accord. Malheureusement pour toi, je n'ai pas hérité de ses nobles qualités. Et c'est moi le parent chargé d'assurer ton éducation, maintenant. Va falloir que tu fasses avec.

Et il devait bien avouer que cette situation continuait de le terrifier plus que n'importe quel danger naguère encouru sur le circuit de la Coupe du monde de ski alpin. S'il se loupait avec Jess, les conséquences seraient autrement plus désastreuses qu'une jambe abîmée et une carrière brisée net.

— Bon. Tu as terminé tes devoirs, j'espère ?

— Non. J'ai commencé, puis j'ai dévié sur l'enregistrement de ta course de descente à Beaver Creek. Tu peux venir mater ça à la téloche avec moi, si tu veux !

Plutôt se crever un œil avec la pointe de son bâton de ski.

— Peut-être une autre fois. J'ai eu un appel d'un de tes profs. Tu avais un devoir important à rendre lundi, et tu es arrivée en cours les mains vides.

— C'est Luna qui a avalé ma copie.

— Oui, c'est ça, bien sûr. Tu as droit à une compo en retard par trimestre, et tu en es déjà à ta seconde infraction.

— Tu n'étais jamais en retard, toi, pour rendre tes compos ?

Si. Systématiquement.

Tout en se demandant comment il pouvait exister des parents assez téméraires pour avoir plusieurs enfants alors que le rôle de parent relevait du casse-tête intégral, Tyler tenta une nouvelle tactique.

— Au bout de cinq retards, ils t'obligent à rester au collège après les cours pour faire tes devoirs sous surveillance.

Cette menace eut pour effet immédiat d'effacer le sourire de Jess.

— OK. Je terminerai ma compo.

— Bonne décision. Et, la prochaine fois, finis tes devoirs d'abord et regarde la télé ensuite.

— Je m'en fous, de la télé. C'est toi que je regardais. Pour essayer de comprendre ta technique. Tu étais le meilleur skieur de descente de tous. Cet hiver, je veux skier, skier, skier, dès que j'aurai une minute de libre.

En parlant, elle crispa les doigts sur la médaille, comme si elle prononçait un vœu.

— Tu viendras me voir à mon entraînement de compète, demain ? Tu as dit que tu essaierais.

Surpris par tant d'admiration, Tyler regarda dans les yeux de sa fille et y lut la même passion qui avait toujours brûlé dans les siens.

Il fit mentalement la liste des différentes tâches qui s'accumulaient à Snow Crystal. Des tâches qui lui incombaient. Puis il songea aux longues années où il avait été absent du quotidien de sa fille.

— C'est bon. Je viendrai.

Il se dirigea vers sa cuisine fraîchement rénovée et jura tout bas lorsqu'une sensation de froid mouillé s'infiltra dans ses chaussettes.

— Jess, bon sang ! Tu as foutu de la neige dans toute la maison ! Ce n'est plus une cuisine, c'est une piscine !

— Ce n'est pas moi, c'est Luna. Elle s'est roulée dans une congère et s'est secouée en entrant.

— La prochaine fois, elle se secouera dehors !

— Je ne voulais pas qu'elle prenne froid.

Jess glissa ses cheveux derrière une oreille et soutint son regard exaspéré.

— Tu as dit que c'était *notre* maison.

— C'est un chien, Jess. Elle a une fourrure adaptée, le froid n'est pas un problème pour elle. Et évidemment que je parle de cette maison comme de notre maison. Comment voudrais-tu que je l'appelle autrement ? Nous vivons sous le même toit, toi et moi. Et, là, je peux te dire que je ne risque pas de l'oublier !

Il enjamba une nouvelle flaque d'eau.

— Je me suis échiné pendant deux ans à faire des travaux pour tout remettre à neuf, et il faudrait encore que je me promène avec des chaussures de chantier chez moi pour ne pas avoir les pieds trempés ?

— Mais, Ash et Luna, c'est comme s'ils étaient mes frère et sœur ! Ils font partie de la famille ! J'ai jamais eu le droit d'avoir un chien à Chicago. Maman détestait quand c'était le bazar. On n'a jamais eu de vrai sapin de Noël non plus. Elle disait que c'était infernal de ramasser les aiguilles sèches par terre.

Oubliées, la tension, l'irritation. Lorsque Jess évoquait sa mère, Tyler avait à peu près les mêmes sensations que si on lui fourrait un paquet de neige glacée dans le cou. Ce n'était plus seulement aux pieds qu'il avait froid, tout à coup.

Il réprima de justesse le commentaire qu'il avait sur le bout de la langue. Janet Carpenter n'avait pas seulement détesté les chiens et les sapins. Elle avait toujours eu horreur d'à peu près tout et de son contraire. Elle haïssait le Vermont, la montagne, l'éloignement de la ville, le ski. Et, plus que tout, elle le haïssait, lui. Mais sa famille avait adopté le principe de ne jamais critiquer Janet devant Jess et il se conformait lui aussi à cette règle, même s'il était parfois au bord de l'implosion.

— Cette année, nous aurons un vrai sapin. On ira se balader dans la forêt et on le choisira ensemble.

Conscient qu'il devait éviter de surcompenser par rapport à Janet, il se hâta de redevenir lui-même.

— Et je suis ravi que tu aimes les chiens, mais ce n'est pas une raison pour les laisser faire n'importe quoi. Je veux que ce séjour reste fermé lorsqu'ils sont à l'intérieur, merde ! Cette maison est censée demeurer un lieu civilisé. Nouvelle règle : plus de chiens sur les canapés ou sur les lits.

— Je crois que Luna préférait les règles d'avant.

Les yeux de Jess étincelaient de malice.

— Et puis tu as dit « merde ». Et Grams déteste les gros mots.

Tyler garda les mâchoires crispées.

— Et alors ? Grams n'est pas présente dans la pièce, que je sache ?

« Grams » et « Gramps », ses grands-parents paternels, vivaient toujours à la station, dans l'ancienne cabane à sucre reconvertie qui avait jadis été au cœur de la production de sève d'érable de Snow Crystal.

— Et, si tu lui répètes le mot que je viens de prononcer, je te roulerai dans la neige et tu seras encore plus mouillée que Luna. Et maintenant file terminer ta compo ou tes profs vont me décerner la palme du Pire Parent. Et je ne suis pas prêt à grimper sur le podium pour recevoir ce genre de décoration infamante.

Jess souriait jusqu'aux oreilles.

— Si je te promets de rendre ma compo demain et si je ne répète à personne que tu dis plein de gros mots, on pourrait regarder le ski ensemble dans le salon télé, tout à l'heure ?

— Tu devrais demander à Brenna. Elle est très douée pour enseigner le ski.

Sur le point de sortir une bière du frigo, il se souvint qu'il était censé donner l'exemple. Stoïque, il se versa un verre de lait. Depuis que Jess vivait avec lui, il poussait même l'autodiscipline jusqu'à s'interdire de boire à même la bouteille.

— Brenna pourra te détailler les erreurs commises par chacun des compétiteurs. Elle a l'œil pour ces trucs-là.

— Elle m'a déjà promis qu'elle m'aiderait, maintenant que j'ai été admise dans l'équipe de ski de compétition du collège. Au fait, tu as déjà vu Brenna quand elle s'entraîne en salle de sport ? Elle a des abdos de dingue.

— Elle a une excellente condition physique, oui.

Tyler chassa la vision des abdos de Brenna qui se formait dans son esprit.

Il refusait, par principe, de s'attarder sur le moindre détail anatomique la concernant.

Brenna était sa meilleure amie depuis toujours. Et il tenait à ce qu'elle le reste.

Pour distraire son attention des « abdos de dingue », il plongea la tête dans le frigo.

— Oh ! merde ! Il n'y a plus rien de comestible là-dedans.

— Kayla m'a promis de m'emmener au village tout à l'heure. Je ferai les courses, si tu veux.

Le téléphone de Jess émit une petite musique et elle l'extirpa de sa poche.

— Oh non…

Tyler referma la porte du frigo d'un coup d'épaule. Alors seulement, il vit l'expression de sa fille.

— Hé ! Jess… Qu'est-ce qui ne va pas ?

— C'est un texto de Kayla. Elle dit qu'elle a trop de boulot et qu'elle ne peut pas se libérer cet après-midi.

— Il ne faut pas te désespérer pour si peu. Il n'y a pas urgence pour les courses. J'irai les faire demain.

Jess gardait les yeux rivés sur l'écran de son téléphone.

— Non, il faut absolument que j'y aille aujourd'hui.

— Pourquoi ? Les corvées d'approvisionnement, ça n'est pas plus ton truc que le mien. Puisqu'on a un repas de famille ce soir, on peut attendre demain pour se refaire des réserves.

— Je ne peux pas attendre.

Elle avait la tête baissée, mais il vit ses joues s'empourprer.

— Tu pensais faire tes achats de Noël ? Il nous reste encore deux semaines. On a tout notre temps. Les neuf dixièmes de mes cadeaux, je les fais le 24, à 3 heures de l'après-midi.

— Ça n'a rien à voir avec Noël ! Papa, j'ai besoin de…

Elle s'interrompit, le visage en feu.

— … il me faut des trucs, c'est tout.

— Des trucs qui ne peuvent pas attendre vingt-quatre heures de plus ?

— Des trucs de fille, d'accord ? Il faut te faire un dessin ?

Elle tourna les talons sur ces mots et sortit à grands pas de la pièce. Tyler la suivit des yeux, sidéré, en se demandant ce qui lui valait ce soudain revirement d'humeur.

Des trucs de fille ?

Il ferma les yeux, les rouvrit et jura tout bas.

Des trucs de fille.

Un accès de pure panique le saisit. Rien dans sa vie passée ne l'avait préparé à élever un adolescent. Et, histoire de compliquer un peu les choses, son adolescent était une adolescente.

A quel moment avait-elle… ?

Il tourna les yeux vers la porte, conscient qu'il devait dire quelque chose, mais plus que jamais à court de mots. Comment aborder avec tact un sujet qui les mettait aussi mal à l'aise l'un que l'autre ?

Il pouvait peut-être faire comme si de rien n'était ?

Ou lui conseiller de chercher des infos sur Internet ?

Il se passa la main sur le visage et jura en silence, sachant qu'il n'avait pas plus le droit de faire l'autruche que de laisser Jess se dépatouiller avec un vulgaire moteur de recherche.

La situation aurait été plus simple si elle avait pu parler de ses règles avec sa mère. Mais il était le seul parent à partager le quotidien de Jess, désormais. Ce que sa fille devait regretter amèrement en la circonstance.

— Jess ! cria-t-il.

Comme elle ne réagissait pas, il sortit de la cuisine et la trouva dans l'entrée en train d'enfiler ses boots.

— Allez, monte dans la voiture. Je t'emmène au village.

— Laisse tomber.

Elle avait le visage dissimulé par ses cheveux et sa voix rendait un son étouffé.

— Je vais aller à pied jusqu'à la grande maison et je demanderai à mamie.

— Mamie déteste conduire de nuit, surtout dans la neige. On y va tous les deux.

Son ton était plus bourru qu'il ne l'aurait voulu. Il tendit la main pour la poser sur l'épaule de Jess puis se ravisa. La prendre dans ses bras ? Ne pas la prendre dans ses bras ? Il n'avait pas la moindre idée de la conduite à suivre.

— De toute façon, il faut bien les faire, ces courses.

— Mais tu pensais y aller demain. Pas aujourd'hui.

— Eh bien, j'ai changé d'avis.

Il attrapa sa parka.

— Allez, bouge-toi. On en profitera pour acheter une tablette de ce chocolat que tu adores.

Toujours sans le regarder, elle continua à trafiquer avec ses bottes. Tyler soupira, regrettant pour la millième fois que les ados filles ne soient pas fournies avec un manuel d'utilisation.

— Jess, tout va bien.

— Non, tout ne va pas bien, marmonna-t-elle d'une voix étranglée. C'est juste la méga honte, quoi. Tu dois penser que t'es en train de vivre ton pire cauchemar.

— Absolument pas, non.

Sa main se crispa sur la poignée.

— Tu veux que je te dise ce que je pense, Jess ? C'est qu'en tant que père débutant je ne suis pas encore au top. Que parfois je ne dis pas les choses qu'il faut et que je te mets mal à l'aise, ce qui n'est pas mon intention.

Toujours tête basse, elle lui jeta un coup d'œil à la dérobée à travers le rideau de ses cheveux.

— Je suis sûre que tu te dis que c'est la mort pour toi de m'avoir sur le dos tout le temps…

Tyler en eut le cœur serré. Il pensait qu'ils avaient déjà réglé cette question-là. Que Jess avait laissé son sentiment d'insécurité derrière elle et passé le stade des doutes et des angoisses qui avaient entamé sa confiance en elle et dévoré sa joie de vivre.

— Ce n'est pas la mort, non. C'est la vie, au contraire.

— Maman a dit qu'elle aurait préféré que je ne sois pas née.

Tyler remonta sa fermeture si violemment qu'il faillit s'arracher un doigt.

— N'importe quoi ! Elle a dit ça parce qu'elle était énervée. Elle ne le pensait pas.

Jess garda la tête détournée.

— Si, elle le pensait. Elle a dit que j'étais la pire chose qui soit arrivée dans sa vie.

— Eh bien, je n'ai jamais pensé ça. Pas une seule fois. Même lorsque mes chaussettes sont mouillées parce que tu laisses rentrer des clebs couverts de neige dans la maison.

— Tu n'avais rien demandé, au départ.

La voix de Jess se brisa et le désarroi dans son regard lui donna envie de démolir quelque chose en frappant comme un dingue avec les poings.

— Si, j'ai demandé. Ta mère en mariage déjà, pour commencer.

— Je sais. Mais elle n'a pas voulu parce qu'elle pensait que tu ne tiendrais pas la route en tant que père. Je l'ai entendue raconter ça à mon beau-père. Elle disait que tu étais quelqu'un d'irresponsable.

Tyler sentit une vague de colère se fracasser dans sa tête avec un bruit terrible.

— Oui, bon… C'est peut-être la vérité, mais ça ne change rien au fait que tu étais *ma* fille et que je ne voulais pas renoncer à toi. Lorsque ta mère a refusé le mariage, j'ai essayé d'obtenir ta garde pour que tu viennes habiter ici.

Constatant que sa fille était toujours contrariée, il s'adoucit.

— Quelque chose ne va pas ? Pourquoi avons-nous cette conversation, tout à coup ?

— Parce que je suis arrivée au monde par accident. Je suis une erreur.

Jess eut un petit haussement d'épaules, comme pour minimiser la question. Sachant à quel point cette interrogation autour de sa naissance était cruciale pour elle, au contraire, il hésita, conscient que la façon dont il réagirait serait déterminante pour Jess.

— C'est vrai que nous n'avions pas décidé d'avoir un enfant à l'époque, ta mère et moi. Je ne veux pas te mentir là-dessus. Mais tout ne se programme pas, dans la vie. Les gens pensent pouvoir tout contrôler, tout organiser, mais tout à coup, pffff… l'imprévu se produit. Et ce sont souvent les choses qu'on ne planifie pas qui sont les plus chouettes.

— Ouais, ben, elle ne marche pas pour moi, ta théorie. J'étais imprévue, mais pas chouette. Plutôt décevante, même. Maman a dit que j'étais le pire désastre qui lui soit jamais arrivé.

Il serra les poings et se fit violence pour rester calme.

— Elle devait être fatiguée. Ou en colère.

— C'est le jour où j'ai pris ma planche de snowboard et où je me suis fait l'escalier de la maison en descente express.

Tyler réussit à sourire.

— Ah ! Dans ce cas, tout s'explique, non ?

Il l'attira contre lui et la serra dans ses bras, ému de sentir son corps maigre d'adolescente, l'odeur familière de ses cheveux. Sa fille. Son enfant.

— Tu es la meilleure chose qui me soit arrivée, en tout cas. Tu es une O'Neil pur jus et, parfois, ça énerve un peu ta mère. Elle nous a tous un peu dans le collimateur, nous les O'Neil. Mais elle t'aime, toi, je le sais.

Il était loin d'en être tout à fait sûr. Mais, pour une fois, il réprima sa tendance naturelle à exprimer la vérité sans détour.

— La famille de maman n'est pas unie comme la nôtre. Je crois qu'elle est un peu jalouse de nous, au fond.

Jess avait le visage enfoui dans sa parka et sa voix rendait un son étouffé. Il sentit ses bras fins se resserrer autour de lui.

— Tu ne fais peut-être pas tes devoirs, mais tu es loin d'être bête, ma fille.

Jess s'écarta et il vit des marques roses sur ses joues.

— C'est pour ça que tu dis que tu ne voudras jamais te marier ? A cause de ce qui s'est passé avec maman ?

Comment était-il censé répondre à cela ?

L'expérience lui avait appris que, avec Jess, les questions difficiles tombaient toujours sans prévenir. Elle avait tendance à tout garder pour elle et à refouler ses émotions à qui mieux mieux.

Jusqu'au moment où ça débordait.

— Il y a des gens qui ne sont tout simplement pas faits pour le mariage. Et j'appartiens à cette catégorie.

— Pourquoi ?

Nom de Dieu ! Elle n'abandonnait vraiment jamais ? En

fait, il aurait préféré skier sur une pente verticale la nuit et les yeux fermés plutôt que d'avoir cette conversation.

— Les gens sont tous différents, Jess. On peut être doué pour certaines choses et pas pour d'autres. Moi, je suis juste nul pour les relations amoureuses. Je ne rends pas les femmes heureuses, semble-t-il.

Si tu ne me crois pas, demande à ta mère.

— Lorsqu'une femme s'attache à moi, ça finit presque toujours par faire des pots cassés.

— Donc tu ne veux plus jamais te mettre avec personne ? C'est nul, ça, papa.

— Tu traites ton père de nul ? Et le respect que tu me dois, jeune fille ?

— Je veux juste dire que c'est pas grave de se tromper de temps en temps. Ça arrive à un tas de gens de ne pas tomber amoureux de la bonne personne. Et ce n'est pas une raison pour arrêter d'essayer de trouver quelqu'un.

— Jess…

— Tu seras peut-être moins nul dans tes rapports avec les femmes, maintenant que je vis chez toi. Chaque fois que tu te poseras des questions sur la façon dont le cerveau féminin fonctionne, tu pourras toujours me demander des explications, proposa-t-elle généreusement.

Tyler se retint de rire.

— Merci, ma sauterelle. C'est gentil de ta part.

La conversation avait déjà été assez inconfortable jusque-là mais, cette fois, ça battait tous les records, niveau malaise. C'était la « méga honte » puissance dix. Tyler sortit ses clés de voiture de sa poche.

— Bon, on y va ? On se gèle à mort dans cette entrée. Et la supérette risque de fermer.

— Si j'avais été un garçon, ça aurait été plus facile pour toi. Avec lui, tu n'aurais pas de discussions qui te foutent la honte.

— Grave erreur, Jess. Les ados garçons sont les pires. Je le sais d'expérience, puisque j'en ai été un. Et ça ne me gêne pas de discuter avec toi de ces choses-là, mentit-il effrontément. Je ne vois pas pourquoi cela m'embarrasserait de parler des choses normales de la vie. Si tu as des questions, n'hésite surtout pas.

Pitié, faites qu'elle n'en ait aucune à me poser !

Jess finit d'enfiler ses bottes.

— Ça va. Pas de question. J'ai juste besoin d'aller au village.

Il attrapa sa veste de ski et la jeta dans sa direction.

— Habille-toi chaudement. Il gèle dehors.

— On peut emmener Ash et Luna ?

— Pour faire des courses ?

Il était sur le point de répliquer que cela n'aurait aucun sens de traîner deux chiens hyperactifs avec eux pour faire un aller-retour en voiture jusqu'au village, mais il vit l'espoir qui brillait dans les yeux de Jess et décida que Ash et Luna constitueraient un remède à l'embarras — un contrepoids à la « méga honte ». Avec un peu de chance, les chiens distrairaient Jess et lui éviteraient de penser à sa mère et aux complexités des relations humaines.

— Super idée, allons-y. J'adore conduire avec deux grosses bestioles qui me soufflent dans les oreilles. Mais je te préviens, je compte sur toi pour qu'ils se tiennent à carreau.

Jess siffla pour appeler les chiens, qui arrivèrent en bondissant de joie à la perspective d'une sortie.

Tyler traversa la station de Snow Crystal, ralentissant pour laisser passer les vacanciers qui redescendaient après une journée sur les pistes. La station était à moitié vide pour le moment, mais il savait que le nombre de visiteurs doublerait dès le début des vacances de Noël. Et de l'autre côté de l'Atlantique, en Europe, la Coupe de ski alpin battait son plein. Ses doigts se crispèrent sur le volant. Il était reconnaissant à Jess de son bavardage incessant. Reconnaissant à sa fille de le distraire de ses propres pensées.

— Oncle Jackson m'a dit que le début de l'enneigement se passait plutôt bien, cette année. On a déjà plein de pistes ouvertes. Tu crois qu'on va avoir une grosse chute de neige ? Oncle Sean est arrivé, tiens.

Elle parlait sans interruption en caressant Luna.

— J'ai vu sa voiture tout à l'heure. Gramps a dit qu'il participerait à la réunion de la direction, mais je ne comprends pas trop pourquoi, puisqu'il est chirurgien. Son travail n'a rien à voir avec Snow Crystal. Ou alors il va s'installer ici pour réparer les jambes cassées ?

— Oncle Sean met au point un programme de mise en condition préventive avec Christy, au spa. Ils veulent essayer de réduire les accidents de ski dus à un manque d'entraînement physique. C'est Brenna qui a eu cette idée.

Tyler ralentit encore lorsqu'ils atteignirent la grande route et prit la direction du village. La neige tombait sans interruption, couvrant les côtés du pare-brise et la chaussée devant eux.

— Tiens, comment ça se fait, d'ailleurs, que ce soit Brenna qui dirige le bureau des moniteurs alors que c'est toi qui as remporté la médaille d'or ?

— Parce que ton oncle Jackson lui avait déjà donné le poste avant que je revienne à Snow Crystal. Ça tombe bien, parce que je suis aussi peu doué pour l'organisation que pour faire la cuisine. Ça te donne une idée. Il n'y a que le ski en lui-même qui m'intéresse. Et Brenna est super douée pour ce job. C'est un modèle de patience et de gentillesse alors que j'ai envie de jeter mes élèves dans une congère quand ils ne comprennent pas du premier coup.

Il jeta un rapide coup d'œil dans le rétroviseur.

— Tu restes dormir chez mamie, cette nuit ?

— C'est ce que tu voudrais ? Tu as l'intention de coucher avec une femme, ce soir ?

Tyler fit un écart et manqua le fossé de justesse.

— Jess…

— Quoi ? Tu m'as dit que je pouvais te parler de n'importe quel sujet.

Il s'appliqua à se concentrer sur la route.

— Tu ne peux quand même pas me demander si j'ai l'intention de coucher avec quelqu'un ou non !

— Pourquoi ? C'est pas pour être indiscrète. Je veux juste éviter d'être un fardeau.

— Tu n'es pas un fardeau.

Pourquoi fallait-il qu'elle mette précisément ce sujet sur le tapis alors qu'il conduisait dans des conditions difficiles, voire dangereuses ?

— Tu n'es jamais un fardeau.

— Papa, je ne suis pas idiote. Dans le temps, tu avais plein de nanas. Je le sais. J'ai lu un tas d'articles là-dessus sur Internet. Il y en avait un qui disait qu'il te fallait moins de temps pour avoir une fille nue dans ton lit que pour arriver au bas de la piste après une course de descente.

Et vlan ! Encore une mégadose de malaise dans les dents. Tyler réduisit de nouveau sa vitesse avant d'entrer dans le village. Des lumières clignotaient dans les vitrines et un immense sapin de Noël se dressait fièrement sur Main Street.

— On ne t'a jamais dit qu'il ne faut pas croire tout ce que tu lis sur Internet ?

— Ce que je veux dire, c'est que tu n'es pas obligé de renoncer au sexe parce que je vis dans la même maison que toi. Il faut que tu t'y remettes.

Tyler resta sans voix le temps de se garer près de la supérette du village.

— C'est une conversation normale, ça, pour une fille de treize ans ? finit-il par balbutier.

— Bientôt quatorze. Essaie de suivre, p'pa.

— Treize ou quatorze, ce n'est pas la question. Ma vie sexuelle n'entre pas dans la liste des sujets abordables entre ma fille et moi.

— Tu as déjà fait l'amour avec Brenna ? Elle fait partie de tes amoureuses ?

— Quoi ?

Etait-il techniquement possible de transpirer sans rien faire et lorsque la température extérieure avait plongé en dessous de zéro ?

— C'est une question très personnelle, Jess !

— Ça veut dire que tu as couché avec elle, alors.

— Non ! Il n'y a jamais rien eu de sexuel entre Brenna et moi.

Le sexe avec Brenna, c'était quelque chose à quoi il ne s'autorisait même pas à penser. Brenna, c'était pas touche. Territoire interdit. Il ne s'intéressait ni aux « abdos de dingue », ni aux jambes incroyables, ni à rien d'autre.

— Le sujet est clos, fit-il. On passe à autre chose.

— Parce que, si tu te mettais avec Brenna, je serais plutôt d'ac. Je crois qu'elle t'aime bien. Et toi, t'en penses quoi, de Brenna ?

OK. En gros, il était en train de recevoir le feu vert de la part de sa fille adolescente pour vivre sa vie sexuelle comme il l'entendait… Il se passa la main dans les cheveux.

— De Brenna ? J'en pense le plus grand bien. Je la connais depuis toujours. On a traîné ensemble plus ou moins toute notre vie. C'est une véritable amie.

Et il ne ferait rien qui puisse abîmer cette amitié-là. Rien du tout. Chacune de ses histoires avec une femme s'était soldée soit par un non-lieu, soit par un désastre. Sa solide amitié avec Brenna était la seule relation qu'il avait réussi à préserver au fil des ans. Et il avait la ferme intention de la garder intacte sur le long terme.

Jess détacha sa ceinture.

— Je l'aime bien, moi. Elle n'est pas comme les autres femmes qui te regardent avec des yeux tout gluants. Et elle me parle comme à une adulte. Si tu veux bien me passer un peu d'argent, je vais entrer acheter mes trucs. Et je prendrai aussi de quoi remplir le frigo. Comme ça, si mamie passe nous voir, elle sera impressionnée par tes talents de père au foyer.

Tyler sortit son portefeuille de sa poche.

— « Des yeux gluants » ? Qu'est-ce que ça veut dire, ça encore ?

Jess haussa les épaules.

— Il y a des mères qui débarquent au collège, toutes maquillées et avec des vêtements moulants, pour se montrer lorsque tu viens me chercher à la sortie des cours. L'autre jour, quand c'est Kayla qui est passée me prendre à ta place, on a frisé l'émeute. Parfois, il y a des filles que je connais à peine qui me demandent si tu as prévu de venir me chercher ou pas. Je parie que leurs mères n'ont pas envie de s'embêter à mettre du rouge à lèvres les jours où elles n'ont aucune chance de te voir.

Tyler était sidéré.

— Sérieusement ?

— Sérieusement, oui. Mais il n'y a pas de souci.

Jess se recroquevilla dans la veste de ski qui flottait autour de son corps gracile.

— Ça tue d'avoir un père qui est un sex-symbol national, mais je gère. Par contre, si tu as l'intention de te mettre avec une femme qui s'installera avec nous et qu'il faudra que j'appelle « maman », je préférerais que ce soit plutôt quelqu'un du genre de Brenna. Elle n'est pas tout le temps à se trémousser en faisant bouffer ses cheveux, ou à te regarder avec un sourire débile.

— Personne ne viendra vivre avec nous, tu n'appelleras personne « maman » et, pour la dernière fois, il est hors de question qu'il se passe quoi que ce soit entre Brenna et moi, assena Tyler entre ses dents serrées. Et maintenant va acheter ce dont tu as besoin. On se gèle, dans cette voiture.

Au lieu de descendre, Jess se laissa glisser au fond de son siège.

— Au secours, non, je ne peux pas, chuchota-t-elle d'une voix étranglée. M. Turner vient d'entrer dans le magasin avec son fils qui est dans ma classe. Je crois que je suis en train de mourir.

Tyler prit une grande inspiration puis farfouilla dans le bazar qui encombrait sa voiture jusqu'au moment où il trouva une vieille note de restaurant ainsi qu'un stylo.

— Allez. Fais-moi une liste.

— Je peux attendre qu'ils ressortent.

Il faisait nuit dans la voiture, mais il vit que les joues de Jess avaient de nouveau viré à l'écarlate.

— Jess, il faut qu'on se remue. Sinon on va mourir tous les deux d'hypothermie.

Elle hésita puis lui arracha le stylo des mains et griffonna sa liste.

— Bon, attends-moi dans la voiture.

Tyler prit le bout de papier et entra dans le magasin. S'il était capable de descendre du sommet du Hahnenkamm autrichien à 145 kilomètres à l'heure, il devait pouvoir mobiliser le courage nécessaire pour acheter des *trucs de fille* au village.

Retrouvez tous les romans de Sarah Morgan

SÉRIE FROM NEW YORK WITH LOVE

SÉRIE COUP DE FOUDRE À MANHATTAN

Harper
Collins
POCHE

Composé et édité par HarperCollins France.

Achevé d'imprimer en octobre 2020.

Barcelone

Dépôt légal : novembre 2020.

Pour limiter l'empreinte environnementale
de ses livres, HarperCollins France s'engage
à n'utiliser que du papier fabriqué à partir de
bois provenant de forêts gérées durablement
et de manière responsable.

Imprimé en Espagne.